해리

| 지은이 | 박종규
| 펴낸이 | 박인수
| 펴낸곳 | (주)폴리곤커뮤니케이션즈
| 기획 | POLYGON Books
| 북디자인 | POLYGON Books

| 1판 1쇄 발행 | 2018년 8월 15일

| 등록일자 | 2003년 12월 23일
| 등록번호 | 제 313-2003-00384호
| 주소 | 서울시 마포구 독막로6길5
| 전국공급처 | 도서출판 도화:02-3012-1030
| Homepage | www.polygon.co.kr
| E-mail | books@polygon.co.kr

978-89-954801-6-8 03810

값 15,000원

박 종 규 (朴鐘圭)

전남 진도에서 출생
선린상고, 서울대학교 미술대학 졸업. 한양대학원 석사
서울산업대학교, 군산대학교, 한국재활복지대학교 강사
경인여자대학교 겸임교수 역임
1964년 원고지 2,000매 소설 집필 (만 14세)
1995년 첫 장편소설 [주앙마잘] 출간
2001년 장편소설 2부작 [파란비1, 2] 출간
2007년 표지 그려주는 수필집 [바다칸타타] 출간
2010년 원화 2,000매 한정판 소설집 [그날] 출간
2011년 마라도 창작스튜디오 작품집 공동 출간
2015년 캘리그래피 수필집 [꽃섬] 출간
2018년 장편소설 [해리] 출간

● 경기도문학상, 김포문학상, 탐미문학상
● 원종린 수필문학상, 영호남수필문학 대상 수상
● 한국소설가협회 중앙위원, 국제팬클럽 회원
● 한국문인협회 문협진흥재단설립위원
● 한국 작가교수회, 김포문인협회, 마포문인협회 회원
● 진도문인협회, 전남수필문학회 회원
● KBS 라디오 일요초대석, K-TV, 국방TV, 마포FM 출연
● 역발상 문학행위예술 '북소리 콘서트' 73회 차
   (2007~2018. 08 현재)

blog.naver.com/badacantata / zzizl@hanmail.net

해리를 떠나보내며...

　초광속의 차원에서는 전생과 내생이 현생과 동시에 전개될 수 있다고 봅니다. 타키온(Tachyon)의 세계입니다. 그곳은 가장 진보하고 순수한 존재들의 세계입니다. 채영은 타키온의 세계에서 다시 세상에 온 순수한 존재일까요?

　'해리'와 함께 십여 년을 보냈습니다. 그간 해리의 주인공과 두 인생을 살아 온 듯싶습니다. 퇴고에 보낸 세월은 이 책이 애초에 가졌던 소재의 참신성에 아쉬움을 남겼습니다. 그래도 이 소설의 인물들은 글 속에서 세월을 곰삭힌 캐릭터로 한층 숙성하였으리라 믿습니다.

　그동안 내 의식의 골방에서 함께 생활해 온 리반, 채영, 정란, 석우를 그냥 보내버릴 수 있을지 걱정입니다. 책으로 출간하는 것은 그들을 나로부터 떼어놓는 것, 골방지기들과의 이별을 뜻합니다. 독자의 바다에서 흐르다가 다시 만날 때는 아마도 내가 새 이야기를 준비할 때이겠지요. 나는 그때야 그들을 온전히 놓아 보낼 수 있으리라 생각합니다. 부디 이 소설에 나온 인물들이 독자 여러분이 할애한 시간에 찰진 감성으로 호응하기를 기대합니다.

이 소설의 출간에 앞서 나루 문학회 회원들과 Pre-reading 형식의 해리 쇼케이스를 가졌습니다. 함께 해 주셨던 회원님들께 감사드립니다. 또, 이 소설을 다 읽으시면 '문인들은 이렇게 읽었습니다.'라는 챕터를 만날 수 있습니다. 이 챕터를 장식해 주신 문인들께도 고마움을 전합니다.

2018년 여름

합정동 서재에서 박종규 올림

해리

해리성 둔주 1

이야기의 발단 | 밀서

    미군 수송기가 상해 공항 활주로를 차고 오른 지 한 시간이 지났다. 부대원 앞에 선 대대장의 목소리는 쩌렁쩌렁 비행 소음을 제압한다.

    "동지들, 그리던 고국 땅이 내려다보인다. 여의도 공항에서는 동포들의 환영 행사가 있을 것이다. 우리는 해방된 조국에 첫 번째로 귀국하는 광복군 정진대(挺進隊)이다. 하지만 우리의 임무를 완수하기 전까지는 귀국해서도 가족을 찾지 말자. 일제의 투항을 접수하고 임시정부의 귀국을 준비하는 막중한 임무를 소홀히 하지 말자."

    비구름 층이 두껍게 깔린 조국의 상공에는 간간이 번개가 날을 세운다. 아쉬웠다. 애써 준비해 온 진공 작전이 돌연 취소되었다. 조국 땅에 똬리를 튼 일제의 심장부에 구국의 장검을 꽂을 참이었는데. 공격 예정일을 닷새 앞두고 뜻밖에 일제가 항복해 버렸다. 광복을 앞세우지 않고는 귀국하지 않으리라 다짐하며 조국을 떠난 지 얼마 만인가. 기내의 대원들은 상기된 가슴을 달래고 있다.

    C-47 수송기가 기수를 낮추기 시작한다. 눈물 같은 빗방울이 창문에 얼

룩 띠를 만들어 낸다. 한강의 하얀 물줄기가 광목을 펼치듯 서서히 시야에 들어오더니 수송기는 어느덧 여의도 활주로를 핥고 있다. 정든 산하! 모래 둔덕들과 몇 그루의 수양버들이 스쳐 지나자 정겨운 초가가 드문드문 돌아앉는다. 비행기는 속도를 급격히 줄이며 여의도에 안착한다.

창밖의 공항은 속 빈 거푸집처럼 썰렁 한기가 돈다. 빗줄기가 차갑게 추적인다. 꽁무니의 화물칸 문이 들리자 음습한 강바람이 와락 들이치고, 미군 OSS 요원들에 이어 정진대원들은 터벅터벅 아침의 희붐한 고국 땅을 밟는다. 몇몇은 젖은 땅에 입을 맞추고, 눈물을 훔친다. 감개가 대원들 속 가슴에 일렁인다. 하지만 웬일일까? 휑뎅그렁한 여의도 공항에 독립투사들의 귀국을 환영하는 플래카드는 어디에도 보이지 않는다. 태극기를 흔들며 환호하는 동포들을 부둥켜안고 실컷 울고 싶었는데 동포들도, 환호성도 없다. 여의도에는 공항을 관제하는 필수 요원들과 미군 경비병들뿐, 오로지 차가운 빗줄기만이 젖은 아스팔트를 찍어 내린다.

대원들은 서로 눈만 마주칠 뿐 누구도 입을 열지 않는다. 침묵의 대열을 침묵으로 맞는 빈껍데기 공항. 대원들은 의기소침하여 대대장의 눈치를 살핀다. 그는 미군 경비대원과 몸짓 발짓을 동원하여 한동안 얘기를 나누다 끝내 마땅치 않은 표정으로 돌아선다. 대대장은 모자를 벗어들고 섭섭한 표정을 감추며 입을 연다. 바람비가 대원들의 뺨을 후린다.

"동지들! 임시정부와 미 군성 사이에 소통이 잘못된 것 같다. 환영행사는 없다. 하지만 우리는 다른 동지들보다 일찍 돌아왔다. 만주 땅에만 해도 우리 동포 200만 명이 있다. 이곳은 피로 되찾은 조국이다. 광복의 기쁨을 함께하지 못하고 이국땅에 묻힌 동지들을 생각하자. 조국은 동지들이 흘린 피를 잊지 않을 것이다. 모든 상황이 종료되었다. 우리는 미 군정에 의해 무장 해제 명령을 받았다. 나는 이 자리에서 우리 부대의 해산을 명한다. 총기는 반납하고 해방된 나라의 백성으로서 새 조국 건설의 길목에서 다시 만나자. 고생들 많았다. 부디 동지들의 행운을 빈다. 부대 해산!"

　빗물 먹은 활주로에 대대장의 해산 명령이 떨어진다. 총기를 반납하면서 대원들은 총을 쉬 놓지 못한다. 미 군정에 의한 무장해제라니! 그러나 이 총을 다시 들 일은 없을 것이다. 어디로 가야 하나. 마포로, 영등포로 삼삼오오 흩어지면서 대원들은 환영 나오지 않은, 보이지 않는 동포들의 모습을 마음속에서 삭히고 있다. 그들은 바다에 방류된 민물고기 신세였다.

　뽕나무밭이 푸른 바다가 된다던가. 지금은 정치 1번지가 되어 영욕의 땅이 된 땅콩밭 모래사장, 여의도 비행장에 내리는 빗줄기가 처량하기만 했던 1945년 8월 27일의 일이었다.

　그날 귀국한 정진대 대원중에는 밀서의 소지자가 있었다. 일제의 잔재를 청산하고 민족의 정기를 바로 세워줄 그 밀서는 해방 반세기를 훌쩍 넘긴 오늘날에도 봉인된 채 개봉의 여건이 만들어지는 그 날을 기다리고 있다.

해리성 둔주 1

나는 내가 아니었다

생존을 알리는 전화

아침 서기가 들면서 간밤의 비구름 층이 밀려난다. 뚝뚝 낙숫물 소리가 화폭에 들어 하얀 파장을 만든다. 하얀 캔버스, 희끗희끗 얼룩진 마룻바닥, 붓 초리마다 밴 하얀 물감은 머리카락까지 올올이 서릿발을 세웠다. 모든 것이 하얘진 화실에서 아침 동살이 캔버스에 실금을 내고 있다.

- 따르릉, 따르릉 -

낙숫물 소리가 벨 소리에 묻힌다. 벨이 두어 번 더 울려서야 소리를 잡아 귀에 댄다.

"리반 씨지요?"

생경한 여인의 차가운 음색이 벨 소리의 주인이었다.

"네, 제가 리반입니다."

한 호흡이 멈춘 사이 낙숫물 소리가 끼어든다. 그의 대답이 여인의 말을 뚝 잘라먹은 것 같다. 리반은 간이 소파에 몸을 묻으며 다음 말을 기다린다.

하얀 세상에서 여인의 목소리만 어떤 색깔을 띤 듯하다.

"저, 윤채영이에요!"

꼿꼿이 날 선 말끝에 리반은 선뜻 자세를 바로잡는다. 예사롭지 않은 말 한마디에 하얗게 비틀렸던 모든 것이 제 색깔로 돌아앉는다. 그는 윤채영이라는, 거미줄처럼 내려앉은 말덫에 갇힌다. 이 여인이 전화를 잘 못 걸었을 것이다. 그래도 그냥 끊을 수가 없다. 리반이 대꾸할 틈도 없이 그녀가 다그친다. 채영이라며, 자길 잊지는 않았는지, 오늘 중 만나고 싶다고. 감정이 실리지 않은 듯한 40대 후반의 목소리다.

이 여자는 누구인가. 윤채영이라니 말도 안 된다. 여인의 음습한 목소리에 말린 듯 리반도 발음이 낮게 깔린다. 어떻게 자신을 아느냐고 리반이 묻는다. 저쪽에서는 마치 무슨 궁리를 하는 것처럼 뜸을 들이더니 한 음계 높아진 목청이 이명처럼 울린다. 자긴 윤채영이라고! 반 씨는 채영이 죽었다고 잊고 사냐고 다그친다. 호흡이 멎으며 오소소소 소름이 돋는다. 음색은 그대론데 단호하다. 그녀는 스스로 죽음까지 입에 담고 있다. 윤채영. 죽은 지 20년이 더 된 여자다. 이젠 리반의 기억에서 지워져 가는 여자가 갑자기 전화기 저편에서 자신의 생존을 알리고 있다. 윤채영이 죽지 않았다니! 더구나 '반 씨'라 했다. 그를 그렇게 불러줄 사람은 많지 않다. 피돌기가 빨라진다. 그녀가 정말 채영일까? 밖에서는 낙숫물 소리가 여전하다. 수화기를 귀에서 떼어 내려다본다. 이건 현실이다. 그녀는 죽지 않았던 걸까? 세상에! 이게 말이나 되는 소린가? 아내 말로는 그녀를 화장했다고 하지 않았나. 그는 창가로 다가간다. 창 너머 연둣빛이 엄연한 현실을 알린다.

"지금 뭐라 했습니까 당신! 채영이라고요?"

"그래요, 리반 씨."

그녀는 또박또박 말을 받는다. 20여 년 전에 죽은 사람이 살아서 돌아왔다는 거다. 그는 방향을 돌려 캔버스 옆 책상 모서리에 있는, 언제 갖다 놓았는지 모르는 컵의 물을 벌컥 들이켠 뒤 짐짓 잘라 말한다.

"전화 잘못하신 것 같습니다."

"정란이와는 행복하세요?"

리반은 전화기를 내려놓으려다 결정적인 한 마디에 머뭇댄다. 이 사람이 채영이라면, 이건 죽은 사람의 목소리다! 리반은 멀뚱히 휴대폰을 내려다보며 머리를 절레절레 흔든다. 자기가 사랑하던 여인 윤채영은 오래전 급작스럽게 사망했다. 돌이켜보니 채영의 주검을 자신이 직접 목격한 건 아니었다. 그리고 너무 놀라운 여대생의 죽음이었다! 자기만 몰랐던 어떤 사연이 있었을까? 제 입으로 채영이라 하는데, 만나면 곧 알게 될 텐데 더 물을 것도 없다. 그러나 그는 또 머리를 흔든다. 가슴이 뛰면서도 도대체 말이 되지 않는다는 생각이 여전히 뒷덜미를 잡는다. 리반은 목소리를 높인다.

"정란이라니! 대체 당신 누구요? 이보시오, 장난 그만 해요."

"제 말이 장난으로 들리나요?"

"……?"

"전화를 그냥 끊으려면……."

그녀는 감정을 자제하는지 말투가 빨라진다. 이대로 전화가 끊기면 안 될 것 같다. 아직도 마음 한구석에 아픈 멍울로 새겨져 있는 채영이었다. 그런 채영이 살아있다고 한다. 리반은 혼란스러움을 털어버리려는 듯 역정을 내어 쏘아붙인다.

"당신, 당신은 그럼 귀신이요?"

멀쩡히 걸려온 전화에 대고 귀신이냐 묻다니! 그녀는 말이 없다. 말이 없으니 정말 귀신인가 싶다. 리반이 불편하게 이어지는 침묵을 자른다.

"어디에 계시오?"

"점심때 전화 다시 하지요."

전화를 끊는 여운이 길다. 아직은 더위를 느낄 계절이 아닌데 이마에 송송 맺힌 땀방울을 손등으로 닦으며 시간을 확인한다. 창틀에 갇힌 나뭇가지에는 연둣빛 새순들이 파들거린다. 리반은 전화 속 4차원의 미궁에서 벗어나려는 듯 주변의 익숙한 것들을 하나하나 짚어 본다. 그러나 리반은 '윤채영'의 목소리 마법에 걸려 아직도 미궁에 있다.

캔버스에 아침이 들 즈음이었다. 은쟁반에 옥구슬 구르는 소리처럼 휴대폰 벨 소리는 맑고 청량하여 환청처럼 귓전을 울렸다. 화폭에 금빛 실금이 일기 시작한 것도 그때였다. 하얀 캔버스 앞에 앉은 리반은 면벽(面壁) 수행 중인 수도승처럼 움직임이 없었다. 집중에는 늘 새벽이 좋았다. 순정한 흰색의 캔버스는 무한 상상을 부추기는 몰입의 대상이면서도 한편으로는 상상을 거부하는 막다른 벽이었다.

전시회 개막일은 잡아놓았는데 작품 수가 턱없이 모자랐다. 마음은 바쁜데, 최근 들어 리반은 화폭에서 감지되는 이상한 기운에 잡혀있었다. 그의 붓은 빛의 궤적을 좇고 있었는데 빛 모티브가 덧칠을 계속할수록 누군가의 눈동자로 다듬어져 가는 것이었다. 손가락이 기억해 낸 이미지라 해야 옳았다. 그 이미지가 채영의 눈동자라는 것을 알았을 때 리반은 섬뜩한 반가움이 일었다. 리반의 의식에 들어온 채영! 언제부터였는지 모르는 '채영 앓이'가 붓 길을 탔을 것이다. 그와 함께 리반은 빛의 이미지를 화이트에서 찾기 시작하였다. 화이트칼라는 본시 빛의 색깔이다. 그의 캔버스에는 화이트의 흔적이 쌓여갔다. 캔버스뿐만 아니라 주변의 모든 것이 하얘지고 있었다. 그것은 색을 버림으로써 색을 얻으려는 새로운 시도였다. 흰색 캔버스에 흰색 컬러만으로 빛의 색깔을 드러내는 작업은 마치 빛에 질량을 입히는 것 같았다. 그러나 하얀 캔버스에는 덧칠해진 화이트의 궤적만 쌓일 뿐, 그가 얻으려는 궁국의 색깔은 드러나지 않았다. 그는 끝내 붓 길을 잃어버렸다. 생각은 공간을 넓혀만 가고 시간적 공간은 시시각각 죄어 왔다. 붓 길의 방향을 정해야 하는 시점이었다. 고즈넉한 아침, 리반의 시선은 캔버스에 담기는 여명의 궤적을 좇고 있었고, 그 순간 벨이 울린 것이다.

'채영이라니!'

리반은 뒤숭숭한 마음으로 컴퓨터 옆의 일정표를 더듬는다. 4월 26일, 붉은 동그라미 안에 '정'이라는 메모가 보인다. 오늘은 정 교수와 점심 약속이 잡힌 날이다. 정 교수는 나이답지 않게 생각이 젊다. 예전에 자신도 그림공부를 하고 싶었다며 리반의 작품에 각별한 관심을 보이는 사람이다. 자주 걸었던 전화번호가 떠오르지 않아 교직원 연락망을 살핀다.

"여보세요? 리반입니다. 오늘 점심은 제가 대접받은 것으로 하겠습니다. 일이 생겨 밖에 좀 다녀와야 해서요. 미안합니다."

"리반 교수님. 오늘도 밤샘 작업을 하셨군요. 알겠습니다."

"아! 실례했습니다. 이른 시간에 미안합니다."

전화를 끊고 손수건으로 땀을 훔친다. 무엇부터 손대야 할지 순서가 잡히지 않고 마음만 부산하다. 윤채영의 뜬금없는 전화에 갇혀서인지 화실을 나서는 리반의 발길이 비척거린다. 시침은 아직 일곱 시에 머물러 있다.

빛의 세상, 암흑의 세상

오전 11시, 비가 또 내린다. 첫 강의를 마친 리반이 연구실에 들어설 때 여인의 전화가 왔다. 그녀의 목소리는 이미 익숙하다.

"비가 많이 내리네요. 제 차는 흰색 프린스예요. 한 시간 뒤 토레스 몰 정문 옆에서 비상등을 켜고 있을게요."

리반은 검은색 쏘나타라고 자기 차종을 일러주었다. 토레스 몰은 일본 자본이 세운 대형 쇼핑몰인데 명품 위주의 판매 전략으로 부유층을 흡수하고 있다. 차는 약속 장소를 향하여 빗속을 달린다. 수많은 빗줄기가 차창에서 꺾여 부서지듯 그녀와 함께했던 추억의 조각들이 되살아나다 사라진다. 채영은 어떤 모습일까. 왜 자기가 죽었다고 알려야 했을까. 죽은 사람이 살아날 리는 없다. 그런 말도 안 되는 거짓말을 하다니! 어디서 무엇을 하며, 어떻게 살아왔을까. 비는 어제도 내렸지만 리반에게 오늘의 비는 사뭇 느낌이 다르다.

차는 올림픽 도로에서 압구정 길로 접어든다. 차창으로 봄 정기세일을 알리는 시티백화점의 대형 간판이 각을 꺾는다. 봄 세일이 끝나지 않았는데도 백화점 근처에는 인적이 드물다. 인도 건너에서 비를 피하고 있던 주차 요원이 리반의 차를 향해 기웃거린다. 빗줄기는 차창에 내리꽂히고 윈도브러시는 쓸어버리고……. 그 속에서 토레스 몰 앞 인도에 접하여 비상등을 점멸하는 하얀 승용차가 보인다. 운전석에는 회색 바바리 깃을 올린 여인이 핸들에 손을 얹고 돌부처처럼 앉아 있다. 그녀가 금방 알아볼까? 채영의 첫마디는 무얼까? 차가 가까워지면서 그녀의 윤곽이 차츰 또렷해진다. 세상에! 채영이 맞다. 리반은 가슴을 쓸어내린다. 차를 유턴하여 프린스 앞에 세운 뒤, 손등으로 빗줄기를 막으면서 프린스의 운전석 쪽으로 발길을 옮긴다. 윈도 브러시가 흐르는 빗물을 씻어내는 짧은 순간, 차창속에서 발하는 강렬한 눈빛과 맞닥뜨린다. 미소를 머금은 눈빛이 섬뜩하다. 리반은 예전에도 그랬던 것처럼 가슴이 덜컹 내려앉는다. 빗물이 여인의 미소를 지워버린다. 채영이 저 차 안에 멀쩡히 앉아 있는데 죽은 사람으로만 알고 살아왔으니, 자신은 바보였나? 리반이 차 보닛 앞으로 성큼성큼 다가서는데 여자의 차가 갑자기 급발진하여 그에게 달려든다.

"아니!"

그는 피할 겨를도 없이 프린스의 범퍼에 받쳐 몸이 앞으로 꺾이다 머리가 뒤로 젖혀지면서 뒤차의 보닛에 부딪힌다. 프린스는 그를 밀치고 나서 멈춘다. 어디선가 불꽃이 튀더니 머릿속이 하얘지는 것 같다. 리반은 간신히 머리를 든다. 채영은 차창 안에 여전히 돌부처처럼 앉아 있다. 차는 조금 후진하다 멈춘다. 리반은 그녀의 야릇한 미소가 흐려지는 것을 멀뚱히 올려다보며 제 몸을 고루잡지 못하고 빗물이 흘러내리는 차도에 허물어진다.

빗줄기가 거세지고 있다. 차도에 엎어진 그의 얼굴에 빗물이 넘실거린다. 그런데 갑자기 빗물이 요동치듯 크게 출렁이기 시작한다. 지축이 흔들리고 차체가 파르르 떤다. 사람들이 토레스 몰에서 뛰쳐나오고 있다. 얼마나 지났을까. 갑자기 주위가 엄청난 폭발음에 휩싸인다. 순식간의 일이다. 바로 옆 인도에 접한 십여 층의 토레스 몰이 좌우로 크게 흔들리더니 천둥소리를 내며 와르르 무너져 내린다. 백화점 주변은 물론, 아파트 일대의 모든 건물이 거대하게 부풀어 오르는 흙먼지 구름 속에 묻히고 있다. 여인은 끝까지 미소를 거두지 않고 승용차와 함께 먼지 구름 속으로 빨려 들어간다.

땅은 진저리를 멈추었으나 몸을 가눌 수 없다. 지표면에 흙먼지 층이 만들어지면서 철제 구조물이 드러난다. 앞에 보이는 철문 틈새로부터 빛이 비수처럼 새어든다. 빛줄기는 시퍼렇게 날을 세워 몸을 위에서부터 내리긋는다. 몸을 기대어 밀어붙이니 견고하던 철문이 옆으로 젖혀지며 문밖 세계의 빛이 와락 쏟아져 안긴다.

아! 눈이 부시다. 몸이 빛살에 지워지면서 손에 잡힐 것 같은 푸르스름한 빛 이랑에 한없이 빨려드는 것 같다. 빛의 색깔이 차츰 흐려진다. 무엇인가가 빛무리에서 나타나더니 점점 형태를 만들어낸다. 차가운 것이 손에 잡힌다. 토막 벽에 희뿌옇게 드러난 것은 힘줄처럼 불거져나온 철근이다. 눈부신 빛무리는 그새 사라졌다. 푸르스름한 철문을 열고 밖으로 나왔는데 도리어 들어와 있는 것 같다. 전깃줄 타는 냄새가 난다. 무너진 벽 틈을 비집고 들어온 전선이 먼지를 뒤집어쓴 동그란 전구에 우윳빛을 보내고 있는데 조도가 약해 가물거린다. 그때, 작은 공간이 움츠러드는 기묘한 파열음에 가슴이 철렁 내려앉는다. 멀지 않은 곳으로부터 사이렌 소리 같은 것이 섞여드는데, 그건 귀 울음 같기도 하다. 머리를 흔들어 잃어버린 기억의 조각들을 되살리려 하나 머릿속이 텅 비워진 것 같다. 맹한 느낌에서 자신을 추스른다. 나는 누군가? 아무런 기억이 없다. 가족도, 친구도 떠오르지 않는다. 내가 왜 이곳에 있을까? 파손된 시멘트 구조물들이 시야를 막고 있다. 얼마나 지탱해 줄지 모르겠다. 시멘트벽에 다른 시멘트벽이 쓰러지면서 만들어 낸 삼각 꼴 비트에 나는 숨어든 꼴이다. 침착하자. 불빛이 밖으로 새나가면 구조대가 구해줄 것이다. 그러나 목소리가 입 밖으로 뛰쳐나간다.

  - 사람 살려요! 여기 사람이 갇혀 있어요.

  목소리는 비강을 겨우 뚫고 나왔지만, 주변을 막아선 구조물의 반향 거리 안에서만 맴돌아온다. 잠시 뒤 대답이라도 하듯 작은 신음들이 주변에서 들린다. 내가 이 소리들을 일깨운 것 같다. 하지만 음울한 소리는 오래가지 않는다. 사람들이 죽어가는 것이리라! 나도 이렇게 죽어야 하는지. 망연자실하여 눈꺼풀을 내리고 숨을 멈추니 어둠의 중심으로 들어선다. 그때다.

- 아저씨….

앳된 여자의 신음 같은 것이 들린다. 그 소리에 눈을 뜨니 어둠이 빛으로 바뀐다. 환청이 아니다. '여보세요'라고 조심스럽게 불러본다. '여보세요'라는 일상의 언어가 낯설다. 기대감에 귀를 바짝 기울인다. 그쪽에 누구 계시냐고 꺼져가는 소리가 난다. 어디, 어디인지 벽을 두드리라고 하니 뒤쪽 벽에서 약한 두드림이 전해진다. 나는 혼자가 아니다! 말 상대가 생기니 기운이 난다. 그쪽에서는 다리가 시멘트 덩이에 눌려있어 빠져나올 수가 없다고 말한다. 절망적인 음성으로 변해가지만, 이곳으로 옮겨 온들 탈출구가 보이지 않는다. 다리를 빼주어야 할 텐데, 여긴 어딘가. 여자는 혹 알까?

- 건물이 무너졌어요?

- 무서워요. 사람이 많이 죽었을 거예요. 저는 최슬아입니다. 아저씨도 그곳에 갇혔지요?

그녀는 이 빌딩 입주회사 직원이라 한다. 화장실에 있는데 별안간 천장과 벽이 갈라지더니, 천둥소리가 나면서 몸이 곤두박질쳤다고. 이 건물은 토레스 몰이라고 한다. 토레스 몰이 무너졌다면 수많은 사람이 깔렸을 테고 바깥은 지금 아수라장일 것이다. 삼풍백화점이 무너졌을 때 일들이 눈에 삼삼한데 그런 큰 사고가 또 일어나다니.

- 무서워요! 너무 아파요. 건물 붕괴 몇 시간 전, 건물이 폭파될 거라는 메시지를 받았어요. 다들 놀라서 쇼핑몰을 박차고 나갔지만 전 미처 피할 시간이 없었어요.

여자의 목소리가 힘에 부친다. 건물 폭파 메시지를 미리 받았다고? 그렇다면 테러가 아닌가! 건물을 폭파하면서도 인명 피해는 최소화 한 테러? 이상한 일도 다 있다. 아무튼, 그나마 얼마나 다행인가. 아프다는 말에 나를 돌아본다. 오금이 펴지지 않고 사지가 굳어버려 내 것이 아닌 듯하다. 몸이 화끈거리고 엉덩이가 쑤신다. 이제까지는 아픔보다는 배만 몹시 고팠다.

- 콘크리트 벽이 가로막고 있어서 그쪽으로 접근이 안 돼요. 이곳도 사정은 비슷하니 정신을 잃지 말고 그냥 견뎌내요. 구조대가 우릴 꼭 구해줄 테니 정신 줄을 똑바로 잡고 있어요.

그 뒤 한동안 그쪽에서는 기척이 없다. 정신을 잃은 것이 아니라 잠이 들었기를 바란다. 이제부터는 시간과의 싸움이다.

- 아가씨…, 내 말 들어요? 잠이 오면 자 둬요. 깨어나면 구조가 되어 있을 거예요.

힘이 쭉 빠져서 혼잣말로 중얼거리는데 흙먼지 때문인지 목이 깔깔하다. 힘들어하는 저쪽 사람에게 내가 해줄 수 있는 것은 아무것도 없다.

- 우지지직 -

공간을 지탱하는 벽들이 흔들리며 시멘트 부스러기들을 쏟아낸다. 구조물이 위로부터 내리누르는 중량을 견디기가 힘겹다는 비명이리라. 멀리서 환청처럼 돌 부대끼는 소리가 들린다.

- 안 돼! 더는….

몸을 모퉁이 쪽으로 웅크리면서 눈을 질끈 감는다. 공간은 더 좁아졌으나 흙먼지가 내렸을 뿐, 다행히 더는 조여오지 않는다. 두려움에 익숙해지려는데 또 다른 절망에 맞닥뜨린다. 어둠이 덮쳤다! 깜깜한 속에 모든 것이 사라져버렸다. 벽도, 시멘트 바닥도, 삼각 꼴의 공간도 없다. 전등이 꺼졌다. 어질어질 현기증이 인다. 가늠할 수 없는 칠흑에 몸이 붕 뜬다. 하지만 어둠이 오니 두려움은 오히려 가시고 있다. 좁은 곳인지 넓은 곳인지, 눈을 감으니 공간감은 더욱더 팽창한다. 그리고 망막에 많은 것들이 떠다닌다. 바깥세상의 건물들, 구조대와 구급차, 취재진, 부상자들. 주검도 보인다. 흰 광목을 덮은 들것, 벽 저쪽의 여자가 들것에 실려 나가고, 그다음에는 내가 주검이 되어 따라 나가고 있다. 나는 그렇게 끝나는가.

─ 아저씨, 물…….

환청인 듯 들리는 목소리. 나는 아직 주검이 아니다. 그녀가 나를 구해준 것 같다. 처음 대하는, 여자의 얼굴이 슬며시 나타나는데 표정은 모르겠다. 어둠이란 그지없이 묘하다. 전등이 밝았을 땐 몰랐던 처녀의 윤곽이 어둠 속에서 오히려 보인다니. 그녀는 흙 얼룩이 졌으나 눈이 초롱초롱하다.

빛이 있어 사물을 볼 수 있으나 그 빛 때문에 보이지 않는 많은 것들이 철저히 감춰지고 있는 건 아닌지. 빛이야말로 시야를 한정시키는 또 하나의 벽이 아닐까? 그러나 사람들은 눈에 보이는 것들만 믿는다. 세상에는 보이지 않는 것들이 훨씬 더 많은데 말이다. 암흑의 시대에 빛의 등장은 절대자의 존재 자체였다. 그 뒤로 빛이 닿는 곳마다 사물이 존재를 드러내었다. 세상이 빛의 세상과 암흑의 세상으로 갈라졌다.

어둠은 온갖 색깔로 변신을 거듭하며 주변을 얼씬거린다. 적응시(適應視)가 깜깜이를 완화시키자 이번에는 역하고 비릿한 냄새가 훅 끼친다. 그때, 문득 휴대전화가 바지 주머니에서 만져진다. 서둘러 눈을 흡뜨고 폴더를 연다. 연둣빛 액정화면에 조태호라는 이름이 뜬다.

'조태호?'

내 이름이 조태호인가? 메뉴를 눌러서 이것저것 실마리를 찾으려 하나 생소한 것뿐이다. 입력된 번호 중에서 하나를 누르자 신호가 간다. 어두운 웜홀에서 우주 공간으로 쏘아 올리는 기적이다. 그러나 전화기는 빛을 잃으며 어둠에 묻히고 있다.

- 여보세요, 여보세요?

좁은 공간을 울리는 애처로운 소리를 벽이 흡수해 버린다. 울컥 설움이 복받친다. 입을 떼려는데 입술만 떨린다.

- 나, 나 좀 구해 줘요.

조마조마한 마음으로 휴대전화 덮개를 열어 보지만, 빛은 돌아오지 않는다. 힘겨운 시간이 이어진다. 차라리 이대로 자다가 죽는다면 고통이라도 없을 것 같다.

- 아저씨…….

가물가물 꺼져가는 음성이 들려온다. 그녀가 보내는 기적이다. 사방에서 새어든 빛 조각들이 어지럽게 널린 건물 잔해 사이로 어슴푸레 밀려난 공간을 가늠케 한다. 몸을 구부려 그곳에 비집고 들어가 숨죽여 귀를 기울인다.

역한 피비린내가 코밑에 달라붙는다. 귀를 벽에 대고 소리 나는 곳을 더듬는다. 시멘트 조각들을 헤치고 몸을 미적거려 다가간다. 언제부터였나, 내가 이 여자를 꼭 살려내야 한다는 강박관념 때문에 기운을 더 내게 된 것은.

정신 차리라고 어디냐 물으니 바로 앞인 듯 기척이 느껴져 손을 뻗쳤으나 썰렁한 공간이다. 사람 몸통보다 조금 넓은 구멍이 까맣게 아가리를 벌리고 있다. 여자는 이 구멍 너머에 있는 것 같다. 소리가 났던 쪽으로 허리를 구부려 접근한 다음 더듬는다. 여자의 몸이 만져지지만, 위에 두꺼운 각목이 배를 가로질러 누르고 있다. 각목 위에는 시멘트 덩이가 얹혀 있다. 각목을 두 손으로 잡고 들어 올린다. 바지직 소리와 함께 둔중한 각목이 조금씩 틈을 벌리는 것이 느껴진다.

– 아가씨, 자 움직여 봐요. 어서.

각목을 들어 올리자 합판 덩어리도 따라 움직인다. 힘을 모아 무게를 버텨낸다.

– 자, 어서 나와요. 여봐요 아가씨, 살아 있는 거야?

앞에 휑한 공간이 있다. 다른 무엇인가가 또 있다. 사람의 발이다. 공간으로 삐져나온 발을 잡아 흔드니 발목 부분까지만 덜렁 뽑혀 나온다. 소스라치게 놀라 소리도 못 낸다. 무섬증이 훅 끼친다. 그때, 누군가의 손이 밑으로부터 솟아올라 목을 움켜잡는다. 돌무더기 부대끼는 소리가 더욱 가까이 들린다.

– 아저씨….

숨이 찬 여자의 가녀린 외마디를 들으며 같이 밑으로 떨어진다. 허방 짚

듯 깊이 떨어질수록 돌 부대끼는 소리 사이로 잔잔한 파도 소리가 밀려오는 것을 느낀다. 그건 어쩌면 수많은 사람의 웅성거림 일지도 모른다.

시간을 거꾸로 읽어야

목동에 있는 종합병원. 그는 살며시 눈을 뜬다.

"어머, 경아 아빠! 간호사님, 우린 애 아빠 정신이 들었어요!"

눈이 부시고 안개비가 내리는 것 같다. 그는 눈을 감는다. 그래도 안개비는 내리지만, 시야는 더 밝아지고 있다. 내려다보는 사람은 그의 아내다! 또각또각 구두 소리가 들리더니 간호사가 다가온다.

"닷새만이시네요! 다행입니다."

"여보. 나, 알아보겠어요?"

우는지 웃는지, 아내의 복받치는 목소리다. 그는 대답 대신 눈을 두어 번 깜빡인다. 몸을 약간 뒤척이니 팔과 다리가 침상에 붙어 침대의 무게가 느껴진다.

"안녕하세요? 여행 잘하셨어요?"

간호사가 손에 만년필 모양의 전등으로 그의 눈꺼풀을 들어 올려 불빛을 쏜다.

"마침 보호자께서 계셨네요. 의사 선생님을 모시고 올게요."

이곳이 중환자실이라면 지정된 시간이 아니면 보호자가 같이 있을 수 없을 터이다. 간호사는 발길을 돌리고 그의 아내가 얼굴을 앞으로 들이민다.

"여보, 당신 이렇게 누워서 닷새째예요."

"그래? 으음……."

목에 무엇인가가 걸렸는지 발음이 꺾인다. 훤칠한 키의 의사가 간호사를 앞세워 침상으로 다가오더니 불빛을 눈에 쏘아 동공반사를 확인한다.

"선생님 성함이?"

"리…. 반입니다."

리반? 자신의 이름이 생소하게 들린다. 리반은 속절없이 마치 남의 이름 같은 자신의 이름을 속으로 되뇐다.

"집은 어디세요?"

"목동."

의사는 고개를 끄덕인다.

"됐습니다. 어디 특별하게 불편하신 데 있으세요?"

"아프다면 온몸이 다 아픈 거고…, 잘 모르겠습니다."

"사모님 알아보시고요! 다행입니다. 이제 몇 가지만 체크하고 회복실로 옮겨 드리지요. 전신으로 쇼크가 왔으나 회복이 잘되고 있으니 걱정 안 하셔도 됩니다. 당분간은 몸을 좀 사려서 움직이세요."

의사는 아내의 등을 토닥이며 슬쩍 웃더니 간호사와 함께 멀어져간다. 리반은 머리가 개운치 않고 몸도 무겁다. 운동을 전혀 하지 않다가 모처럼 등산을 다녀와 샤워하고 침대에 누웠을 때도 몸이 이랬다. 창밖을 보니 녹음이 짙다. 그새 철이 바뀌었을까? 리반은 사방을 두리번거리다 아내를 물끄러미 올려다본다. 그녀는 착잡한 표정으로 남편의 이마에 내려온 머리를 쓸어 올리며 선웃음을 짓는다.

"정 교수님과 학생들이 몇 번 다녀갔어요. 의사가 뇌에는 특이 증상이 없어 의식이 꼭 돌아온다고는 했지만, 이렇게 오래갈 줄은 몰랐어요. 얼마나 다행인지."

"내게…. 무슨 일이 있었지?"

의식을 잃고 있었다? 닷새나? 그리고 자신의 이름이 왜 낯선지. 리반은 정체성을 못 찾는데 아내는 그의 표정을 살피며 도리어 안도하고 있다. 장인 어른 문제도 있고. 경아가 고3이니 아내도 힘들 텐데, 마음고생을 시킨 것 같다.

"제발 다른 후유증이나 없어야 할 텐데요. 아버님도 첫날 다녀가셨어요."

"안 그래도 복잡하신 분인데. 다른 좋은 소식은 없었고?"

"억지로 생사람 잡아넣으려니 쉽겠어요? 아버님도 나도 그 걱정은 안 해요. 시민단체에서 두 눈 부릅뜨고 지키고들 있어요."

장인 문제에 대해서 아내는 언제나 당당하다. 지금도 잠깐 표정이 굳어지다 만다. 저 표정은 신혼 초부터 그랬다.

회복실로 옮기자마자 의사는 일반 병실에서 하루만 경과를 본 뒤 퇴원하라 했고, 리반의 아내는 짐을 정리중이다. 일반 병실에는 침대 여섯 개가 모두 찼는데 대부분 외상환자다. 한쪽 구석의 텔레비전에서는 주부들을 모아놓고 누군가가 한참을 웃기더니 광고방송이 나오고 있다. 벽에 걸린 달력은 그새 5월이다.

"의료진이 뭐라고 했는지 아세요? 당신은 의식을 못 찾고 있었지만, 뇌파가 새로운 곳을 여행 중일 때나 나타나는 파장이랬어요."

아내는 어이가 없는지 배시시 웃는다. 여행을 좋아는 해도 이렇게 침대에 누워 있는 환자에게 여행이라니! 하긴 이렇게 누워만 있지는 않았던 것 같다. 그는 뉴스에서 토레스 몰 붕괴사고에 대해 보도가 나오자 손짓으로 아내의 말을 막는다. 여자 아나운서는 붕괴의 원인으로 지목한 지상 3층의 폭발은 크지 않았으나 내력벽 약화의 진행이 붕괴로 이어졌다며 반일세력에 의한 테러 가능성을 열어놓고 메시지 발신자를 추적 중이라고 전한다. 마치 쓰레기 더미 속에서 사람을 뽑아 올리는 것 같은 화면이 나온다. 광목으로 머리까지 덮은 들것은 시신일 것이다. 그 장면에서 리반의 동공이 점점 커지고 있다.

'이상하다. 저 장면들이 낯설지 않다!'

취재기자가 폐허로 변한 빌딩 잔해를 배경으로 구조된 사람들의 소식을 전한다. 이따금 예전의 삼풍백화점 붕괴 사고가 자료 화면으로 나온다. 처음에는 삼풍 사고를 편집해서 내보내는 프로인가 했으나 볼수록 눈에 익숙했고, 그건 단순한 기시감이 아니었다. 최슬아라는 글자가 자막으로 뜬다. 최슬아! 그 이름이 머리 위에서 맴돈다. 자막과 함께 화면에 나온 얼굴은 더욱 놀랍다. 채영을 닮았다! 리반은 눈을 감는다. 눈을 감으니 빛이 차단된 속에서 보았던 이미지가 또렷해진다. 어둠까지도 익숙하게 다가온다. 어두운 공간에 빛줄기가 스며들 듯 리반의 머릿속 영상이 차츰 열리고 있다.

'내가 그 속에 있었을까? 어두운 곳에서 본 건물 부스러기들. 내가 주검 가까이에 있었던 건가. 그동안 나는 죽었었나? 아내도 의사도 내가 닷새 동안을 병원에서 이렇게 누워 있었다고 하는데 나는 오히려 건물 무너진 속에 있었던 것 같다. 아니면 그곳은 사후세계로 가는 터널이었을까? 저 처자는 채영을 닮았다! 하필이면 예전에 죽은 채영을 말이다!'

리반은 기억의 실타래를 처음으로 되감아 본다. 홀연 채영이 나타났다. 출발점은 채영을 만나러 갔던 토레스 몰 앞이었다. 반가움을 떨쳐버렸던 승용차의 갑작스러운 발진. 차창 너머에 앉아 미소를 보내던 여인. 그녀는 윤채영이었다. 20여 년의 시간을 건너 채영이 생환을 알려왔다. 설레던 만남의 순간에 건물이 주저앉았다. 그 사고 뒤 자신은 계속 이 병원에서, 이 자리에 누워 있었다고 한다. 리반은 닷새를 고스란히 놓쳐 버렸다. 그때, 조태호라는 이름과 토레스 몰 붕괴, 그 매몰의 현장이 생생하게 떠오르고 있다!

'이게 어찌 된 일인가?'

리반은 TV 화면에서 눈을 못 떼는데, 뉴스화면과 남편의 표정을 번갈아 살피면서 그의 아내는 말도 못 붙이다가 자초지종을 늘어놓는다. 처음 사고가 났을 때, 리반 자신은 그녀의 차 앞에 엎어져 있었고, 아내는 현장을 못 보았으며, 연락을 받고서야 병원으로 달려왔다고. 가해 차는 범퍼가 조금 들어갔고, 가해 차주는 신사적이었다고 한다.

"여잔 괜찮아?"

리반이 화면에서 고개를 돌리며 묻는다.

"여자라니, 웬 여자요?"

아내의 귀가 솔깃한다. 브레이크가 풀려서 리반을 받았고, 차는 빈 차였다. 그곳이 경사가 조금 진 곳이기도 했고. 그런데 차에 여자가 타고 있었다고 하니 이제는 아내의 표정이 사뭇 달라진다.

"때맞추어 토레스 몰이 무너졌으니 정신이 없었을 거예요. 빌딩이 무너지는 바람에 그 차가 당신한테로 미끄러졌어요. 경찰도 그렇게 말했어요. 여자가 차를 그곳에 잠깐 세워 두었다던데. 아니 당신 혹시 그 여자, 아는 여자예요?"

"……?"

"아는 여자냐고요?"

"당신이 모르는 여자였어?"

"예? 무슨 말이에요?"

"모르겠어. 뭐가 뭔지."

리반의 아내는 고개를 끄덕이면서 표정을 고친다.

"참, 사고가 난 옆의 토레스 몰이 무너졌어요. 삼풍 사고 이래로 가장 큰 붕괴사고래요. 지금 뉴스도 그 얘기예요."

리반에게는 놀라운 얘기도 아니고, 자신이 그곳에 있었다는 믿음은 더 단단해진다. 채영은 어떻게 되었을까? 그녀가 차 안에 있는 걸 분명히 보았다. 자신이 본 모든 일이 꿈이었을까. 꿈이라면 너무 생생하다. 자기는 누가 뭐래도 건물이 무너진 밑에 깔렸었다. 침대에 누워 있는 사람이 어떻게 그곳에 들어갈 수 있었을까? 벽시계의 바늘은 제대로 돌아가는데, 시간을 거꾸로 읽어야만 할 상황이다. 아내가 고개를 갸웃한다.

"당신 아무래도 안 되겠어요. 퇴원 미루고 의사 선생님께 말씀드려 다시 검사를 받아야 할까 봐요. 아니면 시티(CT) 촬영을 해 보든지."

"모르겠어! 이해가 안 돼."

또 조태호라는 이름이 생각난다. 리반은 조태호를 입으로 중얼거리다가 입을 손으로 막는다. 아내는 그 이름을 알 리가 없다.

"최슬아라고, 들어 봤어?"

그 이름이 입에서 자연스럽게 튀어나온다. 입 밖에 내놓았지만 역시 리반 자신도 모르는 이름이다.

"최슬아요? 조금 전에 뉴스에 나왔어요. 며칠 만엔가 구조된 처녀, 맞아요. 그 처자!"

"뭐라고?"

그는 머리를 두 손으로 잡는다. 이건 마치 아내가 자신의 의식 속으로 들어온 느낌이다. 도대체 가리사니를 잡을 수가 없다.

"아니 당신, 그 애 이름을 어떻게 알아요? 지금 뉴스에서 들었어요?"

아내는 눈이 동그래서 침상에 바싹 붙어 앉는다. 자기가 왜 리반의 의식에 들어와 있는지를 묻는 것으로 들린다. 그냥, 그 이름이 떠올랐을 뿐인데 이 말을 어떻게 수습해야 하나. 이렇게 누워서 마치 꿈꾼 것 같은 일들이 모두 실제로 일어났다니! 리반 자신은 초능력자도 아니다. 그는 고개를 가로젓는다.

"당신이 말한 최슬아라는 처자가 그 여자예요?"

리반은 대답을 못 한다. 이상했다. 그 사고가 난 비슷한 시간에 교통사고가 났다. 아내가 소식을 듣고 이 병원으로 오는 동안에도 사고 뉴스를 계속 방송했고, 며칠간을 방송들이 생방송으로 중계했다고 한다. 리반은 그때부터 의식 불명으로 이 병원에 누워 있었다. 꿈을 꾼 것이 아니다. 아무도 모르게, 마치 몽유병 환자처럼 이 병실을 벗어나 붕괴한 빌딩 속에 갔다는 말인가? 아니면 몸이 두 개여야 한다. 의식 따로 몸 따로 분리되어 활동했어야 말이 된다. 손목까지 소름이 타고 흐른다.

"조태호 씨와 최슬아는 따로 구출되었지?"

리반이 묻는다. 그냥 물어본 것인데 아내의 표정이 뜨악하다.

"최슬아가 위치를 알려줘서 조태호 씨를 구출했다고 했어요. 최슬아가 먼저 구출되었어요. 맞아요. 아니, 이제까지 의식을 잃었던 당신이 어떻게 그 사람들 일을 그리 잘 알아요? 다 들리던가요"

남편의 말이 헛소리로 들렸을까. 그녀는 결국, 더 묻기를 포기했는지 시무룩한 표정으로 그에게서 고개를 돌리며 퉁명스레 말한다.

"당신 아무래도 이상해요. 정신 치료라도 받아야 하나 봐요."

아니다. 얘기가 그리로 흐르면 안 된다. 리반은 목청을 키운다.

"멀쩡해! 쓸데없는 소리 말고, 가만있어 봐요."

"아홉수가 안 좋데요. 당신 올해 조심해야 해요."

"알았어. 가만, 이제 좀 가만있어 보래도."

리반은 손사래를 치며 눈을 감는다. 토레스 앞에서부터 기억을 되짚어간다. 사고 순간과 토레스 몰 붕괴 사이에는 아무런 연결 고리가 없으나 리반은 그곳에 있었다. 엉킨 실 가닥이 풀리듯 조금씩 기억이 되살아난다. 건물이 무너진 속에서 최슬아와 대화를 나눴는데 그 시간에 자신의 몸은 이 병원 침상에서 의식을 잃은 채 누워 있었다. 몸이 둘이어야 가능한 얘기다. 그렇다! 조태호가 답이다. 사고현장에서 리반 자신은 조태호라는 사람이었을 것이다. 자신은 허물만 이곳에 있었다. 조태호라는 사람이 텔레비전에 나왔었다고 하니, 그 사람은 자기와 얼굴이 다를 수밖에 없다. 이건 엉터리 같은 추론이지만 그래야만 얘기가 된다. 이건 말도 안 된다! 왜 이런 일이 일어나는가.

"최슬아 말인데……."

"네? 최슬아나 조태호, 두 사람 다 화면에서는 흙 범벅이었어요."

아내는 눈을 동그랗게 뜬다. 계속 헛소리를 하는 것으로 들릴 것이다. 리반은 얼른 입을 단속한다. 이야기를 계속할수록 자기만 이상한 사람이 될 것이다. 어쩌면 정신병원으로 보내질지도 모른다. 혼자 풀어야 한다. 퇴원하면 먼저 조태호부터 만날 것이다. 그 사람이 이 세상 사람일까? 사고는 확실히 있었고, 조태호나 최슬아도 아내가 알고 있으니 기가 막힌다. 윤채영은 어떻게 되었을까? 그녀가 느닷없이 나타나면서 많은 일이 태풍처럼 몰아쳤다. 채영이 무사해서 다시 만난다면 이 모든 의문을 공유할 수 있으려나.

내가 아니었던 나

　병실 문이 열리면서 학교 교목인 황 목사가 들어온다. 감청색 싱글 차림에 백합 한 다발을 들고 들어와 리반의 아내에게 건넨다. 누워있는 줄 알면서도 차일피일했다면서 의식이 돌아왔다는 소식에 서둘러 들렀다고 한다. 황 목사가 리반의 손을 잡는다.

　"퇴원해 버리면 면회 올 기회를 놓치게 되잖아요! 리 교수님 나중에 섭섭해하는 얼굴을 어찌 봅니까? 사모님 걱정이 크셨지요? 멀쩡했던 사람이 이렇게 누워 계시니."

　"정신이 없었지요. 의식이 돌아올 사람이라는 의사의 말을 믿고 기도만 했습니다."

　"참 다행입니다. 우리 사모님 기도 덕분입니다요."

　황 목사는 에둘러 리반이 교회에 나가지 않는 것을 화제로 꺼내곤 했다. 그는 학교에 대한 궁금증을 몰고 들어왔다. 일주일이면 별일이 다 생길 수 있다. 결강에 따른 보강도 예삿일은 아니다. 황 목사는 리반 교수가 누워 있는 것이 별일이라는 말로 학교 안부를 대신한다. 리반의 아내는 사과즙을 권하면서 머리맡에 있는 성경책을 집는다. 리반은 '이젠 교회를 나가야 하지 않느냐'는 아내의 시위로 받아들인다. 목사만 있으면 아내는 기가 솟곤 하였다. 리반은 드디어 머릿속에만 가둬놓았던 의구심을 끄집어낸다.

　"목사님. 제가 병상에 누워있는 동안 좀 특이한 일이 있었어요. 참 불가사의해서 말을 꺼내기도 주저되긴 합니다."

"예? 불가사의한 일이라니요. 세상은 어차피 불가사의한 일 천지지요!"

리반이 돌연 정색을 하니 분위기가 달라지는데 황 목사는 리반이 던진 말 미끼를 얼른 물지 않는다. 리반은 목사의 대답에 잠시 머뭇대다가 이내 말을 잇는다.

"맞아요. 어떻게 말씀드려야 하나. 내가 남이 되어 행동했습니다. 내가 남이 될 수도 있을까요? 이해 안 되시지요?"

황 목사는 선뜻 화제의 중심으로 들어오지 못한다. 내가 남이었다는 생뚱한 말이 대화에 들어서는 것을 가로막은 것 같다. 아내는 눈이 동그래져서 눈동자를 이리저리 굴린다.

"좀 황당한 얘기로 들리겠지만, 말씀을 드리지요. 제가 이 병원에 누워있는 동안 나는 내가 아니었습니다. 닷새 동안 나는 다른 사람이 되어 몸만 여기에 놔두고 의식은 남의 몸에 들어가 있었습니다."

아내와 황 목사가 눈을 마주 보며 서로 들은 말을 확인하고 있다. 그때 아내의 손전화가 울렸는데, 전화를 받는 아내의 얼굴이 점점 사색이 된다.

"아버님, 테러를 당하신 것 같아요!"

"뭐요? 기어이 일이 터졌군!" 반사적으로 몸을 일으키려 하나 아내와 목사가 리반을 말린다.

"당신이 나서서 할 일이 없어요. 빨리 회복이나 하세요. 미수에 그친 것 같고, 아버님도 많이 다치진 않으셨나 봐요. 범인들도 경찰이 연행했다고 하니 너무 염려 마세요."

아내는 역시 침착하다.

"지금은 어디에 계시나?"

"됐어요! 당신, 아버님 걱정할 계제가 아니잖아요."

그렇긴 하다. 그만해서 다행이다. 리반은 마음을 가라앉히며 목사를 올려다보고 하던 말을 이어간다.

"말이 끊겼네요. 조금 전에 제가 한 말 정말입니다. 이해 안 되시지요?"

어쩌 말하는 사람도 자신이 없는 말투다. 믿기지 않는 일을 말하려니 더 그렇다.

"아니, 그게……. 정말 이상한 말씀을 하시니 그렇지요."

"여보! 무슨 해괴한 말이에요?"

"참 묘했어요. 나는, 아마 아무도 믿지 못할 경험을 했어요."

리반은 손가락으로 머리를 짚으며 말했고, 목사는 그를 잠시 내려다보더니 고개를 갸웃하면서 표정이 얼떨떨해진 아내에게로 눈을 돌린다. 리반은 데시근하게 말실수라도 한 것처럼 머뭇거린다. 어색한 침묵이 이어진다. 리반은 아무래도 바보 같은 말을 한 것 같다.

"그런 일이 있었는데……. 나중에 정리해서 말씀 나누죠."

리반이 꼬리를 내리려 하자 황 목사가 정색하며 흐지부지 내려가는 말꼬리를 잡는다.

"우리 리반 교수님, 전시회 준비하시느라 신경을 지나치게 많이 쓰시는가 보네요. 예술가들이 작품에 집중하다 보면 현실 세계와 작품 세계를 혼동하는 수가 있다고는 들었습니다. 화가들도 그런가요?"

그게 아닌데, 황 목사는 완전히 다른 동네로 들어가 있다. 리반은 잠깐 뜸을 들이며 두 사람을 올려다보다가 정황을 설명한다.

"저는 이처럼 병실에 이대로 주-욱 누워 있었습니다. 그런데 내 몸이 이곳에 있는 동안 내 의식은 나를 떠나 무너진 토레스 몰 안에 갇혀 있었습니다. 몸과 의식이 따로 활동했던 것이지요. 그곳에서 만난 사람이 바로 전에 TV에도 나왔습니다. 닷새가 지나 막 깨어난 사람이 그사이에 구출된 사람 이름을 어떻게 알겠어요? 그 사람은 매몰된 건물더미 아래서 만난 사람이거든요! 저로서도 이해를 못 하겠고요."

리반이 머리를 젓는다.

"……?"

"저는 몸을 떠나서 다른 사람 몸으로 들어가……. 내가 무엇에 홀린 듯하긴 하네요. 하지만 실제 일어난 일이고 제가 겪은 일이라 더욱 혼란스럽습니다."

리반은 멈칫거리며 두 사람의 표정을 살핀다. 아내는 입을 못 다물고 말이 안 된다는 표정이다. 황 목사는 눈도 깜빡이지 않는다. 역시 우려한 대로다. 꺼낼 말이 아니었을까? 황당해하는 표정에 어쩔까 망설이다 말고 리반은 말 마감을 시도한다.

"그만하죠."

그러나 황 목사의 표정에 변화가 생긴다. 무언가 짚이는 부분이 있는 걸까. 황 목사의 그런 태도가 반갑다.

"놀랍군요! 그 현상에 대해 의사는 뭐라 하는데요?"

"의사한테는 이 말을 꺼내지도 못하고 있습니다. 혹여 나를 정신 이상자로 단정해버리면 어쩝니까?"

"공연히 엉뚱한 생각 마시고, 나중에 퇴원하시거든 그 기이한 체험에 대하여 다시 말씀 나눠 보지요. 그보다도 리 교수님, 요즈음 교회 안 나가는 이유를 좀 듣고 싶은데요."

황 목사가 돌연 화제를 돌린다. 어차피 그가 답을 가진 것은 아니다. 머리가 돈 사람이라 말하지 않아 다행이다. 황 목사마저 머리가 비정상이라고 말하면, 아내는 정신과 치료를 받자고 나올 것이다. 리반은 황 목사의 물음에 즉각 답한다.

"믿음이 약해서죠. 일부 교인들의 행태가 싫은 측면도 있고."

"학교 교회라도 나오시면."

"묘하게도 요즘은 불교 쪽 친구들이 늘어나고 있어요."

불교는 옛적부터 우리 전통에 녹아들어 생활 종교나 다름없다 보니 무속과 가깝다는 선입관에서 터부시해 왔다. 그러나 불교에 대한 선입견은 경전의 내용에서 나타나는 합리적인 부분을 접하게 되면서부터 점차 바뀌었고, 교리대로 무조건 믿어 왔던 기독교의 여러 측면이 오히려 비합리적으로 여겨지기도 했으며 요즘 리반에게 '불교의 세계는 바다요, 기독교는 그 가운데 있는 섬'이라는 생각까지 한 적이 있었으니, 기독교적으로 보면 교만에 빠진 것이다.

"리반 교수님, 신앙이 깊은 사람일수록 하나님을 멀리하면 다치는 일이 있습니다. 이번의 사고를 하나님이 내린 사랑의 매로 받아들이신다면 좋지 않을까 싶습니다만."

들어본 말이었으나 섬뜩한 경고로 들린다. 하나님이 아버지시니 아버지가 사랑하는 자식에게 매를 들 수 있다. 그것이 어떤 형태로 나타날지 두려운 메시지가 아닐 수 없다.

"교인들의 행태를 말씀하셨는데…."

리반은 하나님의 성전이 아니라 사업하는 사람들의 사교장 같은 교회를 많이 보아왔다. 지나치게 현실적인 일부 성직자들의 처세 방식도 싫었다. 말 따로 행동 따로 하는 목자의 말을 양식으로 받아들일 수는 없었다. 물론 일부이겠지만, 이 말은 리반이 평소 성직자들과 나누고 싶었던 화두이다. 리반의 말에 황 목사는 배시시 웃는다. 그건 불교도 마찬가지라며. 일부 치졸한 성직자들의 밥그릇 싸움일 뿐이라고 말한다.

"그 또한 하나님의 계획 중 하나일 겁니다. 교수님에게는 교회 선택도 중요합니다."

"참, 희생자는 몇 명이나 됩니까? 테러인가요?"

"대형 빌딩의 붕괴인데도 희생자는 많지 않습니다. 건물 파괴에 목적이 있었던 것 같습니다. 마침 휴무일이라서 손님들도 없었고, 관리 직원들에게도 빌딩이 폭발한다는 메시지가 미리 갔던 모양입니다. 아주 특이한 사고입니다. 경찰에서는 반일 단체의 소행으로 단정, 메시지 발신 경로를 추적하고 있으나 수사가 쉽지 않은 모양입니다."

"불행 중 다행이군요!"

"그 건물, 토레스 몰은 일본 자본이지요. 모기업이 이스턴 그룹인데, 일본 자본 비율이 60%랍니다. 인명피해를 최소화한 테러였던 것 같은데 그래도 사망자가 6명이나 됩니다. 행방불명자도 십여 명에 이르고요."

"예, 특이한 사건입니다."

"목적이 무엇이든 이런 테러는 없어야지요."

"바쁘신데 이렇게 들러주셔서 고맙습니다."

아내가 목사를 배웅한다. 목사가 시야에서 멀어지자 리반의 머릿속에 윤채영이 자리를 잡는다. 그녀는 운전석에 앉아 있었는데 무사할까? 채영은 왜 자신을 차로 들이받았을까?

사람이 아닌 사람

나였던 그를 만나다

  최슬아는 토레스 몰의 직원이었다. 토레스 몰의 모(母)기업 이스턴 그룹은 일본 자본으로 출발하여 해외 건설 붐을 타고 급성장했다. 공격적인 사업 확장과 정치권과의 특별한 유착으로 시민단체들은 '일제 부역자 집단', 정경유착의 대표 기업으로 분류한다. 반일 단체가 테러의 주범으로 읽히는 대목이다.

  최슬아는 리반 자신을 알지 못하고 조태호라는 사람의 얼굴만 기억할 것이다. 말이 되건 안 되건, 그 일은 자신이 겪은 실제 상황이었다. 일주일 만에 보는 바깥세상은 여름의 문턱을 성큼 넘었다. 언제 잎이 날까 했던 잿빛 나뭇가지들은 짙은 녹색 옷을 입었고, 햇볕은 따갑다. 리반이 찾은 붕괴 현장은 분화구처럼 패여 매몰되었던 기억을 분출하고 있다. 눈에 익은, 부서진 시멘트 구조물들은 바깥으로 나오지 못한 실종자들의 묻혀버린 비원(悲願)으로 보인다. 그 침묵 속 참상의 현장을 구조 본부의 노란 색깔이 덮고 있다. 메스껍고 역한 냄새가 아직 질펀한데 그 밑에서 나흘간을 갇혀 있었던 생각에 넌더리가 난다. 최면상태가 아니었다면 어떻게 그 아수라 같은 곳에서 살아올 수 있었을까. 돌이켜보니 차 사고와 빌딩의 붕괴는 거의 동시에 일어났던 것 같다. 그는 TV 화면에서 최슬아의 민낯을 처음 보았는데 혹시나 했던 대로 얼굴이 낯설지 않았다. 그곳은 현실과 비현실의 경계였을까? 더욱이 자신이 어떻게 생면부지의 조태호라는 이름을 알고 있는지. 리반은 비현실 같았던 현실의 알고리즘을 세워나가리라 다짐한다.

그는 방송사에서 먼저 조태호의 신원을 확인한다. 흙먼지를 뒤집어쓴, 심성이 착해 보이는 그는 자기와 비슷한 또래의 토레스 몰 관리직 직원이었다. 한편 뉴스 매체들은 이번의 사고로 기업 이미지에 큰 타격을 받은 이스턴 그룹이 대대적인 인사이동을 예고하고 있으며 경찰은 반일 정서가 강한 단체를 조사 중이라고 한다. 테러에 방점을 찍는 이유는 최근 들어 일제 청산을 요구하는 청년단체가 국외 동포 사업가들과 연대하여 독도 영유권을 주장하는 일본 극우세력에 대항, 모종의 행동에 나섰다는 첩보 때문이다. 이 단체에는 일제 패망과 함께 조국에 들어오지 못하고 고려인으로 살아가는 동포 3세들도 참여하고 있는 것으로 알려졌다. 더구나 휴무일 쇼핑몰 관계자들과 상주인력들에게 미리 건물 폭파가 있을 것이라는 메시지를 예고하여 인명피해를 줄이려 한 점이 의혹을 뒷받침했다. 삼풍 사고처럼 평일에 예고 없이 선물이 붕괴했다면 수백 명이 희생되었을 것이다.

리반은 은연중에 채영의 전화를 기다렸으나 안부를 확인하는 다른 사람들의 전화만 부산하다. 그렇다고 누구에게 물어볼 수도 없는 일이다. 보험회사는 사고를 낸 사람의 신분을 확인해 주었다. 가해자는 윤채영이 아니라 최이수라는 이름이다. 사고 조서에는 백화점 옆에 정차시킨 차의 제동장치가 풀린 것으로 되어 있다. 리반은 가해 차주에게 전화를 걸었다. 신호음이 세 번 울렸을 때 기척이 왔다. 중후한 남성의 목소리지만 자동응답기는 외출 중이라 했다. 사고처리는 이미 끝났다. 윤채영과는 관계가 없을지 모른다. 채영은 어디로 사라졌는가. 혹시 헛것을 본 건 아닐까. 어차피 그 여자는 이십여 년 전에 죽었다. 하지만 리반은 채영과의 통화 기억에서 빠져나오지 못한다. 리반은 조태호와 최슬아를 만나야 했다. 이 일은 어쩌면 그녀로부터 실마리가 풀릴 것 같은 예감이 들었다. 최슬아의 거주지는 용인시 수지에 있는 아파트였다.

리반의 전화를 받는 조태호는 심드렁하다. 그동안 기자들에게 시달린 탓일까. 리반은 자기도 토레스 몰에 묻혔던 사람이라며 기억을 잃어버려서 도움을 받고 싶다고 말한다. 기억상실, 그것은 별안간 떠오른 핑계다. 같이 묻혔던 사람이라는 공감대는 일단 만들어놓았으니, 최대한 공손하게 상대의 호의를 끌어 낼 생각이다. 예상대로 조태호가 적극적이다.

"사실은 내게도 비슷한 증상이 있어서요. 제 전화번호는 어떻게 알았습니까?"

"구조본부에 문의했습니다."

두 시쯤, 여의도에 있는 모라도 호텔 커피숍으로 약속을 잡는다. 비슷한 증상이라니, 그가 기억 못 하는 공간에는 리반 자신이 들어 있을 것이다. 모라도 호텔 커피숍에는 리반이 먼저 도착한다. 조태호 씨는 이 황당한 이야기를 어떻게 들어줄까? 매몰 현장의 일은 어디까지 기억해 낼까? 십여 분이 지나자 검은색 바지에 체크무늬 남방을 걸친 중년 신사가 들어오더니 주위를 두리번거린다. 리반이 자리에서 일어나자 그도 방향을 틀어 다가온다. 통성명을 하고 조태호는 건너편 의자에 앉으면서 리반을 찬찬히 바라본다. 눈매가 선해 보여서 대하기 편하다.

'나는 바로 이 사람이었다!'

나였던 그래서 일까? 인상이 좋아서 좋다. 종업원이 물을 따르고 그는 커피를 주문한다. 리반은 손가락을 브이 자로 들어 보인다.

"몸이 괜찮아 보입니다. 다행입니다."

그에게서 건너오는 첫마디다. 리반은 어떻게 말을 꺼낼까 하다 그냥 부딪친다. 될 수 있으면 가볍게 화제를 끌어가기로 미리 생각해 두었다.

"초면에 죄송한 말씀이나 저, 실은 기억상실이 아닙니다."

그는 고개를 들며 의아해한다.

"더 심각합니다."

리반은 한 뜸을 들인 뒤 종업원이 갖다 놓은 물컵을 든다. 조태호는 넌지시 바라보며 같이 물컵을 든다.

"예. 선생께서는 무슨 일을 하고 계시는지요?"

"대학에 있습니다. 바쁘실 것 같아 본론부터 말씀드리겠습니다."

"예. 그리 하세요."

"조 선생님께서도 기억장애 증상이 있다고 하셨는데, 그건 매몰 현장에서의 일들이 떠오르지 않는 것 아닙니까?"

리반은 핵심을 단번에 찌른다. 그는 듣고 싶었던 말이라는 듯 표정이 밝아지며 성큼 화제 속에 들어온다.

"그래요! 나흘 동안이나 그 속에 있었는데 기억이 안 나는 부분이 많아요. 하물며 그곳에 함께 있었던 사람은 나를 기억하고 있는데 나는 기억을 못 하겠는 거예요. 선생도 그런가요?"

그는 자세를 고쳐 앉으며 바짝 흥미를 보인다. 이쯤 되면 누가 만나자고 한 사람인지 모르겠다. 리반이 예상한 대로다. 이제부터는 호기심의 정도가 서로 같을 것이다.

"그 사람 이름…. 최슬아가 아닌지요?"

"맞아요. 그 처자가 내게 아는 체를 하는데 나는 전혀 모르겠는 거예요! 술을 많이 마신 뒤 필름이 끊어진 그런 느낌 같았어요. 사고가 났을 때부터 구조가 될 때까지 제 망막에 영사되던 필름이 끊어진 거죠. 어떻게…. 최 양 친지 되시나요?"

"저도 모릅니다. 저는 건물이 붕괴하던 날 토레스 몰 앞에서 차 사고를 당해 의식을 잃고 입원했습니다. 닷새 만에 병원에서 깨어났지요. 닷새 동안을 목동에 있는 종합병원 중환자실에 누워 있었단 말입니다. 집사람이 꼬박 곁에서 지켜 주었고요."

"아 예. 회복이 잘되신 것 같습니다. 다행입니다."

"예. 하지만 제게 이상한 일이 있었습니다. 이런 말씀 드리면 어떻게 받아들이실지 걱정은 됩니다만, 명백히 사실입니다. 그 닷새 동안에 저는 다른 사람이 되어 토레스 몰의 매몰현장에 갇혀 있었습니다. 어떤 다른 남자의 의식 속에 들어가서 활동했던 것이지요. 제 의식이 그분에게 전이된 것이지요. 그런 괴이한 일이 있었습니다."

조태호는 커피잔을 잡다 말고 리반을 똑바로 바라본다. 표정에 의혹이 가득 담긴다. 지금이 중요하다. 리반은 그의 표정 변화를 개의치 않는다.

"저는 빌딩이 무너진 속에서 최슬아 양을 구하려 애썼습니다. 그리고, 저를 구조할 때 이름이 무엇이냐고 의료진이 물어왔습니다."

조태호는 이 말을 더 들어야 하나 싶었는지 주변을 두리번거리기도 하고, 표정이 불편해진다. 리반은 그의 눈길을 좇다가 마주쳤을 때 결정타를 날린다.

"저는 말이지요. 조태호라고, 선생님의 이름을 댔습니다."

"이 예? 잠깐만요. 하시는 말씀을 도통……."

"구조될 때의 저는 앞에 계신 조 선생님이었습니다."

조태호는 미간을 찌푸리면서 리반의 옷차림새를 위아래로 훑는다. 선생이라선지 말솜씨가 좋은 듯하여 휩쓸리지 않으려고 딴청을 부리는 것 같다. 그가 무언가 말하려 입술을 달싹이는 사이에 또 리반의 빠른 말이 덮어버린다.

"황당하게 들리시지요? 조 선생님이 저와 같이 최슬아를 만나면, 그땐 제 말을 믿으실 겁니다. 제가 하는 말을 그녀는 알고 있는데 조 선생님만 모르실 거예요. 최슬아는 내가 하는 이야기를 자기와 조 선생님 사이에 있었던 일이라고 인정할 겁니다."

조태호는 아예 눈을 감고 듣더니 고개를 절레절레 흔든다.

"말이 되는 말을 하셔야지요, 요즘 세상에! 도통 알 수 없군요."

그는 고개를 주억거리더니 말을 잇는다.

"하지만, 그렇다고 터무니없는 얘긴 아닌 것 같고. 듣고 보니 그 부분은 제 기억 속에서 하얗게 지워진 부분이기도 합니다. 선생 말씀이 좀 빠른 편이시네요. 말씀하신 것 찬찬히 한 번 더 듣고 싶습니다. 저처럼 머리 나쁜 사람은 도무지 못 알아듣거든요!"

조태호의 감긴 눈 주위에서 미세한 경련이 이는 것을 보며 리반은 차분하게 했던 말을 되풀이한다. 의식이 전이된 것이었다는 말을 덧붙이면서.

"세상에는 알 수 없는 일들이 분명히 존재하니까요. 제가 바로 그 주인공이 될 줄은 몰랐습니다. 조 선생님 의식이 지워진 하얀 부분에 제가 들어앉았던 겁니다."

리반의 의식이 마주 앉은 사람의 의식에 침투했었다는 결정적인 단서가 조태호의 표정에 나타난다. 그는 멍한 표정으로 잠자코 있다가 망연히 고개를 끄덕인다.

"이상한 일이군요! 어쨌든 리 교수님의 이야기는 그럴싸합니다. 첫째는 내가 인정할 만한 대목이 있어서이고, 다음은 리 교수님이 허투루 말할 사람 같지 않아섭니다. 설혹 그럴더라도 그런 말을, 선생이 당한 일을 믿을 사람이 있을까요?"

조태호는 눈을 감는다. 남이 들으면 말도 안 되는 말이다. 리반은 그런

희한한 일을 겪었다. 그래서 확인을 해야 했다. 자신에게 이상이 있어 허상을 떠올리는 건 아닌지. 그가 가장 궁금했던 것은 과연 조태호라는 사람이 자기 말을 어느 정도 인정하느냐 였다. 조태호는 그에게 몸을 내주었고, 리반을 받아들인 당사자였으니 말이다. 조태호는 여전히 눈을 감은 채로 진중하게 입을 연다.

"말씀대로라면 난 의식이 없어진 상태에서 몸만 빌려 드린 건데 어떻게 그 일을 알겠습니까? 그럼 그때 난 어디에 있었을까요?"

이 대화의 핵심이다. 리반은 엷은 미소를 짓는다.

"조 선생은 제 안에 있었던 셈이지요."

조태호는 말없이 컵만 만지작거리더니 리반의 표정을 따르듯 입가에 가벼운 미소를 흘린다.

"그랬을 테지요! 그리고 희한하게도 리반 교수님을 만나면서 내가 가지고 있는 몇 가지 의문도 함께 풀리고 있습니다. 퍼즐이 맞아 돌아가는 것처럼요!"

"그렇습니까? 그 말씀으로 되었습니다!"

리반은 기묘한 기운을 느낀다. 사실 리반 스스로도 혼란스러웠고, 혼자서 추슬러야 했다. 조태호는 리반의 말을 이해한다고 하면서도 고개를 갸우뚱거린다. 리반은 비로소 서로의 의식이 제자리를 찾아든 느낌을 받는다.

"기억상실 운운해서 죄송합니다. 어떻게든 조 선생님을 뵈려고 둘러댄 말이었습니다."

"리 교수님이 겪은 일들, 참 황당합니다만 제가 같이 겪었던 일이니 부정도 못 하겠네요."

"직장도 그렇고, 힘드시지요? 복잡한 말씀을 드렸군요."

"이런 일은 없어야 하는데, 참 우린 이상한 인연입니다. 어쨌거나 이젠 이렇게 건강하시니 웬만한 건 다 잊어버리세요. 이 건물 붕괴 전에 누구인가 미리 사고를 예고한 일도 그렇고, 세상일을 어차피 다 알 수는 없지 않겠습니까?"

"목적이 있는 테러였던 것 같은데, 그들은 어떤 사람들일까요?"

"그러게 말입니다. 정황상으로는 반일 정서가 강한 사람들임에는 틀림이 없어 보입니다."

"예. 선생님, 시간 내주셔서 고맙습니다."

조태호는 황망히 자리를 뜬다. 리반은 조태호와 헤어진 뒤 여의도 시민공원 잔디밭을 걷는다. 주변에는 많은 남녀가 거닐고 있다. 저들은 눈에 보이는 것들만 믿고 반응한다. 보이지 않는 세계가 암연(黯然)히 존재하고, 리반은 그걸 체험했는데 말이다. 채영이 자기를 보이지 않는 세계로 불러낸 것일까? 오래전에 죽었고, 사람들 뇌리에서 지워져 간 여자가 홀연 나타났다. 그녀는 또 토레스 몰이 무너지는 사고와 함께 어디론가 자취를 감추었다. 리반은 빌딩 붕괴와 함께 사라져가던 채영의 모습을 좀처럼 떨쳐낼 수가 없다. 그녀는 어디로 사라진 것일까?

비를 좋아하는 사람은

"리반 씨?"

수화기에서 나오는 소리에 가슴이 먼저 반응한다. 채영의 목소리다! 마음의 반쪽은 채영에게 내주고 학생들의 신상 기록을 살피던 중이다. 그녀가 무사하다는 거다!

"채영?"

"어떻게, 몸은 괜찮아요?"

세상에! 그녀가 도리어 안부를 물어온다.

"난 괜찮아. 채영은 어때? 도대체 어떻게 된 사람이야?"

가슴 속은 반가움에 방망이질인데, 입에서는 다른 말이 나온다.

"미안해요. 수고를 끼쳐서."

채영의 대답은 더 엉뚱하다.

"그댄 사람이 맞아요? 그리고 수고라니, 웬 수고?"

"고생 많았어요."

이 목소리는 감정이 배제된 듯 가라앉은 예전의 그 음색이다. 수고를 끼쳤다니. 리반 자신이 사고 현장에 매몰된 것을 채영이 알고 있다는 것일까? 두 사건이 동시에 일어났는데 그녀는 그 속에서 어떻게 무사할 수 있었는지 궁금한 건 리반이다.

"바로 만날 수 있소?"

이십여 년 만이었다. 채영을 만난다는 기대를 안고 달려갔으나 대형 사고에 말려 생사를 모른 채 며칠을 보냈다. 처음으로 돌아가야 한다. 할 말은 얼마나 많고, 그녀의 숨은 사연은 무엇일까. 리반은 조바심이 인다.

"어서 와요. 전에 만나려던 그 장소에서 기다릴게요. 빗길이니 운전 조심하시고."

그 장소는 빌딩이 무너져 접근할 수 없는 곳이다. 붕괴 사고가 난 것을 개의치 않는 것 같으니, 혹 다른 의미가 있는 장소일까?

처음 채영을 만나러 갈 때도 오늘처럼 비가 내렸다. 퍼부어대는 비는 차도에 물줄기를 만들고 있다. 근처 아파트에 주차한 다음, 우산을 받치고 붕괴 현장으로 향한다. 노란색 폴리스라인이 넓게 둘러쳐져 있다. 앙상한 철골을 타고 물줄기가 길게 이어져 흐른다. 철거를 기다리는 무너지다 만 외벽은 빗속에서 더욱 괴기스럽다. 사방의 물줄기들이 분화구처럼 움푹 팬 곳으로 부채목처럼 몰려든다. 목이 타들어 가는 갈증 속에서 들것에 실려 지상으로 뽑혀 오르던 자신이었다. 잔재 속 어딘가에 묻혀 있을 희생자들의 원성이 환청으로 좇아온다. 실종자들은 아직도 수색의 그물망에 걸리지 않은 채 가족들의 애를 태우고 있다. 시신이라도 찾아야 하련만 그들은 마치 흙먼지 속으로 증발한 듯 사라졌다.

구급차가 대기 중인, 통제라인이 끝나는 지점에 흰색 프린스가 비상등을 깜빡이며 인도에 접해 있다. 그녀가 운전석에 돌부처처럼 앉아 있다. 처음 대했을 때의 기시감을 느낀다. 리반은 조수석 쪽으로 다가간다. 그녀의 연두색 싱글 차림이 산뜻하다. 빗줄기는 조금 잦아졌다.

"비 맞지 말고 어서 타요."

그녀는 조수석 도어 럭을 풀며 담담하게 리반의 시선을 받는다. 그러나 리반은 강한 자력을 느낀다. 채영의 눈동자는 여전히 흡인력이 있지만 눈을 마주치기가 거북하다. 비를 피해 얼른 조수석에 앉으며 언뜻 채영의 옆얼굴을 보았다. 꿈인 듯, 채영의 바로 옆자리에 앉아 있으나 고개를 그녀쪽으로 돌리지 못한다. 창을 타고 내리는 빗물과 와이퍼가 그리는 포물선을 물끄러미 바라볼 뿐, 리반은 스멀거리는 섬뜩한 기운에 당혹감을 느낀다. 그렇다! 이 기분은 반가움이 아니라 두려움이다. 리반은 자기 옆자리에 있는 채영이라는 존재의 실재를 거부하고 있는 것이다. 이번에는 채영이 리반을 뚫어지라 바라본다. 리반은 고개를 옆으로 못 돌리고 가슴만 동당거린다.

"반 씨, 나 좀 봐요. 나, 귀신이 아니거든!"

음색에 촉촉함이 밴다. 전화기가 채영의 목소리를 비틀었던 것일까? 가늘고 하얀 손이 리반의 손을 덮는다. 뱀처럼 미끈한데 온기가 없이 촉촉하다.

"채영……."

보고 싶었던 사람, 그 이름을 읊조리며 고개를 돌리니 서글서글한 큰 눈망울이 리반의 두 눈동자를 번갈아 더듬는다. 예전처럼 창백하진 않지만 약간 갸름한 얼굴에 단발머리다. 앙증맞은 귓불, 발그스름하게 달궈진 뺨, 깊고 맑은 눈동자, 어딘가에 세월의 깊이가 서린 안쓰러움. 리반은 옛날의 채영 모습을 하나하나 눈으로 체감한다.

. "날 다시 만나리라곤 상상도 못 했지요?"

리반은 깊게 심 호흡을 한 뒤 되받는다.

"난, 제정신이 아니야. 채영 씨는 어떨지 모르지만."

대화가 어정쩡한 분위기를 바꿔놓는다. '채영 씨'라고 했다. 한 번도 그렇게 부르지 않았었는데 지금은 그렇게 불러야 할 것 같았다. 그런 호칭이 둘 사이에 놓인 시간적 거리에 맞을 것이다. 리반을 보며 기대 이상으로 멋지게 변했다고 말하는 채영은 그 또래 여인들의 어투를 갖고 있다. 휴대전화로 듣던 목소리와는 다른 느낌이다.

"그대는 살아 있는 사람이 맞아요?"

그리 물어야 할 것 같았다. 의구심을 떨칠 수가 없었다.

"맘대로 생각해요. 어차피 반은 지금 윤채영과 살지 않나요?"

윤채영과 살고 있다니. 채영은 죽은 여자고 집사람 이름은 박정란이다. 죽은 사람이 살아 돌아와서 자기랑 살고 있지 않으냐 묻는 격이다. 비로소 그녀와 눈을 마주치는 순간 리반은 채영의 강렬한 눈빛을 맞댈 수가 없다. 헛것을 보지도 않았고, 모든 것이 현재진행형이다. 자신은 멀쩡한 채영의 옆자리에 앉아 있다. 반짝 빛을 발하는 채영의 눈빛! 이건 꿈이 아니다. 그런데, 자신이 그녀와 살고 있지 않으냐고 묻다니.

"집사람 이름은 박정란인데."

"……."

채영은 말이 없다. 채영은 토레스 몰이 붕괴하는 혼란 속에서 어떻게 빠져나왔을까? 그리고 왜 리반 자신을 차로 들이박았을까? 그때 채영은 독심술을 부리듯 입 밖으로 내놓지도 않은 물음에 태연스럽게 답한다.

"들이박았더라도 이렇게 멀쩡하면서요. 무척이나 반가워서 그랬겠지요!"

가해자는 최이수라고 들었는데. 리반이 본 사람은 운전석에 앉은 채영이었다. 채영이 최이수라는 가명으로 살아가야 하는 어떤 사연이 있는 것일까? 차창 너머로 사고 현장을 보면서 토레스 몰 붕괴를 화제에 올리자, 채영은 눈을 내리깔더니 사람의 죽음이라는 명제를 진지하게 풀어낸다.

"죽는 건 똑같은데 어떤 사람은 행복하게, 어떤 사람은 한을 품은 채 죽어가요. 사람은 죽음을 맞는 시점에 따라 살아온 삶의 가치가 달라져요."

"그래! 누구는 죽었다가 살아나고 말이지."

"비 오는 날에만 전화하게 되네요! 별을 좋아하는 사람은 꿈이 많고, 비를 좋아하는 사람은 아픈 추억이 많다는데……."

채영이 몸을 틀어 리반에게 손을 내민다. 리반은 채영의 눈동자에 빨려들며 그녀의 손에 잡히면서 아무래도 자신은 슬픈 추억을 가진 사람이라는 생각을 한다. 촉촉한 감촉이 선뜻하다. 둘은 아미가 호텔 옥외주차장에 도착하여 우산 하나에 서로 몸을 붙여서 각자의 반쪽은 비에게 내주며 로비로 들어선다. 점심때라 레스토랑은 손님들로 북적였고, 그들은 구석진 자리에 안내된다.

"그런데……."

"나 많이 달라졌지요? 추억으로만 남아 있기가 안타까웠어. 반이 나를 어떻게 봐 줄까? 참 궁금해."

그녀는 빗물에 젖은 핸드백을 닦아내면서 어설피 미소를 짓는다. 그윽한 눈빛이 예전을 떠올리지만 둘 사이에는 엄연한 거리가 있다. 리반은 거리를 의식하고 착잡했으나 짐짓 가볍게 묻는다.

"어떻게 살아서 돌아오셨지? 염라대왕한테서는 왜 쫓겨났을까?"

"맞아! 쫓겨났어요. 자기랑 살아도 되는지 반 씨한테 물어보고 오래. 음~ 흠흠."

예전에도 그랬다. 채영은 늘 당당했다. 그녀는 모처럼 밝다. 더구나 '음~ 흠흠' 하는 채영 특유의 속웃음까지 그대로이다! 그 웃음이 리반을 추억 속으로 데려간다. 지금 그녀는 수지에서 살고 있으며 예전에 맘 아프게 했던 일도 있고, 보고 싶어서 리반을 찾았노라고, 묻기도 전에 말하여 질문을 먼저 막아버린다. 늦바람이 났다면 그건 채영답지 않다고 대꾸할 때는 피식 웃어넘긴다. 달리 무슨 말을 할까.

"이렇게 만나니 붙잡지 못하고 보내버린 세월이 아까워!"

"나, 나이 들어 보이나 봐요."

"그런 얘기가 아니고."

그녀 어투가 침착해져 있다. 많은 사람과 대화를 나누는 직업여성 같기도 하다. 죽은 것으로만 알고 지나온 세월, 그 세월에 배신당한 것 같다. 리반의 기억 속에서 자신을 지워 버리려고 그렇게 얼토당토않은 거짓을 만들어 낼 수 있었을까? 화제가 여전히 일상의 안부 정도에 머물고 있지만, 리반은 우선 그 이야기를 들어야 했다. 벌써 리반의 의구심을 알아챘는지 채영의 표정에 어두운 그림자가 스친다. 그 얘기를 캐묻는 것이 부담스러울까. 채영 스스로 리반 앞에 나타났으니 자연스럽게 수면 위로 드러날 일이다. 잊힌 여자로 살았던 사람이 왜 갑자기 나타났는지.

"부인은 안녕하신가요?"

채영이 정색을 한다.

"가까운 친구 사이였는데, 어떻게 집사람이 윤채영 살아 있는 걸 모를까? 참 이상하네!"

"이상할 것 없어요. 나를 알고 있는 모든 사람한테 나는 여전히 죽은 여자니까!"

진지하게 말하는데 여전히 죽어있다는 말은 목엣가시다. 사망한 것으로 알려놓고 은둔해 지냈던 모양이다. 무엇 때문에 숨어 살아야 했나. 그때 채영이 리반의 생각을 읽고 대답한다.

"그래요! 은둔생활을 막 벗어났어. 정란이야말로 반 씨 곁에서 은둔생활을 하는 격이지만."

"정란이가? 뼈 있는 말이네!"

하긴 결혼한 뒤로 정란은 리반의 울타리에 갇혀 은둔생활을 하는 것이나 다름이 없다. 채영은 이제 아내의 이름을 제대로 부른다. 조금 전에는 아내를 윤채영이라 했다.

"정란이한테는 당분간 내 얘길 하지 마세요. 그게 좋을 거야."

특별한 이유가 있는지 모르지만 공연히 채영의 이야기를 꺼내어 복잡해질 필요가 있을까. 그녀는 눈웃음을 친다. 늘 리반을 사로잡았던 그 눈빛으로. 채영은 리반의 마음을 흔들고 있다. 이마에서 콧등으로 흐르는 예쁜 곡선이 여전하다. 오, 채영이 이렇게 살아 돌아온 것이다!

"어떤 사람에게만 죽은 여자로 남는 것이 불편했어요. 이해하세요. 오늘 하루로 끝날 이야기가 아니네. 다음에는 우리 좀 여유롭게 만나요."

리반은 마음자리를 벗어나 채영을 넌지시 바라본다. 채영의 눈동자는 평범해 보이는 주부가 아니다. 눈언저리에서 쓸쓸함이 읽힌다. 부부 사이에 문제가 생겼을까? 채영은 다음 주 중 연락하겠다고 했고, 리반은 번호를 가르쳐 달라는 말을 끝내 꺼내지 못한다. 각자의 자리에서 옛 추억을 공유하며 서로 잘 살아가기를 바라는 선남선녀 되기가 쉬운 일일까. 지레 걱정이 앞선다.

"평소엔 점심시간이 좋아요. 강의 중엔 전화기 꺼 놓으니까."

"기다리진 마세요."

그 당부는 여운을 남겼지만, 리반은 고개를 끄덕인다.

해서는 안 되는 거짓말

채영이 나타난 다음부터 리반의 생활 리듬은 덧신 신고 구름 위를 걷는 것 같다. 모처럼 걸려온 조연재 의원의 전화가 그를 땅으로 내려 앉힌다. 그와 통화할 때면 늘 기분이 좋았다.

"그래 정치하는 맛이 어떠신가?"

"맛? 구리지! 온통 썩은 감자들이 널렸거든. 생판 모르고 발을 들여놓진 않았지만 여긴 구린내가 지천이야. 흐음! 자네 같은 사람들로 정치판이 꾸려져야, 그래야 이 바닥이 맑아질 텐데."

"별말씀을. 요즘 개혁 바람을 타고 소장파 움직임이 심상치 않잖아! 우리 조 의원도 이젠 기지개를 켤 때가 온 거 아닌가?"

"자네도 알겠지만, 아직은 걸림돌이 많아. 비뚜로 박힌 주춧돌이라도 함부로 뽑아낼 수는 없어. 서까래가 무너질 수 있거든."

"그래도 이젠 김정준이 약세이니 반사이익은 자네 몫이야."

그는 대답을 하지 않고 머뭇거리다가 화제를 돌린다.

"글쎄. 참, 우리 리반 교수님 장인어른은 괜찮으신가? 그 어른이 간첩 조직에 연루되었다니 말이나 되는가?"

리반의 장인 박두삼 선생은 한겨레 연구소장으로 모두가 인정하는 대쪽 선비이다. 애국지사였던 그 어른이 간첩 조직에 연루되어 있다는 보도는 세인들을 놀라게 했다. 지난해에도 정체 모를 사내들이 선생에게 테러를 가하려다 미수에 그쳤는데, 경찰에서는 시민이 붙잡은 범인들을 놓쳐버렸다. 이번 간첩 연루 건도 기획된 사건이 아니냐는 시민단체들의 반발이 거세어 기소가 될지 관심이 쏠리고 있는 판에 테러를 당했다. 그는 북쪽을 몰아붙이지만 말고 퇴로를 만들어 주는 방향으로 대북정책을 바꿔야 한다고 두둔하는 주장을 했다. 이 발언은 즉각 우익단체들의 반발을 부추겼다. 그 뒤 간첩단이 검거되었고, 이들 뒤에는 한겨레 연구소가 있다는 연계설이 나왔다.

기관에서 박두삼 선생을 주의할 인물로 주시하는 데에는 사실 다른 이유가 있었다. 그는 친일 반민족 행위자 색출과 친일인명사전 발간을 꾸준히 주장해왔고, 친일파의 재산 환수를 강력히 요구하여 기득권층에 안주하고 있는 친일 행적의 세력가들 눈에 났다. 그러나 그는 영향력 있는 재야인사의 한 사람이다. 보도 통제 외에는 별도리가 없는 상황이었다. 리반의 장인은 그때 미행자가 따라붙고 있다는 얘기를 하곤 했다. 그리고 바로 테러를 당한 것이다.

"이런 식으로 가다가는 이 조연재도 간첩으로 몰릴지 몰라."

"암튼 난 자네 정치를 기대하네. 다른 특별한 일은 없는가?"

"자네 장인어른이 테러를 당하셨다는 기사를 보고 전화했어. 그동안 작품을 많이 그렸나 궁금하기도 하고."

"고맙네. 우리 어르신 걱정은 놓으시게."

"다행이네! 여하간 자네가 부러워. 사람은 맑은 물에서 살아야 맑은 생각을 하게 되는데 말이야. 전화 또 할게."

국회의원 조연재는 대학 시절 리반과 동아리 활동을 같이하던 친구다. 대학 때부터 나라 걱정을 무던히도 하더니 기어이 금배지를 달았다. 조연재는 사고방식이 대쪽 같아 술수가 난무하는 정치판에서 언제까지 올곧은 치세 철학을 지켜나갈지 걱정되는 친구다. 조 의원이 걸림돌이라고 한 것은 JJ KIM으로 통하는, 소위 기득권 세력의 거물이다. 군 출신인 그는 일제 강점기 시기에 일본 특수부대 장교로 근무한 경력이 있으나 해방과 함께 우리 군에 편입하여 6.25 때 공을 세웠다. 조 의원과는 동향에다가 그는 큰 나무였고, 한편 늙은 고목이었다.

채영을 만나고 5일째 되는 날. 리반은 그녀의 저녁 초대를 받았다. 그사이에 연락이 없어서 최근에는 강의 중에 휴대전화를 열어 놓고 벨이 울리기를 기다렸다. 채영의 목소리가 또다시 생경했다. 아미가 호텔로 장소를 잡았다. 저녁 6시.

채영은 미색 원피스에 목에는 보랏빛 스카프를 두르고 전에 만났던 자리에서 리반을 맞는다. 엷은 화장에서 야릇한 향이 풍긴다.

"이 시간에 괜찮겠어? 아낙들은 저녁준비를 해야 할 시간인데."

"난 상관없어요. 반가워."

"전화가 금방 올 줄 알았어. 바빴나 봐?"

보고 싶었다는 말을 하고 싶었는데 엉뚱한 말이 먼저 나왔고, 정작 할 말은 뒷전이다.

"응, 조금. 우리 밥 먹으면서 얘기해요."

"그래. 다른 친구들은 잘들 지내지?"

메뉴판을 살피는 채영을 보면서 리반에게는 이 여자가 혹 쌍둥이일까 하는 엉뚱한 생각이 스친다. 오늘은 숨은 사연을 듣게 되리라. 채영의 갑작스러운 죽음은 예전의 친구들 생각까지 묻어버렸다.

"몰라요. 다들 연락이 끊어진 지가 이십 년이 넘었거든."

아내도 결혼한 뒤로는 이쪽 친구들과의 연락을 끊은 모양이었다. 배타적인 종교는 친구까지 끊게 하는가 싶을 때도 있었다. 채영 역시 친구들의 얘기를 꺼리는 눈치다. 은밀한 무엇인가가 있을 것 같다. 그렇게 가까웠던 친구들이 20년을 넘기도록 연락도 없이 살다니, 여자들 일은 알다가도 모르겠다.

"반 씨가 정란이와 결혼하리라고는 상상도 못 했어요."

주문을 마친 채영이 약간 빈정거리는 투로 정란을 들먹인다. 그러고 보니 채영은 계속 높임말로 말 맺음을 하는데 리반은 하대하고 있었다. 그냥 그렇게 말이 나오는 것이다.

"그때 채영은… 왜 죽었을까?"

불쑥, 채영을 유령으로 단정하는 말이 나온다. 리반은 자신이 한 말을 어찌 수습하여야 할까를 생각했으나 채영은 별로 개의치 않은 듯하다.

"내겐 이미 약혼자가 있었잖아요."

"약혼자 때문에? 무슨 병이었다고 들었는데, 집사람한테 들은 말로는."

채영은 아내와 관련지어 나오는 말이 싫은 눈치다. 어떤 오해가 있었든지, 아니면 자기만 모르는 일이 있었든지. 채영의 말투에 약간의 짜증이 섞인다. 채영은 물끄러미 리반을 바라보며 혼잣말처럼 입을 달싹인다.

"리반, 나는 당신을 사랑했어요. 세월도 이겨냈어요. 나의 감성수치는 아직 예전에 머물러 있어요."

그녀는 지금의 만남에만 매달리는 것일까. 인제 와서 어쩌자고. 황당하고 당황스러운 쪽은 리반이다. 이렇게 멀쩡한데, 그의 아내는 산 사람을 두고 죽어서 화장까지 했다고 말했다.

"거짓말도 해서는 안 되는 거짓말이 있어. 그건 말도 안 되는 거짓말이었어!"

리반의 목소리가 저절로 높아진다. 반드시 짚고 넘길 말이었다. 사랑하는 사람의 죽음 앞에 참담했던 심정을 어찌 말로 다 할까. 채영은 미안하다는 말로만 마감하려 든다. 하긴 이제 따진들 뭐할까.

리반은 넌지시 남편의 귀가 시간을 물었다. 채영은 정색을 하며 단둘이 만나서 제삼자는 왜 끌어들이느냐, 피차 그쪽 얘기는 하지 말자고 선을 긋는다. 그 표정이 너무나 단호하다. 예전처럼 둘만의 대화를 원하는 것이리라. 세월은 많은 것을 바꾸어 놓았지만 채영은 그 세월을 보내지 않은 것일까? 갑자기 채영은 정란을 들먹인다. 왜 정란이랑 결혼했는지, 친구 사이라는 것이 불편하지 않았는지, 정말 사랑했는지 집요하게 묻는다.

"당신은 그때 살아있는 존재가 아니었잖아!"

되받는 자신의 말에 의구심이 실린다. 사람이 아니었던 사람이 사람으로 둔갑해 만나고 있다는 말을 하는 것이다.

"그때 내가 죽을병에 걸린 걸 알았더라면, 그래도 당신이 나를 포기하지 않았을까요?"

어떤 대답을 바라고 묻는 건지 모르겠다. 그건 혼자 결심할 일도 아니고, 채영은 그때 타협의 여지가 없이 일방적이었다. 그보다도 지금 리반이 궁금한 것은 채영의 가족관계이다. 남편은 뭐 하는 사람인지, 애들은 몇인지를 묻는 것으로 답을 대신했으나 채영은 입을 다물어 버린다. 표정이 어두워진다. 더 물어보기가 조심스럽다.

"혹시, 혼자……?"

채영은 고개를 끄덕인다. 채영에게 남편이 없다! 이 나이에 혼자 산다면 어떤 사정이든 자신에게도 절반의 책임이 있을 것 같은 자괴감이 인다. 최이수 라는 사람하고는 어떤 관계일까? 리반의 아내는 그 차 안에 사람이 없었다고 했다. 더구나 가해 차량의 운전자는 백화점에 차를 주차해 두었다고 했다. 그녀가 혼자인 것은 울타리가 없다는 의미이기도 하다. 건너야 할 강폭이 갑자기 넓어져 건널 수 없게 된 것처럼 말 건네기가 부담스럽다. 그리고 채영과는 어떻게 관계 지어질지, 앞으로의 일을 가늠할 수가 없다. 리반은 그녀의 손을 가만히 잡고 손아귀에 힘을 준다. 손의 감촉은 여전히 차갑지만, 손에 감겨든 느낌은 부드럽다. 그가 해 줄 수 있는 말은 오직 한마디뿐이다.

"미안해."

그녀는 조금 남아 있던 맥주를 홀짝 들이켠다. 걱정하지 마라. 날 어쩌라는 것은 아니니 내 얘긴 그만하자는 시위인 듯하다. 채영은 애써 표정을 가다듬는 눈치다. 이럴 때 어떻게 처신해야 할지…. 애 아빠하곤 이혼한 거냐는 질문을 어렵게 건넸지만 역시 묵묵부답이다. 딸이 하나 있다니 재혼을 안 한 걸까? 그녀는 리반의 얼굴만 뚫어지게 쳐다본다. 속말을 꾹 참아내는 표정이다. 혹 채영의 아픈 데를 계속 들추어내는 것은 아닐까. 그동안 세상살이가 얼마나 폭폭했을까. 긴 세월을 여의고 마주한 두 사람은 속절없이 겉도는 말 만 주고받는다.

맥주 두 병을 비웠을 때 리반에게 걸려 온 전화가 두 사람의 대화를 가른다. 그들은 아쉬움을 남긴 채 자리를 털고 일어난다.

윤채영! 이 나이에 옛 여자를 만난다는 것이 조심스러운데도 만날 날이 기다려진다. 그동안 잘못 알려진 일이 있다면 바로 잡아야 할 것이다. 채영은 리반이 궁금해하는 부분에서 늘 제동을 걸곤 했는데 그것도 미심쩍었다.

소중한 문서

아침 햇살이 커튼 틈새를 비집고 거실에 빛 막대를 걸친다. 빛 막대 조명에 실내가 환하다. 토레스 몰 붕괴 사고는 여전히 TV 뉴스머리에 앉아 있다. 생존에 대해 기대를 저버리지 못하는 실종자 가족들이 화면을 채우는데 수사는 아직 제자리걸음인 모양이다.

벌써 수년이 지났지만, 삼풍백화점 붕괴 이후 많은 백화점과 공공시설물이 안전점검을 받았고, 특히 토레스 몰은 이스턴 그룹의 건설사가 지었기에 자체 점검이 수월했다는 증언이었다. 그런 상황에서도 관민 합동조사팀의 정밀 조사가 끝날 때까지는 모든 건설관계자가 초조하게 결과를 기다리고 있다. 폭발의 규모가 건물 전체의 붕괴로 이어질 정도는 아니라는 점 때문이다. 건설업 종사자들에게는 발등의 불똥이 아닐 수 없다. 건설실명제의 실효성이 다시 들먹여지고, 건설사들은 전전긍긍하고 있다.

거듭되는 대형 사고에 민심은 흉흉하고 시민 단체들은 정치력 부재가 부른 사고라고 성토하는 상황이다. 거점 간첩 사건은 이런 절묘한 타이밍에 터졌고, 항일 단체의 테러라는 수사 방향을 북의 사주에 의한 테러 가능성으로 전환하더니 박두삼 선생의 연루설까지 나온 것이다. 그러나 의외로 수월하게 용의자가 강남경찰서에 연행된다. 그는 사고 빌딩 3층에 폭발물을 설치했다고 순순히 자백했는데 건물 파괴의 이유를 불지 않았다. 거주지가 서울인 그는 36세의 평범한 직장인으로 미혼이며 온화한 성품의 소유자였다. 상상력이 풍부하여 회사에서도 능력을 인정받아 장래가 촉망되는 그가 용의 선상에 오른 사실을 주변 사람들도 놀라워했다. 경찰은 말수가 적고 범행 동기를 불지 않는 그의 조서에 분노감정조절장애가 의심된다고 적었으나 직접적인 범행 동기를 찾아내지 못한다. 결국, 경찰은 범죄 심리 전담 요원을 투입하여 심리한 결과 그 같은 분노가 표출되기까지 근저가 되는 요인이 무엇인가를 밝혀내기로 한다.

때마침 박두삼 선생이 교통사고를 당한다. 그가 탄 택시에 트럭이 돌진하여 사고가 발생한 것이다. 운전 경력 40년이 넘은 노련한 택시 운전사의 기지로 큰 사고는 면했고, 함께 탄 연구원 두 명도 찰과상 정도만 입었다. 박두삼 선생은 눈가가 찢겨 다섯 바늘을 꿰맸는데 트럭 운전자는 도주했고, 그는 차량의 원소유자도 아니었다.

치료가 끝나자 박두삼 선생은 연구원 두 명과 함께 전라도 지리산에 있는 실상사로 향했는데, 떠나기 전에 정란을 연구소로 불렀다.

"네게 아직 말은 안 했다마는, 내게는 나를 따라다니는 자들로부터 지켜내야 할 소중한 문서가 있다. 이 문서는 국가가 어떤 사람들에 의해 운용되고 있는가를 알게 할 것이나 아직은 개봉할 시기가 아니다. 나는 당분간 전라도의 실상사라는 절에 내려가 있으려 한다. 실상사는 호국사찰이다. 혹시 내 신상에 이상이 생기면 실상사의 주지 스님을 찾아가거라. 너는 다

만 그렇게만 알아라. 그러나 네가 이 문제로 실상사에 찾아올 일이 없기를
바란다."

정란은 아버지의 단호한 처세 방식을 늘 지지해 왔다. 아버지가 생사의
고비를 넘긴 것이 한두 번이 아닐 것이다. 독립군으로 항일 투쟁을 하던
만주에서부터 해방된 지 반세기를 넘긴 현재까지 그녀의 아버지 박두삼은
아직도 항일투쟁을 하고 있는 것이다. 그녀가 바라는 것은 오로지 아버지
의 건강뿐이었다.

거실에서 화실로 자리를 옮긴 리반은 캔버스 앞에 앉는다. 작품 제작을
위해서는 이런 시간이 소중하다. 그의 추상은 궁극적으로 컬러의 배합에
의한 형상화로 마무리되곤 했는데, 저물녘에 만난 '어스름'은 뜻밖의 모티
브가 되었다. 빛이 색을 비워내는 시점이었다. 가지려면 버릴 수 있어야
하는 법, 채우려면 비워내야 하는 진리였다. 리반은 색을 버려서 색을 얻
는 작업에 몰두해 왔다. 그러나 현재 구상 중인 작품은 이 모든 화재(畫
材)로부터 그마저도 한 걸음 물러나 있으니, 몸을 이탈했던 기억 속에 그
의 추상도 함께 갇혀버린 것이다. 그는 자신의 의식을 떠났던 해리성 자아
(解離性自我)를 형상화해야 했다. 결국, 그의 작업은 어둠과 빛의 다툼을
이미지화하는 붓 길을 낼 터였다.

리반의 아내가 과일 쟁반을 들고 화실에 들어온다. 그녀는 리반의 지금
같은 모습을 좋아했다. 캔버스 앞에서 깊은 상념에 젖어 든 남편은 범접하
지 못할 숭고한 세계에 든 인격체로 느껴졌다. 또한, 예술이라는 선망의

경지에 오른 남편을 곁에 둔 뿌듯함도 일었다. 다만 그의 작업이 언젠가는 그리스도 안에서, 그리스도의 사랑을 품는 것이 되기를 바라는 심정이었다. 정란은 조심스럽게 남편에게 다가가서 귀에 속삭인다.

"당신 욕조에 있을 때 전화가 와서 받았는데 제자는 아닌 것 같고, 나이가 좀 들어 보이는 여자였어요. 오늘은 오전 강의가 없다 하셨죠?"

채영이었을 것이다. 아내는 채영에 대해 알고 있을 것이다.

"그래요. 참, 당신 최근에 채영이 소식 들은 거 있어?"

리반은 슬쩍 채영을 띄워본 것이다. 그녀는 갑자기 채영을 들먹이는 남편이 의아했는지 마뜩잖은 표정을 짓는다. 죽은 지 이십 년이 넘은 여자를 왜 들먹이는지 싶어 아예 못 들은 척하려는 것 지. 리반이 말꼬리를 잡는다.

"절에다 위패를 모셨다고 했지?"

리반은 아내의 표정을 살핀다. 그녀는 동요 없이 시선을 받는다.

"그랬다고는 했어요. 전라도에 있는 절이라고 했어요. 느닷없이 채영인 왜요?"

"아니. 그럴 일이 좀······."

"당신 왜 그래요. 이상한 꿈이라도 꿨어요?"

"아냐. 신경 쓰지 마."

리반은 충전기에 꽂혀 있는 휴대전화를 집어 들고 메시지를 확인한다. 채영의 연락을 기대했으나 폴더를 덮는 손길이 허허롭다. 리반의 아내는 채영의 근황에 대하여 아는 것이 없는 듯하다. 그녀에게 채영은 여전히 죽은 여자로 남아 있는 모양이다.

"사실은 나 며칠 전에 채영을 만났거든. 왜 채영이 죽었다고들 했을까?"

리반은 망설임 없이 채영의 이야기를 던진다. 어차피 꺼낼 이야기였다. 아내는 농담으로 넘기려다 말고 리반의 시선이 예사롭지 않다는 것을 인지하고는 눈이 동그래진다.

"무슨 뚱딴지같은 말이에요! 당찮아요! 채영을, 죽은 사람을 만났다니 그게 말이나 돼요? 당신, 정신이 좀 어떻게 된 게 아니에요?"

정란은 시큰둥해하면서도 촉수를 세운다. 리반은 리반대로 의구심이 생긴다. 그녀를 화장시킬 때 아내가 직접 보았을까? 죽은 사람이 살아서 돌아왔다는 말은 들은 적이 없다. 혹 무슨 일이 있었는지는 몰라도 채영은 그때 죽지 않았던 것이다. 말이 안 되는 것은 생사람을 죽었다고 말하는 거다. 리반 자신은 채영을 직접 만나지 않았는가! 정란은 그 말을 순순히 믿으려 들지 않는다. '정란이는 모르는 것이 좋다'던 채영의 말이 생각난다. 공연한 말이었을까. 채영이 살아있다는 것을 이제껏 아내가 몰랐다? 친구들도 모른다는 걸까. 아니면 그가 멀쩡한 대낮에 허깨비를 만나고 다닌다는 말이다.

"나, 윤채영 만났어!"

정란은 기가 차다는 듯 말머리를 또 높인다.

"아니, 그 앤 옛날에 죽었잖아요! 당신이 귀신이라도 만났단 말이어요? 그래, 그 귀신은 언제 만났는데요?"

리반은 마땅찮은 표정이 된다.

"귀신? 대낮에 돌아다니는 귀신도 있나? 열흘 됐어. 전화 또 올 거야. 잠자코 기다려 봐."

그는 단호하게 말을 받았지만, 정란은 더욱 다그쳐 묻는다.

"채영이 맞아요? 이상한 꿈 꾼 것 아니에요? 그래 채영이 뭐라고 했어요?"

리반의 아내는 말이 안 되는 말을 오히려 말이 되는 말로 몰아간다. 둘이서 같이 만나면 될 일이다. 아내가 정말 채영이 죽은 것으로 믿고 살아왔다면 얼마나 황당할까! 하지만 채영이 살아 있는 건 맞다. 증인은 바로 리반 자신이다.

"언제 한번 같이 만나."

"말도 안 돼요!"

그의 아내는 과일 접시를 내려놓지도 않고 엉거주춤 서 있다. 같이 만나자는 말이 충격적이었을 것이고, 어디까지 믿어야 할지 모를 것이다. 혼자만 알고 채영을 만날 일도 아니다. 말을 해 버리니 리반의 맘 부담은 오히려 덜하다.

"그럼, 죽지 않았으니 어쩌자는 거죠?"

정란의 말투가 신경질적으로 변한다. 문 쪽으로 발길을 돌리려다 고개를 절레절레 흔들더니 리반을 향해 돌아선다.

"내 참 어이가 없어서! 살아 있으면 혼자 사는 건 아니겠네!"

"이 사람, 왜 이래? 나도 자세히는 모른다고. 당신이 그 사람 친구잖아! 한번 같이 만나자고 했잖아? 그렇게 궁금하면 그때 가서 당신이 직접 물어보든지. 인제 그만 나가 봐요. 나, 지금 작품 구상해야 해."

"도대체 믿을 수가 없어. 지리산 절에 위패까지 있다던데."

죽지 않은 사람을 깔끔하게 뒤처리까지 한 모양새다. 귀신에 홀린 게 아니냐는 투다.

"쌍둥이도 아니고. 도대체 이건 말도 안 돼요. 그래, 또 언제 걔를 만날 거예요? 내 얘기도 하던가요?"

"만나긴 할 거야. 나도 궁금한 게 많아서."

"……."

"그만, 어서 나가 보라니까. 너무 신경 쓰지 말고!"

정란은 과일 접시를 놓지 않고 뒷걸음질 쳐 화실을 나간다. 리반은 아내에게 섣불리 채영의 이야기를 꺼낸 것 같아 마음이 심란하다. 리반이 휴대전화 창을 내려다보는데 아내가 돌아와 과일 접시를 놓고 리반의 뒤 모습을 물끄러미 쳐다보더니 나가면서 한마디 한다.

"아버님, 아무래도 소환되실 것 같아요!"

낮 귀신

금요일이 되어서야 채영의 전화가 왔다. 그녀는 리반에게 집으로 와 주었으면 했다. 집으로라니, 정말 혼자 사는 걸까? 이 시간에 집으로 가는 건 적절치 않다는 생각을 하는데 그녀는 남들 눈 피할 수 있고 더 편하지 않겠느냐고 은근히 리반을 부추겼다. 떳떳하지 못한 만남이라면 지레 남들 눈치를 살피겠지만, 그녀야말로 감추고 싶은 다른 면이 있는 건 아닌지. 리반은 선뜻 대답을 못 했다. 두 사람은 결국 바닷바람을 쏘이기로 하고 아미가 호텔 앞으로 약속 장소를 정했다.

채영은 윤이 나는 검은색 새틴 원피스 차림에 하얀 실크 스카프를 두르고 호텔 로비 앞에 서 있다. 조금 짙은 화장이나 전체적으로 정숙한 차림새다. 눈을 찡긋하면서 리반의 옆자리에 오른다. 정겹고 고운 눈매다. 사람마다 눈동자가 있지만 왜 채영의 눈동자는 언제나 보석 같은지 모를 일이다.

"작품 준비는 잘 돼요? 이렇게 짬을 내주시니. 난 좋은데."

채영의 샐쭉 웃는 모습이 귀엽다. 리반이 그 얘긴 하지 않았다. 전시 작품 준비하는 건 어찌 알았을까?

"다 아는 수가 있어요! 작품 구상은 하셨고?"

리반은 그녀에게 어떻게 알았느냐고 묻지 않았다. 채영은 리반의 머릿속을 정확하게 읽고 미리 답했다. 구상 중이라는 속말에 채영은 눈을 한 번 깜박거리더니 소녀처럼 생글거린다.

"나도 바다를 좋아해요. 내가 집으로 오란 것, 잘못한 건가요? 나 같으면 어떻게 사는지 궁금해서라도 한 번 와봄 직했을 텐데. 매정한 분이군! 먼저 오겠다는 말을 할만도 한데요."

물론 궁금했으나 감정대로만 살아갈 순 없다. 그녀의 말투가 심드렁해진다. 리반은 조금은 들떠 있었고, 그런 자신을 쉬 놓아주기 싫었다. 차는 시내를 벗어나 서해안 쪽으로 방향을 잡는다. 차가 고속화 도로에 진입하여 5분쯤 되어서다.

"리반! 차 좀 세워 봐요."

도로가 개통된 지 얼마 안 되어서인지 통행량이 적다. 갓길에 차를 붙여 세우자마자 리반은 채영에게 기습적인 입맞춤을 당한다. 리반이 브레이크를 잡고, 차를 세우는 동안 채영은 저돌적으로 그의 얼굴을 두 손아귀로 감쌌다. 차를 제어할 겨를도 없이 채영에게 얼굴을 내어주고 만다. 이번에는 리반의 두 손이 채영의 얼굴을 부드럽게 받쳐 잡는다. 예쁜 두 눈동자가 또랑또랑 초점을 찾는다. 이 세상 사람의 눈빛이 아닌 듯 신비로운 빛이 인다. 리반은 채영의 입술을 자기 입술로 포개다가 멈칫한다. 대낮에, 그것도 대로변이라는 데 생각이 미치자 정신이 퍼뜩 난 것이다.

"채영, 그만!"

그녀는 눈을 감은 채로 리반의 두 뺨을 감싸다가 손을 푼다.

"가요, 우리 집으로 지금. 어서요!"

채영의 눈빛이 간절하다. 그때 흙먼지를 잔뜩 뒤집어쓴 화물차가 클랙슨 소리를 요란하게 내지르며 지나친다.

"저것 봐. 음한 생각 말라잖아. 자! 우리 바닷가로 가자."

"……."

차가 출발하고 10여 분이 지나도록 채영은 입을 다물고 있다. 어색한 침묵이 흐른다. 채영은 장승처럼 앞만 바라보고 옆자리에 앉아 있다. 리반도 자기 감정을 드러내지 않으려 한다. 채영에게 문제가 있다면 걱정을 나눌 수 있지만 두 사람이 옛날로 되돌아갈 수는 없는 일이다.

'마음을 가라앉히고 해안으로 가자. 넓은 바다를 보면서 그간 못다 푼 응어리를 함께 풀자. 채영은 어떨까. 이제 새삼 만나서 둘이 할 수 있는 일이 무엇일까. 이 만남이 오래 가면 안 된다. 자주 만나다 보면 서로의 경계가 자연스럽게 무너질 것이다. 그건 자신이 없다.'

리반은 자기 암시를 건다. 그녀도 리반과 생각을 공유한 것일까? 핸드백에서 손수건을 꺼내더니 리반의 입가를 닦아 주고는 쓸쓸하게 웃는다. 어깃장을 품은 조금 전의 표정이 아니다.

"우리 반 씨. 하마터면 저녁에 쫓겨날 뻔했네요!"

자그마한 둔덕들 사이로 바다가 삐죽이 맨살을 드러내다가 숨곤 한다. 빠끔히 열린 차창으로 바닷바람이 넘실넘실 드나든다. 갯내가 섞여서인지 바람 끝이 비릿하다. 리반은 숨을 깊게 들이마시며 옆자리의 채영에게 곁눈을 보낸다. 눈을 감아도 예쁘다. 주름도 없고, 고운 눈썹이 감긴 눈자위에 울타리져 있다. 채영의 20대가 이랬었나? 그 시절을 떠올리면서 채영이 옆자리에 앉아 있다는 현실에 가슴이 뛴다. 그때, 휴대전화 소리가 두 사람 사이에 놓인 고요의 끈을 자른다. 핸들 잡은 손을 바꿔 폴더를 연다.

"김 조교?"

"예, 접니다. 밖에 계세요? 교수회의가 잡혔습니다. 한 시간 뒤, 참석 가능하시지요?"

"아, 그래요. 내가 좀 나와 있는데……. 아무튼 알았어요."

전화기 폴더를 접는다. 채영은 잠깐 잠이 들었다가 깬 듯 룸미러를 보며 매무새를 다듬고 있다.

"어쩌지? 돌아갈 일이 생겼네."

"급한 일이 생겼군요!"

리반은 눈을 돌리다가 놀라서 핸들을 놓칠 뻔한다. 조금 전에 본 얼굴과 다르기 때문이다. 불과 몇 분 사이에 채영은 중년 여인으로 바뀌어 있다. 리반 자신이 조금 전에 보았던 것은 착시였으리라.

"응, 기왕 왔으니 해변까지는 가자."

채영은 마다치 않고 정면으로 고개를 돌린다. 국도를 벗어나 조그만 집 서너 채 사이로 뚫린 샛길을 빠져나온다. 앞에 듬성듬성한 소나무 사이로 주황색 모자를 쓴 아담하고 예쁜 기와집들이 키재기를 하고 있다. 십여 채의 집이 오종종 모여 있는 작은 마을이다. 작물을 심지 않은 황토색 밭을 지나쳐 마을 가까이에 갔을 때다.

"리반. 나 여기 내려 주고 얼른 올라가요. 전부터 꼭 오려던 곳이라 난 혼자서라도 둘러볼 거야."

리반은 오래된 시멘트 블록에 구멍이 뻥뻥 뚫려 안마당이 훤히 들여다보이는 집 담벼락 옆에 차를 붙인다.

"요 앞이 바단데, 휙 둘러보고 같이 올라가자."

"학교로 얼른 돌아가세요. 이번 회의는 중요한 것 같은데, 어서 가요. 그냥 가려고 여기까지 따라오진 않았어요."

늦으면 안 될 것 같은 느낌이 조교의 어투에서 느껴졌다. 채영이 그걸 어찌 알았을까?

"혼자 올라올 수는 없잖아. 어떻게 오려고?"

"내 걱정은 말아요. 어서 서둘러요."

채영은 차 문을 열려다가 벽과 차 사이가 좁은 것을 보고 앞으로 더 빼 달라고 손짓한다. 일단 차를 앞으로 움직이며 벽과의 간격을 넓힌다. 채영 은 조수석 문을 열고 몸을 빼내 돌아오더니 리반이 운전석 문을 열고 내리 려는 것을 만류한다. 그녀는 문에 손을 얹고 눈을 찡긋한다.

"내가 조금 늦게 가겠다고 전화할게. 기다려 봐."

"안 돼. 그냥 가요."

"……?"

"가요, 내 사랑!"

"여긴 택시도 없잖아? 무얼 타고 오려고?"

"난, 맘만 먹으면 날아갈 수도 있어요. 어서 차 돌려요."

채영이 밀어붙인다. 영혼을 뚫을 것 같이 쏘아보는 눈빛을 리반은 어쩌 지 못한다.

"그럼 회의 끝나는 대로 올 테니 좋은 곳을 찾아 쉬고 있어."

"무리하지 말아요. 안 와도 돼. 난 그 전에 이곳을 떠날지 몰라. 어서 가 요."

리반은 차를 되돌린다. 예기치 않은 호출로 돌아갈 수밖에 없지만, 해안 쪽으로 돌아서고 있는 채영의 뒷모습이 리반을 주춤거리게 한다. 차는 서 울을 향해 속도를 높였고, 둘 사이의 간격은 점차 멀어지고 있다.

리반은 회의가 시작된 뒤에 학교에 닿았다. 예상 밖으로 심각한 이야기들이 오가고 있었다. 재단 이사장이 참석하여 직접 회의를 주재하는 자린데 이건 단순한 교수 회의가 아니다. 재단의 비리를 알아낸 정 교수가 이를 무기로 재단 측과 모종의 흥정을 하고 있다는 것이고, 거기에 연루된 교수들에 대한 재단 측의 견해를 전달하는, 심각한 자리다. 기독교 사학 재단인 이 대학에 새 총장이 부임하면서부터 학사 비리를 종용하는 이사진의 지침이 수시로 하달되었다. 정 교수가 이에 맞섰고, 몇몇 교수들이 교수회의에서 이를 공론화했다. 하지만 교수들은 자신들에게 불똥이 튀지 않을까 전전긍긍하는 모습들이다. 특히 리반과 친분이 두터운 교수들의 이름이 들먹거린다.

재단의 비리가 심심찮게 불거져 나오긴 했으나 이렇게 심각하게 문제가 커지는 동안 그는 관심을 두지 않았다. 작품에 몰입하는 동안은 수업 말고는 일체의 일을 건성건성 흘려보냈다. 지금도 단순하게 회의 통보만 받은 상태다. 채영은 마치 이런 내막을 미리 아는 것처럼 그를 황급히 돌아가게 했다. 또 회의 시각에 많이 늦지 않음으로써 결과적으로 그가 억울하게 누명을 쓸 수도 있는 상황을 모면하게 되었다. 문제는 학생들의 동요였다. 회의는 네 시간을 넘겼고, 재단에서 학생대표들을 설득하는 데에 교수들이 협조하자는 선으로 잠정적인 결론이 났다. 그가 밖에 나왔을 때는 이미 땅거미가 내려앉고 있었다.

'채영이 아직 있을까? 와 보고 싶었던 곳이라고? 전화라도 걸어 주면 좋으련만.'

그는 혼잣말을 중얼거리며 계단을 걸어 내려간다. 교정은 조용하고, 어두운 하늘은 별무늬를 그리고 있다. 그곳은 별들의 밭이다. 리반은 별밭에 그렸던 어릴 적 추억을 떠올린다. 까마득히 멀어져 있는 시절, 채영은 그 추억의 시공간에서 여전히 상큼한 미소를 보이고 있다. 리반은 어린 시절을 채영이와 함께 보냈다. 그녀가 동네를 떠났다가 모처럼 돌아오던 날 건네준 깨알 메모 속에도 별 꽃밭이 있었다! 이제 그 시절이 아련하건만 밤하늘은 여전히 또록또록 별빛을 내려주고 있다.

시간을 거슬러 다시 나타난 채영! 그녀를 어서 보고 싶다.

별 꽃밭

　그때, 어른들은 마을회관에 가고 없어서 집은 텅 비어 있었고, 마루에는 하얀 보자기가 풀어져 있었다. 보자기 위에는 연필 한 다스와 일본제 그림 물감 한 통이 놓여있었다. 하트 모양으로 오린 분홍빛 색종이도 보였는데 색종이에는 메모가 깨알 같이 적혀있었다.

　별밭 사이로 숨바꼭질하는
　해맑은 달님
　반이 웃는 얼굴 똑 닮았네
　푸른 하늘 열고 온 별님에게
　밤마다 살며시 내 마음 전했지
　초롱초롱 별님이 말했어
　반이도 채영 생각뿐이라고
　쿵쿵 내 가슴은 뛰고 뛰었지
　반이는 좋겠네!

달님도 별님도 그 맘 알아 좋겠네!

반이는 세상을 다 가진 것 같았다. 채영이 아직도 자길 좋아하다니. 반이는 잔치가 벌어지고 있는 마을회관으로 달음질쳤다. 채영을 만나 두 손을 꼭 잡고 싶었다. 채영은 아주머니들 틈에 끼여 어른들 음식 수발을 거드는 중이었다. 두 번 눈이 마주쳤다. 채영은 그때마다 눈망울을 반짝이며 미소를 지었다. 그때의 미소는 이제껏 리반의 가슴에 남아 있는 채영의 가장 예쁜 모습이었다.

이십여 호의 초가들이 옹기종기 붙어 있는 산골 마을 이름은 작은 당이었다. 반이는 채영이와 그 마을에 살았다. 채영이네는 전답 마지기 꽤나 있는 부잣집이었다. 채영의 아버지는 읍에서도 손꼽는 유식자였기에 마을 사람들은 항상 그를 큰 어른으로 여겼다. 맑은 시냇물은 마을 앞을 에돌아 뒷산 골짜기까지 꼬리를 뻗쳤다. 시냇가에는 나이가 지긋한 유실수 여섯 그루가 마을 앞에 울타리를 만들어 한여름에는 큰 그늘을 내었고, 가을에는 초가지붕을 배경으로 불그스레한 과일 꽃을 피웠다. 마을 뒤로 굽어드는 아흔아홉 구비 골짜기는 끝없이 깊어 약산골이라 불렸다. 달은 언제나 뒷산의 검은 자태를 앞세워 솟아올랐으며, 달빛에 드러나는 산등성은 커다란 밤 그림자가 되어 작은 당을 덮어오곤 했다.

리반이 초등학교 2학년 때였다. 소나기가 한참 퍼부은 다음 햇살이 들자 아이들은 앞다투어 작은 당 뒷산으로 올랐다. 이런 날 소나무 밑에서는 우산을 활짝 펴놓은 듯 하얀 버섯들이 기다리곤 했다. 개구리 다리를 취해 껍질을 벗겨 버섯 위에 올려놓고 소금을 뿌려 구우면 맛이 쫄깃쫄깃했다. 깨복쟁이 꼬마들부터 열 살배기까지 아이들은 떼 지어 산에 올라 버섯을 땄다. 게 중에는 채영이도 끼어 있었다.

　버섯을 찾아 한참을 헤매다 보니 반이 곁에는 채영이 뿐이었다. 계집애는 무턱대고 반이 만 따라온 모양이었다. 하늘이 잿빛으로 드리워지면서 우두 두둑 비를 뿌렸다. 빗줄기는 버섯을 그만 찾고 내려가라는 산신령의 재촉이었다. 몸이 금방 젖었다. 걸음이 느린 채영은 물에 빠진 생쥐처럼 쫓아오다가 마침내 치맛자락이 나무뿌리에 걸려 넘어졌다. 반이는 채영의 옆에 쪼그려 앉아 어찌할 줄을 몰랐고, 채영은 파래진 입술을 실룩거리며 울상이 되었다.

"나, 죽을 것 같아. 내가 죽으면 넌 우리 아빠한테 뒈지게 혼날 거야! 나 너무 추워! 어떻게 할래?"

"아이, 참."

"나 좀 안아 줄래?"

"⋯⋯미치겠네."

"빨리이. 나 안아 줘. 추워 죽겠어."

　채영은 떼를 써 댔고, 생쥐 머리를 흔들자 빗물이 우산살처럼 흩어졌다. 반이 엉거주춤 손을 벌렸으나 그 애는 몸을 뒤로 휙 돌렸다.

"싫어! 뒤에서 안으라니까."

　반은 등 뒤로 가서 고개를 옆으로 돌리며, 머뭇대다가 눈을 찔끔 감고 채영을 어설피 안았다. 채영의 조그만 등짝은 따뜻했고, 반의 몸도 따뜻해졌다. 하지만 가슴이 콩닥거렸다. 채영은 갑자기 몸을 돌려 반이와 입술을 부딪쳤다. 반이는 깜짝 놀라 입술을 꼭 다물며 채영을 밀쳐 두어 발치 떨어졌다.

"왜 이래! 채영이 너, 꾀병이구나? 네 엄마한테 이를 거야! 나한테 못된 짓 한 거."

"네가 좋아서 그랬는데도? 이 바보야."

"뭐라고?"

"너, 바보라고! 음~흠흠."

채영이는 언제 아팠냐 싶게 표정이 밝아졌으며, 반이의 팔을 꼬집고 혓바닥을 길게 뽑아 날름거렸다. 채영은 말끝에 입을 다물고 소리 내어 웃는 버릇이 있었다. 음~흠흠! 반이는 그 웃음소리가 싫지 않았다. 땅거미가 점점 내려앉아 어두워졌다. 이따금 뒤를 돌아보니 아프다던 채영은 잘도 쫓아오고 있었다. 동네 옆으로 흐르는 개울물이 넘치면 이 큰 산을 돌아서 가는 길밖에 없는데, 어둠은 장막이 되어 모든 것을 감추었다. 한 발짝 한 발짝이 두려웠다. 채영은 반에게 바짝 붙어서 따라왔다. 얼마나 걸었을까, 두 아이 앞에 시커멓게 웅크린 커다란 바위가 어슴푸레 나타났다. 곰 바위였다. 곰 바위는 동네에서 반나절 거리라고 했는데 큰일이었다. 반이는 채영의 손을 꼭 잡고 주변을 더듬다가 비를 피할 만한 바위 틈새를 발견했다. 우선 비부터 피해야 했다. 사위는 금세 칠흑같이 어두워졌다.

"나, 더 못 가겠어. 무서워! 이대로 가다 다리가 부러질 수도 있어. 어떻게 할까?"

"다리가 부러져?"

채영의 눈이 동그래졌다.

"앞이 깜깜해서 잘못 가다간 낭떠러지에 떨어져 죽을 수 있어."

"죽어?"

"여기서 비 피하면서 날이 새기를 기다리자."

채영은 두말없이 반이를 따랐다. 온몸으로 스멀스멀 빗물이 들어 체온을 자꾸 떨어뜨렸다. 둘은 몸을 서로 기대고 다리를 펴서 같이 붙였다. 붙이니까 따뜻했다.

"나 어떻게 하지? 자꾸 잠이 와. 잠들면 너 혼자 가 버리지 않을 거지? 약속해."

"그래, 약속할게. 자……."

새끼손가락을 걸었다. 두 아이는 어둠 속에서 번뜩이는 눈을 맞대며 실없이 웃었다. 채영은 반이에게 기대자마자 스르르 잠이 들었고, 몇 번인가 엄마를 헛소리처럼 나지막하게 불렀다. 채영이 잠들자 반이는 혼자된 느낌이 들며 금방이라도 시커먼 속에서 무엇이 튀어나올 것 같아 무서웠다. 비바람에 흔들리는 나무들이 여러 가지로 형태를 바꾸었다. 반이는 잠들면 안 될 것같아 기어드는 잠을 이기려 눈꺼풀에 힘을 주었다.

"여기 있어요. 애들이 여기 있어요!"

웅성거리는 소리에 귀가 열리고, 눈이 떠졌다. 눈앞에서 횃불을 든 마을 어른들이 소리를 질러댔다. 반이는 채영이를 부둥켜안고 있었다. 반은 화들짝 놀라 채영이를 떼어내고 얼른 자리에서 일어났다. 채영이도 눈을 두리번거리다가 벌떡 일어났다. 어른들은 아이들을 나무라지 않았다. 횃불을 든 어른 서넛이 더 나타났다.

"넌 채영이고, 반이 맞냐? 너희를 얼마나 찾아 헤맸는지 알아? 김 씨, 횃불을 돌려요. 애들 찾았다고."

채영이 아버지 목소리였다. 한 어른이 바위 위에 올라 횃불을 돌리면서, 애들을 찾았다고 고함을 질렀다. 채영은 아버지의 따스한 등에 업혀 또 잠이 들었다. 날은 아직 어두웠으나 빗줄기는 조금 약해져 있었다.

그 일이 있은 다음부터 반은 채영이만 보면 얼굴을 붉혔다. 반은 피해 다녔으나 채영은 오히려 더 쫓아다녔다. 채영은 눈치 없이 반이를 좋아하는 표시를 냈다. 반은 부끄러워서 애써 채영을 피했다. 6학년이 되어 채영이 도시로 이사하게 되었을 때 반은 무엇을 놓쳐버리는 느낌이었다. 항상 자신의 주변을 맴돌던 채영이었는데 볼 수 없게 되니 마음 한 귀퉁이가 서늘해졌다. 반이는 자기도 채영을 좋아하고 있었음을 깨달았다.

중학교 3학년이던 어느 날. 채영이네 식구는 검은색 자가용을 몰고 마을에 나타났다. 문중의 일과 조상 묘소에 성묘하러 들른 것이었다. 단발머리에 성숙해진 채영의 볼에는 귀티가 흘렀으며, 채영이 아버지는 양복쟁이가 되어 있었다. 그날 저녁, 동네 사람들은 마을회관에 모여 채영이 아버지가 베푼 잔치를 즐겼다. 반이는 회관 주위를 어슬렁거리며 채영이와 눈길을 맞추려 했지만 보이질 않았다. 그때였다.

"반이 여기 있었네! 네 집에 갔었단 말이야. 이리 와, 할 얘기가 있어."

채영이는 남들 눈은 개의치 않고 덥석 반이의 손을 잡아끌어 회관을 빠져나갔다. 둘은 냇가 감나무 아래 나무 평상에 걸터앉았다. 반은 콩닥콩닥 뛰는 가슴을 채영에게 들키지 않으려 애를 먹었다.

"나 어때. 예뻐졌지? 음~흠흠."

"응. 많이!"

"너 보고 싶어 따라왔어. 아버지는 따라오지 말라고 하셨거든."

도시 말을 잘도 해대는 채영은 피부가 백옥처럼 하얘져 있었다. 날 보려고 따라왔다니!

"나도."

반이는 자신도 보고 싶었다는 말이 턱밑까지 나왔으나 기껏 하는 말이었다. 반이는 얼굴이 벌게져서 벌떡 자리에서 일어나 집으로 달음질쳤다. 뜀박질이 가벼웠다. 채영은 자기 같은 촌뜨기를 무시할 줄 알았는데 자기를 전보다 더 좋아하는 게 틀림없었다.

집에는 별 꽃밭 메모가 기다리고 있었다. 채영이네는 이튿날 새벽 작은 당 마을을 떠났다.

달무리 진 해변

소원이 이루어질 징조

1980년 대학 새내기 시절. 리반은 친구 성환, 철근이와 함께 경포대로 여름 캠핑을 갔다. 경포 해안에 비구름이 지물지물 몰려오더니 천둥소리를 앞세운 굵은 빗줄기가 삽시간에 해수욕장을 휘저어 놓았다. 예기치 못한 강풍까지 일어 텐트와 모래바람이 뒤섞이고 이를 추스르려는 피서객들의 움직임이 부산해졌다. 점심때까지만 해도 화창하던 날씨였다.

누군가 텐트 줄에 걸려 넘어지며 그들을 덮쳤다. 성환은 쌓아두었던 그릇을 챙겼고, 리반이 텐트의 팩을 뽑는 중이었다. 수영복 차림의 두 아가씨가 지나가다 한 사람이 텐트 줄에 걸려 넘어진 것이다. 텐트가 쓰러지고 캠핑 도구들이 모래와 함께 흩어져 날았다.

"어머머, 이를 어째! 죄송합니다."

그들과 비슷한 나이 또래로 보였는데 그 중 앳돼 보이는 여자가 머리에서 모래를 털고 일어나며 어찌할 바를 몰라 허둥댔다.

"괜찮아요, 어디 다친 덴 없어요? 이건 두 집 살림을 합치라는 하늘의 계시 같네요!"

리반은 얼떨결에 여자의 팔을 잡고 부축해 세우다가 눈길이 딱 멎었다. 비를 맞아 촉촉해진 이마로 말려 내린 머리카락, 싱그러운 눈자위! 둘의 시선이 심상찮게 만났다. 여자가 먼저 시선을 거두며 말했다.

"짐 싸는데 이 난리를 쳤으니…. 어쩌죠?"

대답은 성환이 했다.

"괜찮아요. 어차피 정리하던 중이었어요. 그나저나 비가 이렇게 오니. 설마 이 비바람 속에 텐트 칠 생각은 아니겠죠?"

"우린 민박을 정해 놓고 나왔어요."

그녀는 성환의 말을 받으면서도 시선은 리반을 좇고 있었다.

"그 집, 방 여유가 있던가요?"

"글쎄요? 저희는 모르죠."

네 명이 서울서 왔다는데 또래 친구들로 보였다. 조연재 녀석이 있었으면 이쪽도 네 명이었을 것이다. '유신헌법 철폐, 장기집권 음모 분쇄'를 외치며 데모대의 선봉에 나섰다가 그 녀석만 철창에 들어갔다. 조연재는 제 살길들만 걱정하는 기성세대를 향해 미꾸라지들이라 했다. 녀석은 틈만 나면 동해의 바닷가에 간다고 사라져서는 조국을 위해, 나라의 민주주의를 위해 떠오르는 아침 해를 향해서 눈물을 뿌리고 돌아오는 별난 녀석이었다. 여름 캠핑을 계획한 것도 연재였다. 조연재가 닭장차로 실려 갔어도 리반은 동해에 떠오르는 해를 보며 조연재의 글 '아침을 깨우라'를 사람들 앞에서 대신 낭독하겠다고 작정했다.

"난 김진희라고 해요. 여긴 정란이에요. 박정란."

그녀는 박정란이었다. 진희는 껑정하게 컸지만, 정란은 보통 키에 야물어 보였다.

"리반입니다. 이 친구는 철근이, 여긴 성환이고요."

"리-반요? 연예인이 촬영 나온 거 아녜요? 우와! 이름 멋져요!"

정란은 '리반'을 여러 번 불러보면서 눈을 흘겼다.

저녁 준비가 다 되어서야 시내에 장 보러 갔던 여자들이 검정 비닐봉지 하나씩을 들고 돌아왔다. 뒤에 들어서는 여자는 얼굴이 희고 커다란 눈이 보기에도 시원했다. 얼떨결에 눈이 마주친 리반은 깜짝 놀라 숨이 멎을 것 같았다. 그녀도 리반 앞에서 눈동자가 커지고 있었다.

"이야, 냄새 죽이네! 웬 매운탕이야? 어머, 이 손님들은?"

"응, 우리 짐 나를 때 도와준 분들. 저녁 같이 먹기로 했어."

한쪽 눈을 살짝 감아 뜨며 진희가 말하자, 남자들이 웃으며 고개를 끄덕였다. 먼저 들어온 미경이는 리반 일행을 대수롭잖게 대하는 눈치였다. 그 뒤에 들어온 여자는 대문에 들어서면서부터 리반과 눈싸움을 벌이는 중이었다. 미경은 이제부터 뭔가 재미있는 사건이 생길 거라 기대하는 표정으로 둘의 거동을 살피며 물었다.

"야, 윤채영! 너 인상이 왜 그래? 아는 사람이야?"

미경의 말은 안중에 없었다. 둘의 눈빛은 이미 하나가 되었다.

"너…. 정말 채영이구나!"

리반이 일어섰다. 단발머리가 산뜻한 채영의 표정도 환해졌다.

"반이 맞지?"

채영이 손을 내밀었고 리반은 그 손을 덥석 잡았는데, 가슴이 쿵 내려앉았다. 채영의 손을 이렇게 잡을 수 있다니, 믿기지 않았다. 리반은 주위를 아랑곳하지 않고 채영의 손을 쥔 채로 멍청하게 바라보고만 있었다. 생선이 끓고 있는 냄비 앞에 쪼그리고 앉아 이 광경을 목격한 정란은 머쓱해져 있다가 방으로 들어갔다.

"우와- 이 뭔 일이래! 옛날 애인 사이구나. 맞지? 두 사람."

진희가 끼어들어서야 둘은 잡았던 손을 풀었다. 초등학교 때 같은 반이었다고 채영은 차분하게 말을 받았지만, 귓불 언저리는 이미 붉어져 있었다.

"히야! 그럼, 이제부터 둘이 진짜 애인하면 되겠네. 헤헤헤."

미경은 리반의 팔을 채영의 어깨에 걸쳐놓으며 걸쭉하게 웃어 재꼈다. 방으로 들어간 정란은 그 뒤부터 리반의 시선을 애써 피했고. 리반도 그쪽에 대한 미안함을 가슴 한켠에 접어두었다.

여름날의 해변은 경포의 밤하늘에 다시 별을 띄웠다. 저녁 식사가 끝나자 일행은 모래사장에 둘러앉았고, 철근이는 통기타 반주로 합창을 이끌었다. 모래톱으로 밀려오던 파도 자락이 등대에서 비추는 불빛에 수국처럼 피어났다. 새벽 한 시경, 아침 해돋이를 꼭 보아야 한다며 리반이 우겨서야 다들 숙소에 들었다.

리반은 채영이 생각에 달뜬 가슴이 되었고, 잠 못 이룬 달뜬 가슴은 결국 그를 마당으로 내몰았다. 파도 소리는 어두운 모래사장을 흔들어 깨웠다. 가까이에 채영이 있다! 막연하게 채영이라도 만났으면 했다. 불 꺼진 마당에는 달빛이 가득 내려앉았고, 밤하늘을 가로지른 은하수에서는 수많은 별이 수런대고 있었다. 어디선가 밤을 지새우는 젊은이들의 노랫소리가 파도에 실려 다녔다. 모래사장 가장자리를 걷고 있는데, 흰옷을 입고 모래톱에 앉아 있는 여자의 뒷모습이 달빛에 드러났다. 채영...? 그랬다! 채영은 바다에 내려앉은 달빛 꼬리를 더듬고 있었다. 리반은 조심조심 다가갔다.

"잠 안 자고, 뭐하는데?"

"어머, 반이!"

그녀는 반색하면서 고개를 돌렸다. 리반은 겉옷을 벗어 맨살이 드러난 채영의 어깨를 덮었는데 채영은 손으로 옷 가장자리를 잡아끌었다.

"분위기 좋네, 시끄럽지 않고."

"응. 저것 좀 봐! 바다로 내려앉은 달빛 꼬리 넘실대는 거. 파도 소리도 참 좋아. 여기 앉아 반이."

채영은 옆자리의 모래를 평평하게 쓸었다. 리반은 채영처럼 무릎을 세워 오른편에 바짝 다가앉았다. 파도는 하얗게 부서져 발목까지 촉수를 밀어 올렸다. 리반은 시선을 바다에 둔 채 입을 열었다.

"파도는 항상 같은 소리로 바람을 맞고 있어."

"……!"

"채영아. 우린 특별한 인연이야. 그때 중3이었지? 너를 만났을 때, 난 평생을 너와 같이하겠다고 결심했어. 철이 없었지만, 이렇게 너를 다시 만난 것은 내 소원이 이루어질 징조야!"

채영은 모래를 만지작거리며 새치름했다. 달빛을 받아 목 언저리가 보유스름해서 더욱 신비로웠다.

"리반이라고 했지? '이반'보다는 리반이 화가한테 더 어울리는 것 같아. 이름 잘 바꿨네!"

"그랬어. 이름을 한글로만 리반이라 쓰기로 했어. 고마워."

"그만 들어가자. 밤기운이 차네!"

채영이 일어나려 하자, 리반은 채영의 손을 잡아끌었다.

"난 막 나왔는데. 조금만 더 있으면 안 돼?"

"아침에 일찍 해돋이 본다며? 지금 자도 얼마 못 자."

그녀가 완강하게 손을 빼내어 리반이 따를 수밖에 없었다. 둘은 민박 쪽으로 천천히 걸었는데, 그 짧은 시간으로 만족해야 하는 데이트였다. 박정란은 고2 때부터 친구가 되었고, 학교를 그만둔 뒤 공단에 취직했는데 휴가를 같이 맞춘 거라고 했다. 민박집 마당은 그때까지도 달빛으로 교교했다.

햇 소리

 이튿날 새벽 성환이 여자들 방문을 두드려 해돋이를 채근했다. 그날 새벽에 잠자리에서 가장 늦장을 부린 사람은 리반이었다. 일행은 철근이를 앞세워 해돋이 동산에 올랐는데 채영의 모습이 보이지 않았다. 정란은 채영의 몸이 좀 불편한 것 같아 깨우지 않았다며 리반에게 눈을 찡긋했다. 이번에는 진희가 끼어들었다.

 "리반 씬 전에 채영이와 뭔 관계였데? 그쪽을 만난 다음부터 영~ 애가 이상해졌어요!"

 "이상해요?"

 "말도 없어졌고, 혼자 웬 사색을 하는지 우리랑은 영 어울리지를 않아요."

 진희의 말투에는 비아냥거림이 섞였다. 정란이도, 미경이도 리반의 대답을 기다리는 눈치였다.

 "어디 아픈가?"

 "윤채영이 그대를 만난 뒤부터 우리 팀 분위기가 착 가라앉고 있으니, 이제부터는 그쪽이 책임지세요."

 진희는 리반에게 곁눈을 보내면서 피식 웃었다.

 해돋이 동산에는 벌써 많은 사람이 모여 있었다. 해가 솟아오르기 전의 탁 트인 아침 바다에는 연보랏빛 서기가 일렁였다. 사람들 얼굴이 황금빛으로 물들고, 시선은 수평선 끝점에 모였다.

여명은 동해의 끝에서부터 붉은색으로 달려오고 있었다. 수많은 날의 하룻 머리는 항상 이 자리에서, 이러했을 것이다. 아침의 해돋이는 수평선 끝에 걸린 엷은 구름 사이로 황금빛을 분사하면서 시작하였다. 리반 일행은 펑퍼짐한 바위 앞자락으로 가서 먼저 온 사람들에게 양해를 구하고 자리를 깔았다. 리반을 앞에 세우고 나란히 뒷줄로 섰다. 리반은 허리춤에서 종이를 꺼내 펼쳐 들면서 번져 오르는 붉은 기운과 맞섰다.

아침을 깨우라

동해의 깊은 침묵 속에서
밤새워 광채 품어낸 뼈아픈 인고
날 세워 마침내 수평선을 긋고
주술처럼 붉은 휘장 하늘에 닿을 때
눈부시게 아침 밀어 올리는 저 태양은
바다 한가운데 붉은 섬으로
이제 신명의 터 되리!

해신이여!
이 나라 구석구석 칠흑 같은 가슴에
당신 섬광의 칼 꽂으소서!
어두운 것들이 삼켜버린 천국

그 빛 되살아나게 굳은 입술 여시어
당신의 찬란한 빛 자락 누리에 덮으소서

그리하여
어둠을 뚫고 나온 한 줄기 빛
이 땅을 밝히는 날,
어둠이 비늘 된 자들에게 어둠의 꿀맛으로
혀를 썩게 하는 운명이게 하시고
잠들지 못한 언어가
삼켜진 세월을 뿜어내는 아침이게 하소서

마침내 새 아침 밝아
찬란하게 떠오른 태양 맞으며
삼천리 방방곡곡 산마루 들마루에
신명의 가락 가득 차도록
해신이시여, 해신이시여!

　일출과 마주한 리반의 목소리는 너울을 타넘는 파도 소리였고, 널 바위에 쏟아진 사람들의 박수 소리는 새 아침의 서기를 파도에 실려 보냈다. 리반은 글을 접으며 해를 향하여 넙죽 절했다. 철근과 성환이 이를 따르자 여자들도 수굿이 고개를 숙여 분위기를 띄웠다. 해돋이를 맞으러 나온 피서객들이 일제히 손뼉을 쳤다. 그때 등산복 차림의 40대가 다가왔다.

"멋있어! 학생들 서울에서 왔어요? 시는 누가 지었고?"

"저기 해님이요. 햇 소리였어요!"

성환이 입을 열려는데 정란이 먼저 가로채서 해를 가리키며 하는 말이었다. '햇소리'. 함부로 작자를 말해서는 안 되는 금기사항을 정란은 어찌 알았을까. 남자는 씁쓰레 웃으며 리반의 어깨를 가벼이 두드렸다. 그때 사람들의 환호성 속에 둥근 태양이 바다의 자궁 밖으로 핏빛 자태를 밀어 올렸다. 해맞이객들은 붉게 물든 산호초가 물살에 흔들리듯 일제히 손을 흔들어 환호했다.

"시가 의미 깊네요! 사람들 반응도 좋았어요. 누구 시에요?"

하산 길에 정란이 리반에게 물었다.

"시요? 조연재라는 친구가 쓴 글이에요. 교도소에 있어요. 멋진 녀석이죠."

"어머나, 데모 때문에요?"

옆에서 진희가 끼어들었다. 여자들은 아직 시상에 빠진 듯했다.

"데모하다 잡혀 들어갔죠. 진희 씬 데모 안 해요?"

"우리는 그냥 들러리죠. 여자애들 정치는 깜깜이잖아요!"

"정란 씨도?"

"전 학생들이 데모하는 것 질색이에요. 편하게 공부만 하니까 세상 살아가기 어려운 걸 모르고들 있어요."

정란이만 색깔이 달라 보이는 말을 했다. 리반은 그런 정란이 들으라고 우정 나름의 논리를 펼쳐 보였다.

"우리가 데모를 하는 것은 장기 집권을 막자는 거예요. 나무가 커지면 뿌리가 깊어지고, 뿌리마다 잔뿌리가 성해져요. 장기 집권을 국민이 허용하면 이 나라가 한 사람의 커다란 나무를 키우는 꼴이고, 나중에는 국민이 감당 못 할 만큼 잔뿌리들까지 커져 버려요. 예전에 대만이 그렇게 되었어요. 그 잔뿌리는 부정부패라는 양분을 먹고 쭉쭉 자라죠. 학생들이 시위하는 이유는 부정부패의 온상이 되는 장기집권을 막자는 겁니다. 유신헌법은 바로 장기집권의 길을 터주고 있기 때문이지요. 참! 정란 씨가 말한 '햇소리'는 저들에게 '헛소리'로 들렸을 거예요. 정의를 허튼 것으로 치부하는 작자들이니까요."

정란은 리반의 입에서 쏟아져 나오는 논리적이고 단호한 어투에 매료되어 남성적인 매력을 느꼈다. 처음 대할 때부터 리반이 멋스럽게 다가왔었다. 정란은 그가 말하는 동안 연신 고개를 끄덕였고, 결국 자기감정을 말로 쏟아내었다.

"글을 낭독하는 리반 씬 환상적이었어요. 호호! 리반 씨랑 일행이라는 게 행복해요!"

정란의 대꾸 뒤에 진희가 한술을 더 떠 남자들의 기를 꺾었다. 가진 자들의 허세와 빈자들의 아픔을 진지하게 이야기하는 그녀의 목소리는 목울대를 울리는 듯해서 일행을 압도했다.

"공단의 여공들은 노예나 다름없어요. 국민은 그걸 제대로 몰라요. 여공들의 피땀으로 들어오는 달러는 배부른 자들의 배만 채우고 있어요."

남자들은 그녀의 말을 경청할 뿐 말을 잇지 못하고 있었는데 철근이 이윽고 되물었다.

"아니, 진희 씨. 그런 말 이런 데서 함부로 해도 돼요?"

이번에는 정란이 나섰다.

"얜 알짜 순둥이예요. 그냥 주워들은 얘기 흉내 하나는 잘 내요. 학교에서 하는 얘기들 다 뻔하지 않겠어요? 빨리 내려가 아침밥 준비해야겠네요. 배고프지 않으세요?"

정란은 진희 소매를 잡아끌어 하산을 서둘렀다.

"쟤들, 좀 이상하지 않냐? 무슨 여자들이 조연재 같은 말만 해."

성환이 고개를 갸우뚱했다. 채영은 일행이 일출 행사를 마치고 민박에 들어설 때까지도 자리에서 일어나지 않고 있었다.

사랑 자리

저녁 시간에 리반은 채영을 불러냈다. 채영은 기분이 좀 나아진 듯했다. 피서객의 발길이 뜸한 곳에 이르러 미리내를 빨아들이는 바다와 마주 앉았다. 리반은 어릴 적부터 훗날에 있을 채영과의 멋진 데이트를 꿈꾸어왔다. 그 일이 예기치 않게 찾아왔다. 채영은 고향 마을이 수몰되어 마을 사람들 대부분이 도시로 떠나간 얘기를 꺼냈다. 리반은 그때 부모님을 따라

고향을 떠났으며, 채영과 함께했던 추억이 모두 사라진 것 같아 아쉽다고 했다. 리반은 채영의 뽀얀 옆모습을 찬찬히 바라보았다. 애틋한 마음이 일었다.

"예전에 말이야. 사실은 나, 채영이를 많이 좋아했는데…. 알고 있었어?"

불쑥 던진 말이긴 했으나 꼭 묻고 싶었다.

"요즘 데모가 심하니 반이도 조심해."

채영은 시선을 피해 엉뚱한 말로 대답했다. 자신을 걱정하는 복선이 깔린 표현이라서 리반은 속으로 기분이 좋았다.

"어른들은 학생들이 데모하는 거 이해를 못하는 것 같아."

"난 그런 거 몰라. 아무튼, 학생들이 공부를 안 하고 데모대만 따라다니는 건 반대야. 반이도 마구 휩쓸리지 말고 피할 건 피해."

채영은 리반 걱정을 거푸 했다.

"스튜던트 파워는 선진국에도 있는 거야. 우리가 하는 학생운동은 공연히 군중심리로 휩쓸리는 그런 게 아니거든."

채영은 무릎에 턱을 얹은 채 앞바다만 바라보고 있었다. 대화가 끊기자 별빛에 부서지는 작은 파도가 조용히 고요를 갈랐다. 손만 뻗으면 안을 수 있는 채영인데, 옆자리에 붙어 앉아 있으면서도 거리감을 더는 좁히지 못했다. 리반은 어릴 적 채영이 하트 모양의 색종이에 써 주었던 깨알 메모를 떠올렸다. 리반은 채영을 그 시절의 감성으로 이끌고 싶었다.

"별꽃밭……."

채영이 눈빛을 보내왔다.

"기억나? 그때 우리는 참 순수했어! 채영아."

"그래! 지금도 반이는 순수해."

리반이 어깨를 감쌀 때 채영이 시선을 내리며 말을 받았다.

"널 이렇게 만나다니…. 반갑긴 해도 친구들 앞에서 너무 내색은 마. 혹시 내 친구 중에서 맘에 드는 애 있어?"

채영은 고개를 들어 바라보면서 타인처럼 물었다. 둘의 사이를 가르는, 의미 있는 한마디였다. 바다로부터 찬바람이 일었다.

"다 괜찮은 애들 같아. 넌 남자친구가 있어?"

채영은 잠시 생각하는 듯하더니 피식 웃었다.

"반아, 저 많은 별도 제각기 임자가 있대. 그런 말 들어보았니?"

그녀는 멀리 밤하늘로 시선을 보냈다. 채영의 눈길을 따라 고개를 드니 어둠을 가로지르는 수많은 보석이 저마다의 빛을 뿜으며 은하수에 매달려 있었다. 하마터면 그 속에 빨려들 것처럼 하늘이 빙그르 돌았다.

"동화 같은 얘기네!"

"우리는 모두 별의 운명을 타고난 거래. 저 별 중에 리반의 별도 있고 내 별도 있을 거야. 우리 두 별은 서로 얼마나 멀리 떨어져 있을까?"

채영의 눈길은 은하수를 따라 어둑한 수평선 먼 곳으로 흐르고 있었다. 꿈을 꾸는 듯 그녀의 낯빛은 달빛 아래 피어난 하얀 박꽃처럼 창백했고, 은하계에서 살며시 내려와 리반의 옆자리에 앉은 하얀 천사였다. 이윽고 별 무리에서 시선을 거둔 채영은 천천히 리반을 바라보았다. 달빛이 아롱진 눈동자에 신비감이 돌았다. 잠시 후 채영은 별 밭을 우러러 예쁜 입술을 살짝 열고 구슬 같은 시어를 쏟아내었다.

반,
꿈꾸는 눈동자
청 너울 빛깔이 서려 있네요

나,
반이 눈동자에 들어
푸르른 꿈 함께 하려니

하나 된 꿈으로 하늘 집 짓고
별 밭 울타리 둘러
하나 가득 사랑 머물게요

반,
그만 잠에서 깨어
들여다보아요

우리가 가슴 맞대어 그린
둘만의 별자리
'사랑 자리'를

마지막 연을 읊조리는 채영의 모습이 해사했다. 그녀의 눈길이 머문 곳에는 별빛 울타리 대신 달무리가 달의 울타리를 짓고 있었다. 리반은 그녀가 풀어낸 시어에 갇혀버렸다. 감상을 물어오면 어쩔까? 리반의 입으로는 도저히 되받을 수 없을 것 같아 눈빛으로만 감상을 표해야 했다. 채영은 리반의 눈빛을 읽은 듯 했다.

"K 시에서 혼자 해변을 거닐 때 반이 생각을 많이 했어. 그때 쓴 시야. 혼자 많이 중얼댔더니 외워졌네. 반이와 이처럼 별빛 아래서, 이런 기회가 생길 줄은 몰랐어."

"내게로 보내는 시…. 고마워 채영! 이 시를 어떻게 품을지 모르겠네! 지금 우리의 별을 정하자. 가까운 별들로."

리반은 시를 잃어버릴 것 같은 초조함이 일었다. 그녀를 현실로 내려 앉혀야 했다.

"그건 안 돼. 이미 정해진 별을 사람이 맘대로 바꿀 수는 없대! 그런 게 운명이라는 거야. 나는 내 별을 알아. 내 별은 내가 가야 할 곳이고, 나의 운명이야. 반은 운명을 믿어?"

그녀는 살며시 몸을 기대어왔다. 달콤한 향기와 함께 채영의 머리칼이 리반의 뺨에 나실거렸다. 운명이라는 것이 있다면 사람은 그것에 조종되는 꼭두각시여야 한다. 운명이라는 말은 자기 길을 개척하라는 말을 전제로 만들어진 게 아닐까? 리반은 채영에게서 팔을 거두며 그녀를 똑바로 바라보았다. 어둑한 속에서도 까맣게 여른 눈동자가 리반을 사로잡았다. 이 여인의 운명은 자신과 짝지어진 것이라는 믿음이 생겼다. 리반은 숨을 몰아 쉬었다.

"채영아. 우린 이렇게 만났어. 우리야말로 인연이 없다면 뜻하지 않은 장소에서 만날 수 있었을까? 서울에서 꼭 다시 만날 거야. 채영은 내 가슴에 '사랑 자리'라는 별자리를 만들었고 지금 그 별자리를 열어보였어. 채영은 그 사랑 자리에서 나와 함께 평생 머물러야 해. 그게 채영에게 내린 별의 운명이야."

머리를 리반에게 기대던 채영은 리반의 말을 새겨듣는 듯했다. 하지만 채영은 자세를 고쳐 앉으며 모래밭에 손가락으로 알 수 없는 낙서를 하며 의외의 말을 꺼냈다.

"꿈은 꿈으로 간직했을 때 가장 아름답다고 하잖아! 나도 고민 많이 했어. 이렇게 만난 것으로 끝내야 해. 네가 나를 많이 알면 그 꿈 금방 깨질 거야."

그녀는 여전히 땅에 내려오지 않고 있었다. 리반은 초조했다.

"너를 고향 마을에서 다시 만났을 때 내 운명은 결정되었어. 그때 네가 했던 말은 약속이나 다름없었어. 내 말뜻 알지? 기억나지?"

채영은 대답이 없었다. 리반은 깜짝 놀랐다. 채영의 눈가에서 이슬이 비쳤다. 어떤 아픔이 있는 걸까. 꼭 안아주고 싶은 충동이 일었으나, 겉옷을 벗어 씌워주는 것이 고작이었다. 그녀는 고운 만큼 조심스러웠다. 리반은 채영의 어깨를 잡아 가만히 흔들었다.

"너, 얼마나 보고 싶었는지 알아?"

"나도… 보고 싶었어."

리반은 채영의 뺨에 방울진 눈물을 어루만지다가 가슴에 당겨 안았다. 채영은 저항 없이 얼굴을 묻어왔다. 리반은 채영을 품에 안은 꿈에서 깨어나기 싫어 가슴에 파고든 그녀의 머리를 만지고 또 만졌다. 채영의 흐느낌이 리반의 가슴을 흔들었다.

"무슨 일이지? 말을 해! 채영은 이제부터 혼자가 아니야."

"미안해, 반이……."

채영은 끝내 신변 이야기를 꺼내지 않아 리반의 의구심을 키웠다. 리반은 채영의 호흡에 맞춰 별빛만 헤아릴 수밖에 없었는데 채영은 다음 날 만나자는 말미를 주며 일어났다.

촛불 하트

늦은 저녁. 녀석들이 술판을 벌일 때 리반은 자리를 빠져나와 채영을 만나기로 한 장소로 향했다. 모래톱에는 몇몇 피서객들이 밤바다를 거닐고 있었으나 그곳은 비교적 한산했다. 밤의 바다 색깔은 어둠의 깊이를 더했다. 검은 바다는 흰색 갈기를 육지로 밀어 올렸다. 밤하늘의 달무리가 리반의 머리 위에 비스듬히 누워 있었다. 동그란 달무리는 채영과 리반 자신을 위해 하늘이 펼쳐 준 신비로운 멍석이었다. 달은 바다로 빛 길을 내주었고, 바다에 다다른 달빛 꼬리는 파도에 넘실거리며 수평선으로 이어져 갔다.

리반은 구멍가게에서 종이컵 네 줄과 양초를 개수에 맞춰 샀고, 반 토막으로 잘라 약속 장소로 향했다. 색이 다른 초를 사느라 구멍가게를 세 곳이나 들렀다. 채영이 도착하기 전에 이벤트를 준비하여야 했다. 그녀는 왜 눈물을 흘렸을까. 눈물의 정체도 알아야 했지만, 우선 채영의 기분을 풀어주고 싶었다.

리반은 모래사장에 커다란 하트를 그렸다. 종이컵 밑을 십자로 째 하나하나 초를 꽂았고, 색색의 촛불이 담긴 종이컵을 하트 선에 맞춰 일정한 간격으로 세웠다. 종이컵의 촛불은 색색으로 찰랑거렸다. 달무리가 해변에 내려와 촛불 하트로 피어난 듯, 하늘의 달무리와 지상의 촛불 하트가 서로 호응했다. 약속 시각이 넘어서고 있었다. 채영이 이 촛불을 보지 못할지 모른다는 불안감이 생길 때쯤 흰옷 자락이 시야에 들어왔다. 바닷바람에 날리는 원피스는 채영의 몸매를 드러냈고, 촛불 하트에 가까워지자 엷은 보라색으로 촛불의 색깔을 품어냈다. 채영은 하트 모양의 촛불 앞에 선 리반을 발견했는지 별안간 어린아이처럼 깡충깡충 뛰어오고 있었다. 리반은 하트의 꼭지 부분에서 그녀가 다가오기를 기다렸다.

"어머나, 하트네! 많이 기다렸어, 반?"

채영은 팔을 벌리고 하트 주변을 춤추듯 빙빙 돌았다.

"초 색깔이 다 다르네! 너무, 정말 아름다워!"

"......!"

"고마워! 반이한테 이런 멋진 구석이 있었네! 어떻게 해? 이렇게 큰 하트를 집에 가져갈 수도 없고 음~흠흠."

채영은 하트 가운데로 깡충 뛰어들었다. 밑으로부터 색색의 촛불 조명을 받은 채영은 달무리에 뛰어든 천사가 팔색조로 변한 모습이었다.

"리반, 이리 들어와 봐."

"들어가면... 뒤에서 날 안아 줄래?"

"그 정도로 되겠어?"

채영은 말뜻을 헤아리지 못하는 걸까. 예전에 마을 뒷산에 올라 뒤에서 안아달라고 떼를 썼던 채영이다. 그 때를 떠올리면 채영이도 더 수나롭게 다가올 수 있으리라는 생각이었다. 하지만 촛불하트에 꽂힌 채영은 하트 주변을 빙빙 돌면서 하늘을 우러러 달무리를 바라보더니 그 시절의 소녀가 되어 소리쳤다.

"있잖아! 달무리가 땅으로 내려온 것 같아. 음~흠흠!"

"......!"

리반을 지긋이 바라보는 채영의 눈빛에 촛불 하트가 담겼다. 채영의 그 특이한 속웃음도. 리반은 하트 속으로 뛰어들어 채영의 손을 잡았다. 그들은 하늘의 달무리를 우러르다가 빙그르 돌았고, 채영은 눈을 슬며시 감으며 리반의 입술을 기다렸다. 리반은 두근거리는 가슴을 누르며 가만히 채영의 입술에 자신의 입술을 포갰다. 온몸이 덜덜 떨렸다. 이 순간이 끝나지 않길 바랐다.

"우리, 자자!"

채영은 돌연 입술을 떼더니 리반을 이끌어 하트의 중심에 같이 몸을 뉘었다. 반짝거리는 수많은 별빛을 품고 고물고물 촛불 하트가 둘을 품었다.

채영의 옆얼굴은 촛불 색깔이 비쳐 신비로움이 일렁였다. 천계에서 내려온 선녀든지, 아니면 천사였다. 그때였다. 두 사람을 품은 촛불 하트가 거대한 접시처럼 빙그르 돌더니 모래사장으로부터 붕 떠오르는 것이었다. 반짝이는 별빛들이 하트를 들어 올리고 있었다. 별빛들은 촛불을 흡수하여 별빛 울타리를 만들어냈다. 채영과 반은 그 빛에 취하여 마주 보면서 이 순간이 멈추지 말았으면 했다. 둘은 손을 맞잡고 우주 멀리서부터 달려드는 무수한 별빛들을 마냥 품어 들였다. 별빛 하트는 미리내의 미궁 속으로 끝없이 오르고 있었다. 그때, 어디선가 여인네들의 소곤거림이 허공에 올라 맴돌았다.

"어머나, 하트네!"

"어쩜! 난 이 나이 되도록 이런 프러포즈 한번 못 받았으니!"

"세상에나! 예쁘기도 해라!"

"쉿! 조용히…."

어느새 사람들이 촛불 하트 주변을 둘러싸고 있어서 촛불 빛에 투영된 사람들로 하트가 만들어져 있었다. 대부분이 데이트족이었는데 두 사람만의 분위기를 깨지 않으려 조심스럽게 하트를 감상하고 있었다. 리반은 채영의 손을 잡아 천천히 일어났다. 그는 쑥스러워 머리를 긁적였지만, 채영은 뿌듯해하는 표정이었다.

"방해해서 미안해요. 아름다운 한 쌍이에요! 넘 멋져요!"

"요즘 젊은이들 참. 아이디어가 있잖아!"

"그래요. 아가씬 행복하겠어."

리반과 채영은 그들의 눈길을 은근히 즐기면서도 부담스러웠다. 채영은 하트 밖으로 나와 하트를 내려다보더니 다시 들어서며 사람들에게 말했다.

"잠시 이 하트를 여러분께 빌려드릴게요. 자, 두 분씩 교대로 들어와 보세요."

"어머나. 촛불 색깔이 너무 예쁘다!"

"사진 좀 찍어야겠다."

한 커플이 하트 안으로 들어왔다. 채영은 형형색색의 촛불이 종이컵 안에서 고물거리는 모양을 한동안 지켜보더니 이윽고 리반의 손을 잡아끌어 밖으로 나왔다. 커플들은 교대로 하트 안을 들락거리며 사진을 찍었다. 예상하지 못한 상황이었다. 리반은 촛불에 대한 애착을 버리기로 맘먹었다.

"이분들한테 주고 그만 떠나자."

"싫어! 반이가 준 선물을 벌써 넘겨주긴 싫어! 가져갈 테야."

어둠이 깊은 밤하늘엔 여전히 달무리가 반기고 있었다. 채영은 리반을 빠히 응시하더니 목을 끌어 입술을 부볐고, 미소를 머금으며 고개를 끄덕였다.

"그래, 어차피 못 가져가. 내가 갖기엔 반의 사랑이 너무 커!"

채영과 리반은 모래톱으로 발길을 돌렸다. 50보쯤 걷다 돌아보니 그사이 더 많은 사람이 모여 둥그렇게 하트를 싸고 있는 사이로 촛불 빛이 새 나오고 있었다. 둘은 모래밭에 앉았다. 채영은 간격을 두고 오른쪽에 자리를 잡더니 전처럼 두 다리를 모아 무릎에 손을 얹었다.

"반이가 만든 사랑의 표신데, 너무 빨리 하트를 떠났네! 우리 친구들이

저 하트를 보아야 했는데……."

채영은 아직도 하트의 잔상에서 벗어나지 못하는지 자주 그쪽으로 눈길을 주었다.

"촛불은 우리 둘 가슴에 있는 거야! 그 촛불 꺼지지 않도록 널 지켜주고 싶어."

옆모습을 바라보면서 리반이 말했다.

"촛불 프러포즈! 맘에 들었어! 아름다운 추억이 될 거야."

채영은 딴청을 피웠다.

"나 정말, 널 사랑해!"

리반은 마음을 다해, 정중하게 사랑을 전했다.

"할 말이 그거였어?"

채영은 웃어넘기는 듯, 진중하게 받아들이는 눈치가 아니었다. 누구를 사랑한다는 말이 쉽게 나올 말인가. 리반으로서는 어렵게 꺼낸 말인데 채영의 반응이 섭섭했다. 채영의 다음 말을 기다리는 시간이 길었다. 준비된 말은 아니었지만, 이 순간을 기다려왔다. 채영에게 보내는 사랑 고백, 그것은 처음이자 마지막 말이 될 터였다. 채영이 고백을 받아주지 않는다면 리반의 사랑도 끝이라고 생각했다. 그래서 마음을 담아 진중하게 고백을 한 것이다. 잠시 뒤 채영은 어두운 바다 먼 곳으로 눈길을 보낸 채로 로봇처럼 입술을 달싹였다.

"리반, 우린 풋사랑을 이야기할 나이가 아니야. 하지만 오늘 저녁, 촛불 하트를 죽어도 못 잊을 거야!"

풋사랑이라니! 채영에게 어쩔 수 없는 사정이 있는 것일까? 다른 누군가와의 관계를 놓고 고민하다가 마음을 정했나? 거리에서 채영과 비슷한 얼굴만 보아도 가슴이 덜컹 내려앉곤 했다. 채영을 또 만나면 절대로 놓치지 않겠다고 몇 번이고 다짐해 왔다. 뭇 여성의 아름다운 기준은 채영이었다. 그렇게 간절히 그리던 채영이 리반 바로 곁에 있었다. 채영은 다시 말했다.

"세월이 그냥 흐르는 건 아닐 텐데, 사랑한다는 말을 그렇게 불쑥 할 수 있을까?"

무슨 말을 하는지 이해가 안 갔다. 그녀의 말은 둘의 간격을 차츰 벌리는 것으로 들렸다. 리반은 조바심이 났다. 앵돌아진 채영의 태도를 어떻게 돌이켜야 할지 몰랐다.

"채영아!"

리반은 채영의 어깨를 잡아 돌렸다. 그녀도 리반의 눈과 맞댔다. 리반은 그녀를 와락 끌어안고 뺨을 비볐다. 향긋한 향기가 훅 번지는데 채영은 몸을 비틀어 빠져나갔다.

"이러면 안 돼. 사람들이 오고 있어."

그는 채영의 손을 놓지 않고 그 자리에 버티고 서서 눈을 똑바로 바라보았다. 긴 눈 맞춤 사이에 놓인 고요에 파도 소리가 사르락 끼어들었다.

도둑처럼 닥친 일

"리반! 말해 봐. 진정으로 날 원해?"

채영의 질문에 그는 머리를 한 대 맞는 느낌이었다. 채영을 품는 일은 먼 훗날의 꿈이었는데 그녀가 바로 그 꿈 자락을 펼치겠다는 것으로 들렸다. 그것은 채영이와 사이에 놓인 높은 봉우리였다. 당황했다. 그렇다고 대답하고 싶은 심정이었다. 대답을 할 수 없었다. 파도 소리도 숨을 죽였다. 이런 묵언을 채영은 어떻게 받아들일까? 그녀는 한동안 골똘해 있더니 먼저 일어나 모래를 털었고, 모랫길에 발자국을 찍었다. 리반은 두어 발치 떨어져서 그 발자국을 되 찍었다. 그녀는 고개를 숙이고 골똘히 생각에 잠겨 있었다. 십여 분 뒤에야 채영한테서 혼잣말 같은 중얼거림이 새어 나왔다.

"나도 반이를 좋아하고, 보고 싶었어. 그리고 오늘 같은 프러포즈는 상상도 못 했어."

채영은 걸음을 멈추더니 리반을 가만히 응시했다. 달빛이 밤바다의 잔물결에 반사되어 채영의 눈동자에 실렸다.

"멋졌어! 우리 어릴 적, 밤에 산길을 헤맨 적이 있지. 그때 일이 내게는 매우 소중한 추억이야. 그 날도 비가 왔잖아! 이런 별빛이 흐드러진 밤에는 꼭 그 생각이 나거든!"

채영은 말을 마치더니 달무리를 올려다보았다.

"돌이켜보면 반이는…."

"……?"

"반이는 나를 안아 준 첫 남자였어!"

묘한 기분이 드는 말이었다. 채영이 그 일을 가슴에 품고 살아왔다니, 가슴이 울렁였다. 어쩌면 둘을 묶어 끝까지 풀리지 않을 끈이었다. 그리고 채영의 이어지는 말에 리반의 마음은 더욱 설레었다.

"리반, 난 지금 네 품에 안길 수 있어."

채영은 진지하게 말 맺음을 지었다. 하지만 채영은 발길을 모래사장 밖으로 향하더니 빠른 걸음으로 걷기 시작하였다. 사랑이라는 말, 그 소중한 말을 너무 쉽게 해 버린 것이 아니냐는 후회가 들 만큼 그녀의 태도는 갑자기 쌀쌀해졌다. 그렇다고 이제 그 말을 돌이킬 수는 없었다. 리반은 그녀의 발뒤꿈치에서 눈을 떼지 않은 채 묵묵히 뒤를 따랐다. 꾸중 들으러 불려가는 학생처럼. 모래사장을 벗어나 채영의 발길이 멈춘 2층 건물 앞에서 마주 섰다. 문득 고개를 들어보니 여관 간판이 환하게 도로를 밝히고 있었다. 리반은 깜짝 놀랐다. 그녀는 눈 하나 깜빡거리지 않고 리반을 빤히 바라보았다. 독기가 서린, 하지만 여전히 예쁘기만 한 눈이었다.

"리반. 아까 한 말, 진정이지?"

무슨 말을 했던지 기억도 안 났다. 채영이 답지 않은 행동이었다. 그녀는 돌아서더니 여관 문을 밀고 들어갔다. 놀라웠다. 따라 올래 말래, 여닫이문이 앞뒤로 출렁였다. 계단을 오르면서 뒤를 돌아보는 채영에 이끌려 그는 주춤주춤 따라 올랐다. 편안해 보이는 여관 아주머니는 힐끔힐끔 두 사람을 번갈아 보면서, 형광등 조도가 반은 떨어져서 터널 속 같은 복도의 구석방으로 안내했다. 방은 겨우 침대 하나 놓일 정도로 작았다. 바닷가라서

인지 비릿하고 퀴퀴한 냄새가 났다. 하얀 면사 침대보가 말끔하게 다림질되어 침대를 덮고 있었다. 채영에게서 요금을 받아낸 아주머니는 조용히 문을 닫고 나갔다. 리반은 문 앞에서 엉거주춤 서 있는데, 그녀는 그를 아랑곳하지 않고 침대에 벌렁 눕더니 몸을 돌려서 바싹 엎드렸다. 온몸에서 힘을 빼버린 듯 채영의 몸이 가늘게 흔들렸고, 돌아눕더니 천장을 향해 혼잣말을 하고 있었다.

"오해는 말아. 우리가 서로 사랑한다면, 이건 단지 우리 사이를 확인하는 마지막 의식이니까. 앞으로는 이런 일 없을 거야. 어쩜 영원히."

입에서 떨어지는 말마디가 리반이 그동안 지어 놓은 그만의 영역에 뛰어들었다. 내칠 수도 없었고, 그토록 바랐던 일이 오히려 두려웠다.

"왜 이러는데?"

리반의 목소리는 낮게 떨렸다. 채영은 몸을 일으키며 그를 바라보았다.

"우리가 서울에서 또 만날 수는 없어. 그냥 헤어지기는 너무 아쉽고, 나도 반을 사랑해. 오늘 난 큰 사랑을 받았어. 나를 여태 잊지 않고 처음 사랑을 지켜준 반이가 정말 고마워."

가슴에 전하는 가슴의 언어였다. 그렇다고 여관에까지 들어와야 하나. 리반은 헛기침을 앞세워 가슴에 걸린 말을 밀어냈다.

"무- 무슨 말이야? 우린 이제부터 시작인데. 왜 못 만나는데?"

"오해하진 마. 제발 우리, 더는 말하지 말자."

"이게 말이나 돼? 이건 아니야! 어서 여길 나가. 우린 적어도 이런 식이어서는 안 돼. 너를 이런 곳에서 보기에는, 채영이 넌 내게 너무 소중해!"

리반은 그때 용기가 났다. 아니면 채영의 그런 당돌함에 대한 두려움이 거나 반작용 때문이었을 것이다. 더구나 소망해 왔던 꿈이 이렇게 맹랑하게 다가와서는 안 될 일이었다. 소중히 간직하고 기다려왔던 만큼 이런 일에는 귀한 절차가 필요하다는 생각을 했다. 몸을 돌려 문고리를 잡는 리반의 소매를 채영이 붙잡았다.

"소중한 사람이라는 말, 고마워! 그리고 너는 나를 사랑한다고 했어. 진정이라면⋯⋯."

빤히 마주 보는 눈이 애처로웠다. 리반은 문고리를 잡은 채로 말뚝처럼 서 있어야 했다.

"돌아서. 가지 마, 리반."

돌아서는 그의 눈을 바라보면서 그녀는 원피스를 벗어 내리고, 속살이 훤히 비치는 몸을 리반에게 밀착시켰다. 가슴이 두근거리고, 손을 어디 둘 줄 몰라 리반은 차라리 눈을 감았다. 매끄럽고 부드러운 감촉에 살이 떨리고, 의지와는 반대로 몸이 급격히 풀어졌다. 그녀는 팔을 들어 올려 리반의 목을 당기며 입술을 갖다 대었다. 채영의 뜨거운 입김이 훅 들어오면서 이제까지 경험하지 못한 입술의 부드러운 감촉에 리반은 정신이 아득해졌다. 채영은 리반이 눈뜨기를 애틋하게 기다렸다. 안개 속을 헤매는 먹먹함이 몰려들었다. 리반은 채영의 집요한 공략에 속수무책이 되었다. 그들은 곧 전신으로 번지는 뜨거운 불길에 휩싸여 쉬 알몸이 되었다. 겉을 치장하는 옷가지들은 위선의 갑옷이요 곁가지에 불과했다. 비로소 남자와 여자는 한 몸이 되었고, 베일 속에서 드러난 채영의 우윳빛 젖가슴은 신비로운 봉우리로 리반의 정염을 부추겼다.

　입맞춤도, 이처럼 매끄러운 알몸의 맞댐도 베일 속에서 성스러운 의식을 치르듯이 훗날에 그를 기다리리라 믿어왔는데 그 날이 도둑처럼 닥쳤다. 당황스럽고 익숙하지 못한 상황이 거북했지만, 그가 이성을 추스르기에는 버거웠고 온몸의 세포는 의지와 다른 방향으로 치달려 함께 도둑이 되어 갔다. 뜨겁고 거친 입김을 퍼부으며 두 입술은 상대를 어설프게 빨아들였다. 채영의 고운 살결을 어떻게 손으로 만질까. 리반은 신비에 쌓인 봉우리를 입술로 올라야 했다. 리반은 꿈인 듯 닥친 현실을 확인하러 채영의 얼굴을 두 손으로 받쳐 들고 눈을 맞췄다. 채영의 눈망울에는 눈물이 고여 있었다. 리반은 정신이 번쩍 들어서 그녀의 어깨를 꽉 끌어안았고, 볼을 만지며 이슬이 맺힌 눈가를 엄지로 밀어내었다.

　"뭔 일이 있지? 채영, 그렇지?"

　채영은 눈을 감은 채 고개를 흔들었다.

　"채영아."

　"반……."

　채영은 말을 잇지 못하고 리반을 쳐다보더니 머리를 묻어왔다.

　"말을 해보래도! 왜 이러는 거야?"

　"아무 일도 아냐. 미안해."

　채영은 입술로 리반의 말을 막았다. 두 사람은 하나로 엮이어 쓰러졌다. 리반은 채영의 벗은 몸 위에서 어쩔 줄을 몰랐다. 채영이 그의 얼굴을 가슴골에 끌어당겨 봉긋한 젖가슴을 무너뜨렸다. 젖가슴에 묻힌 리반은 살

내음에 취했다. 채영은 몸을 비틀어 리반의 얼굴을 더욱 밀착시켰고 거친 숨소리를 뿜어내며 점차 불꽃으로 타올랐다. 감당이 안 되는 욕정이 리반을 휘몰아갔다. 리반은 자신이 감당해 낼 수 없는 불덩이가 되어갔고, 두 사람은 그 순간이 끝없이 이어지기를 바랐으며 기어이 격정의 파도 끝에 올랐다. 그 높은 곳에는 붉은 별 꽃들이 만발해 있었다. 수많은 별꽃이 눈송이처럼 둘을 싸돌았다. 둘만의 별 꽃밭이었다. 환상처럼 몰려든 별꽃들이 마침내 하나의 빛으로 모일 때, 리반은 그 끝자락에서 문득 빛을 놓치는 느낌이 들었다. 꿈이 현실로, 꿈이 아니기를 바랐던 것이 꿈처럼 이루어졌고, 꿈처럼 끝나고 있었다. 두 사람은 다시는 풀어지지 않을 것처럼 나신으로 얽히어 천장에 눈을 모으고 거친 호흡을 가다듬었다. 별꽃들은 하나둘 지고 있었다. 열기가 수그러들어 같이 몸을 일으켰을 때, 채영은 마치 제정신이라도 돌아온 양 의도적으로 리반과 거리를 두려는 눈치를 보였다. 리반은 그녀를 더욱 조여 안았고, 그런 채영을 보는 게 안타까웠다.

"사랑해 채영이!"

"고마워 반이."

둘은 식지 않은 입김을 나누며 속삭였다.

"무슨 일인지…, 그 일 내게 말해줘. 말할 수 없는 일이야?"

"아니야. 제발 부탁인데, 더 묻지 마."

"좀 가만있어 봐. 우리 이대로 나가면 안 될 것 같아서…."

"가. 애들이 기다려."

채영은 일어나 주섬주섬 옷을 입더니 다시 리반의 품에 파고들어 잠시 숨을 골랐다. 그리고는 달라진 낯빛으로 태연하게 앞장서 여관을 빠져나 갔다. 채영을 이렇게 놓쳐버릴 것 같은 허허로움이 밀려들었다. 리반은 채영의 발자국을 찍으며 마음을 다잡았다. 다시는 놓치지 않겠다고.

이튿날 성환과 철근이가 먼저 낚시도구를 챙겨 나갔고, 리반은 나중에 합류할 생각에 민박에 남아 있었다. 진희가 아침 산책을 다녀오고 있었다.

"진희 씨, 윤채영 말인데요. 혹 집안에 무슨 일이라도 있었는지 좀 알고 싶은데요."

진희는 생뚱맞다는 표정이었다.

"잘 모르긴 해도 아빠 회사가 좀 어려워졌다는 말은 들었어요. 더는 모르 겠고요. 왜 직접 물으시지 않고?"

"예. 알겠어요. 채영이한텐 내가 묻더란 말 말아주세요."

"그러죠. 괜찮을 거예요. 같이 놀러 온 걸 보면."

어릴 적 채영 아버지의 모습이 떠올랐다. K 시로 이주한 채영이네가 성 공했다는 소문을 들은 뒤 세월이 꽤 흘렀다.

오후 3시경 여자들은 홀연 짐을 꾸려 숙소를 떠나버렸다. 그 뒤 캐주얼 차림의 사내들 셋이 숙소를 찾아와 여자들 행방을 물었다는 주인의 전언 을 들었다. 마치 데모꾼들을 좇는 형사들 같았다고 해서 여자들의 정체가 더욱 궁금해졌다. 채영은 아무리 생각해도 데모꾼의 얼굴로는 어울리지 않았다.

윗동네 미꾸라지

여자 해결사

경포 해변에서 정란은 리반에게 직장 전화번호를 알려주었다. 다른 여자들은 전화가 없는 눈치였고, 그녀만 직장을 다니는 듯했다. 리반은 채영이와 연락하는 길이라는 생각으로 번호를 메모해 두었다. 경포대를 다녀온지 두 주일이 지나서 리반은 그 번호로 전화를 걸었다. 한참을 기다려서야 정란이 나왔다.

"안 그래도 전화가 기다려지던걸요. 왠지 궁금했어요. 친구들도 안녕하시죠?"

"그럼요. 덕분에 잘들 있어요. 정란 씬 어떠세요?"

"저만 이렇게 직장에 박혀 있으니 제 꼴이 그렇죠, 뭐. 리반 씨가 백마를 탄 왕자님인 줄 알았더니. 호호호."

채영의 소식이 궁금해 전화한 것으로 단정하는 눈치를 보이면서도 그녀는 별 내색 없이 호기롭게 응대해 왔다. 메신저로서의 가치를 인정해준 것만으로 고맙다고도 했다. 채영은 서울에 올라온 다음 날 부산으로 내려갔는데 그 뒤로는 만나질 못한 모양이었다. 정란은 직장인과 학생은 신분이 다르다는 말도 했다. 잔뜩 기대했는데 그녀를 만나지 못하려나 싶어 전화기를 쥔 손에서 힘이 빠져나갔다.

"언제 서울로 올라온대요?"

"방학이 거의 끝나가니까 곧 올라오긴 하겠죠."

정란의 말꼬리가 심드렁해졌다. 채영이가 올라오면 같이 만나자고 리반이 말했을 때 정란은 정색하며 되받았다.

"저만 나가면 안 되나요? 내가 닭인지 꿩인지는 몰라도."

"누가 꿩이고, 누가 닭인데요?"

"그야 누구 맘대로 이겠죠, 뭐. 제가 오늘 통닭 쏠게요."

꿩 대신 닭? 퇴근 시간의 명동은 북적였다. 유네스코 앞에서 만나기로 했다. 채영의 연락처를 알려고 했는데, 엉뚱하게 정란이와 만나게 되었으나 그녀도 귀여운 구석이 있었다. 리반은 채영이 경포대에서 쏟아냈던 말들이 생각나 혼란스러웠다. 채영을 만나면 마음을 꼭 돌려놓을 것이다. 채영은 그때, 앞으로는 이런 일이 없을 거라며 '영원히'라는 말을 했다. 채영은 리반 자신과 온전히 하나를 이루면서까지 헤어져야만 한다는 암시를 주었다. 리반은 채영과의 사이를 가로막는 무엇인가의 존재를 알아야만 했다.

"반 씨! 여기."

정란이 먼저 도착해 사람들 너머에서 까치발로 손을 흔들었다. 몸에 달라붙는 감색 티에 청바지 차림은 경포에서 본 모습이 아니었다. 만약에 경포대에서 채영이 나타나지 않았더라면 그녀는 지금 리반과 친근한 사이가 돼 있을지도 몰랐다. 그때 그녀의 눈빛이 아직 생생했다.

"오늘 꿈자리 좋았죠? 저녁에 묘령의 여인이 나타나 데이트를 해 주다니. 호호호. 나는 아무한테나 시간 내주지 않거든요."

"꿈을 잘 꾸었는지는 더 두고 봐야죠."

정란은 주저 없이 팔짱을 끼며 눈웃음쳤다. 리반은 팔을 내주기가 어색했으나 그녀는 거침이 없었다. 정란은 사람들로 북적대는 통닭집을 지나쳐 명동 뒷골목의 식당으로 데려갔다. 그곳도 손님들이 가득 차 조금 기다려서야 두 자리가 났다. 정란은 그 집 단골이라도 되는지 주인아주머니와 인사를 주고받으며 의기양양했고, 깍두기는 참 맛있었다.

정란은 옷 만들어서 외국에 수출하는 공장에 다니고 있다며 자기도 언젠가는 사무직으로 갈 수 있을 거라고 했다. 동료들이 착하고 생활력도 강하다면서 공순이 생활이 할 만하다고 했다.

"말괄량이 끼만 있는 줄 알았는데, 정란 씨 속 깊네!"

"저요? 깊어 봤자 그 공순이 어디 가겠어요?"

친구들은 대학생이고 자기는 공순이라! 자존심 같은 것은 안중에 없는 듯 정란은 솔직하게 자기를 열어보였다. 주위가 소란스러워서 서둘러 식사를 마친 뒤 식당을 나왔다. 마주앙이라는 레스토랑으로 들어갔다. 그곳은 복층 구조로 전면에 반원형의 무대장치가 있었다. 무대에서는 3인조 밴드와 무명가수가 나와 팝송을 부르며 흥을 돋우고 있었다.

"채영은 참 괜찮은 아이예요. 똑똑하고, 교양 있고, 예쁘고. 친구들이 무척 부러워하면서도 잘 따라요. 그거 알아요? 개랑 같이 다니면 덩달아 남자들 주목을 받을 수 있는 거. 우리가 이렇게 만나게 된 것도 그렇죠. 알고 보면 닭이나 꿩이나 그게 그거지만, 남자들은 우선 외모를 보잖아요. 후후후."

"앞의 정란 씨도 보통 꿩은 넘는 것 같은데요?"

"저야 채영이에 비하면 평범한 암탉이지요. 괜스레 내 앞이라고 그러지 마요!"

"정란 씬 마음 밭이 넓은 사람 같아요."

"저 말이에요? 아부성 멘트, 일단은 귀엽네요. 제가 미모보다 인간미에 승부수 둔 거 벌써 눈치챘넹. 그렇지도 않아요. 제가 얼마나 질투가 많은데. 채영이 걔만 아니면… 전, 진짜 리반 씨가 좋았단 말이어요! 호호호."

정란은 스스럼없이 채영을 칭찬했다. 그 뒤로는 좀처럼 채영의 얘기가 나오지 않았고, 헤어질 때가 되어서야 채영의 연락처를 물었으나 정란은 또 말을 교묘하게 돌렸다. 리반은 그날 경포대에서 쫓기듯이 떠나버린 이유를 물었으나 정란은 별일 아니었다는, 직장에서 급한 연락이 왔었다는 말만 했다.

리반은 다음날에도 정란을 만났다. 정란은 채영에 대해서 입을 열기도 전에 자연스럽게 다음날 약속까지 끌어내었다. 마주앙을 파는 레스토랑에서는 그날따라 이벤트를 벌이고 있었다. 추첨해서 뽑힌 테이블의 커플이 무대에 올라와 공개적으로 키스하면, 그 테이블에 오른 모든 것이 공짜라 했다. 막상 당첨돼도 곤란하겠다는 생각을 했는데, 그들 테이블 번호가 선뜻 불렸다. 사회자는 둘을 무대에 불러 세웠고, 꽉 들어찬 손님들은 박수로 키스를 재촉했다. 리반의 허리께로 팔을 두른 정란은 지그시 눈을 감더니 입술을 재빨리 갖다 댔다. 리반은 엉거주춤 정란의 돌발적인 입술 공격을 받았다. 객석 여기저기서 야유가 나왔다.

"다시 해, 다시!"

"나 시켜 봐, 45번 테이블! 우리가 화끈하게 보여 줄 테니까."

"알겠습니다. 그럼 기회를 한 번 더 드려 보도록 하겠습니다."

주위가 조용해지자 정란은 바싹 몸을 붙이더니 한번 진하게 능청을 떨어야 한다고, 술값 공짜가 어디냐고 귀엣말로 꼬드겼다. 정란은 재빨리 리반의 목을 감더니 입을 맞대었다. 혀가 불쑥 리반의 입속으로 파고들어 보드랍게 미끌렸다. 놀란 그는 뒤로 한 발짝 물러서 어설프게 키스를 허용해야 했다. 누가 봐도 남자가 기습 키스를 당하는 꼴이었다. 박수와 휘파람이 뒤따랐다.

"자, 자. 그만 떨어지세요. 여기서 이러시면 안 됩니다. 예, 멋졌습니다. 이제부터 두 분은 술을 따블, 따따블로 그냥 드셔도 됩니다. 옆 테이블에 나눠 주시지는 말고요. 이웃과는 아예 담쌓고 사세요. 들어가시고 좋은 시간 되십시오. 축하합니다."

둘은 스포트라이트 인도를 받으며 자리로 돌아왔다.

"하려면 좀 제대로 해야지 그게 뭐예요? 엉성하게. 혼자 연기하느라 나만 혼났잖아요."

정란은 목소리가 붕 떠서 앉자마자 눈을 찡긋거리며 핀잔부터 주었다.

"암튼 좋았어요. 술도 공짜고. 자, 한잔 더. 부라 보오!"

정란은 천진스러운 구석이 있었다. 예기치 못한 행동들에 웃음이 났다. 활달하게 새실거리는 폼이 첫인상에서 느꼈던 다소곳한 면보다는 호감을 키워주었다. 그녀와는 대학 생활에 관한 대화를 되도록 피했으나 자연스럽게 그 말이 오가게 되었다.

"그거 알아요? 리반 씨 입술 꿀맛이라는 것! 헤헤헤."

"날 자꾸 놀래키지 말아요. 다른 말이나 해요, 우리."

"좋아요! 그건 그렇고. 전 이해할 수 없어요. 지금 학생들이 데모나 하고 있을 때가 아니에요. 부모들은 비싼 등록금 대느라 고생들 하시는데…."

"정치를 더 잘하라고 그러는 거예요. 기성세대들이 우리를 조금은 이해해 줘야 해요."

"전, 나라가 잘못돼 간다고는 보지 않아요. 오히려 이북의 불순 세력에 조종을 받는 일부 학생들이 전체 학생들을 부추기는 거예요. 어른들이 그거 몰라 가만히들 있겠어요?"

"보세요. 기득권 세력이 옳지 않은 방법으로 세몰이를 하고 여론을 조정해가고 있거든요. 부정한 단맛에 길든 언론은 한 수 위고요. 대부분의 착한 사람은 그들이 조종하는 대로 따르고 말이지요. 순수한 학생들이 보다 못해 민주주의 제대로 하자고 데모를 하는 거예요. 정란 씨도 학생들 데모를 우습게만 보면 안 돼요."

정란은 기다렸다는 듯 정색을 하며 말을 받았다.

"학생들이 들고일어나니까 이제는 공장의 공원들까지 들먹거리고 있어요. 여대생이 신분을 속이고 공단에 취직해서 선동하고 있다는 말 못 들었어요? 다 간첩들이 조종하는 거래요. 구로 공단의 어떤 공장은 아예 문을 닫아 버렸대요. 리반 씨는 데모대에 끼지 말았으면 좋겠어요. 정의를 앞세우다가 뿌리도 내리지 못하고 뽑혀버리면 어떡해요. 저 같은 사람은 공부하고 싶어도 못하는데. 학생은 공부만 열심히 하고, 각자가 제 본분만 잘하면 될 일 아닌가요?"

정란은 진지한 표정이었다. 누구나 하는 말, 언론에 길든 말을 정란은 앵무새 입술이 되어 따라 했다. 저들이 백성을 순하게 길들이는 일은 일도 아니었다.

"전, 감옥에 면회 가긴 싫어요!"

리반을 빤히 쳐다보는 표정이 예사롭지 않았다. 그는 아차 싶어 화제를 바꿨다.

"참, 채영은 어느 동네에 사나요?"

"서울에 있지도 않은 아이, 동네는 알아서 무얼 한담!"

정란은 퉁명스럽게 말하며 낯빛이 변해서 나가자고 가방을 챙겨 일어났다. 하지만 리반이 그렇게 나가면서 어떻게 하냐며 움직이지를 않자 그녀는 풀썩 앉으면서 리반을 뚫어지게 노려봤다.

"왜요, 내가 친구 애인이나 가로채는 여자 같아요? 여자들은 상대방이 다른 여자 얘기 꺼내는 걸 제일 싫어한다는 것 여태 모르시나 봐. 리반 씬 그 정도는 아실 줄 알았는데."

"그런 건 몰라요. 미안해요. 사실 채영에게 전할 말이 있거든."

"이 말은 해야겠어요. 자세히는 몰라도 그 애한테는 약혼할 상대가 있어요. 리반 씨가 그들 사이에 뛰어든다면 피차 복잡해질 거예요. 이건 단지 채영의 친구로서 하는 말이고요."

멍-했다. 정란의 그 말은 둔중한 무기였다. 이미 정해진 사람이 있다니! 경포에서 채영이 한 말들, 서울에서는 볼 기회가 없을 것이라 했던 말의 의미가 명료해졌다. 아직 결혼 이야기가 나오기에는 어린데. 어렴풋이 짐작되었던 우려가 물 속에 가라앉았던 부표처럼 떠오르고 있었다.

"그렇다고 제가 리반 씨를 어떻게 하겠다는 건 아니에요. 난 대학생도 아니고, 그럴 자격도…."

그녀가 모처럼 약한 여자로 수긋해졌다. 고개를 푹 수그리고 발끝으로 테이블 밑을 툭툭 찼다. 리반은 그녀의 손을 가만히 잡았다.

"정란 씨 자존심을 상하게 했다면 사과할게요. 내가 보기에 정란 씨는 누구보다 멋지고 사려 깊어요."

"거짓말 마세요. 그만 가요. 피곤해요."

밖에는 가랑비가 내리고 있었다. 가을을 재촉하는 비는 스산했다. 얼른 팔짱을 끼는 정란의 뺨에 홍조가 서렸다. 가랑비가 기분을 풀어준 모양이었다. 정란은 가랑비가 아까우니 한 시간만 걷자고 했다. 리반은 비닐우산을 팔고 있는 소년을 불렀다. 정란은 우산이 필요 없다고 했지만 그가 받쳐 든 우산 속으로 얼른 파고들었다. 비가 보슬거리는 길을 살살 몸 부딪고 걷는 느낌이 나쁘지 않았다. 옆 사람이 채영이라면 좋겠다는 생각이 도둑처럼 기어들었다. 가랑비는 둘을 서울역을 지나 남영동, 삼각지, 그리고 어느덧 한강교가 코앞에 보이는 곳까지 데리고 갔다. 정란은 다리 건너 상도동에 산다고 했다. 기왕 내친김에 동네까지 바래다주자는 생각으로 한강교에 올랐다. 가랑비를 실은 강바람이 초겨울 날씨 노릇을 했다. 채영에게 약혼 상대가 있다는 말이 강바람처럼 뺨을 찔렀다.

  밤 늦은 시각 한강 다리에는 차량도 드물고 사람의 기척이 없었다. 가로등에 비친 빗줄기가 바람의 결을 밝혀 주었다. 정란이 팔짱을 끼고, 몸을 바짝 붙였으나 리반은 마음 결을 내주지는 않았다. 정란은 푸념처럼 채영을 입에 담았다. 복도 많은 년이라고. 약혼 상대가 있는데도 남자들이 따라다닌다고. 상대가 어떤 사람인지 궁금했다. 정란은 약혼자가 정해졌다는 것밖에 아는 것이 없는 모양이었다. 채영이는 앙큼해서 맘을 안 내보이고 대학엘 들어가더니 더하다며 정란은 속마음을 마구 쏟아내었다.

  "난 채영에게 빚을 졌어요. 만날 수 있게 도와줘요, 정란 씨."

  "알았어요. 빚을 졌다면 갚아야지요."

  또각또각 하이힐 소리에 채영 이야기가 지워지고 있었다. 한강교 중간 지점에 왔을 때, 삼십여 미터 앞에서 젊은 청년 셋이 마주 건너오고 있었다. 건들건들 취기 있는 걸음걸이에 리반은 긴장했다. 정란은 땅만 바라보며 걷고 있었다. 그들과의 간격이 좁혀졌다.

  "어~이, 데이트 중이신가? 팔자들 좋아. 이거 어떤 새끼는 계집이나 끼고 댕기고 말이야!. 재수 없어!"

  앞선 사내가 어깨로 리반의 어깨를 툭 쳤는데 술 냄새가 훅 풍겼다. 리반이 반사적으로 정란을 뒤로 두고 방어 자세를 취하려는데 정란이 불쑥 앞으로 나섰다. 정란은 리반을 뒤로 돌려세우더니 당당하게 그들 앞에 섰다. 그녀는 카랑카랑한 말로 사내들을 향해 대차게 말을 쏘았다.

"야, 너네들. 어디서 노는데 함부로 시비냐? 나, 상도 2동에 살아. 지강이 형, 알아 몰라?"

사내들은 뜻밖의 사태에 멈칫하며 정란이를 위아래로 훑더니 금세 표정들을 바꾸었다.

"어어, 알았어! 알고 있다고. 재미 많이 봐."

"야, 가자."

그들은 고개를 숙이더니 슬금슬금 뒷걸음질 쳐 건너편 인도로 건너갔다. 리반은 불량배들을 만나 여자의 도움으로 위기를 모면한 꼴이었다. 여자 해결사 박정란의 새로운 등장이었다.

"아니 정란 씨, 대단해! 지강이 대체 누구야?"

그녀의 대찬 행동에 리반은 쑥스러웠다. 정란은 벙긋 웃으면서 어깨를 으쓱해 보였는데, 영 어울리지 않아 리반도 따라서 선웃음을 지었다.

"동네 오빠요! 그 오빠 아버지가 우리 집 단골인데, 쌀 배달을 하세요."

"그런데?"

"아, 그 오빠요? 깡패 오야봉! 그냥 아는 척한 거야. 저것들은 짱한테 약하거든요."

"빽 좋네! 정란 씨 아니었으면 오늘 어떻게 되었을까? 사실은 정란이 걱정됐거든. 나약한 나 땜에 뭔 일 당할까 봐. 핫하하."

"강 건너에서는 그런 걱정 안 해도 돼요. 이거 나도 여자 깡패로 보이는 거 아니에요? 저 오늘 실수 많이 하네요."

정란은 일부러 뒤설레를 치며 금방 수줍은 티를 냈다. 위기 돌파가 구실이 된 듯 정란은 리반의 팔을 꼭 끼었다. 가파른 언덕배기에 이르자 그녀는 지강의 쌀집을 가르쳐 주었으나 자기 집은 알려 주지 않았다. 그녀는 채영에게서 연락이 언제 올지 모르니 전화나 자주 해 달라 당부하면서 비 내리는 언덕길을 넘고 있었다. 언덕을 밝히고 있는 작은 가로등 불빛 속으로 정란이 사라지고, 리반은 천천히 발길을 돌렸다. 냉기를 머금은 바람이 채영을 떠올리게 했다.

미꾸라지

두 사람은 이틀간 만났으나 정란이 리반의 마음 빗장을 열 수는 없었다. 리반은 채영에게 약혼할 상대가 있다는 충격적인 말에 갇혀있었다. 경포대에서 채영이 보인 돌발적인 행동도 약혼과 관련이 있어 보였다. 뭔가를 해야 한다는 초조감이 일었다.

헤어진 지 일주일을 넘기지 못하고 리반은 정란에게 다시 전화를 걸었다. 채영을 속히 만나 약혼에 대한 진의를 물어야 한다는 생각이 전화를 부추겼다. 그러나 한편으로는 채영의 약혼이라는 현실적인 텃밭에서 박정란이도 괜찮은 여자라는 분별이 전화기에 손을 가게 한 것이다.

"가랑비죠? 마주앙 마실래요?"

정란은 첫마디부터 술타령이었다.

"그래요. 저녁에 그리로 나와요."

"그날 뜨겁던 기억이 겁나지 않나 보네요."

정란은 방울이 달린 흰색 모자를 삐딱하게 얹어 쓰고 소녀처럼 그를 맞았다. 둘은 마주앙에서 삼십 분 만에 밖으로 나왔다. 가을비에 촉촉이 젖고 있는 밤거리가 그들을 밖으로 불러냈다. 명동을 빠져나와 남산으로 오르는 길을 택하여 걸었다. 국립극장으로 가는 길은 낙엽이 많이 쌓여 가을 정취가 물씬 풍겼다. 사람들은 낙엽 밟는 소리에 대화를 묻으며 사분사분 걷고 있었다. 그들 틈에서 정란은 자연스럽게 리반의 손을 잡았다. 표정은 여전히 밝았고, 밤비를 즐기는 눈치였으나 정란은 뜻밖의 말을 끄집어내었다.

"가랑비는 참 아름다운데…. 땅에 닿자마자 제 모양을 잃어버려요. 세상의 아름다운 것들은 죄다 수명이 짧은 것 같죠? 아름답기에 짧다고 느끼는지도 모르지요. 리반 씨와는 이별의 순간까지도 아름답군요! 어쩌다 보니."

"……?"

"자주 만나면 정들 것 같고, 정에 끌려서 나중에는 헤어지기도 어렵게 될까 봐 이쯤에서 제 마음을 접기로 했어요. 쫌 아쉽네요!"

시를 읊는 듯, 다른 사람 이야기를 하는 듯 그녀는 갈피 있는 태도로 일관했다. 리반에게 자기가 맞는 여잔지 그동안 고민이 많았다고도 했다. 예기치 않은 이별 통보에 리반은 어이가 없었고, 한편으로는 이런 상황이 아쉬웠다.

"채영이 있는 한, 아무래도 욕심일 뿐이죠. 리반 씨, 나 오늘 좀 취하고 싶어요. 어디 들어가서 이별주 한잔해요. 이제 난 가랑비가 싫어졌어요."

떠름한 말이었다. 정란은 그녀답게 야무진 처신을 보여주고 있었다. 그녀의 강단 있는 태도 때문일까? 정란이 달리 보였다.

"일단 어디든 들어가요."

내리막으로 접어드니 골목길이 나타났다. 앞선 정란을 따라 빗물 추적거리는 좁은 골목의 허름한 선술집으로 들어갔다. 연탄불 화덕에 구절판과 등받이 없는 나무의자 서너 개가 놓여있었다. 오십 줄에 들어선 점퍼 차림의 아저씨 세 사람이 구석진 자리에서 소주판을 벌이고 있었다. 둘은 문 옆 테이블에 앉아서 빈대떡과 막걸리를 주문했다.

"난 이런 데가 좋아요. 술값 싸고, 사람 냄새 물씬 나잖아요?"

"새록새록 엉뚱한 데가 많네! 나도 이쪽 편이죠."

"술이 좋으면 잔이 어떤들 상관이겠어요?"

"맞아요! 나라님들처럼 그렇지 않은 동네도 있기는 하지만."

막걸리가 한 주전자 비워지니 정란의 볼이 불그스름해졌다. 그녀는 눈웃음을 치며 그에게 계속 술을 따랐다. 두 사발을 더 마신 정란은 눈동자의 초점이 흐려졌고 리반도 취기가 돌았다.

"정란 씨, 좀 많이 마신 것 아니야?"

"아직 멀었어요. 내 주량은 제가 책임집니다. 내 인생은 내가 책임져야 하는 것처럼요. 리반 씬 술이 약한 것 같은데 알아서 마셔요. 그쪽까지 책임 못 지니까. 알았죠?"

한 사발을 더 비웠을 때, 정란의 말소리는 느려지고 끄덕끄덕 머리를 움직거렸다. 스르르 눈을 감더니, 금세 눈썹 사이에 이슬이 맺혀 사과 빛 뺨을 타고 내렸다. 술이 센 것 같지도 않아 그만하자고 해도 자긴 오늘 좀 취하고 싶다고 먼저 가라며 손사래를 쳤다. 정란은 이미 혀가 꼬부라져 있었다. 리반이 정란을 일으키려 하자 그녀는 주전자를 들어 흔들며 주방 쪽을 향해 혀 말리는 소리를 냈다.

"여기~ 한 주전자 더요"

"그냥 반만 주세요."

"고마워, 리반 씨이~. 나 정신 멀쩡하거든요. 통금 시간도 아직 멀었고."

"그래, 우리 마지막으로 한 잔씩만 더 해요."

리반은 정란의 표정을 살피며 주전자를 기울였다. 그녀는 사발에 술이 채워지는 것을 보면서 말했다.

"채영이 말인데요. 얄미운 거 있죠. 친구가 미워지다니. 못난 짓인데, 내가 진짜 못나긴 했나 봐. 대학엘 가더니 애가 영 달라졌다 이거에요! 내가 전화를 걸기 전에는 통 연락을 안 하고. 지가 노는 물이 다르니까 뭐 그럴 수 있겠다 이해는 해도 말이야, 그러는 게 아니지 않나?"

정란은 눈이 반쯤 감겼고 발음이 꼬여 들었다. 리반이 밭게 말을 받았다.

"채영이네 집에도 전화가 있었어요?"

"채영이 얘길 꺼낸다고 그렇게 태도가 달라져요? 금세 생기가 도네. 피! 이 인상 좀 봐."

부실한 발음이지만 말에 절도는 있었다. 리반은 자신의 처신에 문제가 있었음을 깨달았다.

"자, 늦었네! 이젠 일어나야지. 보기보단 술이 고래네! 좀 취한 것 같아, 정란 씨."

"고래요? 맞아요. 난 고래라도 되었으면 좋겠어요. 그 소리를 리반 씬 들어봤나요? 새끼 잃은 어미 고래의 슬픈 울음소리를요. 마치 이 나라 산하가 고래 몸통 같은 걸요! 그 처절한 울음소리 언제나 멎으려나. 난 기껏 물 흐려놓는 미꾸라지 신세지만요. 어서 술값이나 내요."

술에 취하긴 한 건지, 정란의 눈빛이 달라져 보였다. 미꾸라지 신세라니! 그녀는 절대로 미꾸라지가 아니었다.

"미꾸라지는 따로 있어요! 윗동네가 온통 미꾸라지 천지라고. 우리 정란 씨는 누구보다도 순수해요. 물론 착한 고래고."

정란은 리반을 흘깃 올려다보았다. 흐트러졌던 눈동자가 정지하더니 정색을 하고 말을 받았다.

"고마워요. 그 말, 맞아요! 우리 사회에는 윗물이 진흙탕이니 위에서부터 미꾸라지들이 들끓는 것은 당연하죠! 안 그래요? 아랫물이 맑아서 위로 거슬러 올라야 할 이시대의 서글픈 운명들이여 -."

"동감이에요. 정란 씨는 진짜 고래 맞아요!"

뺨이 벌겋게 물든 소녀의 낯빛이었다. 비록 혀 꼬부라진 소리였으나 정란의 입술에서는 당찬 말들이 쏟아졌다. 벽에 걸린 시계의 분침이 열한 시 십 분에 걸려 있었다. 리반이 술값을 내는 사이에 정란은 유리문을 열고 골목길로 나갔다. 가랑비는 멈추지 않았다. 그녀는 문밖에 쪼그려 앉아 있었다. 리반은 정란을 부축하여 일으켜 세우려다가 같이 주저앉았다. 정란이 축 늘어져서 이대로 집에 보낼 수는 없었다. 난감했지만 우선 일으켜 세웠다.

"정신 차려요. 집에 가야지."

"저, 사실은 술을 잘 못 하거든요. 오늘 모처럼 좀 마셨네. 바보같이 숨기지 않고 말할 수 있어서 기분 좋네요! 참, 리반 형."

"왜요?"

"나 요즘 무섭거든요! 반 씨가 날 좀 지켜주면 안 돼요? 며칠째 웬 사내들이 자꾸 뒤를 밟는단 말이에요. 지들이 날 어쩌려는 건지. 나 어떻게 해요? 울 아빠 땜에 이젠 나까지 잡아가려나 봐요. 형, 나 좀 지켜주면 안 돼요?"

형이라 했다. 정란의 표정에 순간 두려움 같은 것이 비쳤다. 이런 표정은 처음이었다. 그녀 아버지라는 사람이 궁금해졌다. 지금 그녀는 또 다른 여자가 되어있었다.

"예? 아빠가 뭘 어떻게 했길래 그래요?"

"아닌데! 아니에요. 내가 아무래도 넘 취했나 부다. 그냥 한 말이니, 쉿!"

정란은 건너편 술집 안에 있는 사내들을 흘낏 쳐다보더니 술기운 속에서도 화급하게 나와 버린 말 단속에 들어갔다. 아빠 때문에? 그녀 아빠에 대해선 물어볼 수도 없었다. 뒤를 밟는다니…. 미행이 아닌가. 정란에게 미행이 웬 말일까? 아무래도 혼자 보내면 안 될 것 같았다. 그때 술집 주인아저씨가 정란의 가방을 가지고 나왔다. 리반은 가방을 어깨에 둘러메고 그녀를 부축해 골목 어귀에 나왔다. 빈 택시는 오질 않았다. 시간은 자정에 가까워서 이제는 택시도 끊어질 참이라 조바심이 났다. 몸을 그에게 기댄 정란이 축 늘어지니 더 힘에 겨웠다. 리반은 정란의 마지막 말을 추궁했으나 끝까지 입을 열지 않아서 그녀 아버지에 대한 궁금증만 키웠다. 두 사람은 통행금지 시간에 쫓기어 길 건너에서 졸고 있는 여인숙 간판 아래로 옮겨가야 했다.

정란의 검은 옷에는 흙이 무늬져 있었다. 그대로 침대에 눕힌 뒤 구두를 벗겨 침대 밑에 놓았다. 리반은 간이의자에 앉아 쌕쌕거리는 그녀를 바라보았다. 앳돼 보였다. 모자를 벗긴 뒤 수건에 물을 적셔 이마를 닦아주었다. 술기운에 호흡이 가빠지고 발그스름한 뺨이 소녀 같았다. 한동안 바라보다가 뺨에 가볍게 입술을 댄 뒤 홑이불을 덮어주었다. 불을 끈 다음 의자에 몸을 기대어 눈을 감았다.

'채영이네 집에 전화가 있었다니…….'

그제서야 술기운이 온몸으로 번졌다.

이튿날 아침. 둘은 어젯밤과는 서로 반대의 위치에 있었다. 리반은 침대에 눕혀져 홑이불에 덮여 있었다. 정란은 간이의자에 몸을 붙여 자고 있었다. 잠이 깬 정란이 자리를 바꿔놓도록 몰랐던 모양이다. 리반의 구두까지 침대 끝에 가지런히 놓여 있었다.

비가 내리던 아침 같이 해장국을 먹었다. 남산 길을 걸으면서 정란은 그에게 마지막 인사를 했다. 채영이가 전화하면 학교로 알려 주겠다면서. 그녀의 결론은 두 사람은 격이 맞지 않는다는 거였다. 오를 수 없는 나무는 쳐다보지 않는 게 상책이라 했다. 리반은 대꾸할 명분을 찾지 못했다. 정란에 대한 감정은 애착이라야 했고, 그녀를 타이르기에는 역부족이었다. 정란과의 짧은 만남은 아쉬웠지만 이만큼의 추억으로 마감하여야 했다.

채영의 별

　군인들의 정치를 더는 용납할 수 없었다. 1987년 6월의 서울 도심은 민주화 투쟁의 용광로였다. 넥타이부대의 등장은 용광로에 기름을 붓는 격이었다. 소위 6.10항쟁을 끌어낸 국민의 위대한 승리가 있기까지 도심은 화염병과 최루탄 투척으로 숨을 쉬기가 어려운 지경이었으나 민주화의 물결은 민중의 바다를 만들어내고 있었다.

　그날 오후. 리반은 벌겋게 달아올라서 캠퍼스에 들어섰다. 지난 밤늦도록 시국 토론에 열을 올리며 마신 술기운이 아침까지 이어졌다. 게다가 채영 생각을 떨쳐내지 못하니 생활까지 엉망이 되어버렸다. 정란에게 채영의 전화를 한 번 더 부탁할까 했으나 그만두었다. 채영은 벌써 약혼을 했을까? 리반은 자괴감이 일었다. 생활관 앞의 편지함이 눈에 들어왔다. 정란이 보낸 엽서가 있었다. 편지를 읽어가던 그의 눈에 핏발이 서더니 손이 덜덜 떨렸다.

- 리반, 오랜만입니다. 채영은 가고 말았어요. 친구를 보내는 절차를 끝내고 이제 차분한 마음으로 리반에게 알립니다. 경포대는 결국 채영을 위한 우리의 마지막 여행지가 되고 말았네요. 아쉽게도 채영과 리반, 두 사람의 추억은 이제 아련한 그리움으로 물러앉게 될 테지요. 이 기막힌 소식을 리반에게 전하는 일이 이렇게 가슴 아프다니요. 제가 아는 한, 채영이 사랑했던 남자는 리반 뿐이었으니까요. 사연을 전하기도 슬프지만, 둘 사이를 막아선 것이 굳이 있었다면 죽음의 사신이었어요. 채영은 혼자만 아는 죽음의 길을 갔답니다. 리반 씨는 채영에게 처음이자 마지막 남자 친구였다는 전언이 씁쓸하네요. 이런 사실을 알리는 것은 짧은 시간이었지만 리반 씨를 맘에 품었던 저의 작은 배려입니다. -

리반은 편지에서 눈을 떼지 못했다.

'말도 안 돼! 어떻게 이럴 수가 있지? 있을 수 없는 일이야.'

심장 박동이 빨라졌다. 발이 떨어지지 않았다. 떨리는 손으로 조그마한 수첩에서 정란의 전화번호를 확인한 다음 공중전화 부스로 뛰었다. 당장 나오라고 했다. 정란은 채영 얘길 꺼내려거든 자신을 만날 생각은 말라고 했다. 기가 막혔다. 리반은 얘길 더 들어야 하는 사람이었다.

"저, 전화 끊을 거예요, 채영 얘기라면."

"제발 그러지 말고. 좋아! 어쨌건 빨리 만나요. 난 자초지종을 들어야겠어요. 들어야 할 사람이 나라고요, 나."

공허하게 높아진 목소리였다. 편지 내용대로라고, 정란은 냉정하리만치 담담하게 답했다.

"어떻게 이럴 수 있어?"

리반의 목소리는 애절하게 떨리고 있었다.

"그럼······. 유네스코 지하로 가죠. 한 시간 정도 걸려요."

정란은 아줌마처럼 회색 쉐타에 민낯 차림으로 다방에 나왔다. 정란은 얼굴만 맞닥뜨리고 말을 못 꺼내는 모습이었는데 리반이 입을 열었다.

"뭐요, 채영이 갔다는 게? 채영이 진짜 죽었소?"

그녀는 막말 투로 쏴대는 리반을 비켜서 고개를 힘없이 끄덕였다. 채영이 그렇게 죽을 줄 알았겠느냐면서. 정란은 무섭도록 차분했지만, 리반은 아랑곳하지 않고 숨을 몰아쉬며 다그쳤다.

"죽을병을 앓고 있었는데 내게 숨겼던 게 아니요?"

"그러진 않았어요. 채영은 약혼을 했고, 몸도 건강했어요. 죽기 전까지는."

"기가 막혀! 그 말을 나한테 믿으라는 거요?"

정란은 말을 되받지 않았다. 리반에게 눈길도 주지 않았다. 거짓말도 정도가 있지 어떻게 친구의 죽음을 갖고 거짓말을 하겠느냐. 흥분 좀 가라앉히라는 표정이었다. 어처구니없었다. 잠시 뒤 리반은 정란의 팔을 잡아 일으켰다. 채영이 있는 곳으로 가자고 했다. 정란은 꼼짝도 안 했다. 그리고 말했다.

"화장했대요."

가슴에 들어와 얼음장을 쩍 갈라놓는 소리였다. 생사를 가르는 그 한마디는 윤채영이 죽었다는 현실에 눈뜨게 했다. 불끈 솟은 핏대가 가라앉았다. 죽음이라는 차가운 단어의 무게감이 여지없이 안겨들었다. 그때까지는 죽음이라는 단어의 껍데기를 놓고 말싸움을 했다. 낭패스러웠고 정신이 혼미해졌다.

"사인이 나왔습니까? 왜 죽었어요?"

"가족들이 함구해서 알 수가 없었답니다. 그보다도 그렇게 채영을 좋아하면서 리반 씬 그때 왜 붙잡지 않았죠? 이해가 안 돼요. 그만 가겠어요."

그녀는 리반의 엉거주춤한 태도를 뒤로하고 팔을 뿌리치듯 총총히 다방 문밖으로 사라졌다. 리반은 의자에 털썩 주저앉아 주머니마다 담배를 찾아 뒤졌다. 화장했다니! 믿을 수 없었다. 채영과 함께 경포대의 해변을 걷던 저녁을 떠올렸다. 그때 채영은 이미 자기의 운명을 알고 있었을까. 약혼할 상대가 있는 것이 아니라 병 때문에 자기를 피하려고 약혼 핑계를 만들지는 않았을까? 채영의 죽음은 리반의 마음속을 댓속처럼 휑하니 뚫어서 무엇으로도 채우지 못할 것처럼 허전하게 했다. 그리고 슬프지 않았다. 뭐가 어긋나 있을 뿐, 잠시 후면 죽음이라는 문제가 해결될 수 있을 것만 같았다. 만나지 못한다는 것과 이 세상에 없다는 것은 너무도 달랐다. 그녀의 맑은 눈을 떠올리며 리반은 진저리쳤다.

정란을 보낸 리반은 정작 채영의 사인에 대하여 얻어들은 것이 없는 것을 깨달았다. 그리고 정란은 아직도 자신에 대한 미련을 떨치지 못하고 있는데 자기는 채영의 죽음에만 매달려 닦달했음을 알았다. 두 여자는 리반에게 상실감을 안기고 멀어져갔고, 한 사람은 아예 세상에서 사라져버렸다.

자신은 채영을 죽도록 사랑했을까? 리반은 스스로 되물었다. 죽도록 사랑한다는 것은 죽음과 맞바꿀 수 있는 사랑이어야 했다. 죽음의 계곡 끝까지 따라가서 그녀를 구할 수 있어야 했다. 경포대에서 채영이 자신의 처지를 이해해 달라 했던 완곡한 설득의 저의를 꿰뚫어야 했다.

채영은 그녀를 가둔 울타리를 벗어나 자기의 별을 찾아간 거였다. 어릴 적 고향 하늘에 심었던 별꽃밭으로. 리반의 별과는 아주 멀리 떨어진 곳으로. 별을 보고 자기를 생각했다는 채영, 그녀는 저 많은 별 중 어느 하늘에 자리했을까? 리반은 담배를 비벼 끄고 자리에서 일어났다. 정신은 혼미한 그대로였다.

시위 현장에서

방학을 며칠 앞둔 어느 날 시위 현장이었다. 서울역과 남대문 일대에서 대규모 시위가 있었다. 도로는 유인물들로 어지러웠고, 빌딩들은 뿌연 최루 연기에 휩싸여 시가전의 배경이 되어 있었다. 최루탄 파편과 연기를 문 화염병들이 곳곳에 나뒹굴었다. 일반 직장인들까지 가세한 시위대는 유신 헌법 철폐를 합창으로 외쳐 댔다. 시위대 가운데에 최루탄이 떨어지면 진압부대가 파죽지세로 군중 속에 파고들어 진압봉과 방패를 휘둘러댔고, 맨주먹과 함성뿐인 비무장 시위대는 추풍낙엽처럼 여기저기 쓰러져갔다.

시위대와 진압대는 도심의 중앙에서 일진일퇴를 거듭했다. 최루탄을 앞세운 진압대가 전진하면 시위 군중은 주변의 골목으로 흩어져 물 빠지듯 숨어들었다가 어느새 스크럼을 짜고 도로를 점령하였다. 밀물과 썰물처럼 치고 빠지고를 거듭했다. 시위대가 가장 두려워하는 상대는 백 철모를 쓴 진압부대였다. 백골단이라 불렀다. 그들은 진압봉으로 붙잡힌 시위 대원을 무자비하게 타격했고, 닭장으로 불리는 호송차에 남녀 학생들을 마치 닭처럼, 마구잡이로 밀어 넣었다.

　리반은 앞에서 세 번째 줄 스크럼에 들어 있다가 분무기처럼 쏘아대는 최루가스 세례를 받았다. 마스크를 잃어버려 가스를 흡입하지 않으려 숨을 멈추었고, 스크럼이 흐트러지자 백 철모들의 추격을 피해 재빨리 흰색 건물 뒤로 내달렸다. 빌딩 사이로 난 좁은 골목을 벗어나자 코너에 약국이 보여 재빨리 문을 밀고 들어갔다. 약국의 약사들도 눈을 비비고 있었다. 흰 가운을 입은 약사 한 분이 마스크를 건네주었다. 문 옆에는 심하게 재채기를 하며 눈물을 닦는 여자 시위 대원이 피신해 있었다. 그녀도 마스크를 쓰고 있었다. 리반은 그녀에게 콧물을 닦으라고 손수건을 건네며 재채기를 했다. 멀뚱멀뚱 그를 바라보는 그녀의 눈빛이 살아났다. 그녀가 먼저 리반을 불렀다.

"저기, 저기요!"

"박정란!"

"어머, 리반 씨 맞네!"

　그들은 반가워할 겨를도 없이 호루라기 소리에 쫓겨 약국을 뛰쳐나갔다. 진압부대의 포위망을 벗어나 다음 블록의 2층에 있는 다방으로 숨어들었다. 리반은 언제부터인지 정란의 손을 꼭 잡고 있었다. 이들이 최루가스를 묻혀 들였는지 몇 안 되는 다방 손님들이 재채기를 해댔다. 이곳은 시위 현장과는 꽤 멀어서 그나마 마음이 놓였다. 리반은 정란을 이끌어 좌석에 앉혔다.

"아니, 무슨 일이요?"

"왜요? 그런 리반 씨는. 하라는 공부는 안 하고, 뭔 일이래요?"

두 사람은 서로 마주 보며 동시에 재채기를 해댔고, 눈물을 훔치며 웃었다.

"정란 씨가 이런 아수라장에 왜 끼어있냐 말이에요? 지금 직장에 있어야 할 시간인데요."

정란은 그를 힐끗 쳐다보더니 입술을 샐쭉 내밀었다.

"그만두었어요. 그냥 농땡이 치는 학생이라고요."

"학생? 그럼, 그땐 재수생이었어요?"

"재수는요! 그땐 용돈 필요해서 아르바이트 좀 하던 중이었죠."

정란은 울다 지친 소녀처럼 눈자위가 벌게져 있었다. 아르바이트였다니, 맹랑한 말이었다. 그럼 그때도 학생이었단 말이다.

"거짓말해서 미안해요. 헤헤."

말이 안 나왔다. 알 수 없는 여자라는 생각에 앞서 대견해 보였다. 정란의 눈은 초롱초롱했다. 여린 여학생 신분으로 거대 권력에 당당히 맞선 당찬 모습이었다. 리반에게 뭉클한 것이 올라왔다. 데모하지 말라면서 면회 가기 싫다고 하던 정란이었다. 그녀도 리반을 보면서 미대생들이 데모하는 걸 의아해하는 눈치였다. 그런 정란에게 리반은 찬찬히 설명해 주었다. 예술을 하는 학생들이 더 순수하지 않겠느냐고, 순수할수록 더 열정적일 수 있는데. 나라 돌아가는 꼴을 뻔히 보면서 가만있을 수 있느냐고 했다. 정란은 큰 눈을 크게 뜨고 리반의 말을 경청했고, 고개를 두어 번 끄덕였다. 정란의 동그랗게 뜬 눈은 더욱 여문 빛을 발하고 있었다. 그녀가 달리 보였다. 나쁘다고 보면 나쁜 사람으로 보이고, 멋지다고 보면 멋진 것만 두드러져 보이는 각인이론이 그대로 증명되는 상황이었다. 무릇 선입견은 허점이 많아서 모르는 것만큼 오차는 확실하게 간격을 두고 있었다. 대양대학 불문과 학생이 박정란의 정체였고, 그건 박정란이라는 양파의 첫 번째로 벗겨진 양파껍질에 지나지 않았다.

여종업원이 엽차를 내려놓으면서 눈치를 살폈다. 시위대 학생들 같아 차 주문을 받아내기가 곤란한지 엉거주춤한 모습이었다. 두 사람은 커피와 토마토 주스를 시켰다. 정란의 가쁜 숨이 진정되자 리반이 비로소 피식 웃으면서 숨결을 다독였다.

"그땐 미안했어요."

"언제요, 채영 땜에요?"

"그것도 그렇고. 나랑 만났을 때 혼자 아는 척 떠벌렸던 거요."

정란은 입을 다물고 있었다. 대꾸가 쉬 나오지 않았다.

"왜 그래요?"

그녀답지 않았다. 하지만 저 조그만 입에서 어떤 엉뚱한 말이 튀어나올지 몰랐다. 그때였다.

"시국이 엄중해서 할 이야기는 아닌 줄 알지만, 우리 다시 시작하면 안 되나요?"

정란이 하고 싶은 말을 꺼냈다. 잠시 동안의 침묵은 이 말을 익히는 시간이었을 것이다.

"이 시국에 시작은 무슨! 그땐 왜 내 곁을 떠났는데요?"

"떠난 게 아니라, 그때는 채영의 아우라가 그대를 에워싸고 있었던 게 사실 아니었나요? 뭐 어쨌든 밀고 땡기고 밀당 하면서 미운 정 고운 정 드는 거 아닌가요?"

맹랑했다. 잠시 눈싸움이 탱탱했지만 리반이 이겨 낼 눈빛이 아니었다. 그래도 리반은 버텼다.

"미안하지만, 난 한 번 떨어지면 그만이야."

"끝까지 시위네요. 그럼 되었어요. 없던 일로 합시다."

잠시 뜸을 들이던 정란은 특유의 맹랑함으로 받아넘겼다. 그때 리반이 틈을 열었다.

"기회는 있어요."

"리반 씨, 혹 그새 애인 만들었어요?"

설마 하는 표정의 확인 요청에 리반은 빙그레 웃었다.

"아직은 빈방."

"좋아요! 그럼 지금부터 그 방 내가 똑똑, 노크합니다."

"이 아가씨 당차기는! 내게도 여유가 필요해요."

"일단 우리 애인하기로 약속하고 봐요. 기회는 과녁을 향해 달려가는 동안만이지 항상 멈춰 있는 건 아니니까요."

정란은 뼛성 있는 억양으로 말 맺음을 하였다. 그녀는 전보다도 더 적극적이었다. 그녀의 올곧아 보이는 처신이 리반의 빈 가슴을 메워들었다. 정란의 존재는 채영과 같은 뿌리였다. 채영이 없는 자리에 정란이가 다가서는 것이 그리 어색하지 않았다. 하지만 채영의 기억을 지울 수는 없을 것이다. 정란은 특유의 영민함으로 리반이 보인 틈새를 공략하여 그가 딴 생각할 겨를이 없게 만들어갔다.

한편 그녀는 마치 양파 같았다. 벗길수록 새로운 면이 드러났다. 정란은 재야인사인 박두삼 선생의 외동딸이었다. 평소 선생의 인품과 정의감을 존경해오던 리반에게 정란의 벗겨진 면목은 특별했다. 박두삼 선생은 일반인에게는 잘 알려지지 않은 독립투사 출신이었다. 그는 해외에서 독립운동을 지원해 온 사람들과는 궤를 달리했던 상해 임시정부 출신이어서 해방 후에는 정치 전면에 나서지 못한 재야인사였다. 정란이 보따리를 풀듯 쏟아낸 집안 내력은 이제까지 수럭수럭하게만 보였던 그녀의 행동 하나하나를 되짚어 보게 했다.

6.10 항쟁은 6.29를 끌어내 민주화를 앞당겼으며 이듬해 박정란은 리반과 결혼했다.

채영의 유혹

지피지 못한 불꽃

채영이 전화를 걸어온 것은 일주일만이다. 긴한 이야기가 있다면서 리반에게 집으로 꼭 와달라고 했다.

리반은 아파트 8층에서 엘리베이터를 내린다. 왼편 문짝에 802호 숫자판이 보인다. 다가가서 초인종을 누르려는데 문이 소리 없이 열린다. 문뒤에서 기다린 것 같다. 리반을 집안으로 들이면서 채영은 뒤로 복도를 훑어보더니 문을 걸어 잠근다. 리반은 그녀에게서 피어나는 향에 혼곤해진다. 30평형 크기에 응접실이 아담하다. 3인용 소파와 검은색 탁자, 맞은편에는 티크 장과 오디오 기기, 텔레비전이 놓여 있고, 안방 문 옆 식탁에 노란 장미 한 송이가 길쭉한 유리병에 꽂혀 있다. 그 뒤 컴퓨터 모니터 옆에 비스듬하게 놓인 작은 액자에서는 눈에 익은 여인이 빙긋 웃고 있다. 여성의 체취가 느껴지는 공간이다.

"꽃을 사 올까 망설이다 그냥 왔어."

"잘했어요. 남의 눈에 안 띄는 것이 좋거든. 앉아요."

"저 액자 속 사진은…?"

"딸."

"딸?"

채영은 꼭두각시처럼 고개만 끄덕인다.

"아닐 거야! 채영이 젊은 시절 모습 같은데?"

사진을 한참 동안 뜯어보던 리반의 얼굴에 엷은 미소가 흐른다. 아무리 보아도 채영의 사진이다. 이 사진을 여태 두고 살다니. 사진 속의 단발머리는 기억에 생생한데 채영은 빙그레 웃으면서 고개를 가로젓는다.

"딸을 만날 기회가 올 거예요. 그때 착각하진 마세요."

채영은 검은 바탕에 붉은색 꽃무늬가 휘감긴, 선이 굵은 디자인의 원피스를 입었는데 목을 타고 흘러내리는 선이 고혹적이다. 채영은 리반을 식탁으로 이끈다. 리반은 채영의 향에 취해 실내에 들어서면서부터 긴장을 풀지 못하고 있다.

"꿈같아요. 리반 씨가 내 집엘 다! 장식도 안 하고 그냥 이렇게 살아요. 감각 있는 교수님, 흉보지 말아요."

그녀는 들뜬 것 같다. 세간사리가 잘 정돈되어 보인다. 딸은 어디 갔을까?

"딸 얘기는 차츰 할게요."

리반은 깜짝 놀란다. 남다른 예지력이 있나? 입으로 옮기지 않은 질문을 바로 답하고 있다.

"우리 반 씨, 어떤 차를 좋아하시나요?"

채영은 딴청이다.

"커피."

채영은 자리에서 일어나 주방으로 향한다. 두 개의 방문이 모두 열려 있다. 안방의 침대 모서리도 보인다. 자주색 침대보는 분홍색 커튼 사이로 쏟아지는 햇빛에 신비로운 분위기를 더하고 있다. 환한 대낮의 은밀한 공간에 단둘이서 야릇한 자극을 공유한다.

"딸은 같이 살지 않나 봐?"

"둘 뿐인데, 우리 얘기만 해요. 소파로 가요."

채영은 과일 접시를 응접실 테이블로 옮긴다.

"잠깐, 베란다 커튼을 쳐야겠네요. 건너편 아파트에서 보이거든!"

채영은 커튼을 쳐 세상을 차단하고 리반의 옆에 앉자마자 두 손을 마주 잡으며 눈동자를 맞댄다. 응접실 조도가 떨어지니 더 아늑하다. 서로의 호흡과 옷깃 스치는 소리가 밀폐된 공간에서 둘만의 밀애를 재촉하지만 마주한 눈길은 왠지 어색하기만 하다.

"시간은 괜찮아요? 리반 씨 좀 불안해 보이네."

"괜찮은데. 모처럼의 이런 자리가 좀 그렇긴 하군!."

리반은 들고 있던 커피를 한 번에 마셔버린다. 그날 서해안에서 채영은 세 시간 정도 더 머물다 왔다면서 학교에서는 별일 없었느냐 묻는다. 물어야 할 사람은 이쪽이다.

"내게 전화 좀 하지. 걱정했는데."

"중요한 회의인 걸 뻔히 알면서 전화할 수는 없었어요."

"어떻게 중요한 회의였다는 것을 알았을까?"

그랬다. 그날 채영의 돌변한 행동은 아무래도 궁금하다. 두 사람은 표정과는 다르게 겉도는 대화만 주고받으며 서로의 표정을 읽고 있다. 살쾡이가 먹잇감을 두고 조심조심 상대를 살피는 것처럼.

"그날 반 씨 얼굴에 쓰여 있는 대로 읽었어요."

"내 얼굴에?"

"그래요. 전화 받는 표정을 내게 들켰지요. 음~흠흠!"

채영은 흐트러짐이 없다. 수많은 이야기를 눈으로 건네면서도 서로 의미 없는 단어들만 어지럽게 날린다.

"그, 그건 아닐 거야. 나도 그날 회의가 심상치 않은 것을 학교에 도착해서야 알았는데!"

"그래요! 그럼 전화가 내게만 따로 알려주었을까요?"

그녀는 맞잡은 리반의 손을 계속 만지작거린다. 무엇인가를 보채는 어린아이 같다. 채영에게는 리반이 모르는 무엇인가가 있다. 이를테면 텔레파시가 유독 강하다든지.

리반은 채영을 앞에 두고 사랑이라는 말을 곰곰이 되씹어 본다. 20여 년의 간격을 두고 어렵게 마주한 사람인데 사랑해서는 안 된다는 각성이 가림 막으로 놓인다. 문제는 흔들리는 평정심이다. 금방이라도 그녀를 덮쳐 버릴 것 같은 기압에 리반의 평정심은 점차 중심을 잃어간다.

"어디, 아직 불편해요?"

"아니, 그대 향이 너무 좋아서……."

"닦고 나올까?"

"괜찮아! 참, 나 세수 좀 할게."

찬물에 세수하고 나면 기분이 좀 달라지려나. 리반이 욕실에 들어가 세수를 마치고 수건을 집을 때 채영이 어느 틈에 접근하여 뺨을 부딪쳐 온다. 순간적으로 맞닿은 뺨의 온기가 두 사람의 입술을 당긴다. 말을 하려는데 입술 사이에 말이 갇힌다. 채영이 내민 혀끝의 마술에 리반의 이성이 감겨 말린다. 리반은 수건을 떨어뜨리고 그녀의 입술을 받는다. 채영은 스르르 눈을 감고, 두 입술은 거칠게 포개지고, 욕실의 습기가 둘의 열기로 연무되어 오르고, 채영은 자지러질 듯 몸을 뒤척이며 리반을 끌어당긴다.

"반, 우리 침실로 가요. 얼마나 기다렸는데. 온통 당신 생각으로 애태웠던 수많은 밤이 오늘에야 당신을…."

입술에 깨물리는 속삭임이 귀 언저리를 맴돈다. 채영의 눈망울에는 물기가 서린다. 침실이라 했다. 리반은 침실이라는 말에 머리가 쭈뼛 선다. 그는 채영에게서 몸을 떼어내 비틀거리며 소파로 향한다. 질서에 길든 이성이 곡예를 타듯 채영의 살 내음에서 빠져나온 것이다.

"이리…. 이리로 와서 앉아 봐, 채영."

리반의 목소리가 가늘게 떨린다. 채영은 머뭇거리다가 그에게 몸을 기대어 앉는다. 채영은 손을 맞잡고 올려다보며 리반의 응답이 행동으로 나타나주기를 기다린다. 리반이 나직이 속삭인다.

"보고 싶었어!"

듣고 싶었던 말이다. 채영은 몸을 바짝 붙인다.

"채영. 자기 맘 알지만 이런 만남은 오래 갈 수 없어! 우리의 좋은 추억까지 지워질지 몰라. 내 말 알지?"

리반은 채영의 머리카락을 쓰다듬며 하고 싶지 않은 말을 끄집어낸다. 감정이 시키지 않는 말을 건네야 하는 마음이 어줍잖다. 그러나 채영은 다그쳐 묻는다.

"뭐가 두려운가요? 박정란을 진짜로 사랑했어요? 지금도 사랑하고 있어요?"

정란을 들먹일 때 리반은 몸을 뒤로 빼지만, 채영은 그에게 몸을 더 밀착한다.

"우리 사랑을 확인했던 지난날을 기억해 봐요. 그냥 스쳐 간 추억일 뿐이었을까요?"

리반은 애써 자신을 추스르며 채영의 등을 토닥이지만, 채영은 뺨을 비벼대면서 몸을 붙여 속삭인다.

"다 알아요. 하지만, 우린 너무 멀리 있었고 보고 싶었어요. 오늘은 그냥 헤어질 수 없어요."

어쩌면 다시 오지 않을 날을 위해 작정한 듯하다. 채영은 몸을 일으켜 옷을 벗더니 예전 경포대에서처럼 리반 앞에 하얀 알몸을 드러낸다. 리반의 시야가 해무에 싸인 듯 흐려진다. 흐린 조명 속에 어른대는 몸짓은 불빛을 타고 채영의 젖가슴과 허리의 선을 더욱 도드라지게 한다.

"아!"

리반에게는 자신을 옭아맨 질서가 있었다. 하지만 리반은 숨을 길게 들이킨다. 어떤 말도 필요 없다. 그녀의 몸은 리반에게로 허물어진다. 리반의 달아오른 감성이 채영을 품는다. 젊은 날, 잠을 설치며 그리던 채영이었다. 리반은 숨이 가빠지면서 그녀의 가슴에, 목덜미에 입 맞추고 같이 바닥에 쓰러져 하나가 된다. 아득히 먼 시간의 기억을 더듬어 가슴에 가둬 놓았던, 영원히 묻힌 불꽃을 다시 지핀다. 채영의 몸은 불꽃 앞에 서서히 열리고 둘은 젊은 날 못다 피웠던 정염을 되찾으려 몸짓을 섞는다.

언제부터였을까, 작은 별들이 수도 없이 떨어져 사방을 별무늬로 덮고 있다. 크고 작은 별빛으로 하얗게 수놓아진 이부자리는 별꽃 이불이 되어 두 사람을 감싸고 지천이 반짝이는 별빛으로 출렁인다. 이윽고 깊은 하늘 멀리서 또록한 별빛 두 개가 채영의 눈으로 환치된다. 그때 온전히 채영과 눈길을 맞추었으나 별은 갑자기 빛을 잃었고, 땀에 젖어 헝클어진 머리카락 사이에서 채영은 슬픈 미소를 머금는다. 그 모습은 리반의 속 깊은 곳을 흔들어 자극했으나, 뜻밖에! 둘의 뜨겁던 몸이 숙지근해지더니 이내 서늘히 식어버린다. 참 기이한 상황에 둘은 뜨악해진다. 마치 그 순간이 진공으로 봉해진 것처럼 공허한 아쉬움만 남았고, 오로지 총총한 별빛만이 둘의 안광 속에서 못다 태운 빛을 쏟아낸다.

사랑이란 소리도 없이 날아온 씨앗이 소리 없이 싹트다가 소리 없이 사라져가는 것인가. 그 씨앗이 발아한 수줍은 한 송이 꽃이 새롭게 움트려는데. 가까이 있으나 끌어당길 수 없는 전극이었다. 그렇게 채영과 리반은 건널 수 없는 강의 존재를 받아들이면서 묵연히 서로를 바라볼 뿐이다. 리반을 바라보는 채영의 눈빛에 못내 아쉬움이 일렁인다.

"반이!"

채영은 눈에 이슬이 맺혀 리반을 바라본다. 리반은 두 손으로 채영의 어깨를 잡아 끌어당긴다. 그에게 안긴 채영은 예전의 채영 그대로이다. 숨소리를 고르고 나서 리반은 채영의 등을 다독인다.

"우리의 한계인가 봐!"

한계? 그것은 마치 이승과 저승처럼 인간의 힘으로는 좁힐 수 없는 간격이라야 맞을 것이다.

"사랑해요! 반. 우리 사랑이 영원할 수 있음은 별꽃밭에 두 가슴을 묻어서야."

"우린….."

"알아요."

"채영. 사랑해!"

채영이 리반의 손을 잡는다. 리반은 채영을 안고 눈을 감는다.

눈빛 사랑

리반은 채영을 품고 생각에 잠겨 한 동안 말이 없다가 채영의 귀에 속삭인다.

"금년 들어서였어. 전시회를 줍니하면서 예기치 않게 채영앓이를 엄청했어. 내가 대하는 화폭마다 채영의 눈동자가 저절로 그려지는 거였어! 내 손이 기억해 낸 채영의 눈 이미지였고 그 눈빛은 별빛과 함께 왔어. 완성된 작품은 없이 미완성작으로 끝냈지만, 그 뒤 내 작품의 흐름에 영향을 많이 준 이미지였어. 내가 작업에 가장 몰입하던 시간이었지. 금년 말 선보일 나의 작품에는 온통 채영의 향이 배어 있을 거야. 그때 나의 채영앓이는 그림 만이 아니었어. 글로도 옮겨 놓았지. 아마도 이렇게 내 소망한 일이 이루어지려는 전조였나 봐!"

채영은 잔뜩 기대하는 표정으로 그의 이야기를 듣다가 이윽고 한마디 한다.

"세상에나! 그 글 저장했어요? 지금 열어볼 수 없을까?"

"음! 컴퓨터를 켜 봐."

리반은 자신의 홈페이지에 저장한 파일을 열어 나지막한 목소리로 글을 읽어간다. 채영이 리반의 가슴에 머리를 기대어 가슴의 진동으로 목소리를 듣는다.

실개천 지나 밭이랑 길 접어들어
한 마을에 살았던 우리,
별빛 내려앉은 멍석에 둘러앉아
옛날이야기를 듣던 시절이었지
우리 눈빛은 미리내로 올라가
반짝이는 별빛이 되어갔어

어느 날 넌 구름 속에 숨어들었고,
내게는 생의 나래가 접히는 아픔이었지.
꿈을 날려버릴 수도, 대신할 것도 없는데
너를 닮은 눈빛들이 수 없이 에워싸도
내 꿈은 찾을 수 없었어.

옛 꿈을 접고 살아가던 어느 날
너의 눈빛이 별빛이 되어
내 캔버스에서 살아나는 거였어
기적은 내 손 끝에서 일어났던 거야
나는소원했어. 그림이 내 인생이 되기를
믿을 수 없는 일은 얼마든지 일어나거든
내 그림이 둘만의 다리를 놓아 준다면
꿈은 현실이 될 수 있을 거라 믿었어
그 날에서야 나는 피안의 세계에서 깨어나
별빛 사랑을 마음껏 노래할 것이었어.

부르고 싶었던 이름, 가슴 시렸던 눈동자
잡고 싶었던 하얀 손
얼마나 전하고 싶었던가 이 사랑을!

이제 세월을 여의고

내 영혼의 뜨락을 점령해버린

사랑하는 이름이여!

천 번을, 만 번을 우러러도

지지 않는 별이 될 그대 눈빛이여!

영원히, 영원히 그대 사랑하리라

　채영은 눈을 감고 리반의 가슴에 이는 감미로운 목소리에 빠져 든다. 리반의 낭독은 채영의 가슴을 먹먹하게 만든다.

　"세상에나! 그 절절한 마음을 내가 어떻게 감당할까. 이 사랑은 영원히 나의 것이야! 이대로라면 죽어도 좋겠어!"

　둘은 서로의 온기를 나누며 한동안 옛 추억에 잠긴다. 채영은 이윽고 실내 옷을 걸치더니 오디오 앞으로 가서 음악을 튼다. 옛 팝송이 흘러나온다.

　- All for the love of a girl -

　그녀는 주방에서 오렌지 주스 두 컵을 따라 들고 옆자리로 와 앉는다. 두 사람은 그 곡이 끝날 때까지 그대로 있었다. 연주가 끝나자 채영은 몸을 돌려 리반을 지긋이 바라본다. 좀 안정이 된 듯하지만, 여전히 그의 손을 만지작거린다. 한 몸에 어른과 아이가 공존한다면 이와 같을까? 리반이 분위기를 바꾼다.

　"딸은 몇 살인가?"

　"스물세 살. 이 사진이 딸이라니까. 당신이 우리 딸을 구했어요! 고마워서 보답을 어찌해야 할지."

채영은 눈을 뚫을 것처럼 쏘아보며 알 수 없는 말을 꺼내고 있다.

"뭐라고? 난, 저 애 본 적도 없는데. 내가 어떻게 채영의 딸을 구했다는 거지?"

채영의 말에 채영에 대한 의구심이 꼬물거린다.

"그런 표정 짓지 마요. 난 채영이니까."

리반은 제정신이 돌아오는 느낌이다. 딸은 어디 있을까.

"이 집에 딸이 살아요. 반 씨는 딸 보러 한 번 오게 될 거야."

"그럼 여긴 채영의 집이 아니란 말이네?"

"난 집이 없어요. 내 집이 뭐가 필요하겠어요? 유령은 들어가는 곳이 다 제집인데!"

유령 같은 말을 또 하고 있다. 리반 자신이 딸을 어떻게 했다는 걸까. 채영은 베란다 쪽으로 가더니 커튼을 한쪽으로 몬다. 거실이 한낮의 빛에 깨어난다. 리반의 눈앞에는 채영과는 현실적으로 하나 될 수 없는 아쉬움이 햇살에 부서져 섞이고 있다. 어디서 날아왔는지 파랑새 한 마리가 유리창가에 앉더니 어지럽던 시간을 꿈이었던 것처럼 데리고 날아가 버린다.

채영의 집을 나서는 리반의 발길이 돌부리에 차인 느낌이다. 텅 빈 엘리베이터를 탈 때, 누군가가 함께 타는 느낌이었고, 누군가와 함께 걷는 것도 같았다. 이 기분은 리반이 수지를 벗어나서도 계속 이어졌다.

그날 저녁 리반은 응접실에서 아내와 마주한다. 채영과의 밀회 때문에 정면으로 얼굴을 대하기가 편치 않다. 이런 상황을 만들고 싶지 않았는데 어쩔 수 없는 일이긴 했어도 윤채영과의 만남은 떳떳하달 수가 없다. 아내는 교회에 나가자는 말을 입에 달고 사는데 오늘은 표정부터 샐쭉하다.

"낮에 누굴 만났죠?"

"… 윤채영을 만났어."

리반은 털어놓고 만다. 듣는 정란의 표정이 의외로 무덤덤하다. 단단히 마음먹고 마주한 자리 같기도 하다. 그녀는 대뜸 또 묻는다.

"그 여잔 누구죠?"

남편이 일주일 전에 서해안 갔던 일을 알고 있는 것 같다.

"그 여자? 윤채영이라니까! 당신 이젠 채영의 얼굴도 잊었어?"

"어머나! 이이 좀 봐. 당신 지금 제정신이세요? 내가 아무려면 채영이를 몰라볼까 봐. 바로 말하세요. 그 여자 누구예요?"

다그치는 품새가 만만찮다. 아내가 왜 채영을 모를까? 묻고 싶은 건 오히려 리반이다. 서해안에 왔었다니, 공연히 사람을 잡는 거다.

"당신은 그 여자만 남겨 두고 돌아갔어요. 그 여자가 당신을 내리지 못하게 했어요. 혼자 떠났죠? 학교에서 급한 호출이 없었으면 좋았을 텐데요."

귀신이 곡할 노릇이다! 보이지 않아야 할 사람을 눈으로 보았고, 보여야 할 사람은 보지 못했다는 말인가! 아내의 당당한 태도에 채영을 만난 미안함이 오히려 덜어지고 있다.

"따라오긴 따라온 모양이군! 그런데 왜 못 알아봤어?"

"여보! 정신 차려요. 그 여자는 채영이 아니었어요. 좀 비슷한 데가 있긴 했지만. 윤채영, 걘 죽었잖아요! 20년이 더 지났는데 여태 잊지 못하고 비슷하기만 해도 채영이라며 쫓아다닐 거예요? 당신은 제정신이 아니에요!"

리반의 아내는 여전히 믿기지 않는 표정이다. 아내가 허튼소리를 할 사람도 아니다. 그렇지 않아도 채영과 나눈 몽환적인 만남 탓에 마음이 떳떳하지 못했다. 몸 따로 마음 따로 이었으나 변명의 여지가 없는 결과를 남겼다.

"그럼 어떤 여우가 채영이로 둔갑해서 나를 만나고 있다는 말이네. 난 멀쩡해요. 생사람 잡지 마. 그렇게 범죄인 쫓듯 하지 말고 그 자리에 나타났어야지. 모르는 사람도 아니고 당신 친구 채영이 아니오!"

"아니, 또 채영이라고요? 안 되겠어요. 다음에 그 여자한테서 전화가 오거든 저랑 같이 만나요. 요즘 아무래도 이상해요, 당신!"

아내는 거짓말을 할 사람이 아니다. 리반은 머릿속이 복잡해진다. 아내 말대로 차라리 같이 만나 버리면, 직접 보여주면 될 일이다. 아내는 성경 꾸러미를 챙겨 들더니 서둘러 집을 나선다. 자기를 따라왔다니. 아내가 어떻게 채영을 몰라봤을까? 벌써 세월이 많이 흘렀지만, 채영은 옛 모습 그대로 아니던가. 리반은 아내에게 들킨 것 같은 찜찜한 기분을 털지 못한다. 리반은 아무래도 최슬아를 만나는 것이 순서라는 생각을 한다. 몸을 떠난 비정상적인 상황에서 유일하게 대화를 나눴던 사람이다. 그러나저러나 아내가 자신의 뒤나 밟을 사람은 아닌데 웬일인가.

윤채영은 없다!

며칠 지나서 리반은 최슬아의 아파트를 찾아간다. 같은 동네에다 동 호수까지 익숙하다 했더니 윤채영을 만났던 바로 그 집이었다. 혹시 최슬아가 채영의 딸은 아닐까? 리반은 현관에서 벨을 누를 때에야 채영이 했던 말을 떠올린다. 리반 자신이 채영의 딸을 구했다는……. 토레스 몰에 같이 묻혔던 최슬아, 자기가 그 처녀 구한 사실이 채영의 입에서 나온 것이다. 그녀는 채영의 딸임이 확실해지고 있다. 오늘 이 집에는 윤채영 모녀가 같이 있으려나?

"누구시지요?"

안에서 앳된 여자의 목소리가 새 나온다.

"리반이라고 하는데요. 최슬아 양 집이 맞나요?"

도어폰으로 이미 확인했을 것이다. 그녀는 문을 열어 상체를 디민다. 리반은 자기의 행색을 살피는 처녀와 시선이 마주치자 흠칫 놀란다. 채영의 예전 모습을 보는 듯하다. 그녀도 같이 있을까?

"전데요. 아저씨는 누구세요?"

어두운 곳에서 흙더미에 덮이지 않았다면 그는 벌써 채영의 딸을 알아보았을 것이다.

"어머니가 같이 계시나요?"

최슬아는 깜짝 놀라면서 리반의 행색을 살핀다.

"윤채영 씨가 어머니 맞지요?"

슬아는 눈을 동그랗게 뜨며 몸을 드러낸다. 단발머리에 회색 운동복 차림이지만 몸매는 채영의 분위기다.

"어머닌……, 근데 저희 어머니를 어떻게 아세요?"

"지금 계시지?"

"아니, 저희 어머닌 오래전에 돌아가셨는데요. 어떻게, 제 어머니를 찾아오셨나요?"

"……?"

돌아가셨다고? 리반은 섬뜩 한기가 들면서 몸이 굳어버린다. 이 집에서 얼마 전에 만났던 채영이었다. 아니면 자신이 누굴 만났을까. 채영의 혼령이라도 만났다는 말인가. 대낮에 귀신에게 홀린 것도 아니다. 온몸에 소름이 번진다. 발길이 떨어지지 않아 차라리 그냥 돌아갈까 망설인다. 최슬아는 초면의 중년 남자가 당황해하는 모습에 마음이 쓰이는 모양이다.

"선생님 괜찮으세요? 잠깐 들어오세요. 선생님."

그녀는 리반을 살피며 뒷걸음으로 안내한다.

"음료수 한잔 드릴게요, 선생님."

주방으로 가는 그녀의 뒤 탁자에 비스듬하게 놓인 사진액자가 보인다. 채영이가 딸이라고 했던 사진이 그 자리에 있다. 리반 자신은 채영의 초대로 이 집에 온 것이라 해야 옳다! 세면장도, 커튼도 그대로다. 걷는 뒷모습까지 채영으로 착각하기 십상이다. 돌아설 때 슬아가 나이 든 채영으로 바뀌는 것은 아닐까 싶었지만 그녀는 최슬아의 모습 그대로 돌아선다. 리반은 이마에 송올 송올 맺힌 땀을 훔친다.

"아까, 리반 선생님이라고 하셨어요?"

"그래요."

"예전에 선생님의 함자를 이모님에게서 들었습니다. 혹시 그분?"

"아마 그럴 거예요."

리반이라는 이름으로 뜬금없이 찾아온 사람! 어머니는 오래전에 돌아가셨는데 지금 계시느냐고 묻는다. 최슬아는 어이가 없다. 대낮에 집으로 죽은 어머니를 찾아온 손님이라니! 하지만 슬아는 리반이라는 이름도 그렇고, 그의 인상에 호감을 느낀다.

"두 분이 사랑하셨다고 들었어요. 초인종을 누르며 성함을 말씀하실 때 전 알았습니다. 처음엔 기자분인가 했어요. 기자님들이 많이 찾아오시거든요."

그녀는 채영이 그랬던 것처럼 차를 탁자에 놓으면서 보조 의자에 앉는다. 리반은 슬아의 다소곳한 말을 들으면서 마음이 차분해진다.

"문을 안 열어 줄까 봐 걱정했는데, 고마워요."

"참. 어머니께서 돌아가신 것을 여태 모르셨어요?"

최슬아의 물음에 황당한 건 리반이다.

"글쎄, 어떻게 말을 꺼내야 할지……."

"이렇게 오셨는데 어머니가 안 계셔서 어쩌지요?"

"애초에 난 최슬아 양을 보려고 온 거니까."

"예. 저를 어떻게 알고 찾아오셨어요?"

윤채영은 없다! 리반은 정신을 똑바로 차려야 하겠다고 내심 다짐한다.

이곳은 최슬아의 집이다. 채영은 사람이 아니었다! 하지만, 리반 자신은 그녀와 이 집에서 실제로 만났다. 딸이 자기 엄마가 죽었다고 하는 이 상황을 어떻게 받아들여야 할까.

"슬아가 얼마 전에 사고를 당했더군. 그 사고는 나와도 관계가 있어요. 텔레비전에 나온 얼굴이 예전의 어머니 모습과 많이 닮아서 구조본부에 가 주소를 알아보았지. 사실은 나도 그 붕괴한 건물 더미에 깔려있었거든."

"어머나! 그러셨군요. 그만하셔서 다행입니다."

최슬아는 일주일에 한 번씩 검사를 받지만 다른 피해자들에 비해 건강한 편이라고 한다. 그녀는 어머니가 예전에 리반이라는 분을 무척 좋아하셨다고 들었다며, 어머니는 자길 낳고 열흘도 못 돼 돌아가셨고 어머니를 사진으로만 보았다 한다. 리반이 직접 만난 채영은 오래전에 죽은 사람이었다. 슬아는 리반을 바라보며 묻는다.

"우리 엄마 예쁘셨어요? 선생님이 어머니 돌아가신 걸 아직도 모르신다는 게 이상하세요."

슬아는 리반의 눈을 뚫어지게 쳐다본다. 확인이라도 하려는 지. 리반은 상황정리가 안 되어 어떻게 대답할지 망설인다. 최슬아가 믿지 못할 말들만 해야 하기 때문이다. 그녀도 엄마의 병명에 대해서는 말을 아끼는 것 같다. 화장했다는 말도. 역시 그렇구나! 리반은 조금씩 정리가 되는 것을 느낀다.

"돌아가신 걸 모를 리가 있겠어요? 요즘 이해 못 할 일들이 좀 있어서 최

양을 만나려던 참이었지."

최슬아가 고개를 끄덕이며 자리에서 일어나더니 사진 액자를 가져온다.

"이 사진, 두 분이 만나던 시절일 거예요! 제가 봐도 저 같아요."

그녀는 사진을 물끄러미 바라다보다가 액자를 가슴에 품는다. 아내의 말이 맞았다! 필요하다면 목사님과 상담해보든지, 아니면 정신병원에라도 가야 할 판이다. 대낮에 그는 채영의 얼굴을 한 묘령의 여인을 만난 것이다. 죽은 지 이십 년이 넘은 사람을 만났다면 누가 믿을까. 그럼 자기가 만난 여인은 누구였을까? 리반은 그때야 최슬아를 찾아온 목적이 생각났다.

"최 양은 조태호라는 사람을 알지요?"

"조 선생님요? 같이 구출되었고, 매몰된 속에서 얘기도 나눈 분이세요. 그분은 기억을 못 하시는 것 같았어요. 집에 전화를 드려도 그냥 안부 정도만 주고받았고요. 그분은 사고 현장에서 있었던 일들이 별로 내키지 않으시나 봐요. 아니면 매스컴을 탄 뒤 귀찮은 일들이 많아서일 거예요. 저도 그렇거든요. 그분을 만나 뵙고 감사하다는 말씀을 꼭 드려야 하는데요. 아쉬워요."

"최 양도 그 빌딩 직원이었다면서 전에 몰랐던 사람인가?"

"저는 입점 업체에서 파견 나온 직원이라서요."

"아, 그랬군!"

최슬아는 손목시계를 들여다보더니 3개월간 휴가를 받았으니 언제라도 전화를 받을 수 있다며 말끝을 흘린다. 역시 그랬다. 조태호라는 사람의 존재는 최슬아와는 관계가 없다. 그 사람은 껍데기만 빌려주었을 뿐 사실은 리반 자신이기 때문이다. 지금 기억나는 대로 그 상황에서 주고받았던 말들을 꺼낸다면 슬아가 알아들을 것이다! 하지만 그 말을 꺼낼 때가 아니다. 자신이 겪었던 이야기를 믿을 사람이 어디 있을까. 이러다 자신만 정신이상자로 몰릴 것이다. 이제껏 죽은 혼령과 전화 통화를 했다. 만나 데이트까지 했다. 리반은 휴대전화를 가지고 다니는 것조차 두려워진다. 그녀를 다시 만나면 여인의 정체를 꼭 확인할 것이다. 누구든지 확인해 줄 사람이 있으면 함께 만날 것이다.

혼령의 절반은 죄인에게 나타난다는 글을 읽은 기억이 났다. 채영에게 자기는 정녕 죄인일까? 아내는 자기가 어떤 여자와 만나는 것을 보았다고 했다. 그 여자는 누구인가. 어떤 여자를 만나긴 했다는 것인데 혼령이라면 아내의 눈에도 보였겠는가. 채영이 했던 말에는 알 수 없는 수수께끼가 많았다. 리반이 머릿속에만 두고 입 밖에 내지 않았던 말을 들춰내곤 했다. 학교에서 교수회의가 있던 날도 중요한 회의라는 것을 미리 알고 있었다. 또, 자기를 유령이라고도 했다. 하지만, 멀쩡하게 보였던 살아있는 사람이 분명했다.

'그녀가 유령일까? 첨단으로 가는 세상에서 나는 지금 어디서 무얼 하고 있나?'

채영의 정체성에 대한 의구심이 리반에게는 차츰 두려움으로 바뀌고 있다.

한편 한겨레 연구소를 종북 세력으로 몰아 압수 수색을 강행하는 검찰과 시민 단체의 항의집회가 충돌하는 상황이 발생한다. 그 시각 박두삼 선생이 실상사에서 괴한들에게 납치되는 현장을 승려들이 제지한다. 대부분 언론이 간첩단의 납치 소동으로 간주하지만, 시민단체에서는 기획된 납치 시도라고 일축했다. 박두삼 선생에게는 늘 감시가 따르든지, 알게 모르게 괴한들에게 쫓기는 일이 빈번하다. 그러나 실상사 사건 이후 미행자들에 대한 선생의 반응이 사뭇 달라져 있었다. 얼마 전에는 그들과 막걸리까지 같이 드신 모양이다. 요즈음은 미행자들이 보호가 목적인지 사찰이 목적 인지 모를 지경이라고 선생은 딸을 안심시켰다고 한다. 정란은 되도록 아버지의 일을 남편에게 꺼내지 않고 있었다. 리반이 전시회 준비에 몰두해 있을 때는 더욱 그랬다.

한편 경찰에서 토레스 몰 수사 결과를 발표한다. 범인은 모르고 있었지만, 그에게는 일본 강점기 시절 일본군에게 잔인하게 살해된 고조부가 있었음이 확인되었고, 이는 그의 DNA에 구심력 감정으로 작용, 토레스 몰을 폭파한 것으로 결론을 내렸다는 것이다. 그러나 중앙 언론들은 심리학자의 이런 의견이 수사에 인용된 것을 두고 소설 같은 짜 맞추기식 결론이라 쓰고 있다.

해리성 둔주 2

마지막 유토피아

낯선 당신은 바로 자신이었다!

"실례합니다. 음료 드시겠습니까?"

부드러운 목소리가 똑똑 의식을 두드려 깨운다. 얼굴을 엷은 천으로 반쯤 가린 아랍계의 아름다운 여인이 환상처럼 다가오며 묻는다. 하얀 터번에서 두 갈래로 흘러내린 망사 천 사이로 동그란 눈동자가 눈을 빤히 맞춘다. 그는 초점을 잡지 못하고 두리번거린다. 스튜어디스? 아무래도 비행기 좌석인데 그로서는 상황 정리가 안 되고 있다. 자기가 왜 비행기를 타고 있는지, 어디로 가고 있는지, 모든 것이 생소하다. 그는 자리에서 반쯤 상체를 일으키다가 도로 주저앉는다. 스튜어디스가 미소 띤 얼굴을 갸웃한다.

"어디 불편하신가요? 손님."

"아… 아니. 어디 가는 비행깁니까?"

스튜어디스는 슬쩍 웃어넘긴다. 말도 안 되는 질문을 했다. 가는 곳을 모르고 비행기에 탑승한 승객이 있을까? 그는 얼른 수습에 들어간다.

"백-포도주 주세요."

"백포도주 드립니다. 손님 괜찮으세요? 불편하신 데가 있으시면 불러 주세요."

어둠을 밀어내는 새벽녘, 리반은 기척 없이 밀려나는 어둠을 붙잡고 있었다. 블랙 컬러를 머금은 붓끝이 거친 파세(波勢)를 일으키면서 캔버스가 검게 바뀌고 있었다. 빛이 어둠 속으로 전이되고 있었다. 차이고 차이는 끈적끈적한 물감은 천의 씨실과 날실에 걸려들면서 붓질에 호흡을 불어넣었다. 평온한 바다에 파도가 이는 것은 바닷속으로 길을 내는 해류와 바다를 누르고 덤비는 폭풍의 기류가 엉기기 시작하면서부터다. 블랙이 점령한 화폭은 서서히 검은 아수라가 되어가고 있었다.

그의 작업은 다양한 회화형식을 차용하여 새롭게 구축하는 형상회화의 추구였다. 추상과 구상을 망라하여 감정의 전이를 탐색하는 작업이기에 그의 예술적 아우라는 현실의 투영이어야 했다. 하지만 지금 그는 필력에 의해 만들어지는 선과 색깔의 배합에 의존했던 표현방식을 탈피하고 선을 버리는, 컬러를 배제한 작업에 몰입해 든 것이다. 화이트가 먼저였다. 화이트만으로 컬러를 드러내는 작업은 내면 의식의 표면화였다. 그리하여 작업실이 온통 화이트 컬러 일색이 되었다. 그러나 이젠 검정 일색으로 바뀌었다. 화이트에서 블랙으로, 이성보다는 감성으로 치닫게 된 것이다. 그런데 붓을 쥔 손길에 맡겨졌던 터치감이 스스로 리듬을 타던 어느 순간, 붓을 잡은 손길이 빨라지더니 손끝에서 붓이 이탈했다. 손끝은 붓의 기억으로 한 움큼 흰 물감을 쥐어 어두운 캔버스에 옮겼다. 블랙을 배반하는 화이트! 리반은 섬뜩 이질감을 느꼈다. 화이트가 블랙에 섞여들면서 회색 톤의 새로운 형상이 드러나고 있었다. 블랙만으로 탐색하던 주제가 사라져버린 공간에 한 점 잿빛 형상이 조형되는 절묘한 완충이었다. 손끝의 필력이 빚어낸 그 이미지는 아무래도 나비의 날갯짓을 닮아갔다.

어둠에 갇혀 잿빛 날갯짓에 몰두해 있는데 어둠이 천천히 물러가고 있었다. 환청인 듯, 리반의 청각을 두드리는 스튜어디스의 목소리가 들린 것은 그때였다.

리반은 포도주를 들이켠다. 비즈니스석 창밖으로는 붉은 해가 구름 사이에 걸려 강렬한 빛을 뿜으며 비행기를 따라오고 있다. 노을의 황홀한 색조는 비행기 밑으로 흐르는 구름의 색깔까지도 분홍으로 물들였다. 그의 발 아래에는 검은색 서류 가방이 누워 있고, 그 위에 발을 올려놓은 채다. 가방을 확인하려다 말고 주머니를 더듬는다. 잡히는 것이 있다. 여권!

  - 박영찬, 1948년생, 대한민국 서울 -

그는 낯빛이 창백해져 주변을 두리번거린다. 손에 든 것은 낯선 사람의 여권이다. 티켓을 확인해 보니 파리, 카이로, 이슬라마바드, 홍콩, 도쿄, 서울로 경유지 표시가 되어 있고, 여권의 주인공이 서울에서 출발한 날짜는 2003년 10월 19일이니, 한 달 가까이 여행 중인 셈이다. 자기는 박영찬이라는 사람으로 앉아 있는 것 같으니 무슨 해괴한 일인가. 자신이 박영찬으로 변장한 것도 아니고, 이름도 생소하고, 그런 도시들을 들린 기억도 없다. 자기는 리반이고, 전시회를 앞두고 바빠 그림을 그리는 사람이어야 한다. 좌우로 고갯짓을 해 보며 이 어처구니없는 상황을 어떻게 받아들여야 할지 좌불안석이다.

다른 사람이 되어 비행기에 탑승하고 있다는 사실을 어떻게 받아들여야 하나. 주머니를 모두 뒤져도 자기가 리반이라는 단서는 없다. 허벅지 살을 꼬집는다. 패스포트를 도로 안주머니에 찔러 넣은 다음, 눈을 질끈 감는다. 이해가 안 되는 이 상황을 빨리 정리하여야 한다. 좌석에서 가만히 일어서다 선뜻 무섬증에 휩싸인다. 낯선 승객들이 이 비현실적인 공간을 점령하고 있기 때문이다. 저들이 정말 사람일까? 승객들은 일상적인 모습일 뿐인데 비정상적인 눈으로 보니 비정상으로 환치되는 것일까?

그는 요의를 느끼지 않지만 서둘러 화장실로 들어간다. 좁은 화장실은 공포 공간으로부터의 피난처인 양 마음의 안정을 주는 것 같다. 거울 앞에 선 자신의 모습을 그려보면서 혹시나 했으나, 아니나 다를까! 화장실 거울에는 비슷한 또래의 낯선 얼굴이 그를 의혹에 찬 눈으로 노려보고 있다.

"당신은 누구? 아니!"

거울에 마주 서 있는 사람은 여권에 붙어 있는 사진의 얼굴이다. 그는 자신이 표정을 바꾸는 대로 표정을 바꾼다. 낯이 선 당신은 바로 자기 자신이었다! 뺨을 몇 번 두드리다가 변기에 털썩 주저앉아 머리를 감싸 쥔다. 정장 차림, 낯선 구두, 벨트의 디자인까지 자신이 보지 못했던 것이다. 그뿐만이 아니다. 믿어지지 않는 것이 하나 더 있다. 낯선 그가 차츰 어디선가 본 듯한 얼굴로 기억 저편에서 다가오고 있다. 그랬다! 박영찬. 벤처기업가로 신문지면에서 몇 번 보았던 인물이다. 미래콤이라는, 요즘 잘나가는 벤처기업의 박 사장! 문민정부로 정권이 넘어가면서 그는 오래 몸담았던 기관을 떠나 벤처회사를 차린 인물이다. 그런데 왜 자신이 달갑지도 않은 그자로 둔갑해서 이러고 앉아 있는가? 화장실에서 나와 좌석 주변을 확인해보나 눈에 익은 사람은 없다. 그는 터벅터벅 박영찬의 자리를 찾아 앉는다.

늦은 저녁 홍콩에 도착하여 항공사 측이 제공하는 호텔에 여장을 푼다. 아침 8시 출발하는 일본항공으로 갈아타야 하므로 하룻밤을 호텔에서 묵도록 스케줄이 짜여 있다. 샤워를 마치고 익숙지 않은 서류 가방을 테이블에 올린다. 샘소나이트 가방은 어렵지 않게 열린다. 그의 손이 잠금 번호를 알고 있었던 것 같다. 가방 안에는 박영찬의 행선지에 따른 몇 권의 관광 안내 책자와 데카르트 연구라는 표제의 두꺼운 영문 서적, 노란색 서류 봉투, 전기면도기, 비닐 속 속옷가지 등이 들어 있다. 영문 서적에는 CD의 두께만큼 패인 부분에 포장 안 된 CD가 한 장 들어 있다. CD를 뽑아 든다. 교묘하게 감춘 것을 보니 중요한 정보일 것 같아 앞뒤를 살핀다. 이 CD가 현재 상황의 수수께끼를 풀어 주리라는 기대로 교환을 부른다.

"비즈니스 라운지 사용이 가능합니까?"

"예. 12층에 있습니다."

옷을 대충 갈아입은 그는 비즈니스 라운지로 향한다. 늦은 시간이라서 그곳은 텅 비어 있다. 컴퓨터 앞에 앉아 CD를 집어넣는다. 화면에 암호를 입력해 달라는 메시지가 뜬다.

g-o-h-h-o

맹랑하게도 그의 손가락이 기억해 낸 글자다.

"……?"

어떻게 암호를 알고 있을까? 하긴 자신은 지금 리반이 아니고 박영찬이다. 파일에 나타난 내용은 도무지 감을 잡을 수가 없다. CD를 들고 방으로 돌아와 가운으로 갈아입은 뒤 침대에 누워서 눈을 감지만 피곤한데도 잠을 못 이룬다. 수수께끼 같은 상황이 뇌를 점령하여 휴식을 허락하지 않는다. 해독할 수 없는 파일 내용이 머릿속에서 오락가락하고 있다. 그 순간이다. 청각의 기억이 음향에 반응하기 시작한다. 규칙적인 기계음이 가까워진다. 가물가물 잡히는 그 음향은 아무래도 헬기 소리다.

멀리서부터 헬리콥터 소리가 점점 다가오고 있다. 그 소리는 산정의 오래된 도시, 대통령 별장이라 불리던 곳의 풍광을 실어다 준다. 또 넓은 호수 가운데 떠 있던 호화 유람선과 요란했던 헬리콥터의 폭발음. 높은 물보라를 일으켰던 유람선의 폭발 장면을 데려온다. 아! 그가 호수에서 허우적거렸던 폭발현장이 낯익은 한 사람의 얼굴과 함께 떠오르고 있다. 그 사람은 고 사장이었다! 그는 자리를 박차고 일어난다. 큰 사고가 있었는데! 어두운 창고에 불을 밝히듯, 별안간 파일의 내용이 훤하게 들어오고 있다. 창가로 발을 옮기던 그는 주춤하며 외마디를 지른다.

"이런!"

그는 CD를 들고 비즈니스 라운지로 달린다. 이 내용은 곧바로 언론에 알려야 할 특급 정보다. 파일을 복사한 다음, 한국의 유력한 일간지인 경성일보 홈페이지로 들어가 파일을 올린다. 전송을 클릭하려던 그의 손가락이 갑자기 굳어버린다.

'모든 일에는 때가 있는 법이다! 지금은 아니다.'

누군가 일러주는 것 같다. 시기를 잘 잡아 알려야 할 일이다. 조연재 의원과 먼저 의논할 필요성을 느낀 리반은 자신의 홈페이지 자료방에 이를 전송한다. 이제 조 의원에게도 때가 찾아올 것이다. 방에 돌아온 그는 디스켓을 원위치에 넣고 앞으로 벌어질 일들을 상상하며 베개에 얼굴을 묻는다. 그러나 잠을 이룰 수가 없다. 얼마 전 이국땅에서 있었던 일의 기억 소자들이 하나둘 짝을 지어 망막의 바다에 떠다니고 있다. 또 다시 소리가 그를 이끌고 있다.

있는 곳도, 없는 곳도 없는

그 소리는 아무래도 바람 소리였다. 눈앞으로 천천히 다가오는 큼직한 은백색 구조물이 그를 중심으로 각을 이루어 꺾인다. 마치 큰 캔버스가 사방에서 조여드는 듯하다. 캔버스라면 100호짜리를 몇 개 둥글게 잇대어놓은 대형 캔버스였을 것이다. 요즘의 그에게 캔버스는 바로 갈증이었다. 이전의 것들을 거부하는 새로운 모티브에 대한 갈증! 언제나 같은 자리에서 그의 붓을 기다리는 새하얀 갈증이었다.

그는 곧 장방형 사각 틀에 갇힌다. 기계적으로 강약의 리듬을 느끼게 하는 바람 소리는 바로 머리 위에서 바람을 밀어 내리고 있다. 그것은 규칙적인 음영을 나타내면서 천장에서 느직느직 돌고 있다. 커다란 선풍기 날개다.

초점을 잃은 동공이 선풍기의 회전날개를 따라 움직인다. 더워서 몸을 뒤척이는데 목이 뻣뻣하다. 목덜미 밑이 화끈거리면서 입에는 마른침이 고인다. 눈을 옆으로 돌려 주위를 살핀다. 커튼이 젖혀진 넓은 방에 큼직한 전망 창이 두 개, 창 너머로는 암갈색 돌산이 창틀 액자 속에 진경산수화처럼 갇혀 있다.

'여기가 어디였지?'

암갈색 돌산이 더욱 낯설지만, 안개가 걷히듯 서서히 머리가 맑아지고 있다. 중동(中東)이다! 이곳에는 사막뿐만 아니라 풀 한 포기 없는 돌산이 많다. 어떤 산들은 꽤 높다. 창틀 옆으로는 세면기와 수건걸이가 있고, 큼직한 거울이 공간감을 넓혀주고 있다. 그는 하얀 병실에 혼자 누워 있는 것이다. 물이 어디 있을까? 몸은 괜찮은지. 다리를 구부려 보고 팔을 흔들다 보니 왼팔에 링거가 꽂혀 병실임을 알아차린다. 깊게 숨을 내쉬면서 눈꺼풀을 내린다. 낯선 이국땅에서 그를 찾아올 사람이 있을 리 없겠지만, 막연히 누군가를 기다린다. 마치 섬광처럼 사고의 순간이 퍼뜩 뇌리를 스친다. 차 앞을 가로막았던 검정 리무진과 충돌하던 순간이 그려진다. 자신은 그만 정신을 잃었던 모양이다.

그날 알싸한 사막의 바람은 중동의 새벽을 신선하게 열어 주었다. 차창 틈새로 들어오는 새벽바람을 마음껏 들이켰다. 황금빛 사막을 가로지른 넓은 도로는 무한 속도를 부추겼다. 좌우로 스치는 모래언덕에는 차로를

이탈한 과속차량이 화살이 날아 박히듯 모래 언덕에 꽂혀서 뒤꽁무니만
드러내 보여주고 있었다. 속도가 생명을 앗아간 차량의 시체들이었다. 과
속의 결말을 보여주기 위하여 이 나라는 사고 차량을 현장에 내버려 두었
다. 3D로 만들어진 과속방지용 현장 포스터다. 그들을 태운 차가 시속
200Km에 육박하는 속도로 무스카트 공항 입구에 진입하려 할 때였다. 굉
음을 내며 오른쪽에서 추월해 든 검은색 리무진이 앞질러 가로막아 급브
레이크를 밟았다. 거친 마찰음 속에 타이어 타는 짙은 연기가 아스팔트에
깔렸다.

"앗!"

일행을 태운 차의 운전자도 급하게 브레이크를 밟았으나 차체가 빙그르
르 돌아 밀리고, 리무진의 옆구리를 세차게 들이받았다. 쇠붙이들이 최대
속도로 부딪치면서 커다란 굉음이 났다. 리무진은 이십여 미터를 밀리면
서 다른 승용차의 뒤 범퍼를 치받았다. 엔진 부분을 중심으로 차체가
360도 회전하더니, 두 바퀴를 굴러 도로를 핥으면서 차는 멈췄다. 그는 불
꽃을 튀며 미끄러지는 차 속으로 빨려들면서 정신을 놓았다.

리무진의 정체는 무엇일까. 단순한 운전 부주의로 볼 수는 없었다. 목숨
을 걸고 그를 죽이려 들었다. 이 외진 중동의 오만 땅에서 누가 자기에게
테러를 가해왔을까?

문 쪽에서 기척이 난다. 키가 훌쩍 크고 이목구비가 큼직큼직한 서양 여
자가 성큼성큼 다가온다.

"미스터 박! 좀 어떠세요?"

"······?"

여자의 물음에 그는 반응하지 않는다. 미스터 박이라니! 낯설다. 이 여자는 누군가. 서툰 영어, 노란 눈동자에 어깨까지 늘어진 노랑머리. 그는 잠시 머뭇거린다. 눈에 익는데. 고 사장과 함께 있었던 여자였나? 그래! 소냐라는 여인이다. 그녀는 걱정스러운 표정으로 그를 내려다보더니 거리낌 없이 손을 내민다. 그는 누운 채로 손을 잡는다. 사고가 고 사장의 일과 관계가 있을까? 리반은 어느덧 박영찬으로 의식이 전이되어 있었다. 그는 귀국길이 수월치 않을 것 같아 조바심이 났다.

"전 괜찮은 것 같습니다. 고맙습니다."

"다행이군요. 미스터 고는 아직 당신의 사고를 모르고 있습니다. 곧장 편잡 하우스로 떠나서요."

"참, 나를 공항까지 데려다준 스태프들도 많이 다쳤나요?"

"운전자는 중환자실에 있습니다. 선생님만 안전띠를 매고 있었답니다."

그녀는 의자를 바싹 끌어당겨 침대 옆에 다가앉는다. 뭔가 중요한 이야기를 꺼낼 모양새다. 소냐는 운전자 옆에 있던 사람이 현장에서 사망했다고 퉁명스럽게 말한다. 그는 눈썹을 파르르 떨며 눈을 감는다.

"내 짐은?"

"아무것도 없었습니다. 현재 수사 중이니 곧 연락이 올 거예요."

"물, 물 좀 주실래요?"

그녀는 냉장고에서 물을 가져와서는 그가 몸을 일으키도록 거든다. 그제야 그는 제 몸이 비정상이라는 것을 깨닫는다. 전신이 후끈거리고, 이마와

귀밑이 부어올라 괜찮은 게 아니다.

"어떻게 알고 왔습니까?"

"경찰이 집으로 연락해 주었어요. 중환자실에 있는 사람에게서 거처를 확인했다고 합니다. 이만해서 다행입니다. 치료가 끝나는 대로 제 숙소로 옮기도록 하세요. 귀국은 며칠 미뤄야 할 것 같군요. 우선 몸이 회복해야 겠지만 사고 처리에는 시간이 좀 걸릴 겁니다."

"글쎄요, 일이 바빠서. 참, 짐을 찾아야 하는데, 고 사장 가방도 없어졌단 말이에요?"

"그런 것 같아요. 경찰에서 연락이 오겠지요."

그녀는 처리할 일이 있다며 퇴원할 때 데리러 오겠다는 말을 남기고 병실을 나간다. 의사는 사흘간의 치료 기간을 채워야 한다는 말을 전했고, 간호사는 항생제 주사를 놓고 나갔다. 그는 병실 문 옆에 있는 전화기로 가서 교환에게 서울을 부탁한다. 다행히 회사에는 별일이 없다고 하나 가방을 손에 넣는 대로 하루빨리 귀국해야 할 처지다. 얼마 뒤 그의 짐이 고스란히 전달되었으나 고사장의 가방이 없다. 어디로 갔을까? 이 사고는 고사장의 가방을 탈취하려는 시도일지 모른다. 점점 가방 속의 내용물이 궁금해진다. 어쩌면 소냐는 이 모든 일을 알고 있을 것이다. 그녀는 러시아 마피아의 조직원이다. 하지만 그녀는 딱 잡아뗀다. 그녀는 고 사장의 행동을 감시하면서 민수용으로 전용된 러시아 군용헬기의 매매에 대한 정보를 수집하고 있는 것으로 보인다. 소냐는 이따금 알아들을 수 없는 러시아어로 긴 통화를 했다. 그녀가 전화를 사용할 때면 목소리가 유난히 크고 카랑카랑해 어디서나 잘 들렸다.

닷새째 되는 날 경찰이 문제의 가방을 가져왔다. 열어 본 흔적도 없다. 사고 현장 정리를 하던 중 도로 경계 목 옆에서 발견되었다는 것이다. 사고 당일에는 없었던 가방이 왜 이제야 발견되었을까. 누군가가 현장에 가져다 놓은 것이 아닌지. 가해자는 못 잡았고, 차적 조회를 해 보았으나 가해 차량은 도난 차량이었다고 한다. 경찰은 출국날짜를 묻는다. 나중에라도 가해자가 검거되면 고 사장을 통해 한국으로 통보해 주겠다고 했다.

"소냐, 티켓을 좀 체크해 주시겠습니까? 짐을 찾았으니 서둘러 귀국하겠습니다. 그동안 고마웠습니다."

"티켓은 이미 컨펌했어요. 내일 새벽 걸프항공입니다. 괜찮으시면 오늘은 저와 쇼핑 좀 다녀오시지요. 고 사장 가족한테 보낼 물건을 사야 하거든요."

고사장에게서는 연락이 없는 듯하다. 소냐는 서울에 가거든 헬리콥터 수입에 대해서 좀 구상해 보라고 당부한다. 서울은 교통이 매우 혼잡하고 공항에서 시내까지 두 시간이 족히 걸린다면서 바쁜 사람들은 헬기를 이용하려 할 거라고. 한강을 따라 운항시키면 관광용으로도 좋지 않겠냐고 말하면서 큰 눈을 찡긋한다. 두 번째 당부다.

이튿날 새벽, 소냐와 함께 짐을 정리하고 있을 때 전화벨이 울린다. 고 사장이다. 지금 파키스탄의 펀잡 하우스에 있다면서 중요한 건이 있으니 귀국 일정을 미루고 되도록 속히 그곳으로 출발하란다. 소냐가 안내해 줄 것이라면서. 그는 소냐에게 고 사장의 전언을 알렸으나 그녀는 고개를 갸우뚱거린다.

"이슬라마바드에서 홍콩행 비행기가 있겠지요?"

"그럼요. 짐을 가져가셔도 됩니다. 즉시 이슬라마바드로 행선지를 컨펌해 놓지요."

"파키스탄에도 당신들 조직이 있습니까?"

"우리 조직은 있는 곳도 없고, 없는 곳도 없습니다. 박 사장님, 몸조심하세요."

그녀는 쳐다보지도 않고 중얼거린다.

'몸조심이라니.' 그가 눈으로 묻자 소냐는 착잡한 표정이다.

"당신이 안내해 줄 거라 했습니다."

"예?"

소냐는 의외라는 표정을 지었다.

산정(山頂) 도시

파키스탄의 북쪽 내륙에 있는 이슬라마바드는 행정수도답게 깔끔하나 대지는 펄펄 끓고 있다. 교통이 비교적 원활한 것이 상업도시인 카라치와 다르다. 소냐는 초행이 아닌 듯 여정이 익숙하다. 오전 열한 시경 홀리데이 인 호텔 로비에 도착하자 소냐는 어딘가로 전화를 걸더니 그를 돌아보며 말한다.

"펀잡 하우스는 대통령 별장이에요. 이곳에서 두 시간 거리입니다. 곧바로 오시랍니다."

대통령 별장? 고 사장은 원래 오지랖이 넓은 사람이지만, 대통령까지 오지랖에 넣은 모양이다. 검은색 리무진이 호텔 정문에 멈춰 선다. 조수석에서 젊은 아랍인이 내려 곧장 일행에게로 온다. 소냐는 얼른 소파에서 일어나 그가 내미는 손을 덥석 잡아 흔든다. 그는 압둘이라 했다.

두 사람은 압둘의 안내로 리무진 뒷좌석에 올라앉는다. 리무진은 시내를 벗어나 키 작은 나무들이 드문드문 보이는 황량한 벌판을 가로질러 가파른 산길로 접어든다. 포장도로는 너덜너덜 상태가 나쁜 길이 이어지고, 오르막에서는 엔진 소음이 커진다. 몸무게가 점점 등 쪽으로 모이면서 뒷좌석으로 균형이 쏠린다. 오르막이 차츰 심해진다. 호텔을 벗어날 때부터 뒤를 계속 따라붙는 검은색 승용차에 대해서 압둘이 경호 차량이라고 귀띔해 준다. 대통령을 만나는 외국인은 누구나 경호를 받는다고.

"도시가 아닌가 보지요? 대통령 별장은 산 정상에 있나요?"

"특이한 도시예요. 좀 더 올라가면 아시게 됩니다."

소냐의 대답은 궁금증만 키운다. 길은 산 정상을 향해 굽이굽이 돌아 오르는데, 지표면이 오를수록 도로 폭이 넓어지는 이상한 산길이다. 이따금 야생 동물이 길을 가로질러 달리는 바람에 급제동이 걸리곤 한다. 길옆으로는 구름인지 안개인지 모를 운무가 밑으로 내리깔리기 시작한다. 아마도 천 미터는 올랐을 것이라 짐작할 즈음 모처럼 인가가 나타나고 있다. 안탈루시아 지방에서 보았던 카사블랑카(하얀 집)를 떠올린다. 백 년은 되었을 성싶은 옛 가옥에서 늙은 촌부가 한가로이 이쪽 차량을 바라보기도 하고, 낡은 목조 주택들, 기백 년 된 고목들이 가로변에 줄지어 스쳐 지난다. 차는 계속 오르막을 오르고, 도로 옆으로는 운무의 바다가 점점 넓게 펼쳐진다. 이따금 보이는 계단식 경작지는 이 높은 산허리 어딘가에 있을 도시를 예감케 한다. 얼마 지나지 않아 가파른 정상 언저리에서 옛 성곽 형태가 언뜻언뜻 비친다. 신이 쌓아놓은 거대한 탑의 정상에 이 아름다운 소도시는 파란 하늘을 받치고 홀연 나타난다. 그야말로 하늘 아래 첫 도시다. 거리에는 흰옷 입은 인파가 꽤 많았으며, 연식이 오래된 차량도 심심찮게 지나고 있다.

"산상(山上) 도시로군요!"

"오백 년의 역사를 가진 고도(古都)랍니다."

돌로 쌓은 작은 성벽과 함께 이삼 층 높이의 건물들이 지나고, 대부분의 퇴색한 목재 건축물들에는 이슬람 특유의 문양들이 창틀이나 문설주를 장식하고 있다.

"교통이 좀 불편해도 이곳은 상하수도 시설이 완비되어 있고, 산 아래 도시들과는 온도 차가 많아 파키스탄에서는 가장 쾌적한 도시입니다."

압둘의 설명이다. 하늘로 오르는 느낌이랄까. 세상을 떠나와 세상의 꼭대기에 있는 도시에서 느끼는 묘한 격절감(隔絶感)은 자연에 대한 외경심을 일으킨다.

리무진이 3층 높이의 돌담을 끼고 돌아 굵은 아름드리나무를 지나자 흰색 석주로 세운 아치형 대문이 나타난다. 대문 안으로는 파릇한 잔디 정원이 넓게 펼쳐졌고 그 가장자리에 야트막한 흰색의 돔이 아스라한 설산을 배경으로 바가지를 엎어놓은 듯 동그랗게 엎드려 있다. 소총을 올려 잡은 경비병 두 사람이 철문을 열자 리무진은 초록의 그린을 가로지른, 광목을 펼쳐놓은 것 같은 아스팔트 위를 미끄러져 들어간다. 대통령 별장은 잔디 정원 끝자락에 아담하게 자리 잡고 있다. 그 뒤로는 가파른 천 길 낭떠러지로 천혜의 요새다. 이 도시가 작은 국가라면 이 별장은 왕궁인 셈이다. 이슬라마바드는 섭씨 40도로 대지가 펄펄 끓고 있었는데 이곳은 덥지도 않고 공기가 쾌적하다. 일행은 압둘의 안내를 받아 돔형 별장 안으로 들어간다. 잔디 정원에서 보면 돔형의 단층 구조이나 내부는 밑으로 깊어 홀의 천장이 높았으며 절벽을 끼고 마치 2층에서 내려오는 계단식 구조여서 산악 지형에 맞추어 설계된 건축물이다.

일행이 중앙 홀 입구에 이르자 카키색 정장의 두 젊은이가 왼쪽에 있는 소 연회장으로 안내한다. 호화로운 아라베스크 장식들과 화려한 디자인의 페르시안 카펫이 연회장을 고풍스럽게 한다. 둥글게 휜 전망 창은 운해의 바다를 펼쳐 보여 마치 대형 스크린 같다. 널따란 응접실 중앙에는 갖가지 요리가 차려 있고, 사진으로 본 적이 있는 이 나라 대통령이 예닐곱 명의 측근들과 이야기를 주고받다가 일행에게 손을 흔든다. 고 사장은 그들 맞은편 가운데에 앉아있다. 그는 박영찬을 보자 자리에서 일어나 가까이 오라고 손짓한다.

"각하. 박영찬 사장입니다. 한국의 미래 산업을 이끄는 벤처기업가입니다. 앞으로 우리 사업에 큰 몫을 해낼 새 파트너입니다."

"오! 웰컴 미스터 파르크! 말씀 들었습니다. 높은 곳에 오르시느라 애쓰셨소이다."

짙은 눈썹에 펑퍼짐한 인상의 대통령은 아랍식 발음으로 인사말을 하며 손을 내민다. 악수를 마치자 자리를 권하여 앉으라고 손짓한다. 대통령은 박영찬을 미스터 파르크 라고 불렀다.

"감사합니다, 각하."

박영찬은 뒤에 대기하던 스태프의 안내에 따라 고 사장 옆 의자에 앉는다. 소냐와 압둘은 따라 들어오지 않은 것 같다. 박영찬은 내심 얼떨떨해지고 마음을 다스리기에 급급하다. 그러나 고 사장은 여유만만해 보인다. 대통령의 좌우에 앉아 있는 사람들은 아랍계로 나이가 꽤 들어 보였고 표정들이 사뭇 경직돼 있다. 러시안으로 보이는 사람도 두 명이 있다. 그러고 보니 고 사장과 대통령을 제외한 네 사람의 표정이 썩 밝아 보이지 않는다. 고 사장이 다른 참석자들을 소개한다. 전직 러시아 관료 두 사람, 대통령 비서실장과 국방 관료가 소개받고 묵례한다.

"미스타 파르크도 좋은 곳에 오셨으니 편하게 쉬고 가시지요. 불편한 점은 없을 겁니다."

"예, 각하!"

이들은 이곳에 왜 모였을까? 쓰러진 거대 제국의 퇴역 각료들과 파키스탄의 대통령이 함께 한 자리에서 고 사장의 역할은 무엇일까. 각 사람 뒤에는 말쑥한 차림의 젊은 아랍인 스태프가 대기하고 있다가 일제히 앞으로 다가가 와인을 따른 뒤 서너 걸음 뒤로 물러나곤 한다. 술잔이 몇 순배

돌자 대통령은 손뼉을 쳐 서빙하는 스태프들을 내보낸다. 고 사장은 계속 싱글벙글 웃으면서 거침없이 대화를 풀어나가며 오찬장의 분위기를 이끌고 있다. 언제부터 저렇게 영어가 능통했을까. 모든 대화의 말미는 고 사장에게서 결말이 나는 듯하다. 이 모임은 러시아의 무기 도입과 루트의 설정이 주된 줄거리인 것으로 들린다.

오찬은 오후 세시 경 끝난다. 대통령은 다른 일정을 소화하러 비서실장을 데리고 이슬라마바드 청사로 떠난다. 별장에 남은 네 사람은 정원을 산책하면서 실무적인 대화를 나누고 있다. 마치 골프장의 그린을 연상시키는 넓은 정원의 잔디는 산정에 피어오르는 하얀 구름과 멋지게 조화를 이룬다. 태양은 강하게 내리쪼이고, 때때로 구름이 이 산정 도시를 휘감을 때면 눈앞의 사람조차 분간이 안 될 정도로 시야를 가리곤 한다. 이곳은 파키스탄의 유토피아다.

빛이 그에게로 왔다

미팅이 마무리될 즈음 러시아 관료 출신인 가즈린코가 박영찬에게 개별 면담을 요청한다. 홀 옆의 작은 미팅 룸에 두 사람은 마주 앉는다. 가즈린코는 체격이 당당하다. 머리가 하얗게 센 70대인데 검은 뿔테안경 안에서는 파란 눈동자가 번뜩인다. 그는 박영찬을 찬찬히 바라보더니 손을 내밀었고, 그가 손을 마주 내밀자 악수를 하는 것이 아니라 그의 손을 가만히 감싸 쥐며 눈을 지그시 바라보고 있다.

"미스터 박. 당신은 내 손님입니다. 고 사장을 통해 당신의 존재를 낱낱이 파악할 수 있었고, 이곳에 오도록 주선했습니다."

"예?"

생뚱한 말이다. 처음 출국할 때 자기한테 오면 좋은 일이 있을 거라던 고 사장의 말이 떠오른다. 파란 눈의 노 정객이 악수를 청한다. 그의 손에서 따스한 온기가 전해지며 기이한 호기심이 발동한다. 가즈린코는 각진 서류가방에서 비단으로 겹겹이 싸인, 누렇게 색이 바랜 봉투를 꺼내더니 박영찬 앞에 내놓았다.

"그분과 많이 닮았군요! 이 봉투 속 내용은 수십 년간 밀봉되었소. 나는 오래전부터 이 봉투를 한국의 당신, 박영찬에게 직접 전하려했소. 러시아 주재 한국대사관을 통해서 당신의 소재를 파악했으나 한국에는 박영찬이라는 같은 이름이 수없이 많았어요. 아버님께서는 반드시 직접 전달하라 당부하셨고, 내겐 그럴 기회가 없이 나이만 들어갔지요. 지금이라도 이렇게 전달하게 되어 짐을 덜게 되었습니다. 박영찬 씨, 선친 성함이 박장현 씨 맞으실 겁니다. 혹 몰랐다면 이제부터라도 그리 아셔야 할 것입니다."

박장현(朴章鉉)! 그는 박영찬의 부친이었다. 그의 부친은 일본강점기에 일본군으로 징집되어 만주에서 전사하셨고, 어머니마저 동란 중 돌아가신 것으로 알고 살아왔는데 뜻밖에 듣는 핏줄의 소식이었다. 박영찬은 예를 갖춰 무릎을 꿇고 두 손으로 봉투를 건네받았다.

"고맙습니다."

"박장현 선생은 항일 독립투사로 나는 그분과 가까운 사이였소. 만주 중원 일대에서 일본군에게 큰 피해를 준 전투가 있었는데, 우린 함께 참전했습니다. 박장현 선생은 일제가 패망할 때 도주하던 일본군에 의해 사살되신 것으로 압니다. 이 글은 당신의 숙부 박장걸 선생이 쓴 편지입니다. 자세한 내막은 모릅니다만 숙부께서는 독립된 조국에 대해 섭섭함이 많으셨다고 들었습니다. 숙부께서도 아버님을 도와 독립운동에 평생을 바치신 분입니다. 두 분 형제는 연해주 일대에서는 영웅 같은 분들이었지요."

"아! 예. 잘 받겠습니다. 감사드립니다."

봉투에서는 묵은 종이 냄새가 난다. 내용이 궁금하다. 봉투를 열어 내용을 읽어 내린다. 글씨는 연필을 꾹꾹 눌러 쓴 육필이다.

*

조국의 내 사랑하는 조카, 영찬이 이 글을 읽기 바란다.

박영찬(朴英粲), 너는 자랑스러운 광복군의 후손이다. 네 증조부께서는 구한말에 벼슬을 하신 박자운(朴恣雲)이시고, 국권 침탈 뒤 일제가 작위를 하사하겠다고 회유했으나 이를 거부하고 온 가족과 함께 상해로 망명, 독립운동에 투신하신 분이다. 너의 선친 박장현(朴章鉉)은 동생인 나 장걸(章傑)과 함께 광복군으로 활동하였고, 해방 직전에는 미국 전략정보처(OSS)의 특수훈련을 받았다. 1945년 8월 23일 수송기편으로 국내에 침투하여 일본군과 전투를 벌이기 위해서였다. 모든 전투준비가 끝나가는 거사 일주일 전, 일본은 돌연 항복했고, 아쉽게도 국내 진공 작전계획은 취소되었다.

한반도에 정통성 있는 정부가 들어서서 일제에 부역하던 관리들을 척결하고 민족의 혼을 바로 잡을 하늘이 내린 기회였다. 그러나 미국의 조력을 받은 세력이 정권을 선점하였고, 국내 조직 기반이 약했던 그들은 친일 부역자들을 활용, 하부 조직의 행정을 관리할 수밖에 없었다. 정권을 잡은 세력은 그 후 상해 임정 출신 인사들을 정적(政敵)으로 몰아갔다. 끊임없는 독립투쟁 과정에서 광복에 대비하여 임시정부를 수립, 내각까지 구성해 대한민국 정부의 뼈대를 갖추어 온 임시정부는 그 정통성에도 불구하고 엉뚱한 세력에게 나라의 운명을 맡겨야 하는 처지가 되어버렸다.

친일 부역자 중에는 항일 독립투사들에게 가장 잔악했던, 일본 중원 특수부대 출신들도 많이 있었다. 오천 명에 달하는 중원 특수부대 병사들은 모두 조선인이었고, 장교 중에도 조선 사람이 섞여 있었다. 중국 중원 일대에는 무장투쟁을 벌이고 있는 조·중 연합독립군이 있었는데 이들이 토벌 대상이었다.

일본이 항복하자 소련군에게 쫓기던 일제의 관동군 예하 중원 특수부대 대원들은 각자 살기 위해 뿔뿔이 흩어져 대부분 한반도로 숨어들었다. 그 부대에서 복무했던 조선 사람 중에는 해방 뒤 과거를 숨기고 신생 대한민국의 국군에 들어가 자리를 꿰찬 인물들이 있다. 그중 상당수가 후에 고위 관료로 출세하게 된다. 그들에게 일본군에서 복무한 전력은 치명적인 과거였다. 그들은 특수부대 관련 서류를 불살랐고 당시의 일을 철저히 숨기고 있다. 여기서부터 일제 청산은커녕 대한 독립을 위해 청춘을 바쳐온 애국지사들과 일제에 부역하며 동족을 잡아 죽였던 일제 앞잡이들의 운명이 뒤바뀌는, 치욕스러운 역사가 시작되었다. 척결 대상자들에게 오히려 칼을 쥐여 준 형국이 된 것이다. 그 상황에서 너의 선친은 해방된 조국 땅을 밟아보지도 못하고 퇴각하는 일본군에게 사살되고 말았다. 혼자 된 나는 사랑하는 조국을 당분간 떠나 있기로 했다. 나는 하나 된 조국을 그리며 이웃 나라에서 조국의 일제 청산을 기다려 왔으나 아쉬움만 안고 생을 접어야 하는 처지에서 이 글을 남긴다.

중원 특수부대 출신 조선인 장교들의 명단과 그들의 행적이 세세하게 기술된 서류가 밀서에 봉인되어 아직도 보존되고 있다. 이 서류는 관동군 총사령부 산하 조선인 통제부에서 조선인 장교들의 치적 사항을 기록, 향후의 조선 통치에 활용할 목적으로 작성한 것이다. 일본군은 퇴각 직전 모든 서류를 불살랐으나 독립군이 이 서류를 불타기 전에 탈취하였다. 그 밀서를 소지하고 있는 사람이 남쪽의 조선, 한국에 있다. 친일척결의 여건이 조성될 때까지 그는 이 밀서를 공개하지 않고 지켜낼 것이다. 그의 이름은 모르나 그에게 위해를 가하려는 세력이 반드시 존재할 것이다.

우리 조국은 36년간 일제에 항거하며 겨레의 얼을 지켜낸 백성들의 것이다. 조국의 민주주의를 위해 핍박받는 인사들이 있을 것이다. 그들 중에서 그를 찾아내어 위해 세력으로부터 그를 지켜야 한다. 이 말은 겨레가 네게 내리는 지상명령인 것을 잊지 마라.

나의 사랑하는 조카 영찬아. 나는 이국땅에서 뼈를 묻으나 너는 조국의 독립을 위해 싸우다 숨져간 수많은 젊은 영혼이 이국땅에 잠들어 있음을 잊지 말고, 부디 우리 박자운의 가문에 부끄러움 없는 삶을 살아라.

　사랑하는 조국의 번영과 조카의 행운을 빈다.

1995년 5월 우즈베키스탄 타슈켄트에서

박영찬의 숙부 박장걸 씀

*

　박영찬은 정체성을 흔드는 뜻밖의 글을 읽으면서 가슴에서 이는 뜨거운 기운에 사로잡힌다. 고아나 다름없이 자란 그에게 이를 확인할 길은 없어 보였다. 무엇보다도 글의 내용에 연하여 몸담았던 기관에 대한 시각을 새롭게 해야 하는 일이 문제였다. 기관에서 눈엣가시로 지목하는 인물 중 보호해야 할 인물이 있을 것이다. 그런 인물들을 사상범으로 몰아 사회 활동을 막으려 시도했던 사람이 바로 자신이었다. 시대의 산물이라는 말은 핑계일 수 있다. 누구나 각자 처한 상황에서 나라를 위해 제 역할을 한다. 자기는 양지에서 일했다. 양지는 음지 위에서 피어나는 꽃이다. 어쩔 수 없이 음지에 선 사람들도 있었다. 양지는 언제나 음지를 배려하여야 했다. 그러나 상대적인 박탈감을 떨쳐낼 수 없는 사회 구조적인 문제가 있었다. 양지에 섰던 자기는 음지의 그림자가 생각보다 깊고 어둡다는 것을 뒤늦게 깨닫고 기관 생활을 접었다. 빛이 그에게로 왔던 것이다. 그 빛은 양지를 음지로, 음지를 양지로 바꾸어 버렸다. 음지보다도 깊고 어두운 양지를 보여주었다. 뒤늦게 받아들인 신앙의 힘이었다.

불현듯 찾아온, 예기치 않게 접한 핏줄의 정체는 박영찬에게 정체성의 혼란을 가져왔지만 전에 없었던 자긍심을 안겨준다. 박영찬은 상기된다. 그는 봉투를 안주머니 깊숙이 질러 넣으며 가슴에 댄 손을 쉬 거두지 못한다.

소금 기둥

모처럼 박영찬과 고 사장만 남았다. 잔디가 끝나는 가장자리를 따라 걷다가 멈춰 선다. 발아래로는 깎아 낸 듯한 직벽의 낭떠러지가 밑으로 내리꽂혀 섬뜩한 고공 공포를 일으킨다. 중허리쯤에 걸린 운무는 끝없이 구름 바다를 이루어 아스라이 먼 곳에서 하늘과 닿아 있다.

"자네는 우리 정치의 흐름을 잘 읽고 있는 사람이지. 자네의 역할에 기대가 크다네."

고 사장이 말문을 연다. 중동으로, 아프리카로, 해외에서만 줄타기하는 사람이라 고국 실정을 잘 몰라서 하는 말이다.

"우리나라 정치는 색깔이 많이 바뀌었어. 문민정부의 색깔 말이네. 옛날과는 다르다고."

"정치가 사람 몇 바뀌었다고 그렇게 호락호락 달라지는 않아. 달라지더라도 맥이 하나로 통할 수 있어서 정치를 생물이라고 하지 않는가. 자네가 챙길 수 있는 몫이 널려 있다는 말일세. 이 사람 마음 한번 크게 먹어 봐."

챙길 몫이 널려 있다는 말은 거슬린다. 챙기는 것보다는 비워내려는 생각을 많이 하는 요즘인데 말이다. 기실 그는 자료수집 겸 관광을 염두에 두고 고사장의 초청에 응했다. 특별한 일이 있다는 회유는 덤으로 생각했다.

"정치가 생물이라는 것도 옛말이야. 요즘 정치는 괴물이야. 왜 날 이곳에 불렀는지. 고 사장, 자넨 아무래도 사람을 잘못 택한 것 같네."

"박영찬처럼 진득한 사람은 많지 않아. 참, 그나저나 러시아 할아버지가 뭐라던가? 따로 챙겨 들을 것들이 좀 있었나?"

"아주 귀한 정보를 주셨네. 사적인 이야기이니 더 묻지 말게."

박영찬은 즉각 바리케이드를 친다. 고 사장은 고개를 주억거리며 순순히 화제를 돌린다.

"알겠네! 좋은 일이길 바라지. 참! 저기를 봐. 사람들이 시간을 잘 맞춰야 엿볼 수 있는 신들의 영역이지. 저곳이 이른바 지구의 지붕이라네!"

고 사장이 가리키는 운무의 바다 아스라이 히말라야의 영봉들이 보석을 깎아 울타리를 쳐 놓은 모양으로 저무는 햇살에 황금빛을 반사하고 있다. 그곳은 사람이 살지 않는 신들의 영역이요 정원이다. 신비로운 자연의 조화를 인간이 범접할 수 있을까? 신과 인간의 보이지 않는 경계가 그곳에 있었다.

"그런데 자넨 여기 웬일인가? 리비아에서는 별일이 없었나?"

"이 나라 짱이 날 구해 주었어. 대통령 말이야. 내가 구속되자 짱이 날 보내 달라고 전갈을 넣었어. 나의 활용가치를 인정한 거지. 히히히."

고 사장은 천진스럽게 우쭐거린다.

"짱? 재밌구먼! 대통령하고는 언제부터 트고 지내나? 당최 신출귀몰해서 원."

"내가 대통령을 어떻게 사귀었겠나. 러시아 친구들이 줄을 대 주었지. 러시아 친구들은 오래전부터 이 나라 집권층과 밀착 관계를 유지하고 있어. 그나저나 교통사고 후유증은 없나? 소냐도 자넬 몹시 걱정하던데."

"내 생각으론 고 사장 자네의 가방을 노리는 자들이 있는 것 같아. 호텔에 가서 얘기 좀 하자고. 자네도 자네지만, 이러다가 나까지 귀국을 못 하게 될까 봐 겁나네."

"내 가방을 어쨌다고?"

고 사장은 깜짝 놀라 미간을 찌푸린다. 그런 표정은 처음이다.

"걱정하지 마, 잘 되돌려 받았으니."

"되돌려 받다니! 그 가방은 함부로 다루면 안 돼."

"하여튼 난 빨리 귀국할 거야. 내 일도 그렇지만 귀국해서 자네의 사업 방식을 곰곰이 돌아 보아야 하겠어. 뭔가 구린내가 나거든!"

한 무더기 구름이 두 사람을 덮자, 고 사장을 즉시 지워버리고 말소리만 들린다. 구린내가 아니라 돈 냄새라고 말하는. 구름이 걷히자 고 사장의 뒤쪽으로 소냐가 걸어오고 있다. 그녀는 긴 머리를 구름 자락에 촉촉이 날리면서 밝게 웃는다.

"한국 선생님들, 이젠 하산할 때가 되었습니다."

"리비아 건을 추슬러야지. 기왕에 벌린 사업이니 크게 한 건 하자니까."

고 사장은 눈을 빗뜨면서 소냐의 말끝에 어울리지도 않는 말을 덧붙인다.

"우선 자네 정체부터 명확하게 해 놓아야겠어. 나이 오십을 넘기면 인생을 새롭게 정리하여야 하지 않겠나?"

"내 정체? 자네가 보고 있는 대로야. 왜, 소련 마피아랑 어깨놀이 하는 것이 맘에 걸리나?"

"솔직히, 그래!"

"교회를 나가더니 사람이 많이 달라진 것 같군. 그게 종교지!"

"그렇게 보였다면 다행! 나야말로 세상을 헛 산 사람이니까."

신들의 정원! 박영찬은 아쉬워 발을 떼지 못한다. 하늘이 내린 절경을 두고 갈 수 없다. 카메라를 들이댄다. 운무는 절벽의 끝을 감추면서 소도시 편잡을 큰 바다에 떠 있는 섬으로 만들어 준다. 그는 자신이 그 섬의 벼랑 끝에 세워진 소금 기둥아닌가 생각해 본다.

중앙정부의 모 기관에서 근무하던 시절. 수 많은 젊은이들이 그의 덫에 걸려 젊은 꿈을 접어야 했다. 그중에는 무고한 희생자들도 있었다. 그 기억은 박영찬의 인생에서 삭혀 넘길 수 없는 목에 가시로 남아 있다. 사람들은 알게 모르게 소금 기둥이 되어가는 게 아닐까. 인간에게서 나오는 모든 일을 회 반죽하여 지은 도시, 소돔. 그 소돔에 뿌리내려 살아가면서 소돔의 굴레를 벗어나기가 어디 쉬운 일일까. 하나님은 낙원을 내리면서 그 낙원을 파괴할 힘을 같이 내린 것 같다. 파괴된 낙원에서 살아가는 인간들은 이젠 낙원의 기억을 잊어버리고 소돔을 마지막 유토피아로 착각하며 살아가는 것이 아닐까.

카메라 앵글을 육지 쪽으로 옮긴 것은 그로부터 십여 분이나 지나서다. 갑자기 렌즈가 잿빛으로 변한다. 앵글을 옮겼음에도 피사체가 눈에 들어오지 않는다.

"됐으면 내려가자. 저녁 스케줄도 남았으니."

렌즈를 가렸던 구름을 뚫고 고 사장이 채근한다.

일행을 태운 리무진은 산상의 시가지를 벗어나 산 아래로 굽어 내린 비탈길로 접어든다. 잠깐 천상세계에 올랐다가 미천한 속계로 방향을 잡은 듯하다. 얼마나 내려왔을까? 거대한 잿빛 구름 덩이가 밑으로부터 차고 올라와 리무진을 핥고 올라가자 그 아래 까마득하게 이슬라마바드 신시가지가 내려다보인다.

"오늘 저녁 만찬은 누가 호스트야? 난 별로 내키지 않는데."

"저쪽에서 어떤 사람이 나타날지는 나도 몰라. 저녁 만찬은 억 단위의 달러 머니가 왔다 갔다 하는 긴요한 자리거든. 그만큼 멋진 저녁이 될 거야!"

"저쪽이라면, 자네가 말하는 러시아란 마피안가?"

"아냐. 러시아는 러시아고, 마피아는 마피아지."

러시아는 소련 이후의 국가형태이고 마피아는 아직도 청산하지 못하고 있는 구정권의 허접스러운 잔재라는 말로 들린다. 그들의 힘이 아직도 러시아의 지하 경제를 쥐락펴락하고 있으니 잔재라기보다는 러시아 경제의 살아있는 실세라 해야 옳다. 러시아는 보이는 러시아와 보이지 않는 러시아가 공존하는 나라다.

"일에는 한계라는 게 있고, 자네 하는 일을 도통 종잡을 수 없어. 돈이 목적인가?"

박영찬은 고 사장의 눈에서 끝없는 야망을 읽는다. 그러나 원 웨이 티켓만 가진 질주 형 인간으로도 읽혔다. 사회에서 만난 친구의 한계 같은 걸 생각한다. 그는 지금이 가장 중요한 시점이라서 영찬을 불렀다고 한다. 돈이란 꿈을 실현해 주는 마력이 있다고 하면서도 자기가 필요한 만큼의 돈만 있으면 된다고 덧붙이고 있다. 박영찬은 고개를 갸웃대며 답한다.

"어쨌거나 몸조심해. 러시아 마피아에 대해선 자네가 잘 알 테니. 내 역할은 뭔가?"

"그 얘긴 호텔에서 마저 할 거야. 한 가지만, 자네도 그만 정치에 입문하는 게 어때? 언제까지 승부도 안 나는 사업에만 매달릴 건가? 내가 길을 잘 닦아 놓았어. 정치하는 데 제일 중요한 것이 무언지는 자네도 알 거야. 이거."

고 사장은 엄지와 검지를 말아 동그라미를 만들어 보인다.

"나는 정치할 그릇이 못 되네. 자네가 실수했어. 정치의 하수인이 되어 보냈던 세월이 아깝다고 생각하는 한갓 졸부를 끌어들일 생각을 했으니."

"정치는 사람이 하는 게 아니라 돈이 해. 사람들은 자기들이 만든 화폐 권력에 놀아나는 꼴이고! 힘을 가지면 편하거든. 누리니까. 사람들은 화폐를 소유하거나 화폐에 부림을 받는 노예가 되거나 둘 중 하나야."

박영찬은 입을 다문다. 대답을 안 하기로 한다. 대답이 없으니 대화가 끊긴다.

불꽃 바다

만찬 장소는 이슬라마바드와는 30km 정도 떨어진 호수의 선상(船上)이라 했다. 리무진은 계곡을 따라 흐르는 물길 옆 포도로 방향을 잡고 달린다. 계곡을 타고 내리는 물줄기가 점점 좁아지더니 좁다란 둑이 나타나고, 둑으로 가두어진 물의 폭이 점차 넓어져 바다 같은 호수를 이룬다. 달빛은 호수의 수평선에 물비늘을 만들며 그들을 이끌어준다. 어스름이 깔리고 있다.

시야에 네온 불빛들이 나타난다. 차에서 내린 일행은 통나무를 좁다랗게 엮어 묶은 다리를 건너 선착장으로 향한다. 선착장에는 조그만 흰색 요트가 대기 중이다. 그들은 압둘의 안내를 받아 요트에 오른다. 요트는 미끄러지듯 호수의 중앙으로 기수를 고정하여 물보라를 뿜었고, 멀리서 다른 배가 불을 밝히고 호수 중심부를 향해 움직이고 있다. 하얗게 달빛을 품어 호수에 빛을 뿌리는 2,000톤급의 유람선이 호수 가운데에 떠 있다. 유람선의 가장자리로는 소형 요트 두 척이 작은 원을 그리며 돌고 있다. 하늘에 뿌려진 수많은 별빛이 수면에 투영되어 유람선의 휘황한 불빛과 호응한다.

"선상 파티인가?"

압둘을 돌아보며 물으니 고 사장이 답한다.

"경호 때문에 이런 방법을 택하는 거야. 유람선 주위를 맴돌고 있는 저 요트는 완전히 무장되어 있고, 배 주위에는 잠수 요원들이 배치되어 있지. 큰 거래를 할 때면 보안이 가장 중요하거든. 이런 넓은 호수 중앙에 배를 띄워 놓으면 우선 경호가 수월하단 말이야. 이처럼 좋은 밀담장소가 어디 있겠어?"

"날 데려가는 걸 보니 보안에 구멍이 크게 난 것 같은데!"

"아무 소리 말고 자넨 분위기를 즐기기나 하게."

"이번에도 참석자들 신분이 높은가?"

"그렇지도 않아. 비서실장 말고는 장사꾼들이야. 무기 거래에서 한두 사람 목숨은 파리 목숨처럼 개의치 않지만, 오늘 밤 참석자들은 성격이 달라. 무역 회사에서 와이셔츠 몇만 장 팔아 봐야 웬만한 무기 하나 값도 못 돼. 국제간 무역에서 무기 거래의 비중이 어느 정도인지 자넨 상상을 못 할 거다."

고 사장은 제 머리를 끄덕이며 만만한 표정이다. 요트가 유람선에 도착하자 주변을 맴돌던 소형 보트들이 에워싼다. 일행은 3층 갑판에서 내려진 붉은 카펫을 밟고 계단을 오른다. 배의 선두 부분에만 쇼트머신 건(기관단총)을 멘 경비원 두 명이 말뚝처럼 서 있고, 흰색 승무원 복장을 한 두 명의 아랍인이 모자를 벗어 왼팔에 끼고 정중하게 묵례를 하면서 그들을 맞는다.

어디선가 귀에 익은 현악곡이 흘러나오고 익숙한 그 곡은 박영찬의 긴장을 이완시켜 준다. 일행은 갑판에서 내려진 계단을 따라 1층 연회실로 안내된다. 아라베스크 풍의 무늬로 장식된 문 옆에는 차도르를 두른 두 명의 아랍 여성이 기다리고 있다. 검은 드레스에 황금 장식이 육감적인 몸매를 더욱 감각적으로 드러낸다. 여인들은 미소를 지으며 문을 열어 둘을 영접한다. 이곳은 연회실이 아니라 카페라 해야 더 어울릴 분위기다. 중앙을 가로지르는 페르시아 카펫, 홀의 가장자리를 물결치듯이 돌고 있는 흰색과 황금색의 곡선 띠. 주빈석이 있는 넓은 홀. 현란한 조명을 뿌려주는 큼직한 샹들리에. 그들이 들어서자 낮에 보았던 가즈린코 일행과 아랍인이 주빈석에서 동시에 일어난다.

"어서 오십시오."

"예, 초대해 주셔서 고맙습니다."

고 사장은 낮의 모임에서보다도 오히려 더 예의를 갖춘다. 그들은 엷은 미소를 지으며 두 사람이 자리에 앉는 것을 지켜보고 있다. 벽 주위에는 여덟 명의 정장을 한 젊은이들이 둘러싸고 있는데 경호원으로 보이나 손에 무기는 없다. 박영찬은 러시안의 시가 냄새를 중화시키려고 담배에 불을 붙인다. 가즈린코가 의미 있는 미소를 보내주었고, 박영찬은 고개를 끄덕였다.

프로펠러 소리가 들린다. 누군가가 헬기로 도착하는 것 같다. 헬기 소리가 가까워진다. 선상으로부터 헬리콥터 소리가 차츰 커지더니 선실에도 약간의 진동이 전해진다. 누구일까? 앞의 두 러시안 안색이 달라지면서 맞으러 나가려 자리에서 일어난다. 그때다.

- 드르륵드르륵, 드르르르륵-

요란한 기관총 난사와 함께 밖이 소란해진다. 헬리콥터 소리가 대화가 안 될 정도로 커지자, 사람들이 의자를 밀치고 일어서려는데 서로 주고받는 눈빛들이 심상치 않다. 무엇인가가 날카롭게 부딪치는 소리와 함께 드르륵 드르륵 연달아 총성이 울린다. 파편인지 나뭇조각 같은 것이 창에 꽂히면서 유리가 깨져나간다. 박영찬과 고 사장도 자리를 박차고 일어난다.

- 콰과앙 쾅 - 콰르르르릉

사람들이 중심을 못 잡고 허둥대는데 엄청난 폭발음이 연달아 고막을 때린다. 아랍인이 뱃전으로 퉁겨져 오르다 떨어진다. 모든 소리가 물속에 갇힌 듯 먹먹해지면서 시야에는 사정없이 다가서는 섬광, 부러지고 꺾이는 것, 뚫어진 하늘로 치솟는 불기둥, 물기둥, 떨어지고 부서지는 것들로 뒤섞이고 있다. 계속되는 폭발음과 함께 선미가 번쩍 들리더니 배가 가라앉고 있다는 공포가 엄습하는데, 급기야는 물살이 시야에 와락 치고 든다. 선체의 뒷부분이 불길에 싸이면서 조각난 채로 어두운 하늘에 치솟았다가 호수 위에 흩어지고, 요트에서 나온 기름에 불이 붙어 수면에 떨어져 불꽃 바다를 이룬다. 한순간에 헬리콥터도, 러시아인들도, 선원들도, 주변을 맴돌던 경호 요트까지 모두 검은 호수가 삼켜버리고 짙은 연기만 토해내고 있다.

큰 폭발음과 함께 배에서 튕겨 나온 박영찬은 물 위에 떠올라 허우적거리며 반사적으로 고 사장을 찾았지만, 아무도 보이지 않는다. 흰색 유람선의 선미가 물속으로 빨려들면서 파도가 강하게 그를 후린다. 엄청난 고통이 느껴진다. 폭발과 함께 너울을 일으킨 수면은 한참 동안 그를 흔들고 나서야 잦아든다. 선체의 마지막 잔해가 타들어 가는 소리와 차츰 위세가 꺾여 사라지는 몇 덩어리의 화염뿐, 검은 호수는 모든 것을 삼켜버린 검은 괴물이 되어 먹은 것들을 소화하는지 비로소 잔잔해진다.

어둠 너머 먼 곳으로부터 흐릿한 빛이 시야에 넘실거린다. 키만 한 크기의 갑판 파편을 시소처럼 타고 넘는 그 빛은 인공이 아닌 환상의 불빛으로 보인다. 비릿한 민물이 다문 입 언저리로 마구 스며든다.

망막에 어른거리는 빛을 감지하며 눈꺼풀을 올린다. 서너 가지 빛깔의 불빛이 오버랩되어 뿌옇게 점멸하고 있다. 경광등이 켜진 경찰차가 아니면 구급차일 것이다. 이 뜻 모를 언어들은 교통사고를 처리 중인 경찰들의 대화일까? 나는 살아있는가? 그게 아니다. 저건 선착장의 네온이었다. 그는 비로소 제정신이 든다. 자신은 호수 위에 떠 있었다! 만찬장이었던 유람선이 폭발했다. 그렇다면 자기는 구조가 된 것이리라. 갈색 담요가 냉기를 쫓아내고 있다. 고 사장은 어디에 있나? 눈을 치켜떠 주위를 두리번거린다. 아랍인으로 보이는 여자 간호사가 곁에 있었다. 그녀는 박영찬의 뺨에 묻은 물기를 훔치며 가볍게 눈웃음을 친다.

"구조된 사람, 또 없습니까? 나 같은 동양사람."

그녀가 내려다보면서 무어라 말한다. 억양이 소냐와 닮은 것을 보니 아랍 말이 아니라 러시아 말인 것 같다. 눈길을 돌려보나 이 여인 외에는 아무도 자기에게 관심을 보이지 않는 듯하다. 보이는 것은 녹색 제복을 입은 현지인이거나 중동 사람들, 흰 가운을 입은 여자 간호사 몇 사람뿐이다. 호수 옆에는 녹색의 군용 구급차 한 대가 뒷문을 열어놓고 있다. 안에는 제복 차림의 사내가 빈 침대 옆에 앉아 있는데, 검지를 구부려 차에 오르라 손짓한다.

"나 말이오?"

"네, 당신을 태워 가려고 왔으니까요."

그는 영어로 말했으나 발음으로 보아 러시안이다. 모포를 걷고 몸을 일으키는데 머리가 빙그르 도는 느낌이 온다. 간호사가 부축해 구급차에 올라탄다. 차는 곧 어두운 호수를 끼고 포장도로를 질주해 나간다.

"사고는 어떻게 된 것입니까?"

"……."

"다른 사람들은, 생존자는 더 있나요?"

"예, 당신이 마지막 구조된 일곱 번째 사람입니다."

미스터 고라는, 동양사람 못 보았느냐고 물었으나 고개를 저을 뿐이다. 이 나라 대통령도 그들과 같이 회담했는데 파키스탄 내부에 있는 반정부 세력과의 마찰일까. 그 사이를 고 사장은 왜 차고 들어앉았을까. 고 사장은 생사를 감춘 채 사라졌다.

황량한 사막의 밤길을 구급차의 강한 헤드라이트 두 줄기만 질주하고 있다. 낮에는 그렇게 더웠는데 밤이 되자 차창 틈으로 새어드는 바람에 팔뚝에는 오소소 소름이 돋아 오른다. 피곤이 밀물처럼 엄습한다.

의문의 파일

정치권을 뒤흔들 파일

쬐 넓은 객실이다. 침실 밖에는 6인용 소파와 대리석 테이블 위에 아라비안 호리병이 놓여 있다. 이곳은 이슬라마바드의 홀리데이인 호텔. 소파에 앉아 물을 한 컵 마신 다음 객실 안내원을 호출한다. 콧수염에 연두색 정장을 한 신사가 들어온다. 사십 줄로 보이는 말끔한 인상이다.

"저는 알 파잘이라 합니다. 경호실 소속입니다. 미스터 박, 오늘 저녁 6시 걸프항공편으로 출국하십시오. 여기는 선생에게 안전하지 못합니다. 짐은 다 챙겼습니다. 여기 항공권입니다."

그는 황금색 봉투를 양복 주머니에서 꺼내어 앞으로 디민다.

"어디 소속이라고요?"

"대통령 경호실입니다. 실장께서 그렇게 지시하셨습니다."

"알겠습니다. 그런데 고철만이라고……."

"그 사람은 못 찾았습니다. 현재로는 실종입니다."

"……."

"고철만 사장의 짐도 미스터 박 편에 보내드리겠습니다. 일이 이렇게 되어 유감입니다."

혼자 떠날 수는 없다. 친구의 생사를 나 몰라라 하고 혼자 출국할 수는 없는 일이다. 박영찬은 각하와 통화하겠다고 했으나 그는 황급히 손을 내젓고, 대사관과의 연결도 막아버린다.

"왜 안 됩니까? 한 나라의 교민이 실종되었는데 자국 대사관에 알리지 않는다는 것은 외교 분쟁의 소지가 있습니다. 각하와 통화하기 전에는, 난 이 호텔 밖으로 나가지 않겠습니다."

"미스터 박, 이번 사건은 간단치 않습니다. 외부에 알려지는 것은 우리 각하께도 좋은 일이 아닙니다. 오늘 저녁 비행기로 출국하셔야 합니다."

파잘은 커다란 눈을 두어 번 깜박이며 간곡하게 출국할 것을 요청한다. 상황이 매우 안 좋고, 호텔 밖에는 많은 경호원이 당신에게 묶여 있다며 파잘은 서툰 영어로 애가 타는 듯 손짓 발짓을 동원한다. 박영찬이 끝까지 거부하자 파잘은 손을 휘저으며 눈을 흡뜬다.

"정 그러시면 저희가 강제로 출국시킵니다. 선생, 이곳은 선생의 나라가 아닙니다."

"……!"

"조용히 쉬고 계십시오. 다섯 시에 모시러 오겠습니다."

그는 마지막까지 정중하게 말하면서 문으로 뒷걸음질 해 나간다. 그가 나간 뒤 오퍼레이터에게 한국대사관 연결을 부탁했으나 알 수 없는 아랍

어로 몇 마디를 하더니 전화를 끊는다. 고 사장의 가방 상태가 궁금하다. 가방은 이미 누군가의 손을 탄 느낌이다. 갈색의 하드커버로 된 서류봉투가 가방 밑바닥에 누워 있다. CD 두 장이 보인다. 그중 하나에는 보고용이라는 표제가 붙어 있다. 서둘러 비즈니스 라운지로 향한다. 컴퓨터를 부팅시키고 A 드라이브를 실행시키나 암호를 입력하라는 메시지가 뜬다. 잠시 멈칫하다 g-o-h-h-o를 입력하니 파일이 열린다.

'신기하다. 이 친구가 이 아이디를 쓰네!'

gohho는 고 사장이 성을 Goho로 쓰는 걸 보았기에 그냥 goho를 타이핑하면서 h가 하나 더 찍혔는데, 그가 무심코 gohho를 입력한 것도, 그것이 암호였다는 것도 뜻밖이다. 내용이 궁금하여 들여다보니 문서는 고철만 사장이 한국에 있는 고영진 회장에게 보고하는 형식인데, 상당한 분량의 스펙으로 이루어져 있다. 문서 상단에는 해독이 안 되는 영문이 떠 있어 눈길을 끈다.

- LBR ATM9k JJKING RCUSD200M DFRM -

문장이 아니지만 단순한 철자의 나열 같은 이것이 중요한 메시지를 품고 있으리라는 느낌이다. 특징적인 것은 두 군데의 숫자다. 글자 하나하나가 어떤 단어의 대용 문자일 것이라는 생각에 숨겨진 단어들의 머리글자를 유추해본다. 이 사건과 관련지은 단어로 대용하여 문장을 재구성하는 것이다. 박영찬은 막상 막막했으나 이제까지 목격한 것을 토대로 이 글자들을 대용 단어들을 떠올려 대체해 본다. 고 사장이 실종된 상황인데 파일의 내용을 전혀 모르는 채 전달할 수는 없는 일이다.

ATM9k가 키워드라는 생각이 왜 들었을까? 그것은 박영찬이 전 직장에서 비교적 익숙하게 접했던 중화학무기다. 정황상으로 보아 러시아 대전차 미사일 9k113 konkurs를 지칭할 가능성이 짙다는 데에 생각이 미친다. 다음 쉽게 눈에 들어오는 글자는 JJKING이다. 그것이 만일에 JJKim의 대용어라면 우리나라 정계의 거물 김정준의 머리글자가 된다. KING으로 쓰인 단어의 상징성에 집중한다. 김정준이 어떤 식으로라도 연루된 일이라면 심각한 일로 비화할 수 있다.

200M은 아무래도 금액표시일 것이다. 200밀리언? 다음의 RM이 풀리지 않는다. 그는 식어버린 커피를 들이키면서 이 글자들 배열순서의 의미를 하나하나 짚어본다. 이번 사건에는 러시아 마피아와 파키스탄, 그리고 리비아가 연계되어 있다는 사실에 유의한다. 그렇다면 L을 리비아의 머리글자로 보자. 200 밀리언 달러를 JJKim에게 라는 의미로 유추할 수 있다.

혼자 머릿속으로 단어를 배열하던 그는 자리를 박차고 일어난다. 컴퓨터 앞에 앉아 알파벳 순서대로 문장을 만든다. 충분히 내용이 만들어져서 메시지를 읽어 내릴 수 있다. 가슴이 동동거린다.

LBR ATM9k JJKING RCUSD200M DFRM
Libya Buy Russian Anti-Tank Missile 9k113 konkurs
JJKing Receive Commission $200Million Direct From

Russian Mafia.

Libya buys a Russian Anti-tank missile 9k113 konkurs.

JJKim receives a commission of $200 million directly

from RM(Russian Mafia)

담배 한 개비를 뽑아 불이 붙은 쪽을 입으로 가져가다가 입술을 데어 다시 불을 붙인다.

〈러시아의 대전차미사일 9k113 konkurs를 리비아가 사들인다.

 JJKim은 커미션 200만 달러를 RM(러시아 마피아)로부터 직접 받는다〉

이 메시지는 하단에 첨부된 스펙들과 호응하고 있다. 달리 해석하는 것이 무의미할 정도로 정확한 해석이라는 판단이 선다. JJKim은 지금 우리나라 여당의 차기 주자로 거론되는 김정준의 이니셜이다. 김정준, 그는 특정 지역을 연고로 최근 세력을 불리고 있는 인물이다. 그에게 약점이 있다면 구 여권 출신이어서 민주화 이후의 시대 정서에 어떻게 부응할 것이냐 하는 점이다. 그렇지만 소위 기득권층으로 불리는 구 여권 추종자들이 지렛대 역할을 해주는 형국이어서, 구 여권 대 민주 야권의 차기 대권 쟁탈전이 예상되는 한국의 정치지형도이다.

고영진 회장은 한국의 신생 재벌인 이스턴 그룹의 총수다. 일본 자본으로 출발하여 정치권의 비호 아래 거대 기업군을 거느리고 있다. 고 사장은 바로 고 회장의 아들 고철만이며, 국제 문제로 비화한 구소련의 첨단 무기 밀거래에 관여하거나, 거래를 주선하는 무기 밀매업자다. 또, 고 사장의 뒤에는 한국 정치권의 거물이 뒤를 떠받치고 있는 형국이다. 첨부된 스펙이 바로 증거다. 이 파일은 한국 정치권을 뒤흔들 중요한 정보이다. 고 사장이 파키스탄에 온 것은 미국과 거리가 멀어지는 파키스탄이 인도와의 분쟁에 대비하여 러시아로부터 첨단 무기의 도입을 시도하고 있고, 그가 어떤 역할을 하는 것이라는 추측이 가능하다. 위 문장에서 리비아가 무기를 구매하는 나라로 거론된 것은 일종의 연막일 수 있다.

고 사장은 박영찬의 여행길에 스펙이 가득한 이 파일을 보내는 것이 가장 안전하다는 판단을 하고 주도면밀하게 그를 끌어들였던 것이다. 박영찬이야말로 한국 정보라인의 실세였던 인물이 아닌가. 파일을 작성한 날짜는 박영찬이 파키스탄에 도착한 날로 되어 있다. 박영찬은 파일을 복사한 뒤 파리에서 구입한 [데카르트 연구] 원서를 펼친 다음 CD 케이스 두께만큼 책장을 오려내어 그곳에 CD를 끼운다. 책을 가방에 넣은 다음 잠금 번호를 돌린다.

오후 네 시가 막 넘어가는 시각에 파잘이 일행 두 명을 데리고 나타나서 박영찬의 출국을 돕는다. 그는 출국절차도 생략하고 걸프에어에 탑승한다. 티켓은 홍콩에서 1박한 뒤 일본항공으로 갈아타 서울로 가도록 컨펌되어 있다. 박영찬은 비즈니스 클래스에 몸을 싣고 피로에 지친 눈꺼풀을 내린다.

의식 전이(意識 轉移)

박영찬! 그는 바로 리반 자신의 의식이 전이된 인물이었고 기억 소자들은 저편으로 사라져 간다. 그 뒤 시간은 얼마나 지나간 걸까? 리반은 자기가 박영찬으로 둔갑하여 중동을 다녀온 것을 인지하지 않을 수 없었다. 거푸 일어난 이러한 일들이 보내는 메시지가 무엇일까? 진짜 박영찬은 이 사실을 알고나 있는지. 이 일은 미룰 사안이 아니었다.

귀국한 지 3일째 되는 날, 리반은 박영찬과 통화를 시도한다. 그의 의식을 점령하고 있는 파일의 내용과 박영찬이라는 사람을 자신의 의식에서 분리해 내야 했다. 전화로 들리는 박영찬의 목소리는 밝고 부드러워서 대하기 편한 느낌이다.

"박영찬 사장님, 전 C 대학의 리반 교수라고 합니다. 꼭 좀 뵙고 드릴 말씀이 있어 전화했습니다."

"예, 무슨 일이신지요?"

"만나서 말씀드리겠지만, 저는 파키스탄의 편잡 하우스에도 다녀왔고, 사장님이 소유하고 있는 JJKING이라는 파일의 복사본을 가지고 있습니다."

전화선에 불을 지폈다. 전화선에 불 대신 긴장이 타고 흐른다. 누구의 입에서도 나올 수 없는 말을 듣고 있으려니, 박영찬도 적잖이 당황했을 것이다. 잠시 뒤에 들리는 박영찬의 목소리가 무겁다.

"아무래도 뵙고 말씀을 나누어야 하겠군요. 조심스러운 이야기입니다.

괜찮으시다면 제가 교수님 계신 곳으로 가겠습니다."

그는 진중한 목소리로 놀라움을 숨기는 듯싶다.

그는 4륜구동 랜드로바를 몰고 약속된 장소에 나타난다. 리반은 조수석에 올랐고, 박은 강변 한적한 곳에 차를 댄다. 강가를 거니는 사람들이 많지는 않지만 둘은 차에서 내리지 않는다. 리반은 사실 편한 마음으로 박영찬을 만나는 처지가 아니다. 이 일은 결국 박영찬 사장의 극히 개인적인 일을 리반이 염탐한 결과라 할 수 있다. 그렇긴 해도 불가사의하게 의식이 전이된 상황에서 둘은 서로가 뒤바뀐 상황을 겪었다. 두 사람은 짧게 눈인사를 나누었을 뿐, 이동 중에도 서로 간에 말이 없이 상태를 탐색했다. 둘은 차창 밖 강물을 묘연히 바라보고 있다. 리반이 박영찬의 의식에 침투한 그 시각에 그는 어디서 어떤 모습으로 있었을까? 먼저 입을 연 것은 박영찬이다.

"JJKING 파일이요? 놀랍습니다. 어떻게 그 파일을 입수하셨는지요? 그리고, 내용파악이 되셨나 보지요?"

박영찬은 상대를 흘깃 보더니 낮은 톤으로 넌지시 묻는다. 그는 낯설지 않았다. 리반이 그의 의식을 경험해서인지는 알 수 없다. 선입관처럼 예전의 매스컴에서 보았던 그의 서슬 파랗던 눈매는 아니다. 다만 놀라운 사실은 그가 중동에서 벌어졌던 일을 리반과 이미 공유하고 있다는 것이다. 리반은 어떻게 말을 받을까 하다가 같이 낮은 톤으로 대꾸한다.

"파일 내용에 대해서 말씀인데요, 박 사장님이 아시는 만큼을 저도 압니다. 박 사장님은 본인 의식의 문을 열어 나를 받아들인 분이십니다. 저는 짧은 시간이었지만 박 사장님으로 행동했던 사람입니다. 혹 이 말씀 이해가 안 될지는 모르지만."

그에게서 답변이 쉬 나오지 않는다. 어떻게 받아들이든 대화를 풀어나갈수록 그는 믿지 않을 수 없을 것이다. 이윽고 그가 리반을 마주 보려다 말고 입을 연다.

"예, 무슨 말씀인지 어렵군요! 피차 바쁜 사람들이니 그런 식으로 말을 돌리지 맙시다. 교수님도 해킹하나요? 내 파일을 해킹하셨다면 내용이 무엇이었소?"

리반이 고개를 돌려 박영찬의 옆모습을 일별한다. 비행기 속 화장실에서 자기의 얼굴이었던 사람이다. 이 사람이 받아들일지는 알 수 없다. 그의 의식 속으로 침투했던 사실을 확인하고 싶지만, 리반은 그 파일의 내용을 인지하고 있다는 것을 알려야 했다. 그건 압박이 될 것이다. 정의감일까? 해킹했었냐고 묻는다. 말을 돌린다는 것도 듣기 불편하다. 리반은 마침내 박 사장으로 둔갑하여 중동에서 겪었던 일들을 소상하게 털어놓는다. 의식이 전이된 현상을 받아들여야 한다면서. 박영찬은 처음 뚱딴지같은 소리라며 시큰둥한 반응이었으나 차츰 동공이 커지면서 가만히 앉아 듣질 못하더니 중간에 운전석 문을 열고 차에서 내려버린다. 그는 차로 돌아올 것이다. 그가 어떤 모습으로 돌아설지가 궁금하다. 리반은 그의 내적인 것을 알고 있다. 그의 정체성, 핏줄에 대한 부분까지도.

5분이나 지났을까, 박은 태연하게 운전석에 들어앉으면서 슬쩍 웃는다. 어쩜 저렇게 표정 변화가 쉬울까. 리반은 순간적으로 소름이 돋는다. 그가 말한다.

"이보시오, 리반 교수님. 교수님 맞으세요? 지금 21세기입니다. 우리, 말을 좀 쉽게 합시다. 그 시나리오는 그럴 듯합니다 만. 선생이 내가 되었다는 거, 그렇게 말한 거 맞아요? 그럼 나는 그동안 어디서 무얼 했고요? 한 몸에 두 사람이 들 수도 있나요?"

의식이 전이된 상황이었다고 말했음에도 박영찬은 리반을 향해 교수니 선생이니 오락가락하면서 내심 안절부절못하는 것 같다. 이해가 되지만 리반은 대답 대신 파일의 내용을 말함으로써 박영찬의 입을 막았고, 기어이 카운터펀치를 날린다.

"이 파일 내용은 곧 공개할 겁니다. 공개는 내가, 막대한 후폭풍은 박 사장에게 돌아가겠지요."

긴 침묵이 흐른다. 박이 예상을 한 말이었는지 궁금하다. 그가 이윽고 입을 뗀다.

"교수님이 바라는 건 무엇입니까?"

리반은 박 사장과 눈을 맞춘다. 이야기가 이상한 방향으로 흘러선 안 된다. 리반은 힘주어 말을 꺼낸다.

"이 파일을 공개하는 것은 내게 주어진 숙명 같은 겁니다. 그리고 이 사실을 당사자인 박 사장께 먼저 알리는 것이 인간적인 도리라 판단했습니다. 이 건은 흥정의 대상이 아닙니다."

박영찬의 옆 이마에 땀방울이 구른다. 그는 리반을 뚫어지게 보다가 천천히 고개를 끄덕인다.

"리반 교수님. 교수님 행동의 당위성과 정의로움을 제가 알겠습니다. 저로서도 교수님께 힘을 보태고 싶습니다. 전, 그러니까 이전의 박영찬이 아니니까요. 그러나 생각해 보십시오. 신중해야 합니다. 문민정부 이후 현실 정치가 많이 달라졌습니다. 물론 기득권층의 의식이 쉬 바뀌지는 않을 것입니다만 한일관계에 훈풍이 불면 과거사 청산도 쉬워질 수 있지 않겠습니까?"

"제 생각은 다릅니다만."

리반이 말을 가로챘으나 박 사장은 개의치 않고 들어보라며 말을 이어간다.

"리 교수님. 태풍은 한 해에도 십여 개가 지나갑니다. 잔 속의 태풍으로 끝나 그저 자란자란하게 물갈이가 된다면 좋지 않겠습니까? 자칫하면 잔이 깨질 수도 있다는 말씀입니다. 만약 잔이 깨지면……."

그는 말을 맺지 못한다. 박영찬이 할 수 있는 최선의 말이 나온 것 같다. 리반이 나선다.

"좀 다른 이야기이긴 해도, 최근 박두삼 선생의 안위가 걱정되는 상황이 반복되고 있습니다. 이미 아시겠지만, 그분은 제 장인입니다. 장인을 위해 하려는 세력을 인지하고 있는 기관이 모르쇠로 일관하는 일은 없어야 합니다. 박 사장님께서는 이미 퇴직하신 분이나 중동에서 가즈린코가 전한 메시지를 간과해서는 아니 되겠지요. 시대는 박 사장님의 역할을 기다리고 있습니다. 박영찬 사장님, 제 말씀 아시겠지요?"

박영찬은 조용히 듣고 있다가 가즈린코를 들먹일 때 눈꺼풀이 경련을 일으킨다. 새삼스럽게 이 사람이 지금도 자신과 의식을 공유하고 있다는 생각을 한다. 그리고 리 교수의 말이 곧 자신의 말이라는 동질감을 느낀다.

"박 사장님, 시대는 새로운 잔을 요구하고 있습니다."

리반의 마지막 압박이다. 잔이 깨진다면? 잔이 깨지면 혁명으로 이어질까? 잔을 깨야 할까 안고 가야 할까. 시대는 새로운 잔을 요구하는데 말이다. 이 일은 조속히 조연재 의원을 만나 결정을 할 것이다. 더 미룰 사안이 아니다. 둘은 결국 당분간은 이 사안에 대한 판단을 유보하기로 한다.

"가즈린코, 그분은 어떤 분이셨습니까? 나이가 좀 드셨던가요?"

그렇다. 박 사장은 봉투 속 내용만 알고 가즈린코를 모를 것이다. 리반은 그가 70대의 건장한 전직 러시아 각료였다며 가문의 명예를 지켜달라는 전언이 있었다고 덧붙인다.

"봉투 속 내용은 수십 년간 밀봉됐다고 했습니다. 그는 오래전 이 봉투를 한국의 박영찬에게 직접 전하라는 아버지의 부탁을 받았답니다. 반드시 직접 전달하라 당부하셨고, 그럴 기회가 없이 나이만 들어갔다며, 박 사장 선친 성함이 박장현 씨라고 일러주었습니다. 봉투 속 편지 내용은 읽어 보셨는지요?"

박영찬은 잠자코 듣고만 있다. 그에게는 50여 년 살아온 운명을 거스르라는 메시지나 다름없을 것이다. 리반은 그의 의식에 들어가 가졌던 정체성의 혼란을 떠올린다. 리반은 깊은 사색에 든 박 사장의 어깨를 두어 번 다독여주며 한 마디를 보탠다.

"박 사장님, 쉽지는 않겠지만 부디 바른 선택을 하십시오. 바른 선택은 시간의 편에서 당신을 지켜줄 것입니다.”

박영찬은 리반의 눈을 바로 바라본다. 그도 시간의 편에서 자기랑 함께할 것이라는 믿음이 생긴다. 그는 결행의 시기가 결정되면 꼭 알려달라는 당부를 남기며 차에 시동을 건다.

운명의 주문

새로운 실마리

채영은 며칠째 소식이 없다. 아내는 다른 여자를 채영으로 알고 만난 것이라며 채영의 존재를 부인했다. 아내의 그 말이 자꾸 떠오른다. 아내는 그런 말을 허투루 할 사람이 아니다. 요즘 아내는 아버지 박두삼 선생에 대한 비판적인 언론의 논조에 신경을 곤두세우고 있다. 이러다간 아버지가 언론의 뭇매질를 당할 수도 있겠구나 염려하고 있었다. 컨디션도 별로 좋지 않아 보인다. 빈말이라도 교회에 같이 가겠느냐고 물어오던 그녀였다. 오늘 아침은 간다는 말도 없이 교회에 가버렸다.

리반은 채영의 딸 최슬아와 약속을 잡았다. 그녀는 아파트에서 기다리겠다고 했다. 최슬아의 존재가 리반 자신의 혼란을 정리해 줄 가닥이 되는지 기대해 본다.

그녀는 제법 어른스러워 보이는 차림으로 아파트 출입문을 나온다. 전처럼 채영을 떠올리지는 않는다. 채영과 함께 갔던 서해안 쪽으로 방향을 잡

는다. 최슬아는 리반을 어려워하지 않고 차에 올랐다. 채영과 헤어졌던 해
안 마을에 도착한다. 아내가 어디선가 지켜보고 있을지 모른다는 생각을
했으나 곧 털어 버린다. 아내는 지금 교회에 있을 사람이다.

작은 해변 마을은 가을걷이가 끝나 여기저기에 배춧잎 쓰레기들이 널렸
고, 집집마다 앙상한 감나무 가지에는 서너 개의 빨간 감이 까치 손님을
부르고 있다. 둘은 썰물 진 갯벌이 보이는 키 작은 소나무 밑동에 걸터앉
는다.

"슬아 양. 내가 하는 말 잘 들어보아요. 혹 믿어지지 않아도 내가 지어내
서 하는 말은 절대 아니니까. 알았지요?"

"예 선생님. 말씀하세요."

엄마가 사랑했던 남자에 대한 호기심에서일까, 슬아는 친근감을 보이고
있다. 교회에 다니는지를 먼저 묻는다. 슬아는 크리스마스 때 딱 한 번 교
회에 갔을 뿐, 종교에는 관심이 없다고 대답한다. 교회에 다닌다면 이야기
풀어가기가 더 쉬웠을 것이다.

"세상에는 보이지 않는 세계가 있지요? 정신적인 것도 그렇고."

"예"

"슬아는 유령이 있다고 생각해요?"

귀신이라고 하려다 유령이라 했다. 채영을 두고 귀신이라고 말하기는 싫
다. 슬아가 묵묵히 대답이 없자 리반이 스스로 답한다.

"유령은 있는 것 같아. 성경에도 귀신 이야기가 나오지?"

"선생님은 교회를 다니시나 봐요."

"다니다 말았어."

"귀신은 미신하고 어떻게 달라요?"

슬아가 질문하는 형식으로 대화 흐름이 바뀐다.

"우리 조상님들은 생명의 본질이 어둠과 밝음에서 비롯된다고 보았어. 그것을 음과 양이라고 하지."

"음양이요?"

"그래요! 음은 귀(鬼)가 되고, 양은 신(神)이 되는 거야. 그래서 귀신의 본래 뜻은 음과 양이 함께하는 인간의 존재라는 것이거든. 율곡 선생님도 사람을 으뜸 된 귀신의 의미에서 최령자(最靈者)라고 했어. 서양 사람들이 말하는 영장(靈長), 만물의 영장이라는 뜻이지. 이게 본래의 뜻인데 사람들은 사악한 영을 그냥 귀신(鬼神)이라 잘못 부르고 있어요. 게다가 오늘날에는 귀신이라는 말이 나쁜 의미로만 사용되고 있거든."

"아! 예. 그럼 미신은요?"

슬아는 두 눈이 똘망똘망해진다.

"미신은 잘못 부르게 된 귀신을 믿는 게 아닐까?"

"그럼, 선생님은 미신을 인정하시네요?"

"글쎄, 아무튼 미신은 우리의 무속 신앙에서 생겨난, 귀신을 믿는 행위라 할 수 있지."

"우리 엄마는 그럼 귀신이 아니고 유령일까요?"

슬아는 모래를 한 움큼 쥐어 발아래에 골고루 뿌리며 묻는다. 채영에게는 귀신이나 유령이라는 말이 적절하지 않다. 채영의 영혼이 아직 안식에 들지 못하고 있다면 그녀도 언젠가는 안식처를 찾아 쉴 것이다. 어쩌면 그 같은 영혼이 공평하지 않은 이승에 수없이 많은 것은 아닐까. 또, 한이 많은 영가가 곳곳에서 그들의 한풀이를 하고 있는 것이 아닐까? 그 결과 세상사의 일정 부분이 그들의 몫으로 채워지고 있는 것은 아닌지. 인간 사회는 어차피 눈에 보이는 것만으로 돌아가지는 않는다.

귀신이나 유령이 존재한다면, 그들의 세계에서 볼 때 인간이란 설익은 귀신 정도로 보이는 게 아닐까. 이따금 우리를 도와주려고 이승과 저승 사이를 넘나들기도 하고. 우리가 유령을 귀신이라고 부르는 단어의 선입견에 문제가 있는 것 같다. 슬아는 그의 대답을 진지하게 기다리고 있다. 엄마가, 채영이 유령이냐고.

"글쎄, 엄마가 종교를 가지셨던가?"

"전 잘 몰라요. 그런 얘기는 못 들었어요."

"세상일이란 참 묘해. 내가 이 나이에도 이해할 수 없는 신비로운 일이 훨씬 많으니!"

"과학이 대부분을 밝혀내고 있지 않나요?"

"맞아! 하지만 더 고차원의 다른 세계가 사람들에게 많은 영향을 주고 있는 것 같아. 4차원의 세계 같은 거 말이지. 과학에서는 더 높은 차원이 있다지만. 인간의 의식이란 불가사의해. 사람이 만물의 영장이라고는 해도 뇌세포의 10% 정도만 사용한다는 설도 있으니까. 인간이 아직은 미개한 존재랄 수밖에 없는 이유이지. 만약 인간이 뇌세포 전체를 쓸 수 있다면 어떤 일이 일어날까 생각해 봐. 그런 존재가 바로 신이 아닐까? 뇌세포 사용률 10%대의 인간이 사용률 100%대의 신격(神格)을 넘겨다보고, 때로는 재단(裁斷)하려 드는 것은 너무 어리석은 일이라고 생각해. 불가사의를 신의 영역에 두는 이유가 그것일 거야!"

슬아는 리반의 말을 곰곰이 듣고 있다. 둘은 한동안 말없이 바다를 바라본다. 리반이 커피 마시겠느냐고 묻자 슬아는 얼른 자판기가 있는 구멍가게로 향하더니 양손에 커피가 든 종이컵을 들고 예쁜 미소로 돌아온다. 바닷바람에 머리가 날리는 모습이 제법 멋지다. 저런 예쁜 처녀가 하마터면 사고 현장에 영원히 묻힐 뻔했다. 슬아는 옆에 앉았고, 리반은 컵을 받아 쥔다.

"최근 몇 달 동안 내게는 참 이상한 일들이 있었거든. 이건 슬아 하고도 관계가 있는 일이라서 말이야."

리반은 수평선을 보면서 사고의 기억을 떠올린다. 슬아가 빌딩이 매몰된 곳에 갇혔을 때 했던 말들을 지금 다 기억해 낼 수 있을까. 그 일은 생생하나 되살리고 싶지는 않을 것이다.

"저랑 관계가 있는 일이라뇨?"

"최 양은 매몰된 속에서 벽을 사이에 두고 어떤 아저씨랑 얘길 나눴지?"

"조태호 선생님요?"

"그래. 난 누구한테 그 얘기를 들은 적이 없어. 그렇지만 두 사람이 그때 나눈 이야기를 난, 다 알아."

슬아는 표정이 바뀌어 리반을 빤히 바라보고 있다. 중요한 순간이다. 슬아가 리반의 말을 이해해야만 신비에 싸인 퍼즐이 제자리를 잡을 것이다.

"사실은 나도 궁금해! 내가 바로 그 조태호 씨였거든!"

"…?"

"조태호 씨가 아니라 내가 그곳에 있었던 거야. 그 아저씨는 토레스 매몰 현장에 갇힌 사람의 껍데기였고, 내가 그 사람의 의식으로 들어갔어. 이를테면 조태호 씨의 껍데기에 내가 들어앉았다고. 만화 같은 말이라고 생각해도 할 수 없어. 그래야 말이 되거든!"

슬아는 실망하는 기색이다. 안 믿을 수도 없는 사람한테서 믿을 수 없는 말이 나오니 당황할 수밖에 없을 것이다.

"나는 최슬아를 알아보는데, 조태호 씨는 최슬아를 알아보지 못하지? 바로 그거야. 말하자면 내가 조태호로 둔갑하여 그곳에 있었던 거라고."

슬아의 눈빛이 흐려진다. 시선을 땅으로 두고 입을 연다.

"네? 말씀을 알겠는데, 못 알아듣겠어요. 선생님, 전 이해할 수 없어요. 통."

슬아는 잠시 머뭇대다가 생각난 듯 묻는다.

"그게요. 정말 사실이라면……, 왜 절 구하려고 하셨죠?"

"상식적으로 말이 안 되는 건 나도 인정해. 요점은 이거야. 잘 들어요. 슬아가 토레스에 매몰되었을 때, 나는 그 건물 옆에서 때마침 교통사고를 당했어. 나는 그날 슬아 어머니의 전화를 받았고, 그분을 만나러 그곳에 갔었어. 슬아 어머니는 약속장소에서 운전석에 앉아 내게 미소를 보내고 있었어. 얼마나 반가웠는지! 나는 슬아 어머니인 윤채영 씨를 똑똑히 보았어."

슬아는 무슨 말인지를 하려다 입을 다물고 있다.

"좀 더 들어 봐. 갑자기 엄마의 차가 나를 들이박았어. 난 그 자리에서 정신을 잃었고. 내가 눈을 뜬 곳은 토레스 몰이 매몰된 건물더미 아래였어."

"예?"

"잘 들어요. 엄마는 슬아가 토레스 몰에 매몰될 것을 미리 알고 있었던 거야. 슬아 엄마는 나를 그 빌딩으로 오도록 했고, 토레스 몰 밖에 있는 나의 의식을 잃게 한 다음, 무너진 토레스 몰에 매몰되어 있는 조태호의 의식으로 들어가게 했어. 나를 조종해서 내가 최슬아를 구하도록 한 것이지. 이 말은 말이야, 슬아 엄마가 내게 직접 해주었어."

슬아는 퍼즐 맞추기에 정신이 없는 듯하다. 현실과 비현실, 정상과 비정상 사이에서 갈피를 잡지 못할 것이다. 이윽고 슬아가 되묻는다.

"아니, 정말이세요? 우리 엄마가……. 선생님, 우리 엄마는 돌아가신 지가 20년도 더 지났다니까요! 선생님 이상하세요. 돌아가신 분을 어떻게 만나셨다는 말씀이세요?"

"잘 생각해 봐. 이건 중요한 질문인데, 최 양이 살아오면서 어머니가 혹 살아계신 건 아닌가 하고 의심한 적은 없었는지."

슬아는 멍하니 리반을 올려다보더니 고개를 살래살래 흔든다. 슬아는 말 없이 일어선다.

"선생님이 아무래도 이상하세요. 저 가겠어요."

"안 돼요. 더 들어 봐."

"어쩜, 선생님은 마치 우리 엄마가 살아 있는 것처럼 말씀하고 계시잖아요. 죽은 엄마를 만나셨다니! 어떻게 그럴 수 있지요? 꿈꾸신 거 아니세요? 전 이해할 수가 없어요. 그런 말씀을 하는 선생님이 점점 무서워져요."

일어서는 슬아를 끌어 앉히며 리반은 차분히 말한다.

"그러니까 처음부터 내가 당부했잖아! 슬아 집에 갔을 때만 해도 난 좀더 상황파악을 해 보려고 이 얘기는 꺼내지 않았던 거야. 그리고 한 가지 더 있어."

슬아는 의혹에 차서 리반을 바라보며 손으로 입을 가려버린다.

"요사이 이스턴 그룹 고영진 회장이 뉴스에 계속 나오지?"

슬아의 표정이 확 변한다.

"그 사람 이야기는 듣기 싫어요. 그 사람들, 원수래요. 외가에서 들은 얘기로는 그 사람이 우리 외갓집 재산 빼돌려서 일본으로 도망갔다가 일본 사람들 꾀어 성공한 거래요. 외가에서는 그 사람이라면 이를 갈아요."

슬아의 표정이 돌연 굳어버린다. 그 사람, 끝장난 거나 다름없다. 재산이고 뭐고 사회적으로도 매장될 것이다. 리반 자신은 슬아의 편임을 분명히 해 둔다.

"이제야 모든 걸 알겠어. 슬아 어머니의 영이 무엇을 하고 있는지를! 어머니는 나를 통해 생전의 한풀이를 하고 있는 거야! 어쩌면 슬아의 말대로 내가 헛것을 본 건지 모르지만, 슬아 어머니의 영이 나를 움직이고 있었던 거야! 어머니가 돌아가신 분이 확실하다면!"

자욱한 안개 너머로 햇살이 든다. 채영을 앞으로는 영영 못 볼지도 모른다는 예감에 가슴 한쪽이 서늘해지고 있다.

"엄마가 한풀이를 한다고요? 선생님, 무서워요! 그런 말씀 하시는 선생님이 더 무서워요."

슬아는 자리에서 일어나 엉덩이에서 흙을 턴다. 리반은 그녀를 도로 앉힌다.

"괜찮아. 나 멀쩡한 사람이니까. 자, 지금부터 어머니 이야기를 좀 해줘. 어머니는 어떻게 돌아가셨지? 어머니의 죽음에는 분명히 어떤 미스터리가 숨겨져 있어. 그 이야기를 꼭 들어야 하겠어."

"전 어머니 얘기 꺼내지 않기로 했어요. 이모님이 자세한 얘기를 해 주시지 않아 잘 알지도 못하고요."

"어머니에 대해서 알아야 할 게 있어. 내겐 중요한 일이니까 아는 데까지 좀 들려줘."

슬아는 그의 눈을 찬찬히 쳐다보다가 마지못한 듯 입을 뗀다.

"재작년에 시골에 가서 외할머니를 만났어요. 할머니는 가슴에 품지 말고 살아라 하셨지만 전 얼마나 슬펐는지 몰라요. 우리 엄마는… 불쌍하게 돌아가셨대요."

슬아는 금방 눈물을 글썽한다. 리반은 조심스러워진다.

"어떻게……. 아빠가 속을 많이 썩이셨나?"

"전 아빠가 없어요, 선생님. 엄마가 시집가서 보니 이미 저를 임신 중이었대요."

뜻밖이다. 모처럼 잡았던 실마리를 놓치는 것 같다. 슬아의 말에 함축한 내용은 새로운 단초다. 리반은 초조해진다.

"엄마는 저를 낳고 일주일 만에 돌아가셨대요."

"……!"

"자살하셨대요."

그래서 아빠가 누군지도 모른다는 슬아의 눈에서 기어이 눈물방울이 떨어진다. 이제까지 병사(病死)로 알고 있었다. 채영이 자살했다니! 충격적이다. 의구심은 더욱 커진다. 병사로만 알고 지내온 세월이 안타깝다. 슬아는 어머니가 시댁에서 구박을 많이 당하셨을 거라고, 이혼해 버리면 될 텐데 왜 자살을 택했는지 이해가 안 된다며 말끝을 흐린다.

"할머니는 어디 계시나?"

"시골에요."

할머니는 시골로 내려가셨고, 할아버지는 엄마가 자살했다는 소식을 듣고 쓰러져 돌아가셨다고 한다. 자신은 왜 그녀를 거두어들이지 못했을까. 채영이 잉태했다는 최슬아가 혹시…. 채영의 성품으로 보아 당연히 그럴 수 있다. 시기적으로도 맞다. 채영이 슬아를 구하려 자기를 선택한 이유가 그것이었을까? 그녀는 결국 죽어서까지 리반을 찾아왔다. 그는 말을 꺼내지는 못하고 슬아의 옆얼굴에서 자신의 흔적을 찾아본다. 경포대에서 온몸으로 사랑을 나누었던 채영이다. 슬아에게 느껴지는 이상한 연민, 이것이 핏줄 간에 통한다는 느낌일까? 슬아가 자신의 딸이라면, 어쩌면 채영은 딸 슬아를 그에게 돌려보내고 싶었을 것이다. 리반의 가슴은 점점 더 뜨거워진다. 그러나 침착하게 입을 연다.

"그랬군! 어머니는 참 안됐어. 최 양, 언제 할머니를 한번 만나 뵈었으면

하는데."

"지금 연세가 많으셔서 못 올라오세요."

"우리가 내려가서 뵈면 되잖아? 할머니 계신 시골 마을은 마침 내 고향이기도 하거든."

"어머, 그러세요? 언제요?"

"빠를수록 좋겠어. 나도 앞으로는 많이 바빠질 테니."

"그렇게 할게요. 저도 할머니 보고 싶어요. 그리고 선생님, 부탁인데요. 무서운 말씀은 하지 마세요. 전 선생님 좋은데……, 이젠 자꾸 이상해 보이거든요."

"알았다. 미안해!"

그는 슬아의 작은 손을 꼭 쥔다. 그녀는 수줍게 웃는다. 수줍은 웃음을 보면서 리반은 피붙이일지도 모른다는 묘한 감정에 사로잡힌다. 리반은 슬아의 어깨를 감싼다.

"앞으로 슬아에게 무슨 일이 생기면 곧 내게로 연락해요. 슬아에게 아버지가 있으면 좋지 않겠어? 슬아는 어떨지 모르겠지만 나를 아버지처럼 생각해 줘. 나도 힘껏 슬아를 도울 테니."

"안 그러셔도 돼요. 말씀은 고마워요."

그 대답이 고맙다. 설혹 슬아가 자신의 핏줄이 아니더라도 채영의 딸이 아닌가.

리반은 십여 년 만에 고향 마을을 찾는다. 그 짧은 세월 동안 마을이 통째로 사라졌다. 물막이 공사를 해서 커다란 저수지를 만들었고, 넓혀진 계곡을 가득 채운 물은 읍민들의 식수로 쓰이고 있다. 작은 당 마을이 저수지 속으로 가라앉은 것이다. 철마다 과실이 주렁주렁 열렸던 유실수들도, 마을 앞 시내에 얹혀 있던 조그만 다리도 가라앉았다. 비포장으로 불퉁거리던 신작로는 하얗게 포장이 되어 저수지 관리소까지 이어졌고, 저수지 옆에 있는 가옥 세 채만이 마을의 옛 그림자로 남아 있다. 지금도 마을 뒷산에서는 굵어진 둔치의 나무들과 늙어가는 활엽수의 수런대는 소리가 들린다. 채영과 함께했던 추억이 고스란히 나무숲에 남아 속살거린다.

채영의 어머니는 저수지와 가까운 움막집에서 밭농사를 지으며 애옥하게 살고 있다. 세월은 그녀의 단아하고 꼿꼿한 얼굴에 주름 길을 내어놓았다. 슬아와 팔순이 다 된 할머니는 조그만 팔각정에 자리를 깔고 앉아 저수지를 향해 서 있는 리반의 뒷모습을 망연히 바라본다. 저수지를 가득 채운 맑은 물이 남은 햇살에 일렁인다. 침잠된 마을의 수많은 사연을 떠올리며 물비늘은 한없이 수면을 미끄러져 간다.

"불쌍한 것."

그녀는 채영의 이름이 나오자 긴 한숨부터 토해낸다.

"아이를 뱃속에 품고 시집도 안 간 것이 시집살이를 했으니 그 마음이 오죽했을까나. 이 늙은이 가슴에 못 백힌 말을 어찌 끄집어내라고. 두 번 다시 입에 대고 싶지 않은 일이지. 아무 쓰잘 데 없는 얘기를. 지 팔자가 고만큼이었으려니 하고 잊어야 재."

"할머니. 교수님이 여기까지 찾아온 이유는요."

"일 없네. 나 말하기도 힘들고, 경희한테나 가서 물어보든지 하라고 햐."

"이모님이요?"

"갸만큼 네 엄마 일을 소상하게 알 사람이 없을 거여."

"이모는 왜 이제껏 엄마 이야기를 안 해 주었을까요?"

"네 나이가 더 차기를 기다린 게야. 너도 다 컸으니. 네 엄마가 널 낳았던 때가 지금 네 나이쯤 되었을 게다."

경희는 슬아를 여태 건사해 준 여인이다. 어려서는 경희를 엄마로 알고 자랐다. 나중에야 엄마의 사연을 듣고 무척 놀랐다. 엄마가 언니라 했으니 슬아는 경희를 이모라는 호칭으로 고쳐 불러야 했다. 쉽지 않은 일이었다. 엄마가 엄마가 아니라는 사실, 엄마가 이모로 바뀌는 것은 세상이 바뀌는 일이었다. 그 뒤로 슬아는 스스로 엄마와의 간격을 만들었다. 그 간격에는 키워준 어미에 대한 사랑과 존경과 아쉬움이 들어앉았다. 슬아는 대학 진학을 포기하였다. 그게 이모로 바뀐 엄마의 부담을 조금이라도 덜어드리는 것이라 생각했다. 그리고 보이지 않는 엄마에 대해 생각하기 시작하였다. 노인은 리반을 알아보는 듯했으나 내색을 하지 않는 눈치다. 대신 리반을 차갑게 대한다. 리반도 자기가 아무개라는 말을 굳이 끄집어내지 않았다.

몰락의 서막

정란은 집안일이 끝나면 곧장 성경책이 든 가방을 챙겨 교회로 달려간다. 늦게 받아들인 신앙이지만 그곳에 진정한 구원이 있다고 믿었다. 신심으로 살아가는 생활에 삶의 기쁨이 있었다. 12월 남편의 전시회가 끝나면 일요일만큼은 남편을 교회로 인도할 참이다. 더군다나 최근에는 죽은 채영에 대한 잡념이 끊이지 않았다.

오늘은 친정아버지 사무실에 다녀왔다. 한 달에 한 번은 한겨레 연구소에 들러 안부를 여쭙곤 했는데, 실상사에 다녀오신 뒤에는 고정간첩과의 연루설로 사무실에서 검찰 출두에 대비하고 계신다. 심기가 불편하실 테지만 아버지는 언제나 그러하듯 의연하게 대처하고 계셨다. 이틀 전에는 박영찬이라는 전직 기관원이 다녀간 모양이었다. 다행인 것은 그가 매우 호의적인 대화를 나누고 갔다는 것이다.

정란이 아파트 현관에 들어서려는데 경비가 작은 미닫이창을 열며 소포를 건네준다. 책 같기도 한데 책이라면 너무 얇다. 발신지가 경기도 안산시까지만 나와 있고 발신인도 알 수 없는 이름이다. 수신자는 박정란으로 되어 있다.

"김희?"

정란은 식탁에 앉아 누런 봉투의 앞뒤를 훑어보며 테이프를 뜯는다. 누런 봉투가 입을 벌리자 반으로 접힌 종이 묶음이 나타난다. 내용물을 끄집어 든 정란의 동공이 확장한다. A4 용지에 복사된 내용의 첫머리가 정란의 이마를 때린 것이다.

[우리 딸 나이 스물셋이 되기 전에는 보이지 마세요. -채영]

"이거는……. 도대체 말도 안 돼!"

정란은 종이를 도로 접고 눈을 지그시 감았다가 자리에서 일어난다. 종 잇장처럼 바들거리는 걸음으로 주방에 가서 물 한 컵을 따라 마신다. 깊게 숨을 들이켜고 나서 테이블에 앉아 종이를 펼친다. 깨알 같은 글자가 빼곡 한데, 긴장 때문인지 손이 떨려 글자를 제대로 읽을 수가 없다. 글의 내용 도 서로 얽혀들어 도무지 내용이 들어오지 않는다. 원본을 그대로 복사해 썼는지 볼펜 똥이 군데군데 묻어 있다. 그녀가 살아 있든 죽었든 간에 채 영의 글이 틀림없다. 정란은 마음이 조급해진다. 안 그래도 요즈음 남편까 지 정상이 아닌 듯 보였는데 이젠 이런 소포까지 집으로 날아들었다. 정란 은 눈 심지를 세우고 글자 하나하나를 뚫어지게 노려본다. 잊었던 옛일들 이 스멀스멀 얼음장 같은 심장에 실금을 내기 시작한다.

*

그날, 먼 친척이 왔다. 도시 사람답게 번지르르 윤나는 머릿결과 검은 양 복 차림에, 번쩍이는 검은색 자가용을 몰고 마을에 들이닥쳤는데, 동네 아 이들은 차 주변에서 떠날 줄을 몰랐다. 양복쟁이는 내 머리를 쓰다듬으며 눈동자가 까맣게 여문 것이 똑똑하게 생겼다고 했다. 그가 풀어놓은 선물 보따리에는 온갖 사탕과 색색의 과자가 들어 있었다. 남자는 안방에서 아버지와 오랫동안 얘기를 나눈 뒤 하루를 묵고 자욱한 휘발유 연기를 남기며 동네를 떠났다.

친척이 다녀간 뒤로 아버지는 어머니와 크게 다퉜다. 어머니는 다툼 끝에 아버지의 결정에 따르겠다고 했지만 휘진 모습이 역력했고, 그 뒤로는 문중 사람들이 때 없이 드나들었다. 나중에 알았지만, 아버지는 많은 재산을 처분하셨고 그중 일부를 문중에 기부하셨다. 우리 가족은 서운한 마음을 남긴 채 마을을 떠났는데, 그 길은 우리 집안이 몰락으로 가는 갈래 길이었다.

K 시에서 아버지는 사장님이 되셨다. 우리를 도시에 데려온 친척 아저씨는 고 전무라고 불렸다. 고 전무와 아버지는 운동화를 만들어 외국에 수출하는 일을 했다. 아버지는 이름만 사장일 뿐, 일은 고영진 전무가 다 알아서 했다.

그는 아버지보다 두 살 아래였다. 회사는 번창하여 공장을 두 개 늘렸으며, 수출뿐 아니라 내수 시장까지 운동화를 내놓게 되었다. 아버지는 그즈음 K 시의 유지로 떠오르고 있었지만 나는 오히려 외톨이가 되어갔다. 우리보다 먼저 이 도시에서 자리를 잡은 고모네는 형편이 어려운 처지라 많이 도와드렸다. 형편이 나아진 고모네는 거처를 서울로 옮겼고, 나의 유일한 말벗이었던 고모의 딸 경희 언니마저 서울로 전학을 가버려 나는 더욱 외로운 아이가 되었다.

세상일이 잘 될 수만은 없나 보다. 경쟁사들이 우후죽순으로 생겨 내수 시장은 제 살 깎는 출혈 경쟁이 뒤따랐고, 중국 시장이 열리면서 수출 단가가 곤두박질쳤다. 그러던 중, 내가 고등학교 일 학년이던 겨울에 그 일이 터지고 말았다.

　고 전무와 아버지가 응접실에서 한동안 말싸움을 했다. 쿵쿵 발걸음 소리가 나더니 고 전무는 휑하니 자리를 떴다. 다음날 회사는 부도를 냈다. 고 전무는 아버지와 마지막 독대를 한 뒤, 그 길로 일본으로 건너가 버렸다고 한다. 아버지에게 그 일은 치명적이었다. 아버지는 동분서주하면서 회사 구할 방도를 찾았으나 업종 자체가 이미 하향길에 접어든 상황이라 누구도 도우려 들지 않았다. 진눈깨비가 내리던 날이었다. 개가 요란하게 짖는 소리와 함께 밖이 소란스럽더니 한 무리의 젊은 청년들이 구두도 벗지 않은 채 응접실에 들이닥쳤다.

　"윤 사장이 어떤 놈이고? 당장 돈 내놓거레이."

　아버지는 황급히 비서를 부르려고 전화기를 집어 들었으나 그들 중 어깨가 떡 벌어진 청년이 전화기를 낚아챘다.

　"어디에서들 왔소? 왜들 이래요?"

　"잔소리 집어 삼키뿔고 돈이나 내놔. 3억이 누구 껌 값이냐고?"

　나이가 오십은 넘을 성싶은 감색 가죽 잠바 차림의 사내가 이들을 지휘했다.

　"아니, 3억이라니요?"

　"이 보래이. 우리 행님 모르것나? 삼포동 장광팔 행이야. 당신 전무가 우리 행님 돈 빌려 갔잖아! 은행 금리만 해도 몇천은 붙었을 기라, 알것나 모르것나?"

"3억은 터무니없소!"

"안 되겠다, 야-. 이 느물렁한 영감 끌어내뿌자!"

불한당 같던 그들은 다짜고짜로 아버지를 끌고 나갔다. 이튿날 아버지는 온몸에 피멍이 들어 대문 밖에 엎어져 있었다.

"내 잘못, 모두 내 탓! 당신 말 따르지 않은 내 탓이야!"

아버지의 꽉 다문 입에서 나온 한마디였다. 아버지의 볼에는 핏물 같은 물줄기가 패였다. 그 뒤로 집을 처분하여 단칸 전세방에 겨우 눌러앉았고, 돈 몇 푼이 그렇게 귀할 수 없었다. 나는 서울 고모네 집에 보내졌다.

운명의 주문

서울에서 삼라 여고 3학년이 되던 해였다. 아버지가 경제사범으로 기소되어서 실형을 면하려면 1억 가까운 큰돈이 필요한 상황이 되었다. 어머니는 동분서주하다가 결국 생병을 앓아 누었다. 그 참에 장광팔 부인이라는 사람이 서울에 올라와 고모와 얘기를 나누었다. 부인은 한 시간가량 머물다가 내려갔고, 고모는 안방으로 나를 불러들였다.

"채영아, 말을 어떻게 끄집어내야 할지 모르겠다마는."

"말씀하세요."

"방금 다녀간 그 사람, 너도 알재?"

안면이 좀 있었다. 고모는 아버지보다 네 살 위로 일찍부터 도시에서 살았다. 시골에서 꼿꼿하게 집안을 지키고 있는 남동생이 항상 고맙고 든든했는데, 아버지가 고향을 떠나 K 시에서 사업을 벌인다고 하자 처음에는 걱정을 많이 했다. 명동에서 조그만 오파 상을 경영하는 고모부는 틈만 나면 아버지께 받았던 도움을 들먹여 나의 기를 살려주었다. 경희 언니는 대학 2년생이었다. 나는 저녁 시간에 방을 혼자 쓰는 일이 많았다. 경희가 조각을 전공해서인지 학교에서 작업한다는 전화만 한 통 하고는 집에 들어오지 않는 날이 많아서였다. 경희는 나를 친동생처럼 챙겼다.

"장광팔은 악덕 사채업자예요. 아버지가 그 사람한테 얼마나 당했는데……."

나는 입에 담기도 넌더리가 나는 그 일을 떠올렸다. 고모는 침을 한 번 꿀꺽 삼키고 나서 말을 이었다.

"나도 안다. 내 말은, 지금 네 아버지가 기소되지 않았니? 네 엄마까지 병을 얻었고. 그럴만한 사정이야 있었겠지. 그런데 말이다. 그 사람이 1억이라는 큰돈을 대주겠다는 거야, 네 아부지 빼내라고."

말도 안 되었다. 그럴 리가! 거기에는 뭔가 꿍꿍이가 있을 것만 같았다. 희번뜩이던 장광팔의 눈빛이 어른거렸다. 돈이 생기는 일이면 살인도 할 사람 같았는데, 말이나 되는가 싶었다. 하지만 고모는 생각이 달랐던 모양이다. 그 사람 부인이 채영이 자신을 예사롭잖게 본 것 같더라고 하면서 전에 회사 창립기념일에 갔을 때 채영이 눈에 띄었나 보다고 했다. 그때부

터 아마 며느리 삼으려는 욕심이 생겼었던 게 분명하다고. 돈도 많은 집안
이라고. 나는 고모 입에서 나오는 뜻밖의 말들에 깜짝 놀랐다. 아버지를
그렇게 홀대하던 사채업자 집안에, 그것도 시집이라니! 그보다도 앞으로
공부도 더해야 하고, 나이도 이제 새파란데 무슨 혼담인지 영문을 몰랐다.
시집은 어른들의 일이지 내 일이 아니었다.

고모는 아빠 살릴 수 있는 사람은 나뿐이라 했다. 그 장광팔에게 스물네
살짜리 아들이 있다는 것이다. 말도 안 되었다. 그 일을 아버지도 좋아하
실 리가 없었다. 고모가 아버지를 몰라서 하는 말이었다.

"글쎄, 네가 싫다면 없었던 일로 할 수밖에 없다마는. 네 애비가 걱정이
다. 적어도 3년은 살고, 나오더라도 사회 생활하기가 쉽진 않아 인생이 끝
난 것이나 다름없을 텐데. 인정 많고, 착한 사람한테 웬 액운일까. 하늘도
무심하시지 원."

고모는 공연히 손가락을 폈다 오므리기를 거듭하며 초조한 기색이었다.

"저, 건너갈게요."

더 대꾸할 가치가 없어 휑하니 고모 방에서 나왔지만, 꺼지는 땅을 밟는
듯했다. 엄마가 곁에 있다면 실컷 투정이라도 부렸을 텐데 몸져누운 엄마
도 하늘이 무너지는 가슴일 터였다. 그날따라 경희는 집에 들어오지 않았
다. 말도 안 된다고 생각하면서도 한편으로는 자꾸만 아버지의 수척한 얼
굴이 떠올랐다. 생각할수록 야비한 사람은 장광팔이었다. 하루하루를 우
울하게 보내고 있는데 장광팔 부인이 이번에는 아들을 데리고 올라왔다.

"포기하세요. 그 애가 완강합니다."

고모는 잘라 말했지만, 부인은 나를 대학뿐 아니라 유학까지 시킬 수 있고, 며느리가 아니라 딸이나 매한가지라고 했다. 물정 모르고 착하기만 한 자식한테 재산을 물려줄 수 없어서 그런다면서. 이건 윤 사장한테도 천우신조이니 고모가 잘 좀 타일러 보라고 당부를 단단히 한 모양이었다. 부인은 나에게 유난스레 집착했다.

"내일 이 명함에 있는 호텔 커피숍에서 저녁 여덟 시에 기둘리겠심더. 사실 아랫녁에서는 재산 보고 중매도 많이 들어 온답니더. 지가 채영을 몰랐다 카른 벌써 딴 데로 결정을 해버렸을 겁니더. 이 아를 보소, 이렇게 허우대도 멀쩡하지 않는교!"

장광팔 부인은 호텔 이름과 전화번호가 적힌 쪽지를 고모 앞에 디밀었고, 부인이 돌아간 뒤 고모는 내 방으로 급하게 들어왔다.

"너, 아까 그 아이 보았냐?"

고모는 입술에 침을 발라가며 안타까운 얼굴로 다그쳤다.

"그 얘기는 그만요. 고모 자꾸 그러시면 저, 이 집에서 나가겠어요."

나는 고개도 돌리지 않고 냉정하게 말을 막았다.

"그 어른이 널 무척 참하게 본 모양이더라. 아들 며느리를 잘 키워서 아예 가계를 물려줄 셈인가 봐. 이건 아무래도 천우신조인데."

고모는 흥분을 삭이지 못해 조바심이었다. 고모답지 않았지만, 그 애 한 번 보기라도 할 걸 하는 생각이 속없이 꾸물거렸다. 언니는 오늘도 안 들어오려나. 서울로 전학 온 뒤 속에 차인 고민을 터놓을 만한 친구도 못 사귀었고, 오로지 의논 상대는 경희 언니밖에 없었다.

"이것아, 남자는 똑같아. 그리고 내가 보니 그 청년은 키 크고 인물까지 잘생겨 누구라도 욕심낼 만하더라. 이건 네 아부지가 일어설 기회도 된다니까. 내 말 알아들었니?"

"고모, 전 겨우 고등학생이에요! 시집 안 가요. 절대로."

한 번쯤 볼 수도 있지 않겠느냐 하는 생각이 고개를 들었지만, 입으로는 다른 말이 나왔다.

"네가 그리 완강한데, 내가 무슨 말을 더하겠니? 불쌍한 건 네 아부지다."

고모가 문을 닫고 휑하니 방을 나갔다. 이번 일을 감당하기에 나는 아직 어렸다. 저녁 11시가 되어 경희가 돌아왔는데, 멜빵바지에는 흙이 말라붙어 노동판에서 일하다 온 차림이었다.

"어휴 힘들어! 엄마, 나 밥."

경희는 싸 들고 온 옷가지들을 응접실에 던지면서 밥 타령부터 했다. 나는 방에서 경희가 들어오기를 기다렸다. 언니는 펄쩍 뛸 것이다. 여자로서는 보기 드물게 의협심이 있고, 감수성이 뛰어났지만 더러는 남성적인 기질을 보여주는 언니였다. 어린 나에게 그런 말을 했다고 고모를 호되게 몰아칠 거다. 경희는 늦게야 방으로 들어왔고 고모에게 이야기는 대충 들은 눈치였다.

"채영아. 나라면 그 사람 일단 만나보기라도 하겠다, 얘."

경희가 다짜고짜로 내게 던진 말이었다.

"고모한테 들었어?"

경희는 내 옆으로 다가앉으면서 고개를 끄덕였다

"다 들었지. 그렇게 멋지고 체격도 이렇다며?"

언니는 두 팔을 올려 팔뚝을 꺾어 보였다.

"됐어! 지금 내 나이가 시집 이야길 꺼낼 나이냐니까? 언니도 진짜 그래?"

"너, 그게 아니다. 금방이야. 어찌 되었건 돈도 많고 애도 근사하다면서? 보고 나서 싫으면 그만이지 뭐. 네가 싫다는데, 어른들인들 별수 있겠니?"

경희 언니 말이 맞을까? 한 번 만나기라도 하는 것이 어른들에 대한 예의일까? 그나저나 이 나이에 시집 이야기가 벌써 나와야 하는지 어처구니없게만 들렸고 내가 그렇게 컸나 싶었다. 그날 저녁 나는 밤잠을 설쳤다. 경희 말마따나 그 청년 인상을 한번 보기나 하자고 말미를 지으면서도 내게는 이미 반이의 존재감이 들어차 있었다. 아득히 먼 고향 하늘에 남겨둔 반이가 밤새 또록또록 눈에 박혀왔다. 아릿한 마음에 어둠 속에서도 눈을 꼭 감았다. 대학에 들어가면 반이와 데이트도 실컷 할 생각이었다.

다음날 경희는 새벽같이 나가고, 나는 학교에 가지 않았다. 엎치락뒤치락 밤잠을 설쳤고, 아침까지도 이런저런 생각에 잠자리를 털지 못했다. 막연히 반이 만 가슴으로 잡고 있었다. 그 애에게 이 일을 알리면 어떤 반응을 보일까. 우리는 누구보다 멋지게 함께 할 수 있을 터인데. 혹 반이에게 다른 여자가 생기지는 않았을까? 생각이 거끼 까지 미치니 뜻밖의 외로움이 사무쳤다. 아침 열 시가 다 되어서야 자리에서 일어났으나 고모는 학교에 가지 않는다고 나무라지도 않았다. 나는 잠옷 바람으로 고모 방 문지방을 넘었다.

"아버지는 석방되고, 죄도 완전히 없어지는 거래요?"

"그래! 그렇다고 하더라만. 경희는 뭐라던?"

"……."

"오늘 같이 가서 한 번 만나보자."

고모는 옳다구나 달라붙었다. 엄마는 뭐라 하셨을까? 고모 말로는 엄마도 내 결정에 따르겠다고 했단다. 이런 일은 누구도 강제로 하라 말라 할 수는 없는 일이라면서. 기가 꺾이고 풀이 죽어 앓고 있을 엄마가 떠올라 가슴에 찬바람이 일었다.

"한 번 그 남자를……. 만나는 보겠어요."

"잘 생각했다. 잘했어. 네 나이가 어리긴 해도, 당장 시집가는 게 아니니까 조금 천천히, 차분하게 결정을 내려도 늦지 않아. 대견하구나, 우리 착한 채영이!"

"알았어요. 보기만 할 거예요. 저녁에 같이 갈게요."

고모는 나의 손을 꼭 잡아 주었다.

고모는 모처럼의 호텔 외출에 들떠있었다. 모자(母子)는 먼저 와 있었다. 두 사람은 정중하게 자리를 권했다. 그 청년은 나를 보자 불안한 낯빛으로 고개를 시원스레 들지 않았다. 순박한 표정에 속웃음이 나왔는데, 고모 말처럼 체격이 좋고, 이목구비가 또렷한 것은 보기 좋았다. 아주머니를 자세히 보니 장광팔의 부인으로는 어울리지 않게 이지적인 면이 느껴졌다.

"같이 나와 주시니 고맙습니데이. 채영이는 나를 알제?"

"예….”

회사 창립기념일 파티 자리에서 유난히 나를 치켜세워주던 그 여인이었다. 호텔 분위기 탓인지 오늘따라 얼굴이 고와 보였다.

"이 녀석이 마음씨 하나는 천사 아입니꺼, 천사. 인정도 많고. 야, 퍼뜩 인사드려라."

"장·석·우 입니더."

머쓱해 있는 석우는 아까와는 다른 눈빛으로 나를 보았고, 선한 눈매에는 호의가 담긴 듯했다.

"채영 아버지 일, 인자부터는 염려 마이소. 사돈지간인데, 제가 뒷일 다 거들겠심더. 그리고, 말이 난 김에 우리 영감 얘기를 좀 하겠심더. 마, 채영이 걱정하는 거."

"말씀하세요."

석우 어머니는 측은한 눈길로 석우를 돌아보고는 말이 너무 나가버려 어찌할 줄 모르는 나를 바라보며 이야기보따리를 풀었다. 석우를 가질 때, 사실은 지워버리려 약을 먹었다고 한다. 장광팔이 사채업자인지 모르고 사귀었던 모양이다. 장광팔은 자기한테 구혼을 하면서 아이를 버리지 말자고 통사정을 했단다. 뱃속 아이는 무럭무럭 자랐고, 어쩔 수 없이 애도 낳았고, 결혼하게 되었다고. 그렇게 태어난 아이인데 엄마는 온종일 가게에 있어야 하고, 애비는 애를 제대로 키울 위인이 못되었다는 것이다. 결국, 집 밖으로는 일절 내놓지 않고 애지중지 온실에서만 키우다 보니 착한 아이로만 자라 강단도 없고, 앞날이 걱정된다고 했다. 장광팔은 지금도 자신의 말을 따르면서 살고 있다고 했다.

"아부지 걱정은 눈꼽 맨치도 안 해도 됩니더. 내 말 하나는 잘 듣는다 아임니꺼."

석우 어머니는 억양이 억세지만, 속이 따뜻한 느낌이었다. 사정을 듣고 보니 석우가 측은했다. 석우는 힐끔힐끔 나를 훔쳐보는 듯했는데, 말을 꺼내지 말라는 당부라도 받은 것 같았다. 하지만 아버지를 호되게 욕보인 사람을 시아버지로? 말도 안 나왔다. 한 가정 구성원들 인품이 서로가 저리 다를 수도 있을까 싶을 정도로 부인만은 반듯한 인상이었다. 석우 어머니는 내게 따뜻한 시선을 보내며 말했다.

"손을 다 써 놓았으니 윤 사장님은 이번 주 안에 집에 돌아오십니더. 인자 사돈지간이니 앞으론 더 가깝게 지냅시더."

당장 결정이 나버린 말투였다.

"사부인의 배려로 우리 채영이도 맘 놓고 공부할 수 있다면 좋겠습니다."

"우리 집 어른도 좋아할 겁니더. 고모님 수고가 많으셨습니데이."

"채영에게는 좀 더 시간을 주시는 것이 좋을 것 같습니다. 아직은 나이가 어려서요."

이러지도 저러지도 못해 난감해하고 있는 참에 고모의 말이 고마웠다. 벌써 결정이 난 것으로 말이 오가면 안 될 일이었다. 석우는 전문학교에 다닌다고 했다. 석우는 헤어지면서 처음으로 배시시 웃었다. 그 웃음은 내게 보내는 호의의 표시였으나 이상하게 아쉬움이 남는 선웃음이었다. 석우는 약간의 지적 장애가 의심되는 느낌을 주었다.

  결정적인 대답은 내가 할 몫이었으나 아버지는 그 주에 풀려나셨다는 전갈이 왔다. 그러나 역시 문제는 아버지였다. 장광팔 집안과는 추호도 사돈 맺지 않겠다고 완강하게 거부하셨다. 차라리 감옥에 가겠노라고. 고모는 아래 K 시에 내려가 며칠을 묵은 뒤 아버지, 어머니와 함께 올라오셨다. 어머니는 많이 수척하셔서 보는 마음이 선뜻했다. 아버지는 마지막으로 딸의 말을 직접 듣고 싶으셨던 모양이다. 나를 앞에 두고, 딸 팔아 내 팔자 고칠 생각은 추호도 없다. 자식을 위해 부모가 희생했다는 얘기는 들었어도 자식 팔아 부모가 팔자 고쳤다는 얘기는 들어본 적이 없다. 다들 정신들이 나갔냐면서 아버지가 일어서려는 것을 고모가 겨우 끌어 앉혔다. 나는 아버지와 엄마의 손을 꼭 잡았다. 내가 결정을 내린 것도 아닌데 난 이미 결정을 한 것으로 상황이 꼬여만 갔다. 나는 오히려 부모님 마음을 안심시켜야 하는 처지가 되어 있었다. 운명은 나에게 결연한 자세를 주문하고 있었다.

  "오히려 좋아질 수 있어요. 아빠, 제 걱정은 마세요!"

  나는 자신감을 보였고, 끝까지 그렇게 마무리했다. 왜 그렇게 말했는지는 나 자신도 몰랐다. 그때 리반에 대한 생각은 의식 밖으로 물러나 있었던 것 같다.

사람의 잘못

속 깊이 자라 오르는 문제

나는 고등학교를 졸업한 뒤 서울에 있는 대학에 진학했다. 시어머니가 될 분에게 졸업할 때까지는 고모 댁에서 기거하기로 양해를 받아냈다. 내가 대학 2학년이 되면 석우는 졸업을 하게 되니 그때 약혼식을 하고, 결혼식은 이듬해 시월로 잡았다.

그해 8월. 친구들과 여름 여행을 갔다. 경포대에서 리반을 만났을 때, 짜릿한 기쁨과 처절한 절망감이 휘몰아쳤다. 리반은 듬직해져 있었고, 슬프게도 내게 사랑을 고백했다. 그 고백을 감당하기 어려웠다. 그 큰 사랑을 뿌리치고 가슴에 쌓인 추억을 덮을 수가 없었다. 그 사랑을 놓칠까 두려웠다. 하지만 우리 사랑은 도로 담을 수 없는 엎질러진 물이나 같았다. 절망과 행복이 같이 온 순간이었다. 아쉬웠던 그때! 나의 운명은 이미 리반의 편이 아니란 걸 받아들여야 했다. 리반을 머릿속에서 지워야 했다. 그건 참 무서운 일이었다. 생살이 떨어져 나가는 고통을 친구들도 모르게, 리반도 모르게 혼자 이겨내야 했다. 그 밤을 밝혔던 촛불 하트는 평생 내 가슴 속에서 사위지 않을 불꽃이었다.

12월 어느 날, 나는 시댁에서 머물다가 결혼식을 올리자는 요청을 받아들여 K 시로 내려왔다. 석우가 같이 있겠다고 떼를 쓴 모양이었다. 석우네는 2층 양옥에 정원이 널찍했다. 식솔들이 많았으나 낮에는 석우와 그의 아버지, 일하는 아주머니, 그리고 나만 남는 일이 많았다. 석우 어머니는 낮에 의상실로 출근했다. 장광팔은 저녁에 주로 집을 나가는 야행성이었다. 그는 남자들 세계에서는 우두머리였으나 석우 어머니 앞에서는 늘 기를 못 펴 서울에서 들려준 말 그대로였다.

그 집에는 석우네 가족 이외에도 건장한 청년들이 드나들었다. 그중 세 명은 장광팔 집에서 기거했으며, 장광팔을 큰형님으로 깍듯이 모셨다. 석우 어머니는 평소 넉넉한 인상이면서도 때로는 쌍소리를 입에 올리곤 했는데 주로 같이 기거하는 청년들을 나무랄 때 그랬다. 나는 석우를 오빠라고 불렀다. 내 방은 2층 석우 방 옆이었다. 대학에는 휴학계를 냈다. 결혼식을 올린 뒤에 석우와 함께 서울에 올라갈 계획이었다. 나는 틈틈이 석우의 글동무가 되어주어야 했다. 다섯 살배기 진돗개를 늘 챙기는 석우는 나이가 한 살 위라도 나를 누나처럼 따랐다. 석우가 가장 무서워하는 사람은 아버지 장광팔이었다.

어느 날 밤이었다. 잠자던 중에 가위에 눌린 듯 무엇이 무작스럽게 누르는 느낌이 들어서 깨어보니 석우가 몸 위에 올라와 있었다.

"어머나! 오빠, 미쳤어?"

내가 화들짝 놀라 밀쳐내자 그는 침대에서 뒤로 굴러 떨어지며 비시시 웃었다.

"아빠가 같이 자라 카드라. 어떻게 하지? 미안해."

잠옷 앞 단추가 풀어 헤쳐져 있어 뜨끔했다. 얼른 옷매무새를 고치고 석우를 문밖으로 밀어냈다.

"아빠는 같이 자라카고. 아빠 말 안 들으믄 내 혼나고. 나 우짜면 좋노?"

석우는 걱정이 되어 내게 사정을 하다가 머쓱해져 물러났다.

다음 날 아침 나는 응접실에서 석우 아버지에게 지난밤 일을 이야기했다. 결혼식을 올리기 전까지는 석우 오빠가 방에 들어오지 않도록 해 달라고. 석우 아버지는 태연히 말했다.

"그놈도 나이가 찼고, 한집에 사는데 그럴 수 있지 않겠느냐. 알아서 문단속이나 잘하거라."

"오빠 말로는 아버님께서 같이 자라고 하셨다고 했습니다."

내 말이 떨어지기가 무섭게 장광팔은 갑자기 목소리를 높였다.

"이것아, 내가 시켰다. 우야겠노? 손자 좀 빨리 보려 그런다."

능청스럽게 무쩍 무쩍 받아내는 말끝에 속마음이 무찌름을 당했다. 결혼하더라도 아이는 늦게 갖고 공부부터 끝낼 생각이었다. 나의 이런 뜻이 장광팔에게는 통할 리 없었지만, 어머니가 야단을 쳤는지 그 뒤로 석우가 내 방을 들어오는 일은 없었다.

사실 내게는 속 깊이 자라 오르는 문제가 있었다. 최근 들어 몸에 이상한 증세가 나타났다. 하루가 다르게 아랫배가 뭉클거리듯 변했고, 몸속에서 생명이 꿈틀거리는 것이 느껴졌다. 큰일이었다. 리반이 이 사실을 알면 어떻게 나올까. 내 머릿속은 이 아이를 낳아서 잘 키워 보고 싶은 욕심이 생겨나고 있었다. 하지만 대책도 없고, 어쩌면 불행의 씨앗이 될게 두려웠다. 배 속의 아이는 엄마의 타는 속도 모르고 하루하루 자라고 있었다.

슈퍼에 다녀오는 길에 공중전화 부스에 들어갔다. 상의할 사람은 경희뿐이었다. 임신 4개월쯤 되었고, 상대는 석우가 아니라 리반이라고 말했다. 언니는 어른처럼 침착하게 이야기를 들어주었다.

"언니한테 자세한 이야기는 안 했지만, 우린 정말 사랑했어. 어차피 내키지 않는 사람한테 팔려가듯 가는 시집인데, 반이와 영영 헤어진다는 사실이 기가 막히도록 안타까웠어. 그냥 돌아서면 살아가는 동안 미치도록 그리울 것 같았어, 언니! 난 후회 안 해! 나 정말 그 사람 사랑했어."

눈물이 왈칵 쏟아졌다. 말문이 막혔는지 한참을 듣고만 있던 언니는 빨리 손을 써야 한다고 했다. 입덧은 없었다. 아기가 내 사정을 아는 걸까? 언니는 앞으로 배가 점점 불러올 테니 자기 말을 꼭 들으라 했다. 아이를 지우라는 거였다. 학교 핑계를 대든, 핑계를 만들어서 서울로 올라오라고. 그 길밖에 없다고. 어떻게 생명을 지울 수가 있을까? 나는 언니의 말을 잘랐다.

"언니. 나 이 아이 낳고 싶어. 나을 거야."

언니는 한참 동안 말이 없다가 예상대로 목청을 높였다. 미쳤냐고, 지금 제정신이냐고. 리반한테 알리는 것은 그의 앞길까지 망치는 거라면서 아기는 반드시 지우라 했다. 사랑하는 사람의 아기를 축복 속에 낳지 못하고 세상 빛을 보지 못하게 해야 할까? 그럴 순 없었다. 공연히 언니에게 알려 일이 더 크게 불거진 거 같아 후회하는 마음이 되었다.

"생각을 좀 해보아야겠어. 미안해 언니."

"얘, 생각은 무슨. 안 돼! 절대 안 돼! 그건."

나는 언니의 말 도중에 전화를 끊었다. 전화통 밑에 놓아두었던 장바구니도 잊은 채 한참을 가다가 되돌아와서 장바구니를 챙겼다. 나는 곧장 집으로 가지 않았다. 옆길로 빠져 야산에 누워 기다리는 벤치에 몸을 앉혔다. 세상에 나와 겪을 어둠을 뱃속에서 다 떨쳐내고 가볍게 날아오를 천사만 떠올랐다. 보유스름한 환영이 가슴 계곡으로 안겨들었다. 깊고 그윽한 리반의 눈매를 닮은 사내 아이라면 더욱 좋을 것이다. 그러나 나는 금방 시무룩해졌다. 이 생명을 살리고 죽이는 것이 나 하나 마음먹기에 달려 있다니. 현실적인 여건이 이 아이를 자꾸만 죽음으로 몰아갈까 두려웠다. 포기하지 말자. 살릴 방법을 찾아보자. 이 아이만큼은 지울 수 없다! 나는 작정을 했다. 스스로 감수하면 될 일이었다. 내쫓는다면 쫓겨나자. 붙들어 준다면 붙어 있자. 박대하면 박대를 받고, 보육원에 주라고 하면 보육원에라도 보내자. 어찌 되었건 아이만은 살리자.

그날 이후로 언니의 전화가 자주 왔다. 나는 잘 지낸다는 말로 수화기를 빨리 놓았다. 전화벨이 또 울렸다. 이번에는 공중전화로 가서 전화하겠다고 끊었다. 방법이 생겼을까? 주섬주섬 외출복을 걸치고 아래층으로 내려갔다. 그때 부엌에서 나는 음식 냄새가 역겨워지면서 욕지기가 나오려 하여 간신히 참아내고 뛰다시피 대문을 나왔다. 다행히도 주변에서 지켜본 사람은 없는 듯했다.

"나, 입덧이 시작됐나 봐."

"저런. 그래, 어쩔 셈으로 전화를 끊고 그래?"

"난, 낳기로 했어."

"그런 것 같더라니. 쯧쯧. 어쩐다니 일이 커지겠구나!"

"이건 사람의 목숨이야. 목숨과 바꿀 일은 세상에 없어. 차라리 내가 죽어도."

그랬다. 내가 죽더라도 이 생명은 지켜야 했다. 언니는 아무 말도 못 하고 있었다.

"언니, 아직 아무도 모르겠지?"

일이 터지더라도 혼자서 감당할 일이었다. 부모가 먼저 알게 되면 일이 더 어려워질 수도 있을 것이다. 한참을 말이 없던 언니가 차분히 말했다.

"가만! 무슨 방법이 있을 거다. 길이 생길 것 같다. 그 댁 모르게 낳는 길 말이다. 만삭이 되기 전에 핑계를 만들어 올라와라. 내 집에서 이삼 개월 있는 거야. 낳아 놓고 내려가란 말이야."

"……?"

"…….""

"어쩌려고?"

"정 아니면……. 나라도 기를 수밖에."

그건 보통 일이 아니었다. 언니는 보통이 아닌 일을 보통 일처럼 쉽게 말했다. 당황한 건 오히려 나였다. 언니가 맡아 기를 수도 있다는 말은 고마웠으나 현실감이 없었고, 쉽지 않을 것 같았다.

나는 언니가 일러준 대로 산부인과를 들러 검사를 받고, 산모로서의 주의사항을 들었다. 그 뒤로는 입덧과 씨름하면서 복띠를 하고 지냈다.

아이를 살리는 길

7개월로 들어선 어느 날 저녁, 나는 거울 앞에서 복 띠를 풀고 있었다. 이따금 옆구리를 툭툭 차며 자신의 존재를 일깨워 주는 작은 생명이 그렇게 기특했다. 거울 속에는 엄마라고 불러주기에는 너무 어린 여자애가 수줍게 서 있었다.

"니……. 가만 보자. 보아하니 아가 들어 섰는 갑네?"

가슴이 철렁했다. 대머리가 번뜩였다. 그는 의혹을 가득 품었고, 이내 인상이 찌그러들면서 앳된 여자를 별스럽게 노려보았다. 석우 아버지였다. 다리에 힘이 빠지고 허리를 꺾어 주저앉고 말았다. 눈은 떴으나 앞이 캄캄했다. 그는 눈동자에 힘을 주며 물었다.

"아니. 너, 참말로 아 생겼나? 가만, 가만있자. 석우가 언제 너를 이리 맹기랐노?"

석우의 아이로 짐작하는 것 같아 조바심이 더했다. 나는 얼른 옷을 걸치고 방을 뛰쳐나와 응접실로 내려가다가 석우와 마주쳤다. 석우가 문을 막아섰다. 그때 장광팔이 허둥지둥 계단을 쫓아 내려왔다. 그는 나와 석우의 손을 잡아 마룻바닥에 끌어 앉혔다.

"석우야, 니가 야를 이리 맹기랐나? 야 보그라. 야가 지금 임신을 했다 안 카나. 언제 그랬나?"

"나, 난 그냥 올라갔다가 내려왔다."

"아닙니다."

석우가 오해를 받을 수도 있었다. 나는 용기를 냈다. 기어들어 가는 소리로 겨우 입을 뗐다. 장광팔은 눈알에 흰자위가 가득 불어나더니 고개를 절레절레 흔들었다.

"아니라켓나? 석우가 아니라꼬? 그라믄 누꼬? 어느 놈이고? 오메, 야 보그래이! 그걸 말이라고 하고 자빠졌냐? 니, 참말로 간 크데이. 아니 그람 이것이 서방질하고 들어왔다 안 카나! 더러븐 년! 우짤라고 이런 가시나를 집안에 들였나, 에팬네는!"

장광팔의 목소리는 온 집안에 찌렁찌렁 울렸다. 큰 덩치만큼 꿍꽝거리는 말씨와 희번덕이는 눈초리는 독에 차서 나의 기를 죽이고 운신을 못 하게 했다. 그는 내 머리채를 낚아채더니 문 쪽으로 끌고 나가서 밖으로 밀어내려 했다. 석우가 흔뎅거리며 딸려온 나를 있는 힘을 다해 떼어냈다. 진돗개가 석우 곁에서 짖어댔다.

"아빠, 채영이 와 혼 내노? 아빠, 이라믄 내도 같이 나가뿐다."

"시끄럽다! 이년은 화냥년이야. 넌, 얼른 엄마한테 전화나 해라. 제 애비한테 쳐든 돈, 도로 찾아야겠다. 채영이 넌 어서 니 애비 놈한테 가지 않고 뭐하노? 이건 참 남사스러버서!"

나는 몸 둘 바를 몰랐다. 석우가 옆으로 오더니 자기도 같이 간다면서 먼저 문밖으로 나갔다. 그때, 검은색 승용차가 대문 앞에 멈추고 석우 엄마가 내렸다.

"석우야, 와 이리 집이 시끄럽노? 아니, 여보, 이기 다 뭡니꺼? 마당에서."

"뭐냐고? 남사스러우니 어서 차 들이고 문 닫아뿌라."

석우 어머니가 차를 차고 안에 들여놓을 때 석우는 나의 손을 꼭 쥐고 있었다. 석우 어머니의 권유에 못 이겨 나는 응접실로 들어섰고, 장광팔은 자초지종을 쏘아붙였다.

"아부지요, 채영이 나가뿌든 내도 따라갈그다!"

석우는 내 옆으로 바싹 다가앉으면서 아버지의 눈치를 힐끔거리며 살폈다. 석우 어머니는 차분하게 장광팔의 말을 들으며 눈꺼풀을 내렸다. 장광팔이 다시 탄식을 시작하려 하자 멀뚱멀뚱 천장만 쳐다보던 석우 어머니가 말을 가로막았다.

"좀 침착하소. 사람 흠만 뜯으려 말고 잠자코 있어 보소! 우리 입장은 금새 잊아뿟소? 앞으로는 이 문제로 이러쿵저러쿵하지 마소!"

두 사람은 전혀 누그러질 기색을 보이지 않았다.

"아가야. 내 물 한잔 묵자."

석우 어머니는 고개를 끄덕이더니 나에게 물을 청했다. 나는 겁먹은 얼굴로 석우 어머니를 쳐다보았다. 조심스럽게 물을 한 컵 떠다 석우 어머니 앞에 놓고 응접실을 나서려는데 그녀가 자리에서 일어나 내 곁으로 왔다.

"집에 가서 쪼매 있다가 저녁에 집으로 전화 좀 하그라."

그 길로 집으로 갔다. 저녁이 다 되어서야 어머니가 돌아왔다. 내 말을 들은 어머니의 걱정은 태산처럼 높아지고 있었다.

"안 된다. 아이는 낳을 수 없어!"

"엄마! 이 아이 꼭 낳아야 해요. 난, 엄마."

눈물이 앞을 가려 엄마를 제대로 볼 수 없었다. 경희 언니를 생각했다. 나는 집을 나와 공중전화 박스에 들어갔다. 아버지를 만나기 전에 대안을 가지고 있어야 했다. 그리고 서울에 올라가면 어떻게든 리반을 만나게 될 것이라는 기대도 은연중 하고 있었다. 나는 경희한테 전화하려다가 석우 어머니의 당부가 떠올라서 그쪽 다이얼을 먼저 돌렸다.

"어머님, 죄송해요. 전화하라고 하셔서요."

"그래! 걱정 말그레이. 언제 아부지 없는 날 집에 와서 짐 대강 싸 가지고 가그라. 몸조리 잘하고, 돈을 좀 보낼 테니 더 필요하게 되면 내 가게로 퍼뜩 전화 하그라. 그 아는 함부로 하면 몬 쓴다. 내 말 알긋냐? 낳고 싶으면 낳으란 말이데이. 알았제? 아는 함부로 그러는 게 아니데이. 그리고, 그 남자는 깔끔하게 정리하그라."

부드러운 당부의 말에 얼어버린 마음이 녹았다. 언니와 통화를 했다. 언니가 내 아기를 키워줄 수 있느냐고 재차 물었다. 언니는 변함없었다. 고모와도 의논이 되었고, 그건 이미 약속했지 않았느냐고. 어차피 언니 집이 작업실이니 나갈 일도 많지 않을 터이고, 유모를 한 사람 들이면 된다고 했다. 어려운 일은 피하기보다 맞부딪치는 것이 최선일 때가 있는데 내 경우라고 했다. 아이의 젖어미를 자처한 언니는 출생신고 문제까지 들고 나왔다.

"그이도 앞뒤 꽉 막힌 사람은 아니니 길이 있을 거야."

언니는 사귀고 있는 결혼 상대에 관하여 이야기했다. 그 부분은 늘 꺼림칙했었다. 언니가 한없이 고마웠다. 나는 배를 쓰다듬으며 아이에게 사랑을 전했다. 리반! 이토록 고통스러울 때 미치도록 그가 보고 싶었다.

서울에 도착하던 날, 거리는 인파로 붐볐고 비가 촉촉이 내리고 있었다. 이 많은 사람 중 어디엔가 리반이 있을 것이고, 금방이라도 나를 부르며 달려들 것 같았다.

경희는 대학을 졸업한 뒤 아버지가 마련해 준 작업공간에서 작품 제작에 열중하고 있었다. 이십 평 남짓한 작업장, 마당의 작업실은 비닐하우스로 덮여서 온통 조각 도구들과 미완성 조각품이 널려 있었다. 경희는 모녀 상을 깎고 있었다. 극히 단순화된 면으로 엄마와 아이가 고개를 마주 대고 있는 이미지가 차츰 드러났다. 나는 경희 언니의 작품이 점차 완성되어 가는 것을 보면서 태어날 아이를 그려 보았다.

그해 6월, 몸을 풀었다. 나를 빼닮은 딸이 태어났다. 아이를 볼 때마다 리반이 떠올랐다. 몸을 푼 지 닷새째 되는 날 퇴원하여 경희의 집으로 돌아왔다. 나는 곧바로 석우 어머니의 전화를 받았다. 몸은 건강하냐, 집엔 언제 내려올래, 우리 석우가 많이 보고싶어 한다. 녀석이 그래도 눈물은 없는 아인 데, 너 보고 싶다면서 처음 눈물을 보이더라 했다. 석우에게 은근한 동정심이 일었다. 석우와 하나를 이루며 살아가는 것도 값있는 삶이 될 것이라는 생각을 했다. 나 자신을 위해서, 마음 써 주는 석우 어머니를 생각해서도 그는 보살펴야 할 존재로 느껴졌다.

아이의 이름을 짓고 출생신고를 해야 할 처지가 되자, 언니는 결혼 상대가 언니보다 네 살 위인 학교 선배라 했다. 이름은 최이수. 나의 딸은 최씨 성을 가져야 할 운명이었다.

배신

나는 잠이 든 아이를 언니에게 맡기고 시내에 나와 국제극장 옆 커피숍으로 향했다. 어머니가 서울 올라오시기 전에 리반을 만나고 싶었다. 처음에는 아이를 살리는 것에 매달렸는데 막상 낳으니 아이의 장래가 걱정되었다. 아무것도 모르고 새근거리는 아기를 측은히 바라보면서 내린 결정이었다. 리반이 이 사실을 알면 기뻐해 줄 거라 굳게 믿으며, 바라보기도 안쓰러운 아이를 가슴에 품었다. 리반에게 아이를 낳았다는 말을 어떻게 할까. 혹여 리반이 내키지 않는 눈치라면 딸 이야기는 꺼내지 않을 참이었다.

나는 정란이 근무하는 회사에 전화를 걸었다. 이영실업. 정란은 퇴사하고 없었다. 다행히 집 전화번호를 얻었다. 정란에게도 집에 전화가 있었구

나. 전화가 없다며 번호를 알려주지 않은 것은 아무래도 찜찜했다. 서둘러 다이얼을 돌렸다.

"나야, 채영."

"누구? 윤채영?"

"그래! 나. 오랜만이지?"

"얘, 너 지금 어디에 있니? 시댁에서 전화하는 거니?"

"아니, 서울 언니 집에 와 있어."

"뭔 일이니? 내게 전화를 다 해주고."

정란은 시큰둥한 것이 그리 반기는 말투가 아니었으나 리반을 만나려니 어쩔 수 없었다.

정란은 세련된 차림으로 나타났다. 정란은 나를 보자마자 웬일이냐면서 얼굴이 좀 부석부석한 것이 해산한 여자 같다고 하여 나를 깜짝 놀라게 했다. 얼른 화제를 돌려 어제저녁 늦게까지 언니하고 얘기하느라 잠이 부족했고 오랜만에 만나니 할 이야기가 많았다며 핑계를 댔다. 정란은 종업원이 엽차 두 컵을 가지고 오자 내게 물어보지도 않고 커피를 시켰다. 일상적인 안부를 주고받는 중 정란은 시집살이 재미가 어떤지를 물어왔다. 한집에 살면 시집간 거나 다름없지 않으냐면서.

"누가 그런 얘길?"

정란은 머뭇댔다. 대답을 못 하는 걸 보니 스스로 그렇게 단정 지었던 모양이다. 정란은 샐쭉한 표정이 되더니 호흡을 가다듬고 나서 벼르던 것처럼 말을 꺼냈다.

"참! 아무래도 너한테 말은 해야겠다. 나 애인 생겼어."

정란은 실기죽한 미소를 슬쩍 흘리고 있었다.

"애인? 잘됐네! 축하해."

"그보다 먼저 네게……."

"뭐?"

"그래! 어차피 알게 될 거. 누군가 궁금하지 않니? 네가 잘 아는 사람이야! 리반…. 그렇게 됐어."

"뭐… 반이와?"

"응, 그래. 리반!"

정신이 아뜩해지고 손이 파르르 떨렸다. 배신감 같은 역겨움이 울컥 치밀어 오르면서 지금까지 쌓아 올린 무엇인가가 순식간에 허물어지고 있었다. 맥이 풀렸다. 나는 한없이 초라하고 모멸스러워 견딜 수가 없었다. 실낱같은 희망을 아이에게 찾아주기 위해 나선 길이었다. 정신을 가다듬고 정란을 노려보았다. 뺨이라도 후려쳐야 했다. 처음 생각대로라면 정란이가 내 딸의 어머니 노릇을 해야 하는 기막힌 상황이었다.

"어, 언제부터 만났는데?"

불쑥 나온 말이었다. 낯빛을 정리할 겨를도 없었다. 정란의 표정에는 어느새 냉랭한 기운이 돌았다.

"넌 이미 약속된 신랑까지 두고 있으면서, 무엇보다 네가 결정한 일에 그런 얼굴을 하면 옛사랑에 대한 예의가 아니지. 리반 씨와 나는 어쨌든 사랑하는 사이라는 것을 명심해 줘. 혹 리반 씨가 곤란해지지 않도록 배려해

주어야 하는 것도 네 할 일이야. 너를 친구라고 믿고 이런 말을 하는 거니까.”

정란의 속지르는 소리에 더 견딜 수가 없어 자리를 박차고 일어났다. 갑자기 현기증이 났다.

“나, 갈게.”

정란은 자리에 앉은 채로 차갑게 웃고 있었다.

“찻값은 내가 낼게.”

자리를 박차고 일어서는 나의 등에 대고 짧게 한마디를 던졌다. 비칠비칠 중심을 잃고 허영거리는 발길이 다방을 나선 나를 이끌고 있었다. 리반에 대해 이런 기분이 들게 될 줄이야! 심장을 송두리째 잘려내려는지 속에서 칼바람이 몰아쳤다. 리반에 대한 환상이 깨지자 눈앞이 깜깜했다. 어차피 그는 내 사람일 수 없었다고 맘을 돌려먹어도 가슴속을 쩍쩍 가르고 달려드는 허탈감을 떨쳐낼 수가 없었다. 영원히 다가설 수 없는 두꺼운 벽이 가름막으로 다가섰다. 리반에 대한 기대는 한낮 신기루였다. 어릴 때의 추억과 경포대에서의 일들이 돌돌 뭉쳐 머리 위를 구름처럼 돌아다녔다. 별꽃밭의 화려한 꽃잎들이 바람에 찢기어 흩어졌다.

낮결이 지난 줄도 몰랐다. 비척거리는 내 발길은 낙지 골목을 지나 북창동으로 향했다. 그때 십여 미터 간격을 두고 검은색 지프가 내 발걸음에 맞추어 뒤를 따르고 있었다. 나는 전혀 눈치를 채지 못했다. 허름한 맥줏집 유리문을 열고 들어갔다. 사람들이 꽤 있었지만 빈자리는 몇 군데 있었다. 생맥주 1,000CC를 시켰다. 목젖까지 밀려오는 갈증으로 마른침도 삼켜지질 않았다. 산후의 헛헛한 뱃속도 허기증을 이겨내질 못했다. 맥주는 단번에 끓는 속을 쏴 하게 씻겨 내렸다. 연거푸 1,000CC를 들이켰다. 빈속에 화기가 채이면서 취기가 오르니 붉은 등을 쥔 두 남녀가 눈앞에 건들거리는 것이 보였다. 불빛 속에서 정란이와 리반이 뒤엉켜 활활 타오르고 있었다. 둘은 나를 보면서 깔깔거리며 손가락질을 해댔다. 그들끼리 몸을 뒹굴면서 불꽃을 더 세차게 흔들었다. 이제까지 보았던 리반은 보이지 않았다. 내 마음은 한없이 작아져 사리(舍利)처럼 굳어져 갔다. 점차 불꽃은 리반을 삼켜버리고 하얗게 사그라진 재만 나의 눈시울 속으로 풀풀 날려 들었다.

한쪽 귀퉁이에서는 건장한 사내가 나를 유심히 지켜보고 있었다. 티셔츠 사이로 털이 성글 성글 나 있는 삼십 대로 보였다. 나는 더 앉아 있을 수가 없었다. 애타게 우는 아이 모습이 눈물에 어른거렸다. 잿빛 눈물을 훔치며 비틀비틀 자리에서 일어났다. 어질거려 발걸음을 띠기가 어려웠다. 문에 몸을 기대었으나 중심이 잘 잡히지 않았다. 맥줏집 주인이 계산대에서 일어서자 언제 따라왔는지 나를 줄곧 지켜보던 사내가 내 술값을 대신 치르는 것 같았다. 흐린 눈으로 멀거니 그를 쳐다보던 나는 이내 고개를 떨어뜨리고 열어주는 문밖으로 떠밀리듯이 나왔다. 비틀리는 다리를 곧추세우며 몇 걸음 내디뎠지만, 건물이 빙그르르 돌아가는 현기증에 주저앉고 말았다.

"많이 드시던 것 같던데, 부축해 드리지."

"괜~찮아요."

사내는 사양해도 아랑곳하지 않고 내 허리를 감아 나를 일으키더니 길 반대편에 세워둔 검은색 지프로 끌고 가 차 문을 열고 밀어 넣었다.

"아니, 누~구……"

나의 목소리는 사나이의 손아귀에 들린 촉촉한 솜뭉치에 묻혀버렸다. 거세게 내 입과 코를 틀어막았고, 나는 큭큭 숨 막히는 소리를 내면서 몇 번의 몸태질 끝에 뒷자리에 쓰러졌다.

몸에 썰렁한 한기가 느껴져 눈을 떴을 때는 대낮같이 밝은 빛이 눈앞에 있었다. 동그랗고 하얀 빛이 눈에 두른 천을 투과해 망막으로 쏟아졌다. 얼굴을 찡그려 천을 떼어내려 했지만 맘대로 되지 않았다. 몸을 움찔거리며 육감으로 아랫몸을 훑어 내리는데 가슴과 아랫도리가 발가벗겨져 소스라쳤다. 다리를 오므리려 해도 무언가에 걸린 채 움직여지지 않았다. 취기 대신 두려움과 공포에 몸을 떨었다. 다리는 벌려진 채로, 손은 옆으로 뻗쳐 끈에 묶여서 손과 발이 움직이지 않았다.

'안 돼! 내가 이런 일을 당하다니.'

소리는 나지 않고 우국 거리는 잡음만 휑하니 비강을 벗어나 돌벽에 부딪쳤다. 순간 눈앞에 거무스레한 누군가가 어른거렸다. 납치? 소름이 돋았다. 두려움 속에 둔탁한 막대기가 부딪치는 듯 주고받는 남자들의 거친 말소리가 끼어들었다.

"맞냐?"

"맞다니 깨!"

"비슷하긴 한데, 키가 좀 큰 것 같지 않냐?"

"맞대도 그러네."

"니미랄. 생사람 잡을까 봐 그러지."

"쌩이든 뭐든 알 게 뭐야, 씨-벌!"

그들의 말투로 보아 사정을 들어줄 인간들이 아니었다. 절망이었다. 왜 이런 일이 생겨야 하는지, 속절없이 당해야 할 일이 너무 무서웠다.

"그 질긴 영감탱이, 내일 아침이 돼야 우리 무섭다는 걸 알겠지? 쥐도 새도 몰라야 해! 이거 새는 날에는 우리 영감도 다쳐. 주둥아리 함부로들 까지 말란 말이야! 알아들어? 쯧쯧, 반반하게 생긴 것이 좀 아깝긴 하네!"

이건 또 다른 목소리였다.

"다 부모 잘 만난 덕이지 뭐! 뭐가 모자라서 힘든 일을 자초하고 지랄들이냐고. 그냥 편하게 공부나 하고 가라는 유학이나 가버리지. 대가리에 피도 안 마른 애송이들이 지랄 났다고 운동이야, 운동은! 이것들 다 배때지가 불러서 개지랄 떠는 거라구. 이런 싹수들이 한둘이 아니라니깐. 주동한 새끼 잡고 보니 애비가 전직 장관이라던가? 염병할! 이것들 지랄 떠는 것도 일종의 사치라니까. 힘깨나 쓰는 부모 믿고 민주네 사상이네 사치 떠는 것들, 주둥아리들을 확 찢어버려야 해!"

"조양대학교 주동자 중에도 국회의원 아들이 있다지?"

"그렇대! 대학뿐이 아니라 직장 댕기는 시벌 새끼들도 낮에는 멀쩡하게 근무 잘하고 밤에는 아예 모처로 출근한다잖아. 밤 꼬박 새워 가면서 마르크슨지 지랄인지 까스락대는 놈들이 한둘 아냐. 의식화인지 뭔지로 데모꾼들 만들어 내잖아! 어떻게 보면 그 애들이 지 애비나 정부 하는 꼬락서

니를 더 잘 알 껴. 대가리에 주워들은 것이 많을 테니까. 안 그러냐?"

"아무렴 어때, 제미랄. 우린 시키는 대로 하면 돼."

"난 무식해도 뭔가 웃 대가리들 문제가 있긴 있는 모양이야!"

"시꺼 이 새꺄! 이빨 함부로 까지 말랬지 새꺄? 얼른 싸고 나와!"

뭔가 잘못 걸려들었나 보다. 그들이 말하는 여자는 따로 있지 싶었다. 거적문 같은 것이 덜컹 열리는 소리가 나면서 한 사내가 접근해 오는 느낌이 들었다. 이빨과 입술로 진저리치면서 소리가 샐 만큼 입을 막은 덮개를 억지로 밀어냈다.

"자, 잠깐만요! 댁들이 찾는 사람은 내가 아니에요. 전 윤채영이라고 하고, 막 몸을 푼 사람이에요. 제발 좀 놓아주세요. 나는 아기가 있어요."

몸부림치면서 애절하게 사정했으나 기대는 애초부터 무참하게 짓밟혔다.

"괜찮아, 이것아. 내가 몸 더 풀어 줄 테니 기다려 봐."

"제발, 제발 좀."

"시꺼, 이것아!"

곧이어 사내의 몸뚱어리가 사정없이 아랫도리를 파고들었다. 뜨거운 입김을 퍼부어 대며 더럽게 몸을 문댔다. 밑이 빠질 듯이 아팠다. 어떠한 저항도 그들의 쾌감만 키우는 것 같았다. 시시덕거리며 느물거리는 작자들의 얼굴에 침을 뱉었다. 손과 발이 묶인 상태로 저항할 수도 없고, 몸을 사리려 버둥거릴 때마다 사내는 더욱 쾌재를 부르며 동물 같은 신음을 내질렀다. 속수무책으로 몸을 놓아버리는 수밖에 없었다. 집요하게 파고들던 사내의 호흡이 거칠어질 무렵, 문밖에서 다른 사내가 발소리를 타닥거리며 소리쳤다.

"빨리 좀 끝내, 씨발아! 우리도 닷새째 굶었단 말이야."

치를 떠는 입 언저리로 핏물과 눈물이 섞여 괴었다.

날이 저뭇한 시각. 나는 지프에 10여 분을 실려 갔다. 사내들이 내리더니 뒷문을 열어 나를 포도에 떨어트리고 쏜살같이 밑으로 내달리는 소리가 났다. 나는 차에서 떨어져 내릴 때 풀린 손으로 눈가리개부터 떼어냈다. 몸은 만신창이가 되었고, 손에 쥔 것은 아무것도 없었다. 속옷도 없이 원피스만 걸쳐져 있었다. 다리가 후들거려서 몇 발짝 못 가 땅에 엎드려야 했다. 이렇게 죽어 버리는 것이 나았다. 입술을 깨물자, 피가 물컥 솟았다. 맥을 놓아버렸다. 머리에서 알 수 없는 소리가 왱왱거렸다.

얼마나 지났을까. 누군가가 나를 일으켰다. 남산 순환도로를 달려서 힐튼호텔 못미처 내리받이 길에 나를 떨어트린 모양이었다. 파출소에 옮겨진 나는 경찰에게 언니의 집 전화번호만 겨우 일러주고 쓰러졌다.

죽음의 터널

1980년 6월 중순.

꼬리를 길게 늘인 기차가 야트막한 산허리를 뱀처럼 감아 돌더니 마파람을 헤치며 남녘으로 미끄러지고 있었다. 나는 차창으로 밀려드는 풍경을 무심히 바라보았다. 들녘이 초록으로 생기를 되찾는다 한들 나와는 상관없었다. 나는 미동도 하지 않는 민달팽이처럼 의자에 붙어 있었다. 햇빛이 화사할수록 암울한 속내는 더욱 두드러질 뿐, 건너편 좌석에서 계속 키득거리는 젊은 연인들, 앞 좌석에서 모자를 콧등까지 눌러쓰고 코를 고는 중년 신사와 아이들까지 문드러진 나의 속마음을 훔쳐보는 것 같았다.

마을을 떠나오던 날, 마을 어귀까지 따라 나오며 도시에서의 성공을 기원하던 고향 사람들이 눈에 선했다. 6.25 전쟁 통에 총상을 입어 잘려나간 다리를 끌고서 평생을 그늘지게 살아가던 옆집 수복 아저씨는 망연히 눈물을 훔쳐내고 있었다. 그리고 어른들 틈에 끼어들어서 안타까워하던 소꿉친구 반이의 풀죽은 표정도 떠올랐다.

기차는 짧은 터널을 치고 들어섰다. 어둠이 들이닥쳤다. 어둠은 모든 것을 덮고 있었다. 정체 모를 무엇인가가 나를 옥죄이면서 어둠을 몰고 달려들었다. 나는 거기서 죽음을 보았다. 그 짧은 순간이 내게 해답을 주었다. 죽음과 함께 찾아올 것이란 아무것도 없었다. 그냥 사라지는 것. 참 기가 막힌 해결 방법이었다.

어미의 품도 기억하지 못할 딸아이한테는 용서받지 못할 큰 죄였다. 만신창이가 된 몸으로 딸아이한테 나설 용기는 더더욱 없었다. 그나마 언니가 길러준다고 했으니 다행이라 여겼다. 다른 무엇보다도 정녕 마음에 걸린 것은 그 사람, 장석우였다. 그 사람같이 착한 사람은 만나지 못했다. 모든 것을 받아들이고, 모든 것을 주어 버리는 마음자리. 커다랗게 비워진 구멍일지라도 채울 것을 바라지 않는 동그랗게 큰 눈! 그런 사람이기에 그

앞에 나선다는 것이 더욱 죄책감에 시달려야 했고, 평생 용납할 수 없는 삶을 살아야 할 것이었다.

여전히 모자를 코끝까지 눌러쓰고 깊은 잠에 빠져 있는 앞자리의 중년 신사, 저처럼 영원히 잠이 들면 모든 것을 잊어버린다. 어떤 고통도 슬픔도 비껴 앉는다. 잠이 사람을 편하게 할 것이다. 핸드백을 만지작거렸다. 눈시울이 촉촉해지고 이내 두 줄기의 눈물이 볼을 타고 내렸다. 지나가는 행상을 불러 박카스를 샀다. 가늘게 떨리는 손으로 핸드백에서 하얀 알약이 들어 있는 조그만 병을 끄집어냈다. 병이 파르르 떨었다. 병뚜껑을 열고 왼손에 흰색 알을 쏟았다. 수면제였다. 알약을 입에 털어 넣은 다음 박카스로 밀어 내렸다. 한 모금 더 부어 넣었다. 알약이 겨우 목구멍을 빠져 내려가는 느낌을 받았다. 몸 터널 속으로 깊어질수록 약 기운은 몸 구석구석에 빠르게 퍼졌다. 기차는 정적 속에서 또다시 터널 속으로 빨려들었다. 어둠은 빠른 속도로 나를 흡입하고 있었다. 나는 의식의 꼬리를 놓으며 사그라져가는 영혼에게 나직이 말했다. 다시는 눈뜰 일이 없으리라고.

*

정란은 이 기이한 글에서 눈을 떼지 못한다. 아무래도 유서로 보인다. 채영이 그렇게 죽어갔다는 것을 필체로 확인하였다. 잊고 있었던, 잊으려고 했던 채영이었다. 어떤 식으로든 자기가 일궈온 가정에 그림자로 드리울 것 같은 불안감에 지난 세월을 되살리기 싫었다.

채영이 겪은 참담한 일들은 심한 자책감으로 옥죄어왔다. 시기와 질투로 괴롭던 지난날이 커다란 화면으로 다가와서 그녀의 눈앞에서 출렁거린다. 그녀가 기억하는 채영은 황금빛 날개를 달고 있는 공주여야 했다. 그런 채영은 참담히 죽어갔다. 믿어지지 않는다. 하지만 글의 내용으로 보아 정란 자신은 가해자로 남아있었다.

정란은 가슴을 쓸어내린다. 그런데 지금에 와서 누가 이 글을 보냈을까? 어쩌라고. 김희라니. 어쩌면 채영이 넌지시 자기를 알리는 것이고, 남편 말대로 채영이 사실은 죽지 않았던 게 아닐까 하는 의구심이 생긴다. 마지막 부분은 죽어가는 사람이 쓴 글이 아니었다. 누가 대신 글을 옮겼을까? 이 글은 남편까지 알게 될 것이다. 침이 마른다. 얼마 전 남편은 채영의 일을 물었다. 이 글을 혹 남편이 보냈을까? 정란은 생각 구덩이에 갇혀 미궁을 빠져나가지 못한다. 이제껏 같이 살아온 사람이 그런 행동까지 했을까 반문하면서도 가정이 한꺼번에 깨져버릴지 모른다는 초조감을 떨치지 못한다.

그녀는 테이블에 널린 복사물들을 구기적거리더니 거칠게 집어 들고 화장실에 가 불을 지핀다. 글씨가 오그라들면서 불꽃을 만든다. 재로 남은 말들이 쫠쫠 흐르는 물에 어룽거리더니 흔적도 없이 씻겨 내려간다. 욕조 바닥에 거센 물줄기를 퍼부어 한 점의 흔적도 남기지 않는다. 자욱한 연기마저 없애려 환기창을 열어 재긴다. 어느새 땀이 흥건하다. 거실로 나와 소파에 몸을 묻고 채영의 사연을 처음부터 정리해 본다. 한편으로는 너무도 가엾은 채영이었다. 정란은 마음에 이는 죄책감을 어쩌지 못한다.

채영의 정체

헛것이냐 사람이냐

"나예요, 채영."

휴대전화를 쥔 리반의 손에 힘이 붙는다. 부르르 떤다. 세상에! 채영이다. 채영은 죽지 않았다! 서울에 올라온 뒤 슬아의 연락을 기다리던 참이었다. 슬아는 이모가 집에 들르면 알려주겠다고 했다. 두 사람이 만날 수 있도록 주선하겠다는 말이다. 그런데 뜻밖에 채영의 전화가 먼저 오다니! 지난번과 같은 목소리로 앞으로는 만나지 못할 것 같으니 오늘 자기 집에 오라고 한다. 자기 집이라면 수지에 있는 그 아파트, 딸 슬아의 아파트다. 슬아와 나눈 이야기가 떠올라 혼란스러운데 그녀는 일방적으로 약속을 정한다. 두 시까지.

리반은 혼란스러웠다. 가겠다고 대답은 했으나 그 집에서 슬아는 엄마가 죽었다고 했다. 지금은 죽은 채영이 자기 딸의 집에서 만나자는 것이다. 슬아 할머니도 그녀의 죽음을 확인해 주었다. 사실 최근에는 채영의 죽음조차 명징하지 않아 줄곧 무언가에 홀린 것처럼 뒤죽박죽이었다. 그리고 채영의 목소리가 다시 존재감을 드러내었다. 모든 사람에게 사망한 것으로 알려진 채영이 리반에게만 살아있는 사람이 되어 만나게 될 것이다. 그녀의 정체는 무엇인가. 채영이 정녕 죽은 사람인지, 살아 있는 사람인지 확인할 절호의 기회가 온 것이다. 아니다! 죽은 사람이라면 전화를 해 올리가 없다. 리반은 혼자 만나자. 혼자 자초지종을 확인하자고. 굳이 아내를 동반하지 말자고 다짐하면서도 아내를 데려가야 하는가를 또다시 고민하고 있는데, 손은 이미 아내의 손전화 번호를 찍고 있다.

'그래! 오늘에서야 내가 만난 사람이 헛것이 아니라는 것을 아내도 알게 될 것이다.'

"방금 채영이 전화가 왔어."

아내의 당황하는 기색이 느껴진다.

"채영이? 확실해요?"

"같이 가서 보면 알 것 아니야!"

"그, 그렇게 할게요."

아내는 머뭇대다가 답한다. 누가 뭐라 해도 채영은 살아 있다. 얼마 있으면 아내도 채영을 볼 것이다. 그럼 그렇지! 죽은 여자가 어떻게 이런 전화를 할 수 있는가. 죽은 것처럼 위장해야 할 어떤 사연이 있었을 것이다. 사회가 어수선하던 그때, 그런 일은 얼마든지 일어났다. 딸도 이모도 모르게 채영은 어딘가에서 살아 있었다. 어떻게 그 많은 세월을 은둔하여 지낼 수 있었을까? 못 만나게 될 것 같다는 말은 또 왜 하는가?

아내의 손에는 성경책가방이 들려 있다. 눈초리에 서슬이 달렸다.

"죽은 사람의 혼령을 만나는데, 나도 강해져야 해요. 그 여자는 아무리 생각해도 채영일 수가 없어요. 사실은 목사님을 모시고 갈까 했어요."

"당신 이젠 귀신이라도 잡으러 가는 줄 아는 모양이구먼! 아예 교회로 오라고 할 걸."

"차라리 그러든지요. 아무래도 예감이 안 좋아요."

아내의 표정은 사뭇 결연해 보이면서도 초조한 빛이다. 이거야말로 폭풍의 중심에 다가가는 격이다. 아내가 공연히 생사람을 잡지나 않을까 걱정도 된다. 수지로 가는 동안 아내는 앞만 보고 말 한마디가 없다. 멀쩡한 산사람을 만나러 가면서 왜 자신도 초조해지는지 알 수가 없다.

아파트 승강기에서 내리며 리반은 막상 생각이 달라지고 있다. 여기까지 오는 동안 상식적으로 이해되지 않는 부분들이 꼬물꼬물 떠올라 혼란을 키웠다. 왠지 채영이 안 나타날지도 모른다는 분별이 고개를 들었다. 슬아를 이 아파트에서 만났을 때, 엄마는 오래전 죽었다고 했으니 말이다. 다른 사람도 아니고 딸이 한 말이었다. 그 말이 머리에 똬리를 틀고 앉아 떠나질 않은 것이다. 하지만 리반은 이 아파트에서 그 두 사람을 직접 눈으로 보았다. 본 것을 어떻게 부정할 수 있을까. 아내를 부른 것은 옳은 선택이었다. 채영이 산 사람이든 혼령이든 오늘은 정체가 밝혀질 것이다.

단단히 마음을 먹고 문 앞에 선다. 채영이 초대했으니 문이 열리면 채영이 나타나야 한다. 벨을 누른다. 영계와 육계를 가름하는 문으로 보인다.

문이 빠끔 열린다. 바짝 긴장한 그는 화들짝 놀라면서 오히려 긴장이 풀어져버린다. 반가운 얼굴이! 채영이가, 엄연히 살아있는 채영의 얼굴이 문틈으로 보인 것이다! 그녀는 나보란 듯이 영계로 터진 문을 막아서서 일상적인 인사를 건넨다.

"반, 어서 와요."

채영은 귀신도, 유령도 아니었다! 그녀는 조금은 미심쩍은 표정을 지으며 두 사람을 맞는다. 검정 원피스 차림 때문인지 키가 훤칠하게 커 보이고, 잘 어울린다. 입술에는 연분홍색 루주를 바르고, 늘 그렇듯 이지적인 여인의 자태 그대로다. 리반은 자기 편이 되어 준 그녀가 고맙고, 비로소 안정을 되찾는다. 아내를 슬쩍 보았으나 그녀도 표정이 별다르지 않다.

'저렇게 멀쩡한 여자를 죽은 사람으로 잊고 살아왔으니······.'

아내가 옆에 있지만, 도리어 채영은 아내가 따라올 것을 알고 있었다는 듯 의연하게 그들을 안으로 맞아들인다. 정란은 채영과 눈을 마주치자 잠깐 멈칫할 뿐, 태연하게 거실로 따라 들어온다. 리반 자신이 알기로는 이십삼 년 만에 만나는 친구들이다. 더구나 한쪽은 죽은 것으로 알았던 친구인데 아내는 반갑다는 말 한마디가 없다. 정란이 때때로 꺽진 모습을 보이긴 했으나 이 상황에서는 정나미가 떨어진다. 두 여자는 이미 왕래가 있었던 게 아닐까? 아니면 아내의 이런 태연자약한 행동을 어떻게 받아들여야 하나. 그간 자기만 바보였나? 리반은 그러나 채영의 뒤태를 보며 그녀가 온전한 사람이라는 데에 안도한다.

"일이 있었어? 전화를 많이 기다렸는데."

리반은 아내와 나란히 소파에 앉으며 채영에게 묻는다. 채영은 그들 앞 의자에 다리를 가지런히 모으고 앉으면서 두 사람을 한 번씩 바라보더니 고개를 숙여 시선을 마루에 두고 조용히 입을 연다.

"미안해요. 정란에게는 말하지 않는 것이 좋다고 했는데. 이렇게 둘이 같이 올 줄은…."

"내가 미안해. 집사람도 궁금해하고, 아무래도 같이 오는 것이 좋을 듯해서."

"그래, 알아요."

아내는 두 사람을 번갈아 쳐다보는 눈치고, 두 여자는 반가워하거나 놀라는 기색이 없이 매일 만났던 사람처럼 덤덤하다. 정란을 옆에 앉혀놓고 그녀한테는 말하지 않는 것이 좋았을 거라던 말까지 주저 없이 해 버리는 채영 앞에서 아내는 아내대로 채영을 노려보고만 있다. 말이 끊긴다. 어색한 침묵이 조금 길게 이어진다. 아무래도 이 침묵이 심상치 않아서 탱탱한 고무줄을 한없이 잡아당기고만 있는 것 같다. 얼마 만인데 이러고들 있나? 두 사람 사이에 이상 기류가 돌고 있을 때 정란이 채영을 향해 나직이, 천천히 묻는다. 목소리가 비장하다. 이제까지 들어본 적이 없는 무거운 음색이다.

"당신……, 누구세요?"

"……."

대답이 없다. 아내가 다시 입을 연다.

"당신은… 절대 채영이 아니야!"

아내의 말은 단정적이고, 감정을 극도로 억누르고 있는 것 같다. 채영이 고개를 천천히 든다. 그러나 채영은 말이 없다. 세 사람이 어색한 기운에 묶인다. 채영을 빤히 보면서 누구냐고 묻는 아내도 엉뚱하지만, 대답을 바로 안 하는 채영은 더 이상하다. 누군가의 거친 호흡이 쌕쌕거린다. 아내가 진중하게 묻는다. 말투가 조금 높고 빨라지면서 말꼬리가 올라간다.

"누군지 말 해봐요. 당신. 어서!"

"난······."

한 뜸이 지나 채영이 겨우 입을 달싹인다. 아내가 벌떡 일어나더니 양팔을 허리에 올리고 자세를 잡는다.

"당신, 도대체 누구야?"

아내는 목청을 높여 큰 소리로 쏴붙인다. 리반이 아내의 단말마 같은 소리에 깜짝 놀라 일어서려는데 정란은 왼손으로 내리누르면서 삿대질과 함께 목청을 더욱 비틀어 키운다.

"당신들 지금 여기가 무슨 연극 무댄 줄 알아! 가만히 보고 있으려니 기가 막혀서. 여보! 정신 차려요, 정신! 오- 주여, 우리 경민 아빠를 구해 주세요."

아내의 눈동자에 흰자위가 팽창한다. 눈에서 시퍼런 빛이 돈다. 당장 일을 낼 것 같은 기세다. 리반은 아내의 돌발적인 행동에 어안이 벙벙해진다. 리반은 아내를 올려다보며 짐짓 목소리를 낮춰 달랜다.

"아니, 당신. 뭐라고 했어? 눈앞에 사람을 앉혀놓고, 빤히 보면서도 그런 엉뚱한 말을 하다니. 당신이야말로 어떻게 된 것 아니야? 좀 인간적일 수 없어? 옛일이야 어찌 됐든 간에 채영은 오랜만에 만나는, 바로 당신 친구 잖아?"

정란은 기가 막힌다는 표정으로 남편을 돌아본다.

"가겠어요."

정란은 확 돌아서 문 쪽으로 향하더니 곧장 뒤돌아 채영을 뚫어지게 바라본다. 채영은 꾸중 듣는 자세로 고개를 떨어뜨리고 있는데 안쓰럽기 그지없다. 아내는 거친 숨을 몰아쉬며 삿대질을 하면서 참았던 말을 속사포처럼 쏘아댄다.

"당신! 당신 대체 누구야? 멀쩡한 대낮에 귀신 노릇이나 하는 당신은 누구냐고? 내 남편한테 무엇을 노리고 생 쇼를 하냔 말이야? 뭔 철천지원수를 졌다고 남의 가정에 끼어들어 이 난리냐고? 오라 가라 전화질하고, 한 번만 더 그래 봐라. 여보! 여긴 아무래도 귀신 소굴 같아! 같이 나가요 어서, 어서!"

그가 어리벙벙해 있는 동안, 아내는 뺨이 벌게져서 고래고래 소리를 질러댄 탓에 목이 막히는지 마른 침을 겨우 삼킨다. 그래도 채영은 차분하다. 채영이 천천히 고개를 든다. 하지만 정란의 윽박지름에 기가 질렸는지 맥이 빠진 듯하다. 목소리가 힘겹게 땅으로 떨어진다.

"박정란. 난… 떠난다. 리반 씨에게 당부할 말이 있다. 나가서 좀 기다려 줘. 네 친구였던 채영의 마지막 부탁이야. 그럴 수… 있겠니?"

채영의 가라앉은 목소리. 싸우자고 대드는 상대 앞에서 놀라운 자제력을 보인다. 고개는 여전히 수그린 채다. 리반은 그런 채영이 안스러워 못견딜 지경이다. 그러나 정란은 사납게 다구친다.

"뭐 - 채영? 채영 좋아하네! 죽은 지 이십 년이 넘은 여자가 부활이라도 했단 말이야? 혼령이라도 착한 행세를 하면 사연이나 들어보지, 이건 도대체! 생뚱맞게 남의 남자한테 붙어서. 당신, 눈 좀 크게 뜨고 이 여자를 똑똑히 봐요. 똑똑히! 경민 아빠. 자, 봐요! 이 여자가 어떻게 윤채영이냔 말이에요? 멀쩡한 사람들 혼을 빼내어 못된 짓을 꾸미려는 거예요. 이 사악한 영한테 말려들지 말고 당장 여길 나가요. 아무래도 이 여자 정말, 귀신 같애!"

아내는 바락바락 소리를 높이다가 허겁지겁 성경책을 끄집어내어 펼쳐 들고 성경 구절을 읽기 시작한다. 목소리가 커서 거실이 쩡쩡 울린다.

- 예수는 강한 성이요 방패와 병기되시니,
  큰 환난에서 우리를 구하여 내시리로다 -

채영은 여전히 고개를 들지 못하고 몸을 부들부들 떤다. 속(俗)대로 말할 수 없음인지 분을 못 이겨 눈길을 어디에 두지 못하는 모양이다. 아무래도 아내가 일을 낼 것 같아 리반은 자리에서 일어나 아내를 밖으로 밀쳐낸다. 정란은 밀려 나가면서도 찬송을 멈추지 않다가 삿대질을 하며 외친다.

"나사렛 예수 이름으로 명하니, 악하고 사악한 사탄은 썩 물러나라! 마귀는 물러가라!"

'마귀'라 외치는 소리에는 악이 받쳐 있다. 아내는 정상이 아니다. 남의 집에서 왜 이러나. 이럴 줄 알았으면 목사도 부를 걸 그랬다. 애가 타는 건 리반이다. 아내는 치켜뜬 눈으로 무섭게 악을 쓰면서 나가지 않으려 버둥 거리지만, 리반의 완력을 감당하지 못하고 눈에 핏발을 세운 채 문밖으로 밀려난다. 잠긴 문에서는 부서질 듯 쾅쾅거리는 소리가 빗발친다.

눈빛이 다르다

리반은 고개를 숙이고 있는 채영 앞에 돌아와 앉는다. 정란의 기세에 눌 렸는지 채영은 넋을 놓은 듯하다.

"미안해. 이런 일이 벌어질 줄은 몰랐어."

채영은 숨을 고르며 말이 없더니 겨우 입을 연다.

"괜찮아요. 정란이가 저럴 수 있지. 미안해요. 나중에 말이나 잘해 줘."

차분하나 고개를 떨군 채 힘이 빠진 목소리다.

"그렇게. 정란이 요즘 교회에만 빠져서 좀 이상해졌어. 채영을 빤히 보면 서도 아니라 하잖아?"

"이해해요. 정란이가 날 받아들이기에는 아직…은 이르지!"

"이르다니?"

아내는 그냥 가 버렸는지 문밖이 조용하다. 채영은 여전히 고개를 땅에 박고 있다.

"자. 편하게 얘길 해! 정란이한테 신경 쓰지 말고."

채영은 가만히 고개를 든다. 약간 초조한 빛으로 그를 바라본다. 자꾸 하얘지는 낯빛이 기진하여 곧 쓰러질 것 같다. 갑자기 닥친 혼란을 이겨내지 못하는 것일까. 그녀는 애틋한 표정으로 나지막하게 속삭이듯 말한다.

"리반 씨, 정란이를 탓하지 마요. 그리고 당신에게 감사해요. 난 평안하게 갈 수 있어요. 우리 아이 슬아를 부탁해……."

채영의 낯빛이 예사롭지 않게 재색으로 변한다. 목소리도 기어 들어가는 듯하다. 안타까워 얼른 다가가 손을 잡는다. 손이 차갑다. 리반은 손을 감아쥐 가슴에 끌어당긴다.

"무슨 말이야? 어디를 가야 하는데? 왜 이래, 채영?"

'응……. 멀리… 내가 왔던 곳으로.'

채영은 고개를 푹 수그린다. 입술 움직임이 없는데 환청처럼 말소리가 울린다.

"언제 또 와?"

'사랑했어요……. 반, 부디 잘 살아요.'

채영의 목소리가, 환청마저 차츰 자자든다. 힘겹게 고개를 든 채영의 반쯤 감긴 눈가에 눈물이 그렁거린다. 리반은 안쓰러워 못 견딜 지경이다. 채영의 손을 잡아 일으킨 리반은 어깨를 양손으로 붙잡아 흔들면서 두 눈에 시선을 꽂는다. 간신히 리반의 시선을 받아내던 채영은 휘청거리며 맥을 놓아 버린다. 리반의 손힘이 빠지면서 채영은 그 옆 소파에 스르르 주저앉는다.

"진정해. 왜 이래? 채영이, 어디 아프구나?"

채영은 힘없이 고개를 떨어뜨린다.

"채영, 윤채영! 이거 안 되겠네."

리반이 구급차를 부르러 휴대전화기를 꺼내려는데 슬아가 현관문을 열고 들어온다. 그녀는 놀란 눈을 두리번거린다.

"어머! 선생님. 어쩐 일이세요?"

"오! 슬아 양. 엄마가 지금 좀 불편해하네!"

"예? 아니!"

슬아는 깜짝 놀라 채영에게 다가간다. 채영은 축 늘어졌던 몸을 천천히 바로잡으며 리반을 느긋이 바라본다. 그때 채영의 눈빛이 서서히 살아나 번뜩인다. 채영의 눈에서 나온 광채가 전류처럼 리반의 시선을 타고 육박해든다. 순간 번개가 이는 듯 리반은 채영의 시선에서 전기적인 충격을 느꼈고, 그와 함께 작은 진동이 일면서 실내가 흔들린다. 장미를 꽂은 꽃병이 바닥으로 떨어져 유리가 깨진다. 실내에 이는 이상 기류가 리반의 중심을 흩트려 놓는다.

리반은 채영의 눈빛에 밀리듯 뒤로 물러나면서 눈을 비벼 채영을 유심히 살핀다. 돌연 채영의 눈에서 광채가 사라지더니 혈색이 변하고 있다. 그 순간 진동이 급격히 멈춘다. 채영은 진정이 된 듯 벽에 몸을 기대고 찬찬히 리반을 바라본다. 그런데 채영의 얼굴이 낯선 모습으로 바뀌어 보인다. 눈빛이 다르다. 아니다! 채영이 아니다. 얼굴이 다른 사람이다! 조금 전까지는 채영이었다. 리반의 두 다리가 어정쩡 굳어버린다. 더 기가 막힌 것은 도리어 슬아가 리반을 의아한 눈으로 바라보는 것이다. 슬아는 여인을 부축해 안는다.

"우리 이모세요."

"뭐! 뭐라고? 그럼 윤채영 씨, 슬아 엄마는?"

"예에? 이 분은 엄마가 아니에요. 아저씨. 착각하셨나 봐요! 이모! 왜 그래요? 어디 아파요?"

그녀는 혼이 빠져나간 사람처럼 얼굴이 하얘져서 식은땀을 흘리며 리반을 지그시 바라보고 있다. 그런데 그 눈매가 다르다. 시간을 여의고 난 뒤에 바라본 여인은 아무래도 낯설다. 사람이 바뀌었다! 이 여자는 조금 전에 쓰러졌던 채영이 절대 아니다.

"내가 왜 이러나!"

리반은 망연자실하여 자신의 뺨이라도 때려보고 싶다. 그런데 여자는 오히려 의구심에 찬 눈길로 리반을 응시한다. 이젠 눈빛이 정상을 되찾았다.

"슬아야, 나 냉수 좀⋯⋯."

여인은 무거운 돌에 눌렸다가 겨우 빠져나온 사람처럼 숨을 몰아쉬면서 바튼 소리로 물을 청한다. 목소리까지 달리 들린다. 이런 말도 안 되는 일이 생기다니! 슬아는 냉수 두 컵을 테이블에 놓는다. 리반이 어리둥절하고 있을 때 현관문이 열리며 정란이 느닷없이 들어온다. 잠시 혼란 중에 그녀가 나간 사실을 잊고 있었다. 그런데 아내는 쫓겨날 때의 표정을 문밖에 버리고 들어온 것처럼 표정이 바뀌었다. 채영이 변하니 아내도 변한 것인가. 아내는 모든 것을 알고 있는 것 같다. 아내는 세 사람을 번갈아 바라보다가 리반의 옆자리에 앉아 슬아가 가져다 놓은 냉수를 집어 벌컥 마신다.

"경민 아빠! 이 분, 지금도 채영으로 보이세요?"

정란의 말투는 전과 다르다.

"이런 일이!"

리반은 혼란에 빠진다. 영원히 떠나겠다는 채영의 마지막 말을 놓지 못한다. 정란은 주방으로 가더니 컵에 물을 다시 받아 와 리반 앞에 놓는다.

"좀 진정해요. 찬물 한잔 드시고, 여보."

슬아는 이모를 부축해 같이 붙어 앉는다. 한바탕 설전을 치른 뒤라선지 긴장의 여운이 실내 온도를 높인 듯 하다.

"이모, 이분은 리반 선생님이세요. 제가 어저께 말씀드렸던 분이세요."

이모는 넋 나간 표정 그대로 겨우 입을 연다.

"아, 예⋯⋯!"

이제는 다른 사람이 되어 넌지시 바라보고 있는 여인을 마주하면서 리반은 처신이 불편해진다. 조금 전까지 채영이었고, 채영이라 했던 여인인데 마주하기가 이렇게 민망해졌다. 이 여인은 채영이 아니다. 채영은 그새 나가버린 것 같다. 리반은 물컵을 들어 만지작거린다.

"사모님께⋯⋯. 이런 모습 보여 드려 죄송합니다."

이모는 고개를 들지 않은 채 말한다. 정란은 고개를 숙여 묵례로 답할 뿐, 조금 전에 소리를 질러대던 자신을 잊은 듯하다. 아내가 완악한 짓을 할 사람이 아닌데, 어쩌면 저렇게 무섭도록 냉담한지 같이 살대고 살았던 사람이 아닌 것 같다. 슬아는 이모를 따라서 정란에게 묵례를 보냈고, 리반은 슬아를 마주하고 나서야 긴장이 풀린다. 슬아는 엄마를 많이 닮았는데, 옆의 여자는 확실히 다르다.

"저는 슬아 이모되는 사람입니다. 윤경희라고 합니다."

채영과는 다른 목소리로 의미심장한 말을 내놓는 표정이 진득하다. 리반은 이마에서 식은땀을 훔친다. 스스로 받아들이기 어려운 일을 받아들이지 않을 수 없는 상황이다. 비로소 리반은 채영이 아닌 그녀에게 말을 건넨다.

"죄송한 말씀이나 저는 윤채영 씨의 전화를 받고 이 집에 왔습니다. 정황이 진지했기에 집사람과 같이 왔습니다. 한데, 상황이 묘하게 복잡해졌군요. 아무래도 제가 무엇에게 홀렸었나 봅니다."

이모는 리반을 똑바로 보지 못하고 있다.

"리반 선생님. 어떻게 말씀드려야 할지, 저로서도 죄송할 뿐입니다. 윤채영, 그 여인은 이 세상 사람이 아닙니다. 선생님이 찾으시는 윤채영은 여기에 존재하지 않습니다. 오시라는 전화는 제가 드렸을 겁니다."

이모도 불편한 기색이다. 채영은 존재하지 않고, 전화도 이모의 입을 빌렸다니. 어차피 이해할 수 없는 일들이 벌어지는 마당에 말도 안 되는 소리라고 반박할 수도 없다. 옆자리의 정란은 눈이 박히도록 이모라는 여자를 지켜보다가 엉뚱한 말로 끼어든다.

"이모님은 서해안에 가신 일 있지요?"

"예, 그래요! 리반 선생님과 함께 갔었습니다."

이모는 주저 없이 말을 받는다. 두 여자만 아는 일이 있는 것일까? 리반만이 다른 세계에 있는 것 같다. 그가 만났던 그 여인은 어디에 갔는가! 자신은 그동안 죽은 여자와 만났던 것이다. 누가 그 말을 믿을까. 그런 황당한 일이 어떻게 일어날 수 있나. 리반 자신은 몸이 약한 사람도 아니다. 그는 체념과 함께 분노를 느낀다. 마치 채영이 다시 죽은 것처럼. 그리고 인정하지 않을 수 없는 지금의 상황이 헛헛하기만 하다. 이모는 흐트러졌던 매무새를 고치며 자기도 마찬가지 경우였다고 말한다. 리반은 그녀를 조심스럽게 바라보며 입을 연다.

"저는 최근에 상식적이지 않은 일을 여러 번 겪었습니다. 제가 겪은 일들이 슬아의 어머니와 관계된 것이라 안 그래도 꼭 뵀으면 했습니다."

이모는 고개를 천천히 끄덕이면서 고개를 든다. 슬아에게서 이미 얘기를 들은 것 같다.

채영의 정체

"리반 선생님, 먼저 보여 드릴 게 있습니다. 슬아 엄마가 남긴 글을 제가 가지고 있습니다. 유서라면 유서랄 수 있는 글입니다. 슬아한테는 아직 보여 주지 않았습니다마는."

유서는 모든 것을 알려 줄 것이다. 리반은 조급해진다. 옆자리의 슬아도 눈을 번뜩인다. 어쩌면 판도라의 상자가 될지도 모른다. 모두가 판도라의 상자가 열리기를 초조하게 기다린다.

"편지형식의 글이에요. 누군가가 보내준 것인데 복사본 같았습니다. 보낸 이 주소도 없고요. 채영의 글을 이제까지 보관하고 있다가 지금에서야 보낸 사람이 누구인지 모르겠습니다. 장광팔 말고는 집히는 데가 없는데, 그 사람은 그럴 위인이 못되거든요."

"장광팔이라니요?"

"채영의 시아버지가 될 사람이었습니다."

"예……."

"그리고 제게는 이 편지를 받은 다음부터 묘한 증상이 일어났던 것 같습니다. 생면부지의 리반 선생님에게 전화를 걸었는데 제 의지로 전화한 것이 아니었습니다. 그 편지를 받은 다음부터 제 의식에는 채영이 들어온 것 같습니다. 제 행동은 바로 채영의 행동이었습니다."

이모가 쏟아내는 말들은 고치에서 고치실이 풀려나오듯 채영의 미스터리를 풀 실마리가 되고 있다.

"채영은 죽었습니다. 죽은 여자가 어떻게 전화를 할 수 있겠습니까? 처음부터 리반 선생께 전화를 한 건 저였다는 말씀입니다. 저도 이해가 안되지만 리반 선생님이 말한 장소에는 저도 같이 있었습니다."

소름이 돋는다. 리반은 그녀를 쳐다볼 엄두를 못 낸다. 또다시 채영으로 둔갑할 것 같은 두려움이 생긴다. 슬아도, 아내도, 이모도 모두 정상이 아닌 것 같다. 자긴 이 아파트에 들어섰을 때 이모를 채영으로 착각했다. 그런 착각 속에서 전에도 그녀를 만났었다는 말이다! 처음 채영을 만났던 날도 사고 차에는 채영이 아니라 이모가 타고 있었다고 한다. 그럴 수가 있을까? 차창 안에서 채영의 웃고 있는 얼굴을 분명히 보지 않았던가. 꿈같은 일이 현실로, 현실이 꿈으로 환치된 상황에서 리반 자신이 비정상적인 환경을 수용하고 받아들였다는 말이다.

"그런데 참 이상합니다. 그 글을 누가 보냈을까요? 우리가 모르는 일이 더 있을 것만 같습니다."

이모의 말은 계속 이어진다. 그녀는 자신이 한 말을 기억하지 못한다고 한다. 그곳에 있었던 기억만 난다고. 리반과 함께 아미가 호텔 커피숍에도 갔고, 학교에 전화도 했다고. 전화로 한 말의 내용이나 같이 만났을 때 나눈 대화는 기억에 없다고 한다. 그러니 리반에게 한 말은 채영이 자기 몸을 빌려 했던 것이라고. 그럼 리반은 헛것을 본 게 아니었다.

"제가 차의 액셀러레이터를 밟았던 것 같습니다. 선생님께서는 길바닥에 떨어졌고요. 그뿐입니다. 무성영화를 기억해 내듯, 대화의 내용을 전혀 기억할 수 없습니다."

이모는 차분하게 억양의 변화도 없이 책을 읽어나가듯 말하고 있다. 그녀는 잠깐 리반의 표정을 살피더니 이내 눈길을 테이블 언저리로 돌리며 말을 잇는다.

"제가 리반 교수님을 만난 기억이 되살아난 것은 바로 조금 전이었습니다. 저로서는 이 아파트에 들어올 이유가 없었어요. 슬아한테 전화를 받고 온 것도 아닙니다. 두 분이 이 아파트에 들어올 때 제가 문을 열어 드렸습니다만, 말씀드렸듯이 그건 제 의지가 아니었습니다."

리반은 이모의 말뜻을 알아차린다. 채영이 사라진 마당에 이모만이 이 상황을 정리할 사람이다.

"어저께 슬아가 선생님 이야기를 하더군요. 마치 선생님의 일을 듣는 것이 아니라 제가 했던 일을 듣는 느낌이었습니다. 그 일에 대한 기억이 되살아나면서 저는 그 상황을 어찌 이해해야 할지 몰랐어요. 무서웠습니다. 어떻게 그런 일이 생길까. 그리고 저는 채영으로 되돌아갔나 봅니다."

이모는 여전히 리반을 바로 보지 못하고 있다. 오른손 손가락 마디마디를 왼손으로 주무르면서 덮어두었던 이야기를 끄집어내는 듯 조곤조곤 하던 말을 마친다. 이모의 이마에 식은땀이 송송하다. 어쩜 지금도 윤채영의 부림을 당하는지 얼굴빛이 여전히 희다.

"이해가 안 되는 일입니다! 그리고 여러 가지로 죄송합니다."

리반은 이 집에서 채영과 함께했던 기억을 떠올리면서 한 말이다. 그녀는 리반의 표정에서 금방 그 일을 읽어낸 듯하다.

한편 정란은 태연하게 두 사람의 대화를 듣고 있다. 하지만 이 대화에 가장 긴장하는 사람은 따로 있다. 최슬아. 슬아는 혼자 주방에서 오락가락하다가 식탁에 털썩 주저앉는다. 자신이 배제된 상태에서 어머니가 유령이니, 귀신이니 하는 말들을 도저히 받아드리지 못 한다. 그렇다고 대화에 끼어들어 말할 처지도 아니라서 혼자 애를 태운다. 슬아는 두 팔을 모아 얼굴을 묻고 있다. 이모의 말이 이어진다.

"먼저 이 말씀부터 드립니다. 사모님도 계시지만, 최슬아는 리반 선생님의 핏줄입니다. 오늘 이렇게 찾아오지 않으셨으면 제가 찾아 나섰을 겁니다. 이 일은 언젠가는 알려야 했고 두 사람의 숙명같은 것이니까요."

리반은 그럴 가능성을 충분히 예견해 왔으나 아내가 이모의 말을 들으면서도 태연한 것은 의외다. 그는 아내의 표정을 살핀다. 리반 자신은 슬아에게는 큰 죄를 지은 사람이 되었다. 사실은 그 점을 확인해 줄 수 있는 사람을 만나고 싶었다. 한데 슬아 이모가 나서서 그 일을 명확하게 해 주니 다행이다.

"그동안 슬아 키우시느라 애 많이 쓰셨습니다."

리반의 말을 듣고 이모의 표정에 쓸쓸한 회한이 비친다. 슬아는 눈이 동그래지며 당혹감을 감추지 못 하고 두 사람을 번갈아 바라본다. 슬아는 잠시 후 후르르 일어나 방으로 뛰어 들어간다. 어른들 대화가 뚝 끊긴다. 리반이 슬아를 따라 들어가려다 멈춘다. 방문이 잠겨 있다.

"슬아, 문 좀 열어라."

안으로부터 흐느끼는 소리가 휘늘어진다.

"선생님, 그만두세요. 좀 울고 나야 괜찮아질 겁니다."

리반은 자리로 되돌아온다.

슬아는 대학 진학을 스스로 포기했다고 한다. 이모가 친어머니가 아니라는 것을 알고 난 뒤부터 앞가림은 자신이 하겠다고 결심을 했다. 착하고, 인정도 많은 아이라고. 얼마 후 조용히 문이 열린다. 슬아가 고개를 숙인 채로 나와 이모 옆에 앉더니 그녀의 두 손을 모아 쥔다. 리반이 조심스럽게 입을 연다.

"슬아야. 못난 어른들이 네게 상처만 주었구나. 나를 원망해라. 이 일을 어떻게 다 설명할 수 있겠느냐마는 나도 그런 느낌이 들면서부터 괴로웠단다. 네가 원한다면 이제부터라도 좋은 아버지로 곁에 있고 싶다. 슬아가 허락한다면 말이다."

리반은 진심으로 말했고, 슬아는 고개를 숙이고 목이 메어 어깨를 들먹인다. 이렇게 다 자란 뒤에 뜬금없이 나타나서 아버지라 하니 기가 막힐 것이다. 오랜 세월을 얼마나 원망하며 살아왔을까?

"선생님 탓이 아니란다. 마음 정리가 쉽진 않겠지. 어머니가 써 놓은 글을 읽고 나면 네 맘도 조금은 달라질 거다."

이모가 나서서 슬아를 달랜다. 슬아는 이모의 말을 듣기나 하는지 울음을 목구멍으로 삼켜 넣느라 온몸이 들썩인다.

"이모. 전 무서워요. 그 얘기 그만 좀 하세요!"

슬아가 가라앉은 분위기를 일깨운다.

슬아에게 엄마는 어떤 존재인가. 지금도 이곳 어딘가에 기대서 이야기를 다 듣고 있을지 모른다. 엄마를 사이에 두고 주고받는 어른들의 이야기가 현실에서는 있을 수 없는 일이라서 슬아는 더욱 마음이 복잡하기만 하다. 한 번 보지도 못한, 기억조차 없는 엄마다.

이모는 테이블 위에서 핸드백을 내리며 입을 연다.

"오죽 한이 맺혔으면……."

이모는 손수건으로 눈가를 닦아내고 한 사람 한 사람 눈을 맞춘 뒤 핸드백 속에서 누런 봉투를 끄집어내더니 리반 앞으로 내민다. 리반의 아내는 가슴에 안긴 성경책을 내려다보다 이모의 입에서 나올 말들을 예감하고 눈을 꼭 감는다.

"채영의 글입니다. 리반 선생님께서 먼저 보셔야 할 것 같아요. 슬아에게는 좀 진정이 되면 천천히 보이도록 하겠어요."

리반은 앞에 놓인 봉투를 물끄러미 바라본다. 봉투 겉면에는 아무런 글씨도 없다. 채영의 손으로 접은 봉투, 채영의 맘을 담았을 글…. 얼마나 처절한 고통 속에서 이 글을 써야만 했을까.

"아미가 호텔에서 채영은 장광팔의 부인을 만났답니다. 시어머니 될 사람이었지요. 아들인 장석우와 함께. 그곳은 리반 선생님이 저와 처음 만난 곳이기도 하지요!"

"……!"

윤경희는 자리에서 일어나더니 베란다 문을 반 정도 열어놓는다. 채영이네가 고향 마을을 떠나게 된 것은 고영진이라는 사람의 꾐 때문이었다고 한다. 고영진은 이스턴 그룹의 회장이다. 그가 채영과 최슬아의 운명을 돌려놓은 사람인 셈이다. 고영진, 토레스 몰의 붕괴. 시티그룹의 위기. 어쩌면 온 나라가 떠들썩했던 이 일련의 사건들이 하나의 맥으로 통하는 것이 아닐까. 리반은 봉투에 임하는 마음가짐을 새롭게 한다.

봉투를 집어 빛이 바랜 편지를 뽑는다. 복사본으로 보인다. 넉 장 분량의 까만 볼펜 글씨가 촘촘히 박혀 있다. 이 글을 쓸 때의 채영을 생각하며 리반은 접힌 첫 장을 편다. 눈물로 쓴 그 글은 폐부가 찢긴 채영의 핏물이었다.

깨알 같은 글씨가 살아서 움직인다. 한 글자 한 글자가 채영의 혼이 담겨 리반의 폐부에 실탄처럼 날아든다. 손이 부르르 떨린다. 리반이 글을 다 읽는 동안 실내는 긴장감이 이어진다. 그는 마지막 문장에서 눈을 못 떼다가 겨우 감정을 추스르고 고개를 든다. 선뜻 정란의 시선과 마주친다. 정란이 시선을 피한다.

채영을 그렇게 비참하게 몰고 간 운명이라는 것의 실체가 무엇일까. 글에는 채영의 사후에 대한 언급이 빠져 있다. 사망에 관한 자초지종은 슬아 이모에게서 들어야 할 것이다. 정란은 의외로 덤덤하다. 얄망스럽기 그지 없다. 이모는 유서를 접어 한쪽으로 밀어 놓는다. 리반은 많은 말을 삭히며 비통하게 한 마디 한다.

"채영의 죽음에 제 책임이 큽니다."

채영은 그렇게 죽고 말았을까? 채영은 파출소에서 나온 뒤 사흘 동안 앓았다고 한다. 이 글을 언제 써 놓았는지, 이미 죽을 각오를 했거나 아니면 죽음을 예측하고 써 놓았을지는 알 수가 없다. 채영은 슬아 이모에게 두 가지를 당부했다고 한다. 하나는 슬아에 대한 당부였고, 다른 하나는 장석우에 대한 속죄의 전언이었다고 이모는 말한다.

"이모님께서는 채영이 죽을 것을 알고 계셨습니까?"

"아닙니다. 슬아 엄마가 죽은 것으로 알려진 날, 그러니까 약을 먹기 전에 저에게 먼저 전화를 해 왔습니다. 설마 수면제를 먹을 줄은 몰랐습니다. 사망 소식은 그 후에 받았고요. 기차에서 채영의 앞자리에 앉았던 사람이 자다 보니 채영이 아무래도 이상해 보여 역무원에게 신고했답니다. 병원에 옮기는 도중 숨이 끊어졌다고 들었어요. 글에 나온 것처럼 수면제 과다 복용이겠지요."

그녀는 멍하니 고개를 떨구고 있는 슬아의 머리를 쓰다듬며 긴 한숨을 내뿜는다.

"누가 시신을 수습했나요?"

리반이 묻는다.

"장석우 모자(母子)였습니다. 전 그때 못 내려갔습니다. 일을 치른 뒤에야 연락을 받아서요."

윤경희의 말에 힘이 빠져 있다. 성경책을 잡은 아내가 탄식한다. 리반이 묻는다.

"죽기 전에 채영은 그때 어디로 간다고 했습니까?"

"아침에 일어나 보니 아이만 젖병을 물고 있었어요. 호남선이었어요. 내려가면 경부선으로 가야 하는데 왜 호남선을 타고 있었을까요?"

"시신은… 화장을 했다고 했고요?"

"예. 위패는 실상사라는 절에 모셔져 있답니다."

실상사라면 지리산 밑에 있는 고찰이다. 수수께끼 같은 일들이 하나둘 순서를 잡는다. 리반은 이모에게 슬아를 그동안 키워준 데 대한 감사를 전한다. 슬아가 원한다면 곧 호적을 자신에게로 돌려 지금부터라도 슬아의 뒷바라지를 하겠다고 했다. 리반은 입술을 깨문다. 정란은 손끝만 매만지고 있다. 이모는 리반의 뜻을 고맙게 받아들인다. 그리고 부녀가 실상사에도 시간을 맞추어 함께 가기로 한다. 그 절에 다녀오기 전에는 마음이 편치를 않을 것이었다. 또 실상사에 가면 채영의 글을 보내 준 사람이 누군지 알 수 있지 않을까. 그 사람을 만나기 전에는 채영에 대한 미스터리를 다 풀었다고 단정할 수 없을 것이었다.

슬아를 남겨두고 나서는 리반의 발걸음이 무겁다. 슬아에게 새삼 연민이 느껴진다. 채영! 표연히 떠난 그녀를 끝내 붙들지 못했던 자책이 마음을 헤집어 든다. 자신은 갓 난 피붙이가 성인이 될 때까지 어떻게 살아가고 있는지도 몰랐다.

리반이 사랑한 사람

리반은 슬아의 이모에 대하여 생각이 많다. 그녀를 채영으로 알고 무례하였던 부분에 대해서는 어떤 방법으로든 정리가 필요하다는 생각을 한다. 어떻게 매듭지어야 하는가. 사과를 해야 할까? 일반적으로는 수용될 수 없는 상황에서 벌어진 일이긴 해도 그냥 넘길 일이 아니다. 그 일에 대해서 슬아 이모는 어떤 생각을 하는지도 궁금했다. 지금껏 채영의 전화번호로 알고 걸었던 다이얼을 돌리자 이모가 받는다.

"여보세요? 윤경희 입니다."

이모의 목소리는 전의 채영이 아니다. 이렇게 다를 수 있다는 것이 놀랍기만 하다. 현실 세계에 발 딛고 선 두 사람이었다. 둘 사이에 있었던 모든 일이 이승과 저승 사이의 소통이었던 것일까? 그동안 리반 자신은 채영의 목소리에 갇혔던 것은 아니었나 생각해 본다. 리반은 자신이 비로소 채영의 목소리에서 벗어나고 있는 것인가 자문해 본다.

"리반입니다. 제가 어찌 말씀을 드려야 할는지요. 참 죄송하기도 하고.

저와 이모님 사이에 있었던 일련의 일들을 어떻게 정리하여야 할지 답을 못 찾고 있습니다. 아무래도 한 번 뵙고 말씀을 나눠야 할 것 같아서요. 언제쯤 시간이 되시겠습니까?"

"그 문제는……."

이모는 리반이 하는 말을 즉각 알아차린 것 같은데 뒷말을 잇지 못하고 있다. 리반이 말끝을 잡는다.

"아미가 커피숍에서 뵐 수 있을까요?"

이 일은 아미가에서 마무리 지어야 할 것 같아서다. 그러나 곧바로 윤경희가 답한다.

"리반 교수님."

생각이 다를까? 준비된 답변이 나올 듯 억양에도 힘이 실린다.

"우리가 윤채영의 일 말고 따로 정리할 일이 있을까요? 교수님 말씀은 잘 알겠습니다만 리반 교수님, 저와 교수님 사이에는 아무 일도 없었습니다. 채영의 일이라면 만나 드리지요."

이전에 금속성으로 느껴지던 음색이다. 이모는 냉정하게 절제된 말로 선을 긋는다. 예기치 않은 단호함에 리반은 머쓱해진다.

"그렇긴 합니다마는 이모님께 아무래도 누를 끼쳐서요."

잠시 침묵이 사이를 가른다. 윤경희가 다시 침묵을 지운다.

"리반 교수님."

"예, 말씀하십시오."

"리반 교수님은 저를……."

"……?"

"윤경희를 사랑하셨나요?"

리반은 아무 말도 할 수가 없다. 윤경희의 핵심을 찌르고 드는 말에 선뜻 대체할 말이 떠오르지 않는다. 기다리지 않고 윤경희 스스로 답한다.

"리반 교수님은 윤채영을 사랑하셨습니다."

"……!"

"제게 사과를 하시면 채영이 어떻게 받아들일까요? 리반 교수님, 우리 사이에는 아무 일도 없었어요."

"……!"

"교수님! 됐지요?"

"아, 예……. 고맙습니다."

윤경희는 명료하게 그 일을 정리해 버린다. 더 이상 덧붙일 말이 없다. 리반의 부담감이 덜어지고 있다. 슬아의 아버지가 되려면 그 일에 대한 부담부터 털어버려야 했다.

보이지 않는 손

용서는 피해자가 하는 것

일요일. 리반은 아내가 교회에서 돌아오기를 기다린다. 아이들도 내보냈다. 두 시가 조금 못 되어 성경책 가방을 안고 아내가 밝은 표정으로 돌아온다. 채영의 편지를 읽은 뒤, 정란은 아내 이전에 질투심 많은 한심한 여자로만 보인다. 그날부터 리반은 아내와 거리감이 생겨서 필요한 말만 하고 지냈다. 그녀도 별말을 건네지 않았고 슬쩍슬쩍 리반의 눈치를 살피는 느낌이다. 아내가 새삼스럽게 달리 보인다. 친구와 그토록 척질 일을 해놓고 시치미를 뚝 떼다니. 어떤 말이든 먼저 꺼내야 할 사람이 피해자인 양 하나님 타령에 목을 매고 있다.

"전시회 끝나면 당신, 교회에 같이 나가요. 오늘도 목사님이 안부 물으시더라고요."

분위기를 모르는 정란은 예전처럼 교회 타령이다. 교회는 걱정에 사로잡힌 사람을 몰약처럼 부드럽게 해 주는 구석이 있는 것 같다. 하지만 자기의 죄를 회개함으로써 큰 두려움에서 빠져나오는 습관에 길들어지고 있다. 교회에 다녀온 정란의 표정은 늘 그랬던 것처럼 밝다.

"그래. 교회든지 절에 가든지, 아니면 귀신 신당이라도 차려야 할 것 같아! 요즘 같아서는."

"교회를 안 나가니까 그런 갈등이 생기는 거예요. 애들도 공부 핑계 대고 나가질 않으니. 집안이 뒤숭숭하고 희한한 일에 자꾸 꼬여 드는 거예요."

정란의 입에서 나올 만한 말들이다.

"말이 나서 말인데, 장인어른 뵈러 한겨레 연구소에 좀 들려봐야 하겠어. 조연재 의원 말로는 더 끌어가기가 쉽지 않을 것 같대서 말이야."

"엊그제 다녀왔어요. 아버님 일에는 신경 쓰지 말고 우선 당신 작품이나 끝내세요."

박두삼 선생을 아예 고정간첩으로 몰아가는 기사가 나오고 있으나 아내는 아버지의 무혐의 입증에 자신이 있는지 여전히 대수롭지 않다는 태도다.

"다녀왔어? 알겠어. 그건 그렇고. 나 요즘 귀신의 존재에 관심이 많거든. 기독교에서도 귀신의 존재를 부정하지는 않잖아!"

"그렇죠. 성경에 나오는 혼령은 모두 사탄의 부림을 받고 있어요. 천사와 사탄은 손바닥 안과 밖처럼 별 차이가 없어요. 우리가 까딱하면 사탄에게 놀아날 수 있는 이유가 그거라고요."

"사탄 말고 다른 말은 없을까? 유령도 좋은 유령, 좋은 귀신이 있을 것 같아서 말이야."

잠시 진정한 듯이 아내는 차분히 톤을 낮춘다.

"유령이나 사탄이나 같은 존재 아니겠어요? 그런데 웬 유령 타령이에요?"

아내는 안방에서 실내복으로 갈아입고 나오면서 말을 받더니 그의 옆자리에 앉는다. 리반은 건너가 마주 보고 앉으라 한다.

"목사님을 부를까요? 난 당신과 신앙상담 할 자신이 없어요."

"목사님 앞에서 당신의 미흡한 심성 고백이라도 하려면 그러든지. 난 목사님 필요 없어."

아내의 얼굴에 그림자가 드리워진다. 그녀는 부엌으로 가서 배를 깎아 쟁반에 담아가지고 자리에 앉는다.

"윤채영 사건에 내가 모르는 것이 있지? 사실대로 말해 봐. 개운치 않은 점이 있어서 그래."

"정말 나까지 정신이상자로 몰아붙일 작정이세요?" 분위기 파악을 못한 아내가 오히려 말끝을 올리고 있다.

"채영은 병으로 죽은 것이 아니라는 걸 당신은 알고 있었지? 그 여자가 자살을 했는데 당신은 병으로 죽었다고 내게 거짓말을 했어. 당신은 한 사람을 죽인 것이나 다름없어! 내 말뜻을 알 거야."

정란은 남편의 말꼬리에 섬뜩한 독기가 서려서 흠칫 놀란다.

"전혀요! 전해들은 말이었어요."

슬아가 리반의 딸이라는 사실과 그 일 때문에 아내는 말문을 닫고 있었다. 최슬아 일과 채영의 일은 다른 문제다.

"채영은 병사(病死)가 아니었어! 유서가 말해주고 있거든. 그렇지? 솔직하게 말해 봐. 인제 와서 뭘 어쩌자는 게 아니야. 벗어 버릴 짐이 있다면 벗어 버리고 떳떳하게 살자."

아내는 고개를 떨구고 움직임이 없다. 잠시 뒤 고개를 든 아내는 작심한 듯 울먹인다.

"당신 말대로 내가 나빴어요. 인정해요. 나는 죗값을 치르나 봐요. 다 말할게요. 윤채영과 나는 고등학교 때부터 라이벌이었어요. 그렇지만, 채영은 항상 나보다 앞섰어요. 난 언제나 한 발 뒤였어요. 공부도 그랬고. 갠 늘 내 위에 있었어요. 그땐 그랬어요."

리반은 기가 막힌다. 그 하찮은 자존심이 발단이었다니!

"채영은 넉넉한 성품과 미모로 부윤한 빛을 내고 있었어요. 언제나 나와는 비견할 수 없는 존재였어요. 채영은 공주였어요. 채영이 우리 학교에 전학해 오기 전까지만 해도 모든 것이 내 차지였어요. 당신을 만났을 때만 해도 그래요. 당신이 경포대에서 첫눈에 나를 잘 보았던 것처럼 나도 당신을 보고 이 사람이다 했어요. 그런데 채영은 그마저 뺏어갔어요. 나의 이기심이 채영한테 충격을 주었다는 걸 인정해요. 그때는 내가 어렸어요. 나도 한동안 죄책감에 시달렸어요. 하나님을 영접하고 나서 주 안에서 모든 것을 용서받은 것으로 믿고 있어요."

"당신이 뭘 착각하는데, 채영은 당신보다 훨씬 먼저 내게 마음을 연 사람이었어. 당신에게서 뺏어간 게 아니고. 그렇게 제멋대로 욕심낸 마음을 이리저리 갖다 대면서 거짓말까지 하고. 자기만 두 다리 뻗고 마음 편하면 그만이니 그것참 편리하군! 교회에 나가니 죄는 얼마든지 지어도 된다는 말로 들리네."

무조건 용서하는 하나님? 참 편리한 존재다. 용서는 피해자가 하는 것 아닌가. 피해자는 죽었는데 가해자 스스로 용서받았다고 말할 수 있을까. 종교적인 용서는 지극히 주관적이다.

"그렇진 않아요. 정말이지 감출 것이 없어요."

그녀의 눈망울이 축축해진다. 리반은 어이가 없어 말이 안 나온다.

"나를 선택한 건 채영을 이기기 위해서였군! 당신 말대로라면."

"아니에요, 그건 아니에요."

리반은 자리에서 일어나 담배에 불을 붙이고 베란다 창을 연다. 쪼그린 채 미동도 하지 않던 아내가 오늘따라 작아 보인다. 사실 정란한테 문제가 있달 수도 없다. 가엾게 죽은 채영의 넋만 황량하게 여겨질 뿐이다. 또, 자신의 핏줄인 슬아가 아비 어미도 없이 숨죽이고 살아낸 안쓰러움에 아내에게만 화풀이를 해대고 있다. 채영은 어차피 약혼한 사람이니 자기랑 사귄다고 거짓말을 한들 어떻겠는가. 리반은 하늘로 담배 연기를 내뿜는다.

"그만 됐다. 걱정하지 마. 어제로 다 끝난 일이니까."

그랬다. 지난밤엔 잠을 못 이루었다. 리반은 이미 차분해졌고, 정란은 평정을 찾았는지 두 손을 가지런히 모은다. 잘못이 없는 사람은 없다. 굳이 죄라면 정란이 그만큼 자기를 사랑했던 것이리라.

"고맙다고. 솔직하게 털어놓아서."

덴가슴이 된 정란은 그의 시선을 피한다.

"본인 의향이 우선이지만 이제부터 슬아는 내 딸이야! 그 애가 뭐라 해도 나는 그 아이 아버지 노릇을 해줘야 해. 그래야만 오랜 세월 내가 그 애한테 진 빚을 조금이나마 갚는 것이야. 당신도 이해해 주길 바래."

정란은 듣고만 있다. 정란이 어떤 생각을 하든 리반은 차제에 마음을 다진다. 그것은 최소한의 핏줄로서의 도리라는 생각이다.

"채영의 위패가 안치된 절에 슬아랑 같이 다녀올 생각이야."

"그리 하세요. 아버님이 그 절 주지 스님을 아시는데 저도 같이 갈게요."

"그래. 이젠 다 끝났어. 당신이 그렇게 이야기해 주니까 내 마음이 한결 편해요. 그 이야기는 다시 꺼내지 말자."

리반은 정란의 눈자위에 묻은 물기를 손으로 닦아 준다. 창밖으로 가는 빗줄기가 처연하게 보인다. 채영은 빗속에서 나타났다가 그 빗속으로 사라졌다. 리반의 가슴 속에서 내리는 비는 그가 사는 동안은 계속 이어질 것 같다.

모처럼 남편의 차를 같이 탄 정란은 나이를 잊고 들떠 있다. 서해안 해변으로 찾아든다. 마을에 들어서면서부터 아내는 주변을 두리번거리며 무엇을 찾는 눈치다. 마을 어귀 공터에 차를 세운 뒤 리반은 아내를 뒤따라 걸어간다. 정란은 백사장이 시작되는 부분에서 왼쪽으로 돌더니 그를 한 번 돌아보고 해송이 쭉 펼쳐진 솔밭으로 향한다. 소나무 아래에 바다를 향해 두 여자가 앉아 있다. 모닥불 연기가 자오록이 소나무 가지까지 타고 오른다. 아내는 그들이 있는 곳을 향해 걸어간다. 눈에 익은 뒷모습이 리반에게도 낯설지 않다. 두 여인이 고개를 돌리는데 자세히 보니 슬아와 이모다. 두 여인이 반갑게 그들 부부를 맞이한다. 정란은 슬아에게 다가가 가만히 손을 잡으며 묻는다.

"이모님 댁이 여긴가 보지요?"

"아닙니다. 처녀 시절에 슬아 엄마하고 자주 들렀던 해안이지요. 슬아에게 엄마 얘기를 전하기에는 적당할 것 같아서요. 슬아 어미도 이젠 염려 말고 편하게 보내주고 싶었어요. 그래서 실례인 줄 알면서도 두 분을 이곳으로 오셨으면 했어요. 채영의 유서를 태우던 참인데. 두 분 잘 도착하셨어요."

"예-. 이모님께서 이렇게 자리를 만들어 주셔서 감사합니다."

리반은 해변에 일렁이는 바람결에 채영을 느낀다. 해안의 안개가 채영이 홀연히 떠난 그 날처럼 해안가를 매만지며 유서를 태운 재가 날아간다. 안갯 속에서 철썩이는 해안을 따라 슬아가 천천히 걷고 있다.

"사모님, 많이 놀라셨죠? 그 소포 말이에요. 제가 복사해서 보낸 것입니다. 사실은 제가 아니고 슬아 어미가 직접 보낸 것이지만요."

리반은 영문을 몰랐으나 아내도 역시 고개를 젓는다.

"사실 채영의 유서를 내가 먼저 보았어요. 아마 이모님께서 내게 보냈던 것 같았어요. 발신자도 없고, 주소도 애매해서 궁금했어요. 이 근방에서 보낸 거라 여겼어요. 발신지가 경기도 안산시까지만 나와 있었고 발신인도 처음 대하는 이름 김희, 수신자는 내 이름이었어요. 처음에는 당신 제자 줄 알았죠. 살아 있든 죽었든 간에 윤채영의 글이 틀림없는 것 같아서 가습이 마구 뛰었어요. 전 마음이 조급해졌어요. 그렇지 않아도 당신이 이상하다 싶었는데 때마침 그런 소포까지 날아들었으니까요. 당신은 윤채영의 일을 물었어요. 이 글을 당신이 보낸 건 아닐까? 저는 미궁을 빠져나가지 못했어요."

"그만, 알겠어."

그동안 가슴 한켠에 묻어둔 죄책감까지 정란을 괴롭혔다. 모든 것이 잘 해결된 지금 마음이 가벼워진다. 정란은 자리에서 일어나 저만치 갔다가 되돌아오는 슬아에게 다가가 손을 잡는다. 슬아도 정란의 손을 뿌리치지 않고 같이 해변을 걷는다. 해변은 여전히 파도를 쓸어내리고, 철퍼덕철퍼덕 물결자국을 모래톱에 남기다 사라진다. 세상사는 소리를 다 듣고 그 소리를 전하려는 듯하다. 잔잔한 바람이 슬아의 머릿결을 비비자, 슬아의 손끝에서 바람이 자맥질하듯 미끄러지고, 해초처럼 머릿결이 아래로 조르르 흘러내린다.

두 사람의 걷는 모습을 리반은 망연히 바라보고 있다. 그들은 실상사에 갈 날짜를 정하고 헤어진다.

보이지 않는 손

실상사로 가는 길이다. 휴게실에서 리반은 아침 신문의 머리기사를 보고 흠칫 놀란다.

- 이스턴 그룹 고영진 회장 긴급 소환, 이스턴 그룹의 비자금 출처 밝혀지려나 -

- JJKim, 러시아 무기 밀매에 연루. 소환 임박 -

- 아직은 진위가 가려지지 않았음에도 이번 사건으로 불거진 정치권의 비자금 확보 방법에 대한 비난 여론이 높아지고 있고, 당사자로 지목되는 JJKim에 대해서는 여권에서도 여론이 좋지 않다. 그뿐만 아니라, 이 사건으로 중국이나 미국은 물론 러시아와의 외교 분쟁이 발생할 개연성이 우려되는 상황이다. 무기 밀매의 상대국이 리비아이고, 소련 붕괴 이후 미국은 첨단 무기들의 소련 국외 반출에 예민하게 반응해 왔기 때문이다. 러시아 무기 밀매의 배후로 지목된 JJKim은 소환이 불가피할 것 같다.

이 정보의 출처는 오만 국적의 한국인으로 알려져 그 배경에 관심이 쏠리고 있다. 한편 경성일보에 따르면 리비아와 파키스탄에 들렀던 고철만 사장은 현재 소재 파악이 되지 않고 있는데, 현지에서는 헬기 사고와 함께 실종된 것으로 보도하고 있다. 당국에서는 이 정보와의 연관성 여부를 확인 중이라 한다.

다이너마이트는 터졌다! 누구였을까? 어느덧 리반은 이 사건의 중심에서 있었다. 모든 것을 알고 있는 리반은 모골이 송연해진다. 자신이 어떻게 그곳까지 갈 수 있었는지 이해할 수 없었다. 그가 박영찬이라는 사람으로 둔갑해서 유럽과 중동을 다녀온 기억이 새로웠다. 그 제보자가 본인이라고 해도 믿을 사람은 없을 것이다. 미래콤의 박영찬 사장, 그 사람에게만 언론의 초점이 쏠리고 있다. 그는 황당한 상황에 부닥쳐 있을 것이다. 리반은 상상의 나래를 접으려 하나 의혹은 점점 커진다. 누구였을까? 리반이 도화선을 쥐고 벼르고 벼르던 다이너마이트였다. 이참 저참 조연재 의원과 상의할 시간을 저울질하던 참이었다. 이 일은 리반 자신과 박영찬 사장 둘만이 인지한 사실이다. 두 사람 중 한 사람이 도화선에 불을 붙인 것인데 자신은 아니다. 박영찬은 기득권 세력과의 유착 관계를 유지하고 있는 사람 아닌가. 누구 다른 사람이 컴퓨터에 침입했을까? 오만 국적의 한국인이라 하니 아무래도 박영찬은 아니다. 또 다른 누군가가 이 파일을 소지했을 가능성도 없다. 결과적으로는 리반의 일을 다른 사람이 대신해 준 셈이다. 숙명처럼 김정준이 몰락하고, 이스턴 그룹은 그룹 해체의 길을 갈 것이다. 누가 도화선에 불을 지폈나?

오만 공항 진입로에서 있었던 차량 충돌 사고가 떠오른다. 가방이 이틀간 사라졌었다. 제삼자의 등장 가능성에 낙점을 찍는다. 보이지 않는 손이 먼 나라에서 우리 정국에 영향을 끼치고 있는 것이라 추론할 수 있다. 해방과 더불어 고국에 뿌리내리지 못하고 타국에 머물 수밖에 없었던 동포들. 일제와 소련 틈바구니에서 희생당하고, 소련이 붕괴하여 소수민족들이 여기저기에서 독립할 때에도 고려인들은 독립하지 못했다. 백성은 있으나 그들에게는 땅이 없었기 때문이다. 그뿐만 아니라 일본인들과 닮았다 하여 18만여 명이 서쪽으로 내몰렸고, 키르기스스탄, 우즈베키스탄으로 이주하면서 그 과정에 시베리아에서만 3만 명이 목숨을 잃었다. 그들에게 고국은 신앙이요 천국이었다. 이제는 3세대까지 세월이 흘렀지만, 그들은 지금도 고국에 대한 염려를 놓지 못하고 있다. 박영찬이 되어 가즈린 코에게서 들은 박자운 가문이 대표적인 예가 될 것이다. 타국에서 고국을 염려하는 그들에게는 아직도 해방이 찾아오지 않은 것이리라. 리반은 보이지 않는 그들에게 마음속 깊이 한민족의 정을 보낸다.

채영을 생각한다. 채영은 이승과 저승을 넘나드는 문으로 자신을 택했던 것일까. 그 문은 채영의 간절한 소통의 창구가 되어 의문사의 실마리를 풀어나간 것이 아닐까?

"그래! 사람의 잘못을 사람이 바로잡지 못하니 초월적인 존재인 채영이 나선 것이다. 진실은 세월이 덮지 못한다. 눈이 내려 산처럼 쌓여도 진실은 살아남아 어떤 방법으로든 사람의 잘못을 집요하게 꾸짖을 것이다."

리반은 하늘을 쳐다보며 중얼거린다. 생명체가 진화를 거듭하여 최고의 단계에 도달하면 육체가 없는 순수 의식 에너지가 된다고 한다. 영혼이야말로 가장 진보된 생명 형태라 했다. 채영은 가장 진보된, 순수한 존재로 다시 세상에 왔던 것이리라!

실마리

하늘 길 닦기

실상사(實相寺)는 지리산 뱀사골 끄트머리에 만수천을 끼고 평지에 자리하고 있다. 늦은 가을, 지리산을 가로지르는 국도는 황금색으로 단풍 파도를 만들어낸다. 아랫녘 산들은 어머니 품 같은 포근함이 있다. 황금빛 물결치는 능선에서 가을볕이 교차한다. 일행을 태운 차는 구불구불 내리막이 끝나 뱀사골로 접어드는 초입에서 바랑을 메고 걸어가는 스님의 뒷모습을 좇는다. 리반은 스님 옆으로 차를 세우며 유리문을 내린다.

"스님, 어느 절에 계십니까?"

"만행 중에 잠시 실상사에서 머물고 있습니다."

정갈한 인상에 안광이 번뜩인다. 머리 깎인 이런 용모에서 인간의 순수한 결정체를 만나는 느낌이 들곤 하였다. 비구니의 나이를 추측하기는 쉽지 않다. 이 여승은 얼굴이 동그랗고 피부색이 고와서 어려 보이긴 해도 사십은 더 들었을 성싶었다.

"차에 오르시지요. 저희도 마침 실상사에 가는 길이랍니다."

"고맙습니다."

스님은 합장한 후 차에 올라 뒷자리의 슬아 옆에 앉는다.

"말씨를 들으니 서울 손님들이시군요? 이렇게 태워 주셔서 고맙습니다."

스님은 차 안을 둘러본다. 그러고는 슬아의 옆얼굴을 쳐다보며 말한다.

"보살님, 참 곱습니다."

슬아는 쑥스러워 얼굴을 붉힌다.

"나무 관세음보살. 참 이상한 일도 있지! 나무아미타불."

여승은 혼잣말로 중얼거리며 눈을 살며시 감는다. 스님의 말 한마디에 차 안 분위기가 갑자기 썰렁해진다.

"무슨 말씀이신지요?"

이모가 조심스럽게 묻는다.

"사실은 어젯밤에 경내에서 본 여자 보살님과 이 어린 보살님이 퍽 닮았단 말이에요. 그 보살님 나이는 좀 들었어도……. 가족들 되시나요?"

스님이 고개를 갸웃거리며 묻자 리반이 말을 받는다.

"스님, 말씀을 계속해 주세요. 그래서요?"

"내가 대웅전을 나설 때 그 보살님이 홀연 마당에 나타났어요. 달빛이 하도 밝아서 얼굴을 잘 볼 수 있었지요."

"……?"

"어떻게 오셨느냐 여쭈니, 서울 손님들 마중 나가는 길이라 하더군요."

스님의 말이 예사롭지 않다. 다들 나름의 이미지를 그려본다.

"곱고, 아주 평온해 보이는 인상이었어요. 하늘에서 내려온 선녀인가 했어요."

"······!"

"고맙습니다, 스님. 저희가 그 보살의 손님들입니다."

이모는 여승을 향하여 합장으로 예를 표시한다.

"그렇죠? 어쩜 이렇게 닮았을까요. 나무 관세음보살."

혹시 채영이었을까? 채영이 아니라도 표정이 평안했다니 다행이다. 실상사에서 천도재를 올릴 것이다. 이 스님의 말은 리반 일행에게 상서로운 기운을 느끼게 한다.

넓은 개울가로 줄지어 들어선 민박 촌을 지나자 논길 측면으로 길게 뻗은 차도를 따라서 절 경내에 들어선다. 평화로운 절 마당에 예불 목탁 소리가 울려 퍼지고 있다. 야트막한 산사를 둘러친 나무숲은 불경스런 것들을 차단하려는 듯이 나란히 서서 경비를 서고 있다. 실상사는 여느 사찰과는 다르게 평지에 납작 들어서 있어서 스님들이나 불자들이 왕래하기가 편하고, 국보 10호인 백장암 3층 석탑과 보물 33호부터 36호까지를 보유한 신라시대의 유서 깊은 고찰이다. 백두에서 발원한 한반도의 정기가 이곳 실상사에 끝 뿌리를 내린다 해서 임진왜란 때 왜군들이 쇠말뚝을 박아 맥을 끊으려 시도했었다. 그들은 뜻을 이루지 못했고, 이제껏 의연하게 자리를 지키고 있는 호국사찰이다.

 - 수리수리 마하 수리 수수리 사바하,

수리수리 마하 수리 수수리 -

주지 스님은 대웅전에 모셔진 부처상 앞에서 송경의식을 올리고 있다. 채영의 위패는 왼쪽에 별도로 모셔져 있는데, 위패 아래는 제상이 이미 차려 있다. 위패 위로는 천장에 채영의 영을 태워 갈 오색 금강 꽃배가 두둥실 매달려 있다. 목탁 소리 리듬을 타고 흐르는 스님의 염불은 채영의 영을 부르는 초혼으로 경내에 울려 퍼진다.

태어남은 한 조각 흰 구름과 같고, 죽음은 한 조각 구름이 사라지는 것과 같으니, 뜬구름 자체가 본래 실체가 없는 듯 나고 죽어 왔다가 가는 것도 이와 같다고 했다. 나왔으되 본래 태어남이 아니고, 돌아가셨으되 본래 죽음이 아니니, 다만 태어남과 죽음이 허망하게 보일 뿐 실로 항상 여여(如如)하다고.

- 물이 얼어 얼음 되고 얼음 녹아 물이 되듯
  이 세상의 삶과 죽음 물과 얼음 같으오니
  육친으로 맺은 정을 가벼웁게 거두시고
  청정해진 업식으로 극락왕생 하옵소서 -

그들은 채영의 제단 앞으로 이동하여 나란히 무릎 꿇고 주지 스님의 축원에 따라 명복을 빈다.

- 애착하던 사바 일생 하룻밤의 꿈과 같고

  나다 너다 모든 분별 본래부터 공이거니

  빈손으로 오셨다가 빈손으로 가시거늘

  그 무엇에 얽매어서 극락왕생 못 하시나 -

  리반은 온 마음을 다해 채영의 안식을 빈다. 처음 법당의식에 참여했다. 주지스님을 따라 행하여지는 모든 제례가 정갈하고 정성스러워 리반 자신의 심성까지도 맑게 닦이는 듯하다. 슬아는 태어나서 처음 갖는 엄마의 제사라는 생각에 눈물범벅이 된다. 법의를 반듯하게 입은 주지 스님의 축원은 목탁 소리의 리듬에 얹혀 법당을 떠돌다가 금강 꽃배에 실려 채영의 영가를 극락의 안식에 들게 할 것이다. 종교를 달리한 정란은 전각 안에 들지 않고 밖에서 기다리고 있다. 정란은 주지 스님에게 묵례만 올렸을 뿐, 아버지 박두삼 선생에 대해서는 끝내 말을 아꼈다. 스님의 축원은 채영의 영을 안고 이승에서 저승으로 훠이훠이 날아가리라.

  절 마당은 가을 햇볕이 걸림 없이 쏟아지고 있어서 법당에서 나오자 눈이 부시다.
  "스님! 사람이 죽어서도 속계에 남겨진 사람의 의식을 지배할 수가 있는가요?"
  대웅전을 뒤로하고 햇살이 쏟아지는 황토 마당을 걸으며 리반은 노(老)스님에게 묻는다. 스님은 합장한 채 세월이 곱게 스며든 선한 눈빛을 파란 하늘로 추어올린다.

"나무 관세음보살."

"그런 일이 가능합니까? 그런 예가 더러 있었나요?"

"나무 관세음보살. 인생사 모든 것에 업(業)이 있지요. 그중에 몸과 입과 마음이 짓는 삼업(三業)이 욕심으로 인해 짓게 되는 죄업입니다. 나무아미타불 관세음보살. 산 밖에 살려면 그 죄 안 짓고 또 어이 살아질까마는, 한 고 한 고 풀어가며 살아야지요. 답이 될지요?"

"업이라고 하셨는데……."

"흐음! 그 영가는 짐이 너무 무거웠던 겝니다. 지금이라도 고인이 짐을 덜었다면 이젠 홀가분하게 떠날 수 있겠지요. 우리가 천도재를 드린 이유가 그거이지요."

"아! 예."

"우리는 한 치 앞도 모르는 존재입니다. 사람이 어찌 죽은 사람의 일을 알 수 있겠습니까? 다만, 이승에서 못다 이룬 한의 기운이 저승으로 가지 못하고 배회하고 있었다는 것, 가슴 아픈 일이었지요. 우리가 한 일은 하늘길 오르지 못하도록 잡아맨 이승의 고를 풀어주어 넓은 하늘길 훠이훠이 오르도록 닦아준 것입니다. 나무 관세음보살."

"예."

"고인도 이제 부처님의 가피(加被)를 입고 편히 가셨으니 가족도 평안하실 겁니다. 나무아미타불!"

스님은 알 듯 모를 듯한 말을 남기고 배웅을 마친다. 리반은 채영의 말을 떠올린다. 그녀는 운명을 믿는다고 했다.

현진 스님

"서울 손님들 예, 잠깐만 멈추소."

채영을 위해서 백일 불공을 드려 달라며 적잖은 보시를 하고 절을 나서려는데, 키 크고 용모가 수려한 40대 후반의 스님이 바삐 따라 나온다. 축원할 때 큰스님을 도와 바라지하던 스님이다. 어디 하나 혜식은 데가 없고 참 인물이 좋아 보이는 스님이었다.

"소승은 현진이라 합니다."

"예. 참, 오늘 애쓰셨습니다."

"손님들께 드릴 말씀이 좀 있습니다. 잠깐 제 방사에 들르시지예."

그는 이쪽의 대답을 듣지도 않고 곧장 대웅전 옆의 요사채로 향한다. 말끔하게 정리된 요사채에는 장삼이 가지런히 걸려 있고, 문갑 위에 경전 몇권 밖에는 눈에 뜨이는 것이 없다. 현진 스님은 방석을 집어 권하더니 조그만 서랍을 열고 때 묻은 누런 봉투를 가운데에 꺼내놓는다. 다들 눈이 동그래진다. 윤채영의 유서 원본으로 보이기 때문이다. 일행은 조바심하며 현진에게 집중한다. 짙은 눈썹 아래 해맑은 눈동자가 발하는 선한 빛. 그는 일행 한 사람 한 사람과 묵연히 눈을 맞추더니 봉투를 매만지며 이야기를 풀어놓는다.

"저는 세속 이름이 장석우라 합니다. 오늘 제를 지낸 고인과는 부부의 연을 맺을 뻔했었지예."

이따금 섞여 나오는 낮고 굵은 사투리 억양이 친근감을 주는데, 다들 놀란다. 이 사람, 장광팔의 아들 장석우가 스님이 되어 그들 앞에 앉아 있는 것이다. 그가 지금까지 채영의 위패를 지키고 있었다. 세속 사람들은 그저 현진의 마음 밭에 부끄러움을 느낀다.

"고인의 유서……."

숨이 멎는 말마디다. 새로운 사실이 밝혀지리라는 기대에 눈빛들이 반짝인다.

"소승이 보내드렸습니다."

현진이 문밖으로 돌린 시선에 언뜻 공허가 비친다. 마당에 내려앉은 햇살은 저녁까지 그 자리서 노닐다 날이 찰 녘에야 대웅전 처마 밑으로 숨어들 것이다. 그런 날들이 수도 없이 지나서야 오늘 채영의 피붙이들이 왔고, 조금 전 그녀를 위한 천도재를 올렸다. 햇볕이 유난히도 따스하게 느껴지는 이유는 그것이다. 그때 나이 지긋하고 인자해 보이는 보살 한 분이 방사에 조용히 들어서면서 현진과 일행에게 묵례를 보낸다. 그녀는 젯 상 차리는 일을 도왔던 보살이다. 여인은 현진의 옆에 자리하더니 다시 묵례를 보내며 입을 연다.

"저는 현진 스님의 산밖 어미입니다. 말씀은 제가 드리겠습니다."

방사에 놀라움에 이어 침묵이 흐른다. 여인의 곱게 주름진 입 언저리가 가늘게 떨리고 있다. 일행은 긴장하여 입도 못 열고 여인의 입술이 풀어 낼 사연을 기다린다.

　어느 날, 채영이 기차에서 수면제를 먹고 죽어간다는 연락이 왔다. 연고지가 장석우의 집으로 되어 있어서 연락이 올 수 있었다. 여인은 석우와 함께 광주에 있는 병원으로 달려갔는데 채영은 혼수상태였어도 다행히 이틀 만에 깨어났다. 석우는 채영이 깨어날 때까지 곁을 떠나지 않고 울었다. 석우에게는 채영이 깨어난 그때처럼 기쁘고 행복해 했던 기억이 없었으리라. 건강을 회복한 채영은 석우 마음을 어미보다 더 잘 헤아려주었다.

　현진 스님은 어미에게서 시선을 들어 천장을 올려다보면서 합장한다.

　"아니 그럼 채영이 기차에서 수면제를 먹고도 살아났었군요? 그리 죽은 게 아니었군요?"

　정란이 다그친다.

　"고인은 자살을 기도했지만, 뜻을 이루지 못했던 거지예. 우린 곧장 집으로 데려왔어요. 그때 채영은 혼수상태에서도 갓난아이를 찾고 있었습니다."

　현진 스님은 슬아에게 눈길을 돌리며 염주 알을 굴리던 손끝을 멈춘다. 눈을 감는다. 여인의 말은 이어진다.

　"집에 온 지 열흘 되는 날, 채영은 처음으로 석우랑 같이 외출을 했습니다. 그날 빵집에서 채영은 석우에게 차근차근 이야기를 들려주었다고 합니다. 아주 슬픈 이야기를."

　현진 스님은 고개를 돌려 리반을 지그시 바라보면서 손등에 자기의 손을 포개 얹는다. 그리고는 손을 포근히 감싸 쥔다. 그때 마치 짜여진 연극처럼 여인이 말을 잇는다.

"윤채영은 리반 선생님을 사랑하고 있었습니다."

여인은 리반이 아니고 현진 스님을 바라보다가 잠시 말을 멈춘다. 침묵 속에 많은 이야기가 담긴다.

"채영은 계속 울먹였답니다. 듣는 석우도 울었답니다. 지금이라도 본인이 원하는 대로 하라 했습니다만, 그녀는 석우의 손을 잡으며 석우와 함께 하겠다고 약속했습니다. 그 얘기를 듣던 제 기쁨이 컸습니다. 늘 그녀가 가버릴까 두려워하던 석우였는데…. 그 대화를 하는 동안이 석우에게는 참 행복한 시간이었을 겁니다."

여인의 말을 함께 듣던 현진 스님은 시선을 다시 허공으로 올린다. 세속의 인연을 끊고 불자의 길에 들어선 젊은 스님의 시선이 천천히 바닥으로 내려온다. 그가 말을 보탠다.

"저는 채영과 세속의 인연이 없었나 봅니다. 빵집에 다녀온 다음 날 채영은 영원히 제 곁을 떠났습니다. 그것도 처참하게!"

현진 스님은 고개를 저으며 넌더리를 친다. 천둥 번개가 내리칠 것 같다.

"아니 무슨, 처참이라뇨?"

경희는 말꼬리를 놓지 않으려 애를 태운다. 리반도, 아내 정란도 눈이 동그래지면서 초조한 빛으로 스님과 여인의 다음 말을 기다린다. 현진 스님은 긴 한숨을 길어 올리며 울먹이는 슬아를 한참 동안 바라본다. 그가 슬아를 채영의 딸로 알아보는 것일까? 슬아 앞에서 입에 담기 어려운 말을 꺼내려는 듯 주저하는 빛이 역력하다. 그때 슬아가 조용히 일어나더니 조심조심 방사의 문밖으로 나간다. 슬아의 흐느낌이 점점 멀어져간다. 현진 스님은 고개를 푹 수그렸고, 여인이 무겁게 입을 연다.

염주 알 부대끼는 소리

저물녘부터 굵은 빗줄기가 내리꽂혔던, 1981년 9월의 어느 날 저녁. 가로등이 없어 깜깜한 판자촌 골목길을 두 가닥 노란 빛줄기가 곡예 하듯 빠져 오르더니 산등성이 둔덕에 비 화살을 꽂고 멈춰 선다. 검은 능선 아래로 K 시의 불빛들이 내려다보이는 조그만 동산이다. 빗살이 거칠게 쏟아지는데, 철커덕, 검은 지프의 문을 젖히며 비옷 입은 건장한 사내 두 명이 풀밭에 철퍽 뛰어내린다. 그들은 차에서 짐짝 뽑아내듯 여자를 뽑아내었고, 헤드라이트에 여자의 흐트러진 머리칼이 비치다가 빗살에 묻힌다. 테이프로 입이 봉해진 채 두 사내에게 팔을 붙들려 숲 언저리로 끌려가는 여자는 도마 위에 오른 생선처럼 버둥댄다. 시동도 끄지 않고 차에서 내려 뒤따르는 다른 한 명의 손에는 거꾸로 들린 삽자루가 건들거린다. 그는 걸음을 멈춰 큰 나무 아래서 구덩이를 파기 시작한다. 빗줄기가 사내의 등을 사정없이 후린다. 두 사내는 몸부림치는 여자를 장작처럼 묶더니 배에 발길질을 해댄다. 무성한 이파리가 갈기갈기 찢기는 비바람 소리, 계곡 물소리가 입이 봉해진 여자의 처절한 비명을 대신하고 있다. 이번에는 삽질하던 사내가 얼굴을 향해 가차 없이 삽자루를 휘두른다. 여자는 피를 튕기며 움직임을 멈춘다. 사내는 구덩이를 더 파낸다. 다른 사내들은 빗물로 피범벅이 된 여자의 상반신을 표정 없이 바라보고 있다. 채영의 처참한 모습이다. 무릎이 잠길 정도로 구덩이가 만들어지니 풀숲에 모아진 빗물이 헤텀벼 든다.

　- 묻어뿌라!

　사내가 구덩이 밖으로 나와 차갑게 말을 뱉으며 두 사내 쪽으로 삽을 던진다. 늘어진 채영의 몸이 사내들 손아귀에 끌려 구덩이에 처박힌다. 펄 같은 흙무더기 속에 생매장을 끝낸 사내들은 주변의 나뭇가지들을 꺾어 덮어버린다.

　- 빨리 뜨자!

　바람결을 타넘는 빗살 소리, 나뭇잎 부대끼는 소리, 계곡의 세찬 물살 소리가 산 귀신의 음울한 곡소리로 묶여 지프 주위를 맴돌고 있다. 그들이 떠나려 할 때 돌연 칼 벼락이 내리친다. 큰 나무 가지가 쩍 갈라지면서 지프를 가로막아 쓰러진다. 당황한 지프는 급히 후진하더니 핸들을 좌로 꺾어 쫓기듯 산등성 아래로 치달린다.

　- 씨발 벼락은, 지랄 맞게! 숨통이 끊어진 거 확인했나?

　- 확인할 필요 있겠어? 숨이 남아 있다 캐도 쪼매 있으믄 뒈질 낀데!

　- 그래도.

　- 돌아가자고?

　- 고마 놔나라!

"그 밤, 비바람이 거셌던 초저녁, 채영은 슈퍼에 다녀오겠다고 나간 뒤 밤늦도록 돌아오지 않았습니다. 석우와 함께 밤새워 채영을 찾아 헤매었습니다. 새벽이 다 되어서야 뒷산 숲속에서 암매장된 채영의 처참한 시신을 찾아냈어요. 그나마 진돗개를 끌고 나선 덕이었지요. 채영의 고운 얼굴은 흙과 피로 엉켜있어서 차마 눈 뜨고는 볼 수 없었습니다."

"그만, 그만이요! 흑흑흑."

누군가 오열을 터트린다. 리반은 자리에서 일어나 막대처럼 서 있다가 불끈 쥔 주먹으로 벽을 내리치려다 부르르 떨고 만다. 여인이 못할 말을 하는 듯 멈칫거린다.

"시신을 수습해서 화장하면서 석우는 그때 채영을 떠나지 않겠다고 했습니다. 저는 아들의 완강함을 이기지 못하고 공기 좋은 곳에서 수양하는 편이 못난 아들한테 좋겠다는 판단을 했습니다. 그 길로 석우를 출가시키기로 하고 채영의 위패가 모셔진 이 절에 아들을 데리고 왔습니다. 그날부터 지금까지 석우는 이 절을 떠나지 않고 있습니다. 주지 스님께서는 석우의 세속의 상처를 달래주면서 현진이라는 법명을 내리셨습니다. 나무아미타불."

얼굴색이 붉어진 정란이 다그쳐 묻는다.

"누가 그리 시켰습니까? 범인은 잡았나요?"

여인은 눈을 지그시 감고 말을 잇지 못한다. 리반은 자리에 털썩 앉으며 고개를 떨어뜨린다. 천사 같은 채영이 그토록 처참하게 죽을 수는 없는 일이다. 채영이 왜 무자비한 죽임을 당했어야 하는가?

"수사는 미결인 채로 종결되었습니다. 지금 기억에 경찰에서는 적극적으로 수사에 임하지 않았던 것 같습니다."

여인의 말이 현진 스님의 염주를 움켜쥔 손아귀에 힘줄을 솟게 한다. 염주 알들이 부드득 부대끼는 소리를 낸다.

"그 말씀은 혹 짐작 가는 데라도 있다는 말씀인가요?"

리반은 입을 열지 못하고 정란이 묻는데 그 목소리가 차분하다. 그녀는 어느덧 냉정해져 있다. 하지만 현진 스님은 아랫입술을 바르르 떨었고, 여인이 입을 연다.

"유서에 있듯이, 채영이 처음 서울에서 납치당했던 사건이 시사해 줍니다. 엉뚱한 사람을 잡아 놓고 보니 뒤가 걱정되어 아예 후환을 없애 버린 거지예. 가진 자들의 권력 다툼에 희생된 젊은이들이 어디 한둘이겠습니까? 그들에게 불특정 개인의 목숨쯤이야 파리 목숨이지요! 엉뚱하게 채영이 그 희생자 중의 한 사람이 된 겁니다. 거대 조직이 돌아가려면 톱니바퀴에는 윤활유가 필요합니다. 때론 사람의 피가 윤활유를 대신하기도 하지예. 이 인고의 세월이 언제나 끝나려는지요. 나무아미타불!"

여인의 말은 가시가 되어 모두의 가슴에 박힌다. 여인은 일행이 알던 사람이 아니었다. 전혀 다른 사람이 되어 일행에게 자초지종을 들려주고 있는 것이다.

"엉뚱한 사람이라면 누구 대신이란 말이군요. 고인의 행세를 하고 다니면서 철저히 자신은 은폐시킨 사람이 있다는 말이 되는군요!"

경희는 발음이 꼬이고 있다. 리반은 어처구니없게 갑자기 사라져버렸던 사람을 몇몇 보아왔다. 기득권을 견고한 성으로 만들고 주변에는 가시밭을 일궜다. 잘못이 드러나면 하수인들을 내세우고 공은 언제나 자기들이 챙겼다. 따지고 보면 조직의 하수인들은 죄가 없다. 사람들이 만든 조직이 부메랑처럼 사람들을 옭아매 희생양으로 만드는 것이다. 현진의 말대로 거대 조직은 개인의 희생을 윤활유로 돌아가고 있다. 하필 윤채영이!

"당한 것도 원통한 일이지만, 저는 그런 아귀 찬 사람들이 싫었습니다. 고인의 부친께서는 자식의 일을 외부에 알리지 않았습니다. 부친은 끝내 앓아누우셨고 결국 돌아가셨답니다."

"불쌍한 우리 채영이 흑흑흑!"

경희의 오열이 방사에 깔린다. 어느새 들어온 슬아의 시선도 스님의 손에 들린 염주 알을 붙잡고 놓지 못한다. 현진의 염주 알은 빗겨난 톱니처럼 아귀가 맞지 않아 넘어가지를 않는다.

"세상사가 업보라지만, 채영에게는 너무나도 비참한 운명이었습니다. 아귀와도 같은 이 세상에 살기에는 아까운 여인이었지예. 착하기만 한 사람인데 어떤 업보가 있어서 그런 모진 삶을 살아야 했는지."

자기의 일을 대신 말해주는 산밖 어미의 이야기를 들으면서 현진 스님의 눈언저리에 깃든 공허가 읽힌다. 공허는 리반에게도 고스란히 전해진다.

"보살님, 스님! 저희가 부끄럽습니다. 모두가 저희 탓입니다."

"그렇지 않습니다. 고인은 도리어 제 아들에게 은인이지예…."

그러나 현진 스님은 천정을 올려다보며 무슨 말을 꺼내려다말고 여인에게 시선을 돌린다. 그리고 여인이 또 하나의 충격적인 말을 던질 때 스님은 고개를 도리질하면서 맥을 놓아버리는 듯하다.

"그런데……. 채영을 생매장한 무리가… 바로 제 식솔들이었습니다. 그 소식을 나중에 듣고 저는 혼절하는 줄 알았습니다."

여인의 말끝이 약해진다. 긴장감이 방사(房舍)를 휘감는다. 이 긴장의 사슬을 끊은 것은 현진 스님이다. 현진 스님 석우는 그때 어머니와 아버지가 크게 싸우는 소리를 들었다며 고개를 젓는다.

– 위에서 시키는 대로 했는데 어째 내가 죽인 것이냐?

– 아니다. 그건 당신이 죽인 것이다. 제 며느리를 죽이는 인간이 세상천지에 어디 있느냐. 이제 석우를 어찌할 거냐?

두 사람의 언쟁은 밤늦도록 이어졌고, 석우는 그 엄청난 이야기를 들은 후 머리를 쥐어뜯다 말고 쓰러졌다고 한다. 이 일은 결국 부부의 연을 끊는 빌미가 되었다고. 말하는 여인이나 현진 스님의 이마에 땀방울이 송송하다. 방안은 오뉴월에 냉기가 서린 듯한데 현진 스님의 가뿐 숨소리가 팽팽한 기류 위를 떠다닌다.

"이런 사실을 석우는 어떻게 받아들였을지. 모든 것이 뒤죽박죽되었지만, 석우는 불가에 입문하면서부터 의식에 질서가 잡혀가는 변화를 보이기 시작하였습니다. 대명천지에 들리는 청아한 목탁 소리! 그 맑은 소리는 흐트러진 석우를 바로 일깨워 주었을 겁니다. 또 석우는 하루도 건너지 않고 채영의 위패를 정성껏 닦아 품에 안고를 거듭하였습니다. 채영의 위패를 정갈하게 모시는 일이 석우에게는 하나의 수행 과정 같아 보였습니다. 위패는 석우의 눈물로 닦여지고 있었습니다. 제가 석우를 이 길로 들인 것을 후회해 본 적은 없습니다. 그러고 보니 채영의 모진 진고는 석우 하나를 구하기 위한 고통스런 여정이었던 것 같습니다. 손님들 모처럼 오셔서 천도재를 제 손으로 준비하고 보니 저도 마음이 가볍습니다. 고인의 굳게 옹글어진 고(固)도 슬슬 풀렸을 거고예. 선생님들 마음고생에 비하면 저희는 행복한 편입니다."

모자의 얼굴에 평온하면서도 애별한 슬픔이 묻어난다. 현진이 슬아에게 보내는 눈빛이 아련하다. 모녀의 순정한 마음이 고운 결을 내며 리반과 일행의 마음을 감싼다. 그런 모녀에게 일행은 인간적인 연민을 느끼고 있다.

채영이 남긴 유서는 채영의 유품을 정리하던 중 발견했다고 한다. 석우를 절로 보낼 때 큰스님에게 챙겨 드렸는데, 삼 년이 지난 어느 날 스님께서 석우에게 돌려주었다고 한다. 여인은 이 유서를 알아야 할 사람에게 복사해서 보내라고 당부했다는 것이다. 그것이 채영의 아픈 상처를 조금이라도 달래는 길이라 믿었다고. 후반부에 있는 체영의 죽음에 대한 부분은 그대 보강한 것이라 한다.

채영에게 원죄를 지었다고 생각하는 석우 어머니는 실상사에 채영의 위패를 모셔 놓고는 석 달에 한 번씩 절에 들려 현진 스님과 함께 고인의 명복을 빌어 왔다며 두 손을 합장한다.

"그러셨군요!"

비구니가 보았다는 보살님은 누구였을까?

"우리 모자도 이제 편안합니다. 세상사 인과응보라고, 채영을 죽음으로까지 몰고 간 잔당들이 지금 그 대가를 혹독하게 치르고 있습니다. 채영은 두 번이나 죽은 겁니다. 고인도 평안하리라 믿습니다. 나무아미타불."

"보살님, 그리고 현진 스님, 저희 면목이 없습니다. 고맙습니다."

"맘 편하게들 올라가십시오. 관세음보살."

비로소 고개를 들어 일행을 일별하는 현진 스님의 눈에 포근한 자애로움이 스며난다.

경희는 현진이 건네는 글의 원본을 받아든다.

절을 나서서 개울을 가로지르는 만수천 다리를 건널 때까지 현진 스님 모자는 일행을 향해 합장의 자세로 서 있었다. 네 사람은 말을 잃었다. 슬아는 어떻게 엄마의 한을 다스려 낼지. 정란은 여인의 말이 이어질 때부터 줄곧 고개를 들지 못하고 있었다. 절을 나올 때도 현진 스님의 눈을 맞추지 못해 눈인사도 보내지 못했다.

채영이 가장 필요했던 사람은 현진 스님, 장석우가 아니었을까? 지극히 낮은 곳에서 순결한 마음으로 수많은 세월을 오직 그녀의 안식을 기원하였던 사람. 응답이 없어도 싹이 터 주기를 포기하지 않고 기다린 그의 사랑이 산처럼 크게 다가왔다.

채영은 자기 때문에 죄업의 멍에에 갇힌 사람들을 구원하고자 이승에 나타났을까? 윤채영과 리반은 마치 뫼비우스의 띠처럼 영원히 만날 수 없는 평행선을 가고 있었으니, 그녀는 사후 세계에서 리반은 현세에서 어쩌다 그 평행선이 선로를 이탈하여 기이한 재회를 했던 것은 아닐까?

해리성 둔주 3

살아있는 채영

또 하나의 윤채영

겨울비가 내리는 아침. 리반은 공항로의 인공폭포를 지나 여의도 방향으로 차를 몰고 있다. 이렇게 비가 오는 날이면 채영이 생각나곤 한다. 채영은 죽임을 당한 지 23년이 지나서 홀연 나타나 세상사에 간섭했다. 자기 죽음에 얽힌 미스터리를 풀어주고 슬아를 거두어들이도록 진실을 드러내었다. 이제사 모든 것이 제 자리를 잡았고 리반은 일상으로 돌아왔다.

차가 여의도에 들어서려는데 휴대전화가 울린다.

"리반 교수님이세요?"

"네. 누구세요?"

"저, 윤채영이라 합니다."

가슴이 철렁한다. 대꾸를 못 하고 목소리가 보내는 기류에 말려 급브레이크를 밟을 뻔하다 황급히 차를 인도에 붙여 세운다. 채영이라 했다! 잘못 들은 게 아니다. 리반이 휴대전화 창을 확인했으나 처음 보는 번호다.

"아- 아니, 방금 누구라고 했습니까?"

"윤채영입니다."

"저… 어, 그런데요?"

엉겁결에 나온 말이다. 채영을 또 들먹이다니! 그럴 리 없다. 아니면 혹 채영이 아직 떠나지 않은 것일까? 할 일이 더 남았나? 전화를 꺼버리려는데 저쪽에서 붙잡는다.

"리반 교수님. 전 실상사에도 다녀왔습니다."

실상사를? 잘못 걸려온 전화가 아니다. 의문사의 미궁에서 일상으로 겨우 빠져나왔는데……. 뭔 일이 또 생길지 조짐이 예사롭지 않다. 저쪽의 담담한 말투로 보아 그냥 넘길 일이 아니다. 리반은 들은 말을 확인한다.

"당신, 정말 윤채영이란 말이오?"

"리반 교수님, 채영이라는 이름을 쓰는 사람이 세상에 하나밖에 없겠습니까?"

이건 무슨 말인가? 리반은 가속 패달을 밟으려던 발길을 뗀다. 대답도 기다리지 않고 저쪽 말이 이어진다.

"면목 없습니다. 이십삼 년 전, 리반 교수님이 알고 있는 윤채영 씨는 다른 사람을 대신해서 억울한 죽임을 당했습니다."

"……!"

오! 리반은 입술에 침을 바른다. 차를 갓길에 세우고 비상 라이트를 점멸한다. 미심쩍게 남아 있던 부분이긴 했다. 그동안 채영의 짐을 벗어버렸다고 생각해 왔다. 하지만 채영이 다시 짐을 지우고 있다. 리반의 억양이 달라진다.

"잠깐만요. 지금 뭐라 했지요?"

"이십여 년 간 다른 사람의 몫을 살고 있는 사람이 있습니다. 저는 의문사 진상규명운동을 돕고 있습니다. 한 번 뵙고, 소상히 말씀드려야 할 것 같아서 전화 드렸습니다. 만나 주시렵니까?"

"예. 뵙고 싶습니다."

"해남다방에서 뵙지요."

커피숍은 해남빌딩 1층이다. 테이블은 많이 차서 리반은 눈 둘 곳을 모르고 있다. 먼저 와서 기다리겠다고 한 말을 생각하며 두리번거릴 때 구석진 테이블에서 중년의 여인이 그를 향하여 손을 흔든다. 리반이 다가간다. 여인은 자리에서 일어나 허리를 굽혀 그를 맞는다. 안면이 있는 것 같다.

"누구셨지요?"

"저, 박정란 친구 이진희예요. 오래전 경포대에서도 뵈었지요? 전 알아보겠는데요!"

기억이 났다. 결혼식에도 왔던 여인이다. 네이비 칼라 투피스에 하얀 블라우스가 잘 어울리는 중후한 중년으로 변한 모습이다.

"오랜만입니다. 많이 변하셔서 못 알아보았습니다. 그런데 여긴 웬일이세요?"

"교수님 만나러 왔지요. 리반 씬 여전하시네요."

"내게 전화하신 분 맞군요?"

"제가 전화 드렸어요. 그 애도 곧 올 거예요. 앉으세요."

리반은 진희 맞은편에 앉는다.

"리반 교수님 놀라지 않게 마음 단단히 먹고 계세요. 정란이도 곧 올 겁니다."

"아니, 우리 집사람이 왜요?"

"정란이 오면 말씀드리죠. 그리고 오늘 오후에는 박영찬 씨가 시국 문제에 대한 가해자 입장의 양심선언을 하기로 했답니다. 장인 되시는 분에 대한 언급이 있을 예정입니다. 흥사단 건물입니다. 관심 있으시다면 이따 저희랑 같이 들르지 않겠어요?"

"박영찬? 미래콤의 그 박 사장 말입니까?"

"맞아요."

"흐음, 그럴 수가!"

그 사람은 한번 만나야 할 사람이었다. 리반은 그 사람을 누구보다 잘 안다. 과거의 무거운 짐에게서 벗어나겠다는 몸부림일까? 쉽지 않은 것이 내부자 고발이다. 가서 그의 용기에 갈채라도 보내야 하겠다. 양심선언이라니, 혹 JJKing 파일 공개와 관련이 있을까? 그런데 집사람은 왜 오는가. 윤채영의 삶을 대신 사는 사람은 어떤 여잘까? 리반은 다시 머리가 복잡해진다.

"박영찬 씨를 잘 아시나 봐요?"

"예, 조금."

"그동안 마음고생이 많았던 분 같아요. 오늘 회견장은 물론이고 언론사들도 그 파장에 촉각을 세우고들 있어요. 시국 문제에 대하여 가해자 측이된 기관의 요원이 자청한 양심 선언이니 말이지요. 나라가 바로 서려면 이런 용기 있는 사람들이 많이 나타나야 하겠지요."

당차게 말하는 모습이 정란을 닮았다. 이 여인들은 아직도 처녀 시절에 머물러 살고 있는가. 나라가 바로 서도록 정의의 편에서 청지기를 자처한 사람들이 아닌가.

"정란이 마침 들어오네요."

리반의 아내가 이쪽을 향해 걸어오고 있다. 그녀는 평소에 입지 않는 회색 정장 차림으로 리반의 시선을 빗겨 다가오더니 진희 옆자리에 앉는데 리반을 보고 올 줄 알았다는 듯 설핏 미소만 보낸다. 어째 묘하게 돌아가는 느낌이다. 경포에서 만났던 여자 중에 빠진 사람이 누구인가를 헤아려 보지만, 떠오르는 사람이 없다.

"당신이 여긴 어쩐 일로? 그렇게 입으니 딴사람 같아!"

"미안해요, 여보."

목소리가 차분하다. 진희 씨가 나선다.

"저는 의문사 진상규명운동본부에서 일하고 있습니다. 정란이는 저를 돕고 있어요."

"예."

며칠 전인가 그런 말을 한 적이 있다. 그 아버지에 그 딸이니, 장인어른을 생각하면 특별한 일도 아니었다. 대화가 뚝 끊긴다. 세 사람이 서로 눈을 맞추다가 진희가 입을 연다.

"교수님! 놀라지 마세요."

"……?"

"윤채영의 몫을 살고 있는 여자는 여기, 박정란 씨입니다."

말도 안 되는 소리다. 이 말을 어떻게 받아들여야 하나. 리반이 입을 못 여니 대화가 또 끊긴다. 엉클어진 실타래의 가닥을 잡으려 하나 꼬투리가 숨어버리는 격이다. 정란이 서서히 눈을 들어 리반의 시선과 맞댄다.

"그래요 여보! 진희와 나는 대학 때 같은 동아리였고, 우린 학력을 감추고 구로 공단에 위장으로 취업했어요. 내가 채영의 몫을 살게 될 줄은 몰랐어요! 암튼 인제 와서 말하게 된 것 미안해요."

리반의 머릿속이 하얘진다. 보통 들어 넘길 말이 아니다. 아니, 말도 안 된다. 아내가 머리부터 발끝까지 파르란 구름 덩이처럼 보이고, 대화는 팽팽하던 고무줄 끊어지듯 뚝 멈춘다. 그 말을 어떻게 믿으라고. 정란은 자기 아내다. 어떻게 박정란이 윤채영으로 바뀔 수 있다는 말인가.

마지막 퍼즐

리반은 표정 관리를 못 하여 얼굴이 일그러지며 험상궂게 변한다. 그는 정란을 노려본다.

"당신이 윤채영이라고?"

"……."

"여보! 박정란. 어떻게 된 거요?"

두 여인은 리반의 돌연한 기세에 눌려 기가 꺾인다. 리반 앞에 꾸중 듣는 학생들 같다.

"아니, 내가 이제까지 헛살았다는 거요? 뭐야, 당신 내 사람 맞아? 그 많은 세월 동안 진실을 숨기고 태연하게 나랑 살붙이고 살아왔단 말이요? 이게 말이나 돼요?"

리반의 목소리가 높아진다. 듣다못해 진희가 나서 좀 진정하고 말을 들어 보라 달래지만 가라앉을 분위기가 아니다. 소위 의식화된 학생들의 행태가 언론에 오르내렸던 기억은 났다. 그러나 아내 정란을 직접 관련지어 본 적은 없었다.

"두 사람이 그때 위장 취업한 학생들이었다?"

"그랬어요!"

정란은 돌연 당당하게, 눈도 깜빡거리지 않고 말을 받는다. 리반이 최근에 본 적이 없는 결연함이다. 마주친 눈빛 싸움이 치열하다.

"그런 사실을 그간 나는 모르고 살아왔다는 거네?"

리반의 말이 빨라지고 있다. 흥분했다는 표시다.

"그때는 당신한테 얘기할 처지가 아니었어요."

둘의 말이 위태롭게 섞인다. 진희는 중간에서 안절부절못한다.

"맞아, 당신 나보고 데모하지 말라더니. 위장도 철저한 위장이었군! 결혼 생활도 위장이었고! 신상에 대한 것까지 주도면밀하게 속이고, 계획된 당신 시나리오에 희생된 사람들이 몇이나 될까? 인제 보니 당신 무서운 사람이었군! 당신은 4년제를 당당하게 졸업한 후 나와 결혼하면서도 그땐 아르바이트였다고 표정 하나 변하지 않고 말했어. 그랬지?"

"그래요! 그렇다고 무슨 문제가 있나요? 당신도 저들처럼 소위 북쪽의 조종을 받는 학생들이라고 생각했나요?"

정란은 침착하게 되받는다. 아내가 이토록 가증스러웠다니, 리반은 살이 떨려 말을 붙이기도 싫어진다.

"위장 취업이나 북쪽의 조종 따위를 내게 말할 필요는 없어. 나도 알만한 건 다 아는 사람이니까. 그게 문제가 아니라 이제까지 함께 살면서 내게 그런 사실을 털어놓지 않았다는 것. 당신이라면 이해하겠어? 난 여태 당신 껍데기하고 산 거잖아!"

속아 살아왔다! 리반의 억양이 강해지자 정란은 짐작하고 있는 줄 알았다며 그제야 말끝을 흐린다. 정란은 다시 해명을 늘어놓는다. 별 뜻 없이 채영의 이름을 사용했는데, 결과적으로 채영을 죽게 한 빌미가 되고 말았다고. 자기들 그렇게까지 될 줄을 알았겠느냐고. 실상사에서야 알게 되었는데 현진 스님의 말을 들은 뒤로는 잠을 이룰 수 없었다며 결국 고개를 수그린다.

"이 말, 어디까지가 진실입니까? 진희 씨."

"모두요! 진실입니다."

"박정란. 당신 진짜 이름이 뭐야 대체. 윤채영이야? 박정란이야? 당신이 공원(工員)으로 있을 때 이름은 박정란이었고, 내가 당신 직장에 그 이름으로 전화까지 했잖아."

"우리가 경포대에서 만날 땐 채영이의 이름으로 근무하던 공장에서 다른 곳으로 옮기고 난 뒤였어요. 옮긴 곳에서는 물론 내 이름을 그대로 사용했고요."

진희가 나선다. 전에 다니던 공장에서 의심을 받았던 거라고. 낌새를 먼저 알아채고 그곳을 나와 한 달쯤 쉰 다음, 다른 공단에 들어갈 때는 이름을 바꿔서 본명으로 들어갔다고 한다.

"윤채영이 대신 곤욕을 당할 수도 있을 거라는 생각은 왜 못 했어? 남의 일 보듯이 윤채영이 죽었다는 소식을 접하고도 일말의 가책도 없이 시치미 떼고 살 수 있었나? 그게 이제야 드러났나? 그래, 위장 취업해서 그대들이 한 일은 무엇인데?"

리반의 호통에 가까운 닦달에도 정란이 침착하게 말을 받는다.

"공원들은 박봉에다가 인간 이하의 취급을 받고 있었어요. 국민의 한 사람으로서 누려야 할 최소한의 권리도 그곳에는 없었어요. 못 배웠다는 이유로, 가난하다는 이유 하나로 어린 여자들이 노예처럼 부림을 받고 있었어요. 갑의 횡포가 극에 달해 을의 일방적인 희생을 강요했던 시대였지요. 그래서 당당히 요구할 것은 요구하도록 주선했고, 배우지 못해 뭘 모른다는 이유로 가진 자들의 횡포를 감당해야 하는 구조적인 모순을 사회에 알려 일깨워야 했어요. 저들은 정의(正義)를 종북(從北)의 틀에 가두어 놓고 자기들 이익에 반하는 사람들을 종북이요, 사상범으로 몰아갔어요. 당신은 그 시대의 목격자예요."

기다린 듯 요목조목 당시의 일을 늘어놓는 정란이다. 모처럼 남편에게 소상히 알릴 기회라 여겼던 것 같다. 리반의 표정은 여전히 굳어 있고, 기껏 나온 말이다.

"대단히 위험한 일을 사서들 하고 있었구먼!"

정란이 조용히 덧붙인다.

"수출품은 어린 여공들의 피와 땀으로 만들어졌고, 국가와 기업은 포동포동 살이 찌는데 여공들은 박봉에 허덕이고 있었어요. 그런 일들을 보는 우리는 어떤 권력의 힘에도 당당하게 대항할 마음의 준비가 되어 있었어요."

"장합니다. 아주 장한 사람들이었어요."

남편의 이해를 구하기는 부족했구나 싶었는지 정란은 한숨을 보태며 말을 받는다.

"다행이네요."

그 시대 상황에서 그녀들이 취했던 일들이 정의롭고 순수했다 하더라도 리반의 마음은 풀리지 않는다. 어떤 여자는 박정란의 사소한 이름 도용으로 참혹하게 생매장을 당했다. 박정란을 노리던 자들이 하필 윤채영을 정란으로 알고 살해하다니! 한 여자의 인생이 그렇게 망가지는 것을 보면서, 그녀의 피붙이 슬아를 보면서 정란은 어떻게 고개를 들고 살아왔을까? 이제야 절절히 양심선언을 해야겠다고 마음먹었나? 아내가 그렇게 무정한 사람이었다는 걸 자신은 왜 여태 몰랐을까.

"나도 끝까지 모를 뻔했어요. 오늘, 진희와 같이 나온 것은 내 입으로는 차마 그 말을 못 꺼낼 것 같았어요."

자기가 쫓기고 있다는 것을 몰랐나? 그때, 진희 씨가 끼어들어 이름도 바꾸고 공장까지 옮겼으니 위장이 잘 된 것으로 알고 있었던 거라고 거들자 정란의 말이 뒤를 잇는다.

"돌이켜보니 채영이 여정다방에서 나를 마지막 만났을 때, 그자들은 나를 추적하고 있었던 것 같아요. 다방을 나서는 채영을 나로 착각했던 거예요. 만약에 내가 채영이보다 먼저 다방을 나갔더라면 지금 이런 자리가 필요 없었겠지요."

진희가 물컵을 옆으로 치우며 차분하게 말을 이어받는다.

"세상이 바뀌면서 비로소 드러난 진실입니다. 당시 수배자 명단에 윤채영이 올라 있는 것을 제가 확인했습니다. 그들은 '구로공단의 윤채영'을 찾고 있었던 겁니다. 정란은 이 사실을 감지한 다음 암담한 심정이 되어 내게 확인을 요청해 왔습니다. 정란은 사실을 알고 무척 괴로워했으며 제가 그냥 묻어두고 살라 했지만, 정란은 그럴 수 없다, 그 말을 꺼내는 것조차 죄망스럽다고 했습니다."

"오, 맙소사!"

리반은 눈을 감아버리고, 가슴은 먹먹해진다. 이것은 정란이라는 여자의 정체를 둘러싼 세 번째 양파껍질이었고 어쩌면 마지막 퍼즐이었다.

"정란이 지금 말했듯이 우리 모두는 그 시대의 목격자입니다. 어두웠던 그 시절을 함께 하신 리반 교수님께서는 충분히 이해하실 겁니다."

진희의 마지막 한 마디가 그나마 위로로 들린다. 혼란 속에 질서를 잡아줄 실마리가 보인다. 아내 정란은 리반의 입에서 떨어질 말에 전전긍긍하고 있다. 리반은 그것이 자신의 운명이었다고 내심 갈무리한다. 운명! 신의 피조물에게 섭리라는 이름으로 내린 가이드포스트.

신의 섭리는 인간의 시간으로 짠 그물망이다. 인간은 신이 만들어 놓은 그물망 속에서 살아간다. 그게 운명이다. 섭리라는 말을 운명으로 환치해도 되는 이유는 그것이다. 절대자는 우리에게 문제와 함께 그 문제를 풀 수 있는 열쇠를 함께 주신 것 같다. 운명을 제어하는 열쇠는 인간을 창조해 낸 창조주의 경전 속에 있을 것이다. 그렇다면 경전을 가까이하는 것, 그 속에서 열쇠를 찾아내는 일은 피조물인 우리의 몫이다. 그런데 경전을 대하는 우리는 이미 어두운 창고에 갇힌 나비처럼 자신의 시력을 상실해 가고 있지 않은가.

그 시절에 우리는 어차피 그런 혼돈 속에서 삶을 이어왔다. 채영은 보는 시각을 달리하면 대단히 의로운 희생을 한 것이다. 리반 자신은 그런 또 하나의 윤채영을 아내로 둔 것이다. 채영은 그에게 말했었다. 자기가 윤채영과 살고 있다고! 그 말이 새삼스럽다! 그러나 정란이 달라 보인다. 도저히 정붙이고 살아가긴 어려울 것 같은 존재로 보인다.

"어차피 나는 채영의 굴레를 벗어나지 못할 운명이었군요!"

한숨을 섞어가며 푸념을 털어내는 리반의 누그러진 태도를 보며 정란은 초조함을 푼다.

리반은 아내 이전의 정란 모습을 생각한다. 채영의 문제만 아니라면, 정란은 사실 대단한 일을 해냈다. 남학생들도 하기 힘들었던 일을 여학생의 몸으로 당차게 맞서 그 당시 그늘진 우리 사회의 아픔에 동조하여 오늘을 일구어낸 당찬 얼굴이다. 하지만 용서는 죽은 채영을 잊을 수 있을 때야 가능할 것 같으니 어쩔까.

"경민 아빠, 죄송해요."

정란의 눈가에 맺힌 자잘한 이슬방울은 누구에 대한 연민의 결정체일까. 진희 씨가 손을 내민다. 리반은 내민 손을 잡으면서 나지막하게 중얼거린다.

"용서는 말이지요…, 말로 하는 것이 아닙니다."

진희 씨가 정란의 손을 끌어 리반의 손등에 올린다. 두 여인이 의미 있는 시선을 주고받는다. 정란에게도 진희에게도 채영의 일은 언제나 가슴에 차여 있었다. 이제 리반의 입에서 나온 용서라는 말 한마디로 부담은 덜어지고 있다. 하지만 용서는 말로 하는 것이 아니라 하니 그 말을 평생 품고 살아야 하리라. 식어버린 찻잔을 들며 진희는 대화의 물꼬를 돌린다.

"아까 말씀드렸지만, 박영찬 씨는 오늘 박두삼 선생에 대한 간첩혐의 조작 사건을 폭로한다고 합니다. 그는 조작이라는 단어를 사용했습니다. 오늘 교수님 장인의 무고가 만천하에 알려질 겁니다. 장인 어르신의 무고는 박정란 씨까지 포함하여 험난했던 두 분의 여정을 정리하는 의미가 있습니다. 두 분, 함께 가실 거죠?"

정란의 표정이 모처럼 밝다. 반가운 소식을 들어야 한다. 리반은 두 여인과 함께 자리에서 일어난다. 리반이 커피숍 문을 활짝 여니 파란 하늘에 부시도록 찬란한 햇빛이 굴절 없이 쏟아져 들어온다. 박영찬의 회견장으로 향하는 리반 일행의 발걸음이 가볍다.

한발의 총성

흥사단 건물 기자회견장. 연단 뒤 스크린에는 대형 태극기가 붙었고, 많은 기자와 재야인사 시민단체가 단상을 향하여 자리 잡았다. 리반 일행은 뒤쪽 출입문 근처에 앉아 회견을 기다리고 있다. 박두삼 선생은 보이지 않고, 단상에도 초대한 좌석이 없다. 회견 시각이 조금 이른 것 같은데 회색 정장의 진행자로 보이는 사람이 핸드마이크를 잡고 연단을 향해 뚜벅뚜벅 걸어 들어온다. 연단 옆에 선 그는 약속된 시각을 10분 앞당겨 회견을 시작하게 되었다며 양해를 구하고 퇴장한다. 이어서 감색 싱글 차림의 박영찬이 입술에 한일자를 그은 표정으로 입장하여 태극기에 예를 보낸 다음 연설대 앞에 돌아선다.

그가 좌중에 고개를 숙이고 나서 서류봉투에 있는 A4용지 세 장을 뽑아들고 마이크를 잡는 순간 단 아래서 기다리던 카메라 수십 대가 일제히 플래시를 터트린다. 셔터 소리가 멎자 박영찬은 얼굴이 상기되어 장내를 돌아보더니 준비된 글을 읽어 내려간다.

안녕하십니까? 박영찬입니다.

오늘 이 자리에 함께해 주신 여러분, 기자님들께 감사드립니다.

만장하신 청중 여러분, 기자 여러분, 그리고 국민 여러분. 저는 오랫동안 국가 기관에서 성실하게 일해 온 사람입니다. 하지만 저는 오늘 내부고발자의 한 사람으로 이 자리에 서게 되었습니다. 오늘 제가 이 특별한 자리에 오기까지 제 발걸음은 가볍지 않았습니다. 저에게 격려와 용기를 주신 분들이 계십니다. 사정상 자리를 같이하지는 못하신 분들도 계시지만, 그분들께 우선 감사의 인사를 올립니다.

최근, 인터폴은 국제적인 무기 밀거래 조직을 검거했다고 발표하였습니다. 이 조직에서 밀거래되는 무기들은 국제 테러단체에 흘러 들어가 세계의 평화와 질서를 깨트리고 있습니다. 불행한 일이지만 이 조직에 우리나라의 정 재계 인사가 관여한 사실이 밝혀졌습니다. 이들은 러시아의 마피아와 결탁, 무기 밀매를 주선해 왔을 뿐만 아니라 이를 그들의 비자금 확보 채널로 활용하고 있었음이 확인되었습니다. 그 은밀한 내용은 소위 JJKing이라는 파일에 의해 드러났습니다. 저는 이 파일을 경성일보에 전송하여 천하에 공개할 생각이었습니다. 그러나 이 파일을 공개한 사람은 제가 아니었습니다. 이 파일을 경성일보에 전송한 인물이 누구인지는 아직 알려지지 않았습니다. 제가 이 파일을 확보한 경위는 질의응답 시간에 따로 밝히겠습니다.

지금도 정치권에서는 정의를 진보로, 진보를 종북(從北)으로 몰아가는 이른바 종북 프레임이 가동 중입니다. 저는 오랜 세월 국가 기관에서 일해오면서 나 자신이 이 나라의 정의를 말살하는 일에 앞장서 있었음을 뒤늦게 깨달았고, 오늘 이를 고백하고자 이 자리에 섰습니다. 무엇이 정의인지. 과연 이 나라에 정의가 있는지 의문을 갖지 않을 수 없었던 저는 실종된 나라의 정의(正義)를 바로 세우기 위해 제 인생을 다시 살기로 하였습니다. 제가 파일 공개를 결심하게 된 동기입니다. 그런데, 먼 나라 오만 땅에서 먼저 이 파일을 입수하여 전송해 온 동포가 있었습니다.

일제에서 벗어난 지 반세기를 훌쩍 넘기도록 아직도 해방의 기쁨을 함께하지 못하고 이역만리 타국에서 조국 발전의 열매를 함께 따지 못하고 살아가는 동포들이 있습니다. 이국땅에서 이제나저제나 정의가 바로 선 조국을 기다리며 초조한 삶을 이어가고 있는 분들입니다. 이 엄중한 파일은 그분들 중에서 경성일보에 전송해 온 것입니다. 위정자의 편에 섰던 사람으로서 그분들에게는 사죄의 말씀을 드립니다.

또 하나, 저는 최근 간첩 조직과 연루된 것으로 기소 중인 한겨레 연구소 박두삼 선생의 무고를 천하에 밝혀드립니다. 박두삼 선생은 제가 소속된 기관에 의해 치밀하게 간첩으로 조작되었을 뿐, 어떤 이적 행위도 없었을 뿐만 아니라 일제 강점기에는 조국 광복을 위해 크게 헌신하신 어른입니다. 선생은 이 나라의 정체성을 지키기 위해 많은 고초를 받고 계십니다. 선생이 오늘도 이 자리에 나오지 못한 이유는 그분의 안위를 걱정하는 분들이 만류하셨기 때문입니다.

일제 강점기에, 동북 삼성 일대에는 항일 독립투사들에게 악명이 높았던 중원 특수부대라는 잔악한 일본군 부대가 있었습니다. 5,000명이 넘는 이

부대의 병사들은 조선인들로만 조직되어 동족끼리 총부리를 겨누게 했습니다. 이 부대 출신 조선인 장교 중에는 일제가 패망한 뒤 우리 정부의 고위직으로 진출해 출세한 사람들도 있고, 기득권층으로 행세하는 사람들도 있습니다. 당시 일본 관동군 사령부에서는 조선인 장교들의 행적을 세세하게 기록, 본국으로 보내서 향후 이들을 조선국 통치에 이용하는 자료로 삼고자 했습니다. 하지만 이 반민족주의자들의 정보를 기록한 서류가 우리 독립군의 손에 들어오게 되었고, 밀서로 봉인되어 해방된 조국에 보내졌습니다. 이 밀서는 일제에 부역한 반역자들에게는 판도라의 상자와 같은 존재입니다.

종전 이후 패전국 일본은 그대로인데 왜 우리나라가 두 동강이 되어야 했습니까? 국내 정치 상황이 기득권자들의 위세에서 벗어나 새날이 올 때까지 이 밀서는 봉인된 채 열리지 않을 것입니다. 지금까지 이 소중한 밀서는 박두삼 선생이 지켜오고 있습니다. 선생이 고초를 받는 이유는 이 밀서를 없애버리려는 세력이 있기 때문입니다. 이 시간이 지나면 이 밀서는 민족의 이름으로 공개된 뒤 국가가 보관하여야 할 것이며, 이로 인하여 한 개인이 더는 희생을 감당해 내지 않아야 할 것입니다.

해방된 지 반세기를 훌쩍 넘겼지만 우리는 아직도 일제 청산의 문턱을 넘지 못하고 있습니다. 뿐만 아니라 당시 연해주 일대에서 항일 투사들은 일본군은 물론 백러시아와 붉은 군대 사이에서 가혹한 수난을 겪고 있었습니다만 그들은 이데올로그라는 새로운 틀에 갇혀 해방을 모르고 살아오고 있습니다. 박두삼 선생의 밀서가 열리는 날, 진정한 일제 청산은 시작

될 것이고 기득권자들의 민낯을 대하게 되면서 우리는 천지가 개벽하는 경험을 하게 될 것입니다. 아직도 진정한 해방의 기쁨을 접하지 못하고 있는 타국의 동포들, 고려인 3세들에게도 비로소 광복의 햇살이 찾아들 것입니다.

박두삼 어른께서 그동안 겪은 고초는 마땅히 국가적 차원의 보상이 따라야 할 것입니다. 저는 앞으로 이 회견으로 인해 법적인 책임을 질 일이 있다면 기꺼이 받을 것입니다.

2004년 10월 박영찬.

이상입니다.

박영찬은 상기된 표정으로 회견문을 접어 오른손에 들고, 웅성거리는 좌중을 둘러보며 마이크를 다시 잡는다.

"경청해 주셔서 감사합니다. 지금부터 기자 여러분의 질문을 받겠습니다."

내부자 고발 형식의 회견 내용에 좌중은 술렁이는데, 박영찬을 바라보는 리반은 그가 입장하면서부터 묘한 동질감을 느끼기 시작하였다. 단상에 있는 박영찬과는 상당한 거리를 두고 있음에도, 그가 남 같아 보이지 않아서였다. 단상으로 걸어 나오는 걸음걸이나 회견문을 읽어 내리는 표정이 아주 익숙했다. 리반은 그와 호흡의 간격, 낭독의 리듬을 함께 했으며 회견이 진행되면서부터는 더욱 강한 동질감에 빠져들었다. 그의 감정이 격해져 손에 든 A4용지가 흔들릴 때면 가슴께가 함께 요동쳤고, 그가 회견문 낭독을 마칠 때는 같이 식은땀이 흘러 함께 이마를 훔쳐야 했다. 그와 눈이 마주친 적이 있는데, 그 눈빛은 차라리 자기 것이라야 했다. 아니 그는 박영찬이 아니라 리반, 자신이라야 맞았다. 왜냐하면, 정작 박영찬은 회견문 낭독이 끝난 시각에서야 출입문을 박차고 회견장으로 육박해 들어오는 중이었고, 회견문은 리반 자신의 왼손에 들려 있었기 때문이다.

박영찬은 예고된 시각 정시에 나났지만, 회견문 낭독은 이미 마친 시각이었고, 그는 거침없이 단상 앞까지 다가가 리반과 마주치더니 그를 밀쳐낸 뒤 연설대를 점령하고 마이크를 잡는다. 청중석에서 약간의 동요가 인 그때 박영찬의 뒤를 쫓아 검정 정장 차림의 건장한 사내 너덧 명이 회견장에 들어선다. 그들 중에서 한 명이 돌연 박영찬 정면으로 나선다. 그는 재빨리 권총을 뽑아 들어 박영찬의 정수리를 겨누며 소리친다.

"리반!"

-타아앙-

총성은 리반을 부르는 외침과 거의 동시에 울린다. 한 발의 총성이 회견장을 때리자 그 울림이 환청처럼 장내를 흔들어 제압한다. 단상에 서 있는 박영찬의 정수리를 관통한 총알이 그의 뒤 태극기에 피 얼룩을 남기고 박힌다. 박영찬은 단상 아래로 사라진다. 총성이 휘어잡았던 극히 짧은 진공의 시간이 지나자 장내는 아수라장이 된다. 서둘러 자리에서 일어난 리반은 일단 자리를 떠야 하겠다고 판단, 두 여인의 손을 잡고 신속히 회견장을 빠져나온다.

"드~ 들었어요? 저 사람, 총 쏜 사람이 리반이라고 당신, 당신 이름을 외쳤어요!"

"박영찬은 왜 죽어야 하죠?"

리반에게 이끌려 장내를 벗어나면서 두 여인이 숨 가빠 묻는다.

"마피아의 손길이 여기까지 뻗친 것 같아요. 저들은 리반과 박영찬을 혼동하고 있어요. 그게 아니라면 친일 세력의 타격(打擊)으로 보입니다. 어느 쪽이든 뿌리는 결국 하나지요."

리반 일행이 한숨을 돌리며 주차해 둔 차 앞에 왔을 때 멀리 빌딩 숲에서 거대한 먼지구름이 피어오르고 있다. 그 먼지구름은 왠지 낯이 익고 그 규모가 대단하다.

- 콰앙 콰르르릉 -

이어서 도시 하늘을 휘감아 울리는 우렛소리가 고막을 강타하고 있다. 리반은 토래스 몰보다 더 큰 건물의 붕괴를 상상하며 파랗게 높아진 하늘을 우러러본다.

나비

가장 진보한 존재

리반의 전시회 개막일이다. 이모와 함께 온 슬아의 표정이 안고 온 꽃다발 위에서 밝게 피어난다. 슬아가 리반에게 꽃다발을 안기자 리반이 딸의 뺨에 입을 맞춘다.

"교수님, 축하드립니다."

"고맙다!"

슬아는 리반을 아버지로 받아들이면서도 아빠라는 말이 쉬 나오지 않는 것 같다. 이제껏 불러보지 않았으나 사실 아빠라는 말에는 알 수 없는 경외심이 아우라처럼 싸여 있었다. 아빠라는 존재는 한 겨울에 추위를 막아줄 따뜻한 털옷 같은 존재라 생각해 왔다. 그리고 오늘은 아빠라고 부르리라 다짐은 했어도 막상 그 말이 나오지 않았다.

슬아 옆에 선 정란은 헤어스타일이 단발머리로 바뀌어 있다. 정란은 아버지의 무고가 밝혀지고, 채영에 대한 부담에서 벗어나 새 세상을 맞는 기분이다. 가족끼리 기념사진 촬영을 마치자 황 목사는 리반을 전시장 가운데 응접세트로 이끌어 나란히 앉는다. 따로 얘깃거리가 있다는 눈빛이다.

"교수님께서 겪은 증상 말입니다. 어떻게, 해결은 보셨습니까?"

황 목사는 검지를 눈언저리에서 빙빙 돌리며 묻는다. 해리! 그 얘기다. 물론 그 일은 덮고 있었다. 이 문제를 증상이라 부르는 질병이라고는 생각하지 않았다. 그러나 황 목사가 말을 꺼내는 걸 보면서 모종의 해답을 얻은 게 아닐까 생각해 본다.

"목사님 답을 기다리던 중인데요."

"그랬습니까? 으흠. 해리(Dissociation)라고, 지난번의 그 해리 현상(解離現象) 말씀이지요."

"예. 제가 겪은 일이 그 증상인 게 맞습니까?"

리반이 되묻는다.

"리반 교수님께 큰 사고가 있었지요? 교수님의 의식은 본능적으로 방어체계를 가동하게 되지 않겠습니까? 해리는 강력한 외부적 충격으로부터 자신을 보호하기 위해 본능적인 방어체계가 가동하는 것이라고 합니다. 리반 교수님은 땅이 꺼지고 건물이 붕괴하는 엄청난 사고를 당했습니다. 그런 곤경에서 일종의 자기방어 본능이 해리현상으로 나타났다는 논리이지요. 생체리듬이 교란되어 마치 환각처럼 요."

정말 그럴까? 사고의 충격을 본능적으로 완화하려는 무의식적인 방어형태가 자기의식을 타인에게 전이시키는 형태로 나타났을까? 리반 자신에게 일어난 일을 정의하는 말로는 부족하다는 느낌이다. 그건 아닐 것이다.

자신 안에서의 문제일 뿐, 의식이 다른 사람에게 전이된 경우는 다르다.

"제 의식이 타인에게 전이된 경우인데요?"

"의식 전이(意識 轉移)와는 좀 다른 것 같긴 합니다. 그래요! 미국의 캐머런 웨스트라는 사람은 한술 더 떠서 자기 속에는 다른 자기가 스물네 명이나 있다고 했답니다. 이는 해리성 장애 혹은 이인증(離人症)이라고도 합니다. 불가(佛家)에서도 의식 전이를 하나의 의식수행으로 본다고 합니다만, 사실 이 분야에 이해가 짧은 저로서는 이런 문제에 대한 토론에 자신이 없습니다. 아시다시피 전, 의사가 아니니까요."

그렇다. 그는 의사가 아니다. 황 목사는 영혼을 치유하는 사람이지 육체를 치유하는 사람이 아니다. 그의 주장은 의학적인 진단이 아니다. 자신의 자아가 소멸하였다가 되돌아온 것도 아니다. 현존하는 다른 사람의 몸에 들어가서 다른 사람으로 행동했던 기억이 생생하다. 황 목사는 이런 경험을 직접 해보지도 않은 사람이다. 커메른 웨스트, 그의 말처럼 자기도 한 몸에서 두 사람의 인격이 나타났다고 보아야 할까? 몸은 코마 상태로 누워 있고 의식만 전이되는 현상도 해리에 해당한다는 말일까? 리반은 황 목사의 말에서 실마리를 얻고 싶은 욕심으로 귀를 기울였으나 아쉽게도 목사는 차츰 논리가 약해지고 있다. 그는 말을 잇는다.

"내 말이 정답은 아닙니다만, 일상에서 벗어나 갑자기 예기치 않은 곳으로 여행을 하며, 과거를 기억해내지 못하는 것. 자기에 대한 정체성을 잃어버리고 전혀 새로운 사람으로 행동하나 정신적으로는 정상적인, 특이한 현상을 해리성 둔주(解離性 遁走)라고 합니다. 어쩌면 교수님의 증상이 아닌가 합니다. 달리 설명이 안 되니까요. 외상 후 스트레스, 그로 인한 트라우마, 트라우마로 인한 초능력 사례들이 보고된 책자도 있다고 합니다만, 교수님 경우는 확연히 다른 경우라는 걸 인정합니다."

리반의 우려와는 달리 황 목사는 종교적인 의미부여를 하지 않고 객관적으로 말하고 있다. 그나마 다행이다. 리반 자신에게 찾아온 것은 해리, 해리성 둔주였을까?

프랑스의 물리학 교수 레지스 뒤테유는 우리가 사는 세계를 세 가지 유형의 운동 속도에 따라 규정한다. 하(下)광속계는 물질을 지각하는 오감의 세계이고, 광속계는 생각이 빛의 속도로 이루어지는 현세적 의식 수준이며, 초(超)광속계는 생각이 빛의 속도보다 빠르게 돌아가는 초의식의 세계, 즉 깨달음을 통한 진화된 다른 차원의 세계로 타키온(빛보다도 빠른 입자)의 시공간에 합류할 수 있다고 보았다. 그에 따르면 우리는 초 광속의 차원에서 전생과 내생이 모두 현생과 동시에 전개된다고 한다. 그의 이론은 리반이 만난 초월적 존재에 대한 확신이었다. 해리든, 해리성 둔주이든, 유사 해리든 상관없는 일이다. 그것이 인간이 규정한 어떤 용어이든 리반 자신은 초월적 존재, 가장 진보한 순수한 존재로 다시 세상에 왔던 채영을 만난 것이다.

구원(救援)

마침 정 교수와 조연재 의원이 정란의 안내를 받아 다가오고 있다. 모처럼 나타난 조 의원은 회색 정장에 잘 어울리는 청회색 넥타이를 맺는데 선거철에 리반으로부터 추천받은 색깔이었다.

"황 목사님, 고맙습니다. 도움이 많이 되는 말씀이었습니다. 우리 조 의원 오늘 넥타이 선택이 멋지네. 하하!"

"전시회에 오려니 신경 좀 썼지. 예술을 잘 모르긴 해도 리반 교수님 친구의 격을 갖춰야 하니까! 하하하."

"자, 같이 작품을 좀 보실까요?"

네 사람은 전시 작품들을 둘러보다가 흑과 백으로만 마감한 두 작품 앞에 선다.

"무거우나 밝게 보이는 작품입니다."

정교수는 그림을 접하는 감각이 남다르다. 지금도 그 표현이 리반의 맘에 든 것이다. 리반은 검지를 추어올리며 싱긋 미소를 보냈고, 조 의원이 정교수의 말을 받는다.

"글쎄요. 제 눈에는 이 나라의 정치판으로 보이니 말입니다. 블랙홀로 빠져드는 느낌 말이지요. 작가들은 작품으로라도 이처럼 통렬하게 할 말을 하지 않습니까? 같은 작품이지만 코끼리 다리만 만지는 것처럼 느낌은 이렇게 다를 수가 있군요. 허허허! 아무래도 작품 설명 좀 들어야 하겠어요."

리반은 조 의원의 어깨를 툭 친다.

"작품은 보시는 분의 성정(性情)에서 새로 태어납니다. 저는 정 교수님의 직유적인 표현이 마음에 듭니다. 이 작품은 무채색만 사용했어도 내심으로는 밝은 이미지를 형상화했습니다만, 그렇게 봐 줄 사람은 드물 겁니다. 강렬하거나 무겁다든지, 아니면 우리 조 의원님과 같은 표현을 하겠지요."

"제 말이 맘에 드세요? 생각나는 대로 한 말인데, 영광입니다.."

정 교수는 작품에 바짝 다가가 어두운 색감의 반복된 터치를 찬찬히 살피고 있다.

"작품 제목을 [Black]이라 한 이유를 물어도 되는 건가요?"

"색깔을 흑백으로 한정하여 이미지를 형상화했기에 붙인 제목입니다. 제목에서 스토리를 연상할 필요는 없습니다. 그림은 이미지만 전합니다."

"그래도 한 말씀, 이 그림을 그릴 때 어떤 생각을 하셨는지 더 듣고 싶은데요."

정 교수는 작품에서 돌아서며 말했고, 리반은 작업에 몰입해 있을 때의 어둠을 떠올린다. 그는 진지한 표정으로 입을 연다.

"그림을 그리다보면 몰입하게 됩니다. 몰입 상태에서 저는 이런 생각을 했습니다."

리반이 말을 곧바로 잇지 않고 한 뜸을 쉬자 세 사람이 그에게 집중한다. 강의할 때 주의를 집중시키기 위해 하던 습관이 나온 것이다.

"세상은 빛 가운데 아름답지만, 사람의 마음은 늘 어둠 속에 있습니다. 어두운 창고에 갇힌 나비를 빛의 세계로 건져내려고 손을 내밀면 나비는 잡히지 않으려 피하기만 합니다. 자기가 어둠에 있다는 것을 스스로 깨달기 전까지는 말입니다. 마치 신과 인간의 숨바꼭질 같은 것이지요."

리반이 말할 때 황 목사는 검은 색조의 화폭 한 부분에서 감지되는 회색의 형상이 나비라는 것을 알아차리고 고개를 끄덕이며 말을 받는다.

"오! 나비 혼자서, 자기가 어두운 곳에 있다는 것을 스스로 깨닫는 것, 나비가 그것을 자각하기란 어려운 일입니다. 나비는 잡혀야 살 수 있는데……. 아! 그곳에 종교적인 구원(救援)이 있습니다. 리반 교수님의 메시지는 구원이군요!"

그 말에서 지혜를 찾아냈을까? 황 목사의 표정이 아이처럼 해맑아진다.

"맞아! 구원. 불교에서는 각(覺)이고, 해탈(解脫)이지요."

이번에는 조연재 의원이 말을 받는다.

"종교는 결국 한 길이 아니겠습니까? 정진해 가는 방법에서 궤를 달리할 뿐이지요!"

붓끝에 색을 묻히지 않았던 작품. 색이 없으나 색이 느껴지는 작품 두 점이다. 무채색의 두 작품은 나름의 색깔로 생명력을 얻어 나비로, 구원으로, 해탈로 신과 인간의 숨바꼭질을 드러내고 있다.

"운명! 신은 인간을 운명이라는 그물망에 가두었습니다. 그물망을 뚫고 새롭게 태어나는 일이 구원입니다. 구원은 스스로 싸워 깨달은 자의 전리품입니다."

빛으로 빚은 세상은 아름다운 에덴동산이었다. 그러나 세상을 빚은 존재의 의도대로 살지 못한 인간은 빛 이면에 숨어들어 어두운 존재가 되어버렸다. 절대자는 어둠에 갇힌 피조물들을 긍휼히 여겨 구원의 손을 내민다.

하지만 어둠의 꿀맛에 익숙해진 피조물들은 혀가 썩어가는 줄도 모르고 구원의 손길을 뿌리치고 피하려고만 한다. 그에게, 그 손에 잡혀야 살 수 있다는 깨달음, 그 깨달음은 익숙해진 생활방식이나 고정관념까지 넘어서야 만날 수 있는 피안의 세계에 있는 것이 아닐까. 의식 속에서 인성을 싹 틔웠던 순수 에너지가 겹겹이 쌓인 표피를 뚫고 나가야 빛을 맞을 수 있을 것이다. 순수는 애초에 창조주가 심어 놓은 구원의 씨앗이 아닌가.

네 사람은 두 작품을 배경으로 기념사진을 찍었다.

전시 사흘째 되는 날이다. 리반은 흑백의 두 작품 앞에 쪼그려 앉아 담배 연기를 뿜어 올리고 있다. 두 개비나 거푸 피운다. 그의 전시회는 화단의 주목을 받진 않았다. 다만, 30여 점의 채색화 가운데 블랙 시리즈 두 점은 입구에서 정면으로 나란히 전시되었는데, 단일 색조에 내재한 현란한 터치가 몇몇 평자들의 머리글이 되었다.

리반은 이 두 작품을 전시장에 거는 순간부터 생각이 달라지고 있었다. 아무래도 돌연변이라는 생각을 떨쳐내지 못한 것이다. 자기의 손끝에서 조형된 결과물이 이제까지 탐색해 오던 자신의 작품세계에서 일탈하여 생경하게 느껴졌기 때문이다. 그 생경함을 수용하기가 어려웠다. 리반은 지금 두 그림에 숨겨진 회색 나비의 이미지가 암연히 날갯짓하는 모습에 마음을 빼앗기고 있다. 나비가 날아가면 남겨진 어둠은 결국 자신의 몫이 될 터였다. 리반은 어둠에 갇힌 것은 바로 자신임을 깨달았다. 그리고 채영은 이제 더는 어둡지 않은 파란 하늘에서 리반을 지켜보고 있을 것이었다.

　다음날 두 작품은 전시장에서 볼 수 없었다. 해피

상상력(想像力)의 우리말은 '그리는 힘'이며, 이 '그리는 힘'은 없음을 느낄 때 강렬해진다. 마음속으로만 그리는 것은 '그리움'이며, 그리움이 많은 사람이 예술인이다. 선과 색채로 그리면 '그림'이 되고, 언어로 그리면 문학이 된다. 민주화에 대한 '그리움'을 언어로 그린 것이 『해리』이다. 민주화의 기본은 인권과 자유이며, 문학의 기본은 언어의 그림이다. 화가인 리반의 채영에 대한 그리움을 박종규는 서사시로 그렸다. 민주화과정에서 얼마나 많은 젊은 목숨들이 희생되었는가. 그러나 작가는 웅변하지 않고 서사적 미학과 소설적 재미로 독자를 이끌어간다. 끝까지 "문학은 신화이다."라는 정의를 증명이라도 하듯 '신들의 이야기'처럼 신비로움이 넘치는 소설이다.

- 유승우 (전 한국시인협회 회장 / 문학박사)

이 소설은 사람과 사람 사이의 관계에서 파생하는 감정의 결을 '해리'라는 독특한 소재를 차용, 우리를 낯선 세계로 끌어들인다. 영화를 보는 듯한 광대한 스케일, 다양한 변주, 추리하듯 꿰어지는 퍼즐, 그리고 그 속에 죽어서도 죽을 수 없었던 한 여인의 긴 여정. 검은 어둠을 빠져나오려는 나비의 각 (覺), 그리고 소설!　　　　　 - 양진채 (소설가 / 조선일보 신춘문예)

소설 『해리』는 묘한 힘으로 사람의 마음을 이끌고 다닌다. 독자가 편안하게 글을 읽도록 내버려 두지 않는 아주 괴팍한 소설이다. 다 읽은 뒤 마지막 책장을 덮었음에도 불구하고 『해리』는 나를 일상으로 돌려 보내주지 않는다.

- 이종미 (수필가 / 에세이포레 문학상)

소재와 구성의 참신함이 돋보이는 작품이다. 역사와 시대의 숨겨진 이면을 집요하게 들추어내어 이야기의 판을 펼쳐놓고, 그 위에 인물들의 엇갈린 운명의 줄기를 정교하게 교차시키는 작가의 솜씨로 인해 읽는 이는 작품 속에 빠져들지 않을 수 없게 된다. 작품이 뿜어내는 매력적인 흡인력은 작가의 창조적 상상력과 집필을 위한 부단한 노력과 열정의 산물일 것이다.

－ 장두영 (문학평론가 / 대전대학교 교수)

리반, 채영의 운명적인 삶을 통해서 지구상의 모든 존재가 연기(緣起)적으로 연관되어 있다는 작가의 의도를 공감할 수 있었다. 끝까지 매우 재미있게 읽었다.

－ 윤세은 (독서애호가 57세 / 남)

오랜 내공으로 다져진 소설가의 제대로 된 소설을 한 편 읽었다. 『해리』의 출간 소식이 반갑기만 하다. 꼭 사서 다시 읽겠다. 출간된 작가의 다른 소설에도 관심이 간다. 많은 독자에게 『해리』의 파문이 가닿았으면 좋겠다.

- 김살로메 (소설가 / 영남일보 신춘문예)

캔버스 앞에 앉아 백색의 공포를 마주하고 있는 주인공 리반의 뒷모습과 어디엔가 걸려 있을 〈BLACK〉이라는 작품을 떠올려 봅니다. 쫀쫀한 글 속에 숨어 우리 사회의 민낯을 꼬집어내는 작가의 날카로움이 마음을 헤집어 놓습니다. 무거운 전시회를 보고 나온 것처럼.

- 이지은 (독서애호가 40세 / 여)

아야, 소리 한번 못 내고 쓰러진 젊은 여성의 슬픔에 두 주먹 불끈 쥐고 울부짖고 싶었다. 정치와 정치인들의 삐뚤어짐에 전혀 관심이 없었고 일부러 외면했지만 소설가가 들려주는 이야기에서 실타래처럼 꼬인 정치인들의 왜곡된 마음을 보게 되었다. 리반과 채영과 정란, 그리고 석우의 슬픈 젊음에 위로를 보내며, 탄탄한 구성과 젊은 감각에 박수를 드린다.

- 이송자 (시인 / 마포문학상 수상)

쉽지 않은 소설, 두 번 읽었을 때 더 풍부한 의미를 찾아낼 수 있는 작품들을 나는 얼마나 많이 흘려보냈을까? 작가는 이것을 원했는지도 모른다.

- (故)정연서 (문학평론가 / 시인)

암연히 존재하는 보이지 않는 세계의 애별한 사랑을 만났다. 미스터리한 재회는 작가의 소탈하고 순정한 시선이 빚어낸 시대적 위무이다. 가혹한 운명의 퍼즐을 풀어가는 작가의 상상력은 읽는 내내 긴장감을 요구하고 반전을 거듭하며 창의적 소설미학을 완성한다. 사회적 진실의 본질을 구현하는 새로운 시각은 회화적 기법을 통해 이미지화되고 예술적 환영을 선사한다. 마치 한 권의 책이 캔버스가 된 느낌이다. 신과 인간의 숨바꼭질을 통한 운명 탐미소설의 가치는 선의 승리로 독자의 몫이 될 것이다. 아프지만 따뜻한 소설이다.

- 이남희 (수필평론가 / 일신수필문학상 수상)